BESTSELLER

David Olivas (Albacete, 1996) es fotógrafo y escritor. Ha estudiado Dirección de Cine en la Universidad Rey Juan Carlos y ha realizado videoclips musicales tanto en España como en Estados Unidos. Ganador del programa de televisión *Top Photo*, ha trabajado como fotógrafo para *El País* y durante las giras de grupos musicales como Dorian, Love of Lesbian, Pablo López, Izal, Supersubmarina o Vetusta Morla. Con tan solo veinte años publicó *Serendipia*, un poemario ilustrado por sus fotografías que llegó a encabezar las listas de los libros más vendidos. Tras *La misma brújula* (2017) y *La luz que siempre te di* (2018), David Olivas da un paso firme como escritor con *El vuelo de la mariposa*, su primera novela para adultos.

Biblioteca

DAVID OLIVAS

El vuelo de la mariposa

DEBOLS!LLO

Papel certificado por el Forest Stewardship Council®

Primera edición en Debolsillo: abril de 2022

Printed in Spain – Impreso en España

ISBN: 978-84-663-5664-0
Depósito legal: B-3.107-2022

Compuesto en Comptex & Ass., S. L.
Impreso en Black Print CPI Ibérica
Sant Andreu de la Barca (Barcelona)

P 3 5 6 6 4 0

A mis abuelos, Miguel y Encarna.
Por enseñarme lo fuerte que es el amor
y demostrármelo cada día

Las personas a las que hemos amado ya nunca estarán
donde estaban, pero están allí donde nosotros estemos.

Alejandro Dumas

Y al respirar propongo ser yo quien ponga el aire
que al inhalar me traiga al mundo de esta parte
y respirar tan fuerte que se rompa el aire
aunque esta vez quizá será mejor marcharse.

Vetusta Morla

—Era yo Murph. Yo era tu fantasma.
—Lo sé. Nadie me creía (...) pero yo sabía que eras tú.
—¿Por qué?
—Porque mi padre me lo prometió.

Interstellar

Los primeros rayos del sol comienzan a entrar por la ventana. Debe de ser la única luz que entra por aquí desde hace mucho tiempo. La seda de las cortinas roza cada trazo de luz que se cuela por la habitación. Yo sigo en la cama, agarrándome a las sábanas. Y recuerdo entonces esos amaneceres junto a ti que parecían no tener final. Aquello era el principio de todo. Nuestro principio. Esas mañanas en las que se nos hacía tarde pero nos daba igual, yo siempre seguía agarrada a ti. Como ese clavo en la pared que deja el cuadro un poco torcido pero siempre aguanta, hasta el día que vence y entonces al caer, rompe con todo.

Me incorporo y veo que tengo el ordenador entre las piernas. Lo abro y entro en Facebook. Últimamente puedo entrar unas diez o cuarenta veces a hacer lo de siempre: volver a verte. Miro la última foto que subiste, sales sonriente y te noto hasta feliz, no es una felicidad forzada, lo sabría. Pero no. Estás feliz. Feliz de verdad. Suspiro y bajo la pantalla del ordenador y echo a andar en busca de un café bien temprano. De camino a la cocina veo una foto contigo. Aún no me ha dado tiempo a acostumbrarme a eso de quitar todos los recuerdos cuando una persona se va sin avisar. Esta foto es de nuestro último viaje, en París. Uno de esos viajes en los que todo parece estar preparado para ti. O mejor dicho para nosotros. Fue mi regalo.

Quería vivir aquellos paseos que siempre había soñado contigo, cenamos en Montmartre, bebimos por el barrio latino, llegamos borrachos a las plazas de Vendôme y acabamos en Saint Louis. Y esa fue la última vez que fuimos. La última vez que fuimos lo que éramos hasta entonces.

Alto, pelazo rubio. Así era Carlos. Y ojos muy claros. De un azul especial. Como el del agua del mar, pero un poquito más cristalina. Sus grandes labios y una mandíbula muy marcada. Nos conocimos en el último año de carrera de Periodismo en la que era mi compañero de prácticas. Recuerdo que al principio creí caerle mal, por cómo me miraba y cómo me decía las cosas, pero resultó no ser así.

Me acerco al frigorífico y en la puerta veo los billetes de avión de París y unos cuantos más a multitud de destinos, pero entre todo eso observo el calendario. Hoy es un día especial, ese día que estás esperando que llegue durante todo el año. Me he incorporado al trabajo hace apenas unas semanas, pero allí me ahogo, ya no encuentro la estabilidad en aquella redacción.

Ahora que ha llegado el día es cuando ya puedo suspirar al verlo. Por fin, me digo a mí misma, viendo esa fecha marcada en rojo. Hoy es mi último día en el trabajo antes de coger mis dos semanas de vacaciones. Estaré una semana en mi pueblo natal y otra en la que me gustaría irme a la costa de Altea. Sonrío al reflejo de mi propio rostro proyectado entre los imanes del frigorífico. Me visto, y acabo de hacer la maleta que dejé casi terminada anoche. Prácticamente toda la ropa es de abrigo, ya que en Cudillero hay días en que las tormentas cubren el pueblo por completo y el frío se te mete en el cuerpo.

Agarro las llaves del coche y antes de cerrar la puerta de casa vuelvo a mirar en su interior, intentando pensar que a mi regreso, quiero ser otra persona cuando vuelva a cruzar esta puerta. Recompuesta o al menos, no tan devastada. Y es entonces cuando al bajar al portal pareces decirme que mi propósito está difícil de conseguir si no empiezo por cambiar lo más sencillo.

Leo tu nombre en el buzón. Junto al mío. Recuerdo el día que lo pusimos, con los brazos llenos de cajas de la mudanza para decorar nuestro hogar. Me besaste contra estos mismos buzones al introducir nuestros nombres en su lugar. Me acerco al pequeño papel plastificado y lo rozo, como si pudiese tenerte así más cerca. Cierro los ojos y saboreo este momento. Al principio parece dulce al recordar cómo me besabas, pero después es amargo al saber que nunca volveré a sentir esa sensación. Al menos no saliendo de tus labios. Busco en mi bolso algo que me pueda servir para borrarte o al menos para no tenerte tan presente, pero lo único que encuentro son las llaves de casa y me apoyo contra el buzón mientras rasgo con fuerza tu nombre. *Por irte. Por marcharte sin avisar.* Rasgo con más genio. Comienzo a enumerar cada una de las razones de mi rabia. *Por dejarme sin saber adónde ir.* Estoy empezando a atravesar el plástico. *Por este vacío.* Sigo rasgando con fuerza junto a esta cadena de razones. *Por tus últimos besos.* La llave está dejando sin letras lo que antes era tu nombre y apellido. Los ojos se me humedecen. *Por aquella noche.* Solo quedan dos letras. Y entonces lo digo. *Por morir aquel día.* La llave chirría al atravesar el plástico y tocar el metal. Un choque brusco e inesperado. Como aquel día que se paró todo. Y no fuiste tú quien detuvo el reloj.

Nunca más fuiste tú. Una lágrima cae. Suspiro. Entonces recuerdo aquel día.

PRIMERA PARTE

EL ANTES

Tres meses antes.
Faltan cinco días para irte.

Acabo de llegar a casa después de un día agotador. Mientras espero frente al ascensor me doy cuenta de que Carlos no ha llegado todavía porque no ha recogido las cartas del buzón. Está a rebosar. Saco la correspondencia y voy ojeando por encima. Banco, hipoteca, luz, agua, y entonces veo que una de ellas es la que yo estaba esperando. Es una carta de un canal de venta de entradas.

El cumpleaños de Carlos es hoy. Como siempre, yo llegaré antes que él a casa. He encargado sushi para cenar. Le he comprado dos entradas para el concierto de su grupo favorito, no un concierto cualquiera, sino el fin de gira antes de que la banda se retire un par de años a componer. Va a ser en París dentro de una semana y yo reservé las entradas hace meses. Y como sabía que era una oportunidad única, he conseguido que una amiga que trabaja para una aerolínea nos consiga los vuelos tirados de precio. Todo ha salido a pedir de boca, vamos.

Preparo el sushi encima de la mesa, enciendo un par de velas y entre ellas dejo el sobre con las entradas. Miro el reloj. Las 22.45. Espero un poco. 22.55. Carlos parece que se retrasa. 23.10. Decido llamarle.

—¡Dime, cariño!

—Oye, ¿te queda mucho? —le pregunto extrañada mirando cómo el sushi va adquiriendo un aspecto pasado y poco apetecible.

—Pues es que mis compañeros me han liado un poquito y me han traído a tomar algo. Pero ve cenando tú si quieres y en un rato llegaré.

Joder.

—Vale —digo antes de colgar y dejarle con la palabra en la boca.

—Pero, Julia, no te...

Cuelgo.

No hay cosa que más me joda en este mundo que después de prepararlo todo, de mover Roma con Santiago para sorprenderlo me lo tire todo por la borda. Entiendo que no es culpa suya y que sus amigos lo habrán hecho con toda la ilusión del mundo, pero a mí me enfada. Me como dos *tatakis* y apago las velas con un soplido. Dejo el sobre en el mismo sitio y me voy a la cama. Me desnudo ante la soledad que ahora habita la casa. Tengo el libro que estoy leyendo en mi mesilla, pero no tengo ni ganas de saber qué ocurrirá con esos personajes. Estoy de mal humor. Retiro los cojines y abro mi lado de la cama. Me tapo y en cuestión de minutos me quedo profundamente dormida.

Oigo la puerta. Miro el reloj de la mesilla de noche. Son las cuatro menos diez de la madrugada. Los pasos cada vez están más cerca, pero van despacio, como pensando hacia dónde ir. Enciendo la luz de mi mesilla con los ojos entornados. Carlos entra en el dormitorio, está borracho. Huele desde aquí. Va agarrándose un poco a la pared. La camisa abierta por debajo del pecho y el pelo despeinado. Me observa y se acerca a la cama.

—Ca... Cariño.

Suspiro ante su entrada triunfal en casa.

—Déjalo, Carlos. No me apetece hablar ahora.

—Ca... Cariño.

Apago la luz y me giro hacia el lado que él no está.

—Hoy duerme en el sofá si no te importa, no estoy de humor.

—Po... Por favor. No... no te enfades.

Me olvido de él y deseo que se vaya cuanto antes. No quiero ver más este desastre. Escucho cómo intenta levantarse y se da con el pico de la cómoda. Se caga en todo y sale de la habitación.

Yo, en aquel momento me alegré. Pero es ahora cuando recuerdo todo el tiempo que perdí.

Debí haber salido tras él, haberme ido con él al sofá a rascarle en la cabeza, como le gustaba que hiciera mientras se quedaba dormido. Perdí tantos minutos sin él que ahora pienso en cada segundo que nos quité. Al día siguiente fui a despertarle cuando se me pasó el cabreo. Había caído redondo en el sofá y le llevé un poco de agua para espabilarlo. Empezó a abrir los ojos y a intentar entender qué hacía allí. Se miró la camisa abierta y mi gesto le hizo entender la mayoría de las cosas. Se lo expliqué del todo mientras bebía el agua.

—Lo siento de veras, Julia —me dijo avergonzado.

—No te preocupes, a veces también tenemos que pasarlo bien. —Giré la cabeza hacia la mesa, que seguía tal y como la había dejado la noche anterior.

Carlos se dio cuenta de mi gesto.

—¿Y eso? ¿Lo preparaste para celebrarlo?

—Sushi y vino. Decidí empezar el sushi antes que el vino.

—Joder —frenó avergonzado—, me siento fatal.

Me levanté para agarrar las entradas, que seguían entre las dos velas, esta vez, apagadas. Le tendí el sobre.

—Feliz cumpleaños.

Se quedó observando aquella carta y después me miró. Yo le sonreía levemente pese a que seguía un poco molesta, pero en el fondo estaba deseando que la abriese. La escena no era conforme lo había imaginado, pero creía que a él le haría la misma ilusión.

—Un momento. No. No. No —comenzó a decir. Se puso en pie—. ¡NO PUEDE SER!

Me agarró de la cintura y empezó a balancearme tanto que pensé que en vez de vomitar él, lo haría yo. Su emoción por saber que iba a ver al grupo con el que había crecido era incalculable. Sus ojos lo decían todo. Sus ojos siempre me lo decían todo.

—Pero, Julia, qué fuerte. No... No me lo puedo creer. ¿Y cuándo nos vamos?

—Nos vamos mañana. Celia me ha conseguido los vuelos.

Y entonces me besó. Aquel beso fue distinto a todos los demás. Especial y sincero. O quizá el que más ilusión me hizo recibir.

Y como cuando unos niños se van de vacaciones, empezamos a hacer las maletas. Carlos comenzó a buscar algunas camisetas que coleccionaba del grupo, las observaba todas y no se decidía.

—La azul. Es más original —le dije intentando ayudarle.

—Pero es que la negra es del último disco.

—Y la azul de uno de los primeros. Como un fan de verdad. —Le guiñé el ojo.

Me miró sabiendo que llevaba razón y dejó la negra en el armario y puso la azul en la maleta. Metimos algunas cosas más: yo, por ejemplo, me llevé un vestido corto de color verde pastel que tenía muchas ganas de estrenar y en París iba a ser la mejor oportunidad. Cerramos la maleta juntos, yo subida encima para hacer presión sobre toda la ropa que llevábamos. Después nos volvimos a besar.

Ahora arrastro la misma maleta solamente con mi ropa, pero con todo su olor en el interior. Suspiro y la cojo como puedo mientras abro el maletero. Pesa una barbaridad. Ahora que Carlos me ha dejado más espacio aprovecho para llevarme más ropa de abrigo para cuando no pueda estar en sus brazos. Consigo volcar la maleta en el maletero y el coche parece hundirse como si le hubiesen atado un ancla y tirado al lugar más profundo del océano. Me siento un poco así. Como si tuviese un ancla agarrada a mi cuerpo y no pudiera salir a flote; solo consigo hundirme.

1

Puse camino hacia el periódico. Llevo trabajando en *La Nueva España* unos cinco años. Soy periodista. Bárbara, mi jefa, me contrató cuando leyó un reportaje en el que destapé el fraude de una empresa funeraria que lo que hacía era vender a los familiares un ataúd muy caro y antes de incinerarlo, lo cambiaban por uno más barato. Hubo cerca de cuatrocientas denuncias después de la publicación de aquel reportaje.

Desde pequeñita supe que quería trabajar en un periódico, escribiendo. Contando historias, persiguiendo la raíz de una buena noticia. O a veces también de una mala, pero en definitiva, buscando la verdad. Carlos era más de radio. La verdad es que su voz era como la de un locutor de las principales cadenas, pero nunca llegó a probar suerte. Acabó trabajando en el bufete de un gran amigo de su familia, redactando los casos que llevaban a juicio y ayudando a preparar la defensa de sus clientes, buscando las palabras adecuadas. Él siempre encontraba la mejor forma de decir las cosas. Aquellos trajes le quedaban demasiado bien. Siguen en nuestro armario, no sé qué hacer con ellos, y cada vez que los veo, me vengo abajo.

Llegué al periódico y aparqué en mi plaza. Eran las 9.03. Salí del coche acelerada hacia la entrada principal del edificio. Busqué mi acreditación en el bolso, pero solo encontré botes de maquillaje, envoltorios de chicles, clips, bolígrafos y pósits.

—Déjalo, Julia, te abro. Vamos a tardar menos —me dijo Vicente, el encargado de la centralita, accionando el cierre electrónico de la puerta.

—Ay, Vicente, de verdad, lo siento. Algún día perderé la cabeza.

—¡Pues átatela bien, que solo tenemos una!

Salí del ascensor y me encontré cara a cara con Mónica.

—¡Joder! ¡Qué susto! —exclamé.

—¡No sabía dónde estabas! —me contestó—. ¿Con ganas de irte para Cudillero?

—No sabes cuántas. ¿Qué tal por aquí?

Mónica acababa de entrar en el periódico. Llevaba solamente tres meses, pero empezó siendo mi becaria. Al poco tiempo nos hicimos muy amigas y mejores compañeras. Tenía veintiséis años, recién graduada y estaba histérica los primeros días. Creía que la iban a echar en cualquier momento. Y yo, que me veía reflejada en ella cuando empecé, la intentaba tranquilizar. Me lo sigue agradeciendo cada día. Los reportajes de investigación solemos coordinarlos juntas, ella es buena, sabe buscar y rastrear sin perder el tiempo.

La mañana se desarrolló tranquila. Un ir y venir de noticias, como siempre. En cuanto me di cuenta era la hora de comer.

Bárbara, la redactora jefe del periódico, me ofreció comer con ella. Era mi madrina periodística. Quien, por así decir, «me dio la alternativa» en este mundillo. Desde el principio mantuvimos una relación muy cercana, como si ella fuera una especie de hermana mayor.

Miré el reloj y vi que eran casi las dos.

—Uy, sí. Se me ha ido el santo al cielo.

—Hoy coges las vacaciones, ¿no? —me dijo mientras bajábamos en el ascensor.

—Sí. Por fin —suspiré aliviada.

—Te lo has ganado. Has hecho una temporada buenísima —afirmó dándome un pequeño codazo.

—Te noto cansada —le dije.

—Lo estoy. Estos últimos meses con todo lo de las elecciones ha sido una locura.

Habíamos cubierto las últimas elecciones generales aquí, en el Principado de Asturias, y todo quedó igualadísimo. Cada uno de los miembros del equipo de redacción estábamos en las diferentes sedes, en las oficinas electorales, en la calle con los ciudadanos y fueron días de absoluto caos. Un ir y venir de datos, recuentos, escrutinios que nos dejaron a todos la cabeza como una pajarera.

—Deberías coger vacaciones tú también.

—¿Para qué? El trabajo me lo sigo llevando allá adonde vaya, Julia. El agobio por llegar a los objetivos. Por las visitas y los clics que ahora marcan el futuro de un medio. Después están los socios, que ya sabes cómo ven eso de que una mujer sea la directora del periódico. En fin. Y ahora, además, la importancia de la edición digital y las redes sociales. Pues eso, un jaleo del que yo no entiendo ya mucho, pero al menos tengo la seguridad de tener a gente buena conmigo.

Empezamos a comer y hablamos de mis planes para esas vacaciones en Cudillero, con mi familia y amigos, y me dijo que ellos eran el mejor apoyo. Después la conversación fue acerca del Premio Urbizu, uno de los premios periodísticos más importantes del país al que nos presentábamos todos los años con un reportaje. Para rematar acabamos hablando de hombres. Ese tema que tanto miedo me daba tocar.

—¿Y de momento...? ¿Nada? —me preguntó con cuidado.

—Nada.

—Bueno, debes darte tiempo. El tiempo todo lo cura. Y el mar también.

—Eso espero.

—Vamos a brindar, anda. —Bárbara levantó la copa de vino blanco riquísimo que había pedido—. Por ti, porque tus vacaciones te traigan tiempos mejores.

Sonreí y nuestras copas chocaron produciendo aquel fino y ligero sonido. Las burbujas llegaban hasta arriba, saliendo a flote.

2

Tres meses antes.
Faltan cuatro días para irte.

El taxi nos estaba esperando en la puerta de casa. Repasamos todo lo que teníamos que llevar: DNI. Pasaporte aunque no sea necesario. Móvil. Tarjetas de crédito. Libro. Cojín para el avión. Entradas...

Nunca supe que esa sería la última vez que saldríamos juntos de casa, o mejor dicho, nunca pude llegar a imaginar que desde aquel día, nuestro hogar, ese que formábamos los dos, se quedaría huérfano sin él. Cruzó aquella puerta que ahora tanto me cuesta hacerlo a mí y nos fuimos, pensando que serían nuestros mejores días. Y lo fueron.

—Al aeropuerto, por favor —le dije al taxista, que ya estaba en la puerta. A Carlos le dio la risa—. ¿De qué te ríes?

—Igual que la escena de una película. «Al aeropuerto, por favor» —contestó imitándome. Nos reímos juntos—. Aunque, pensándolo bien, siempre que en alguna película se dice esa frase es para que el protagonista llegue a tiempo de dar ese beso con el que acaba la historia.

Lo miré extrañada y solamente me salió darle un beso. Estaba tan guapo... Su pelo despeinado, con sus pequeños rizos en el flequillo; sus gafas de moderno *indie* inaguantable, pero que hacía que se me cayese la baba; su camisa siempre abrochada hasta el último botón y que tanto me gustaba desabrochar; sus labios, que mordía en mitad de un beso.

Carlos era inteligente y bueno. Venía de una familia acomodada. Su madre era hija de los condes de Noreña. Tenían muchísimos bienes: los pisos en el centro de Gijón, la finca de Agüero, de la que se encargaba Enrique, su padre, a quien le encantaba pasar por allí día sí y día también... Fue donde criaron a sus dos hijos, Carlos y Adela. Yo disfrutaba muchísimo paseando por allí, era un lugar retirado de la ciudad en el que podías vivir en el más absoluto silencio.

También tenían tierras de cultivo, un pequeño pazo a las afueras y hasta una cuadra de caballos árabes valorados en casi medio millón de euros. Carlos no era consciente de todo lo que su familia poseía, le daba igual, pero nunca le faltaba de nada. Quería un coche, tenía el mejor. Buscaba un piso, tenía el apartamento más lujoso en el centro de Gijón. Quería trabajo, acabó trabajando en el despacho de abogados más importante que había en la ciudad. Una vez leí un reportaje que salió de la redacción del periódico acerca del supuesto patrimonio total de la familia. Eran unas cifras desorbitadas. Nunca se lo enseñé a Carlos, por supuesto. Él nunca leía las noticias relacionadas con su familia.

El taxista arrancó el motor y dejamos atrás nuestra casa. Carlos no miró atrás. Estaba alegre, pensando en el viaje. Me consuela en parte saber que aquel era su estado de ánimo la última vez que vio su hogar.

Eran las seis y media. La hora de marcharme a Cudillero estaba mucho más cerca. Cerré la sesión del ordenador y recogí mis cosas.

Mónica se acercó a mi mesa.

—¡Bueno, cariño! Yo me voy ya, que tengo que cubrir unas entrevistas.

Le di un abrazo.

—Ay... Te voy a echar tanto de menos.

—Para lo que necesites, llámame. A cualquier hora. Todos los días que estés fuera.

Me reí.

—Espero que no tenga que hacerlo. Voy a descansar, pero prometo llamarte para preguntarte qué tal va todo o si te has hecho un lío con la grabadora.

—¡Calla, calla, no me lo recuerdes!

Media hora más tarde yo ya estaba cogiendo la autovía para dirigirme a Cudillero. El pueblo donde nací.

Todo el mundo que va a visitarlo dice que guarda un encanto especial. Yo lo sabía de sobra, desde pequeña, cuando correteaba por sus calles imaginaba cuentos y películas. Las casas del pueblo eran de colores y eso lo hacía aún más especial. El puerto estaba al cruzar el puente. Ahí era donde trabajaba mi padre. A mis cinco o seis años nos llevaba a mi hermana y a mí a que viésemos todo lo que habían pescado. Un día incluso lo acompañamos mientras salieron a faenar. Recuerdo como si fuese ayer cómo se movía aquel barco, daba la sensación de que en cualquier momento se iba a partir por la mitad.

A mi padre le gusta hablar de mí a todo el pueblo; de hecho, cada mañana, antes de irse a casa después de estar toda la noche en el barco, se acerca hasta el único quiosco que queda en Cudillero a comprar *La Nueva España* para leer los artículos que publico. Después lo enseña en el bar. Y en la carnicería. Y en el supermercado, y así con cada persona que se cruza. Los colecciona todos. En casa puede haber cientos de ejemplares de tiradas de hace años.

Mi madre, en cambio, se limita a estar en casa. Ella me tuvo cuando era muy joven, con apenas diecisiete años y por ello nunca ha salido de Cudillero, su lugar dice que siempre será donde estén mi padre y mi hermana. Yo decidí mudarme cuando tuve claro que quería ser periodista. Al principio me dijeron que tenía pájaros en la cabeza y que en el pueblo podría encontrar un trabajo seguro. Al final pidieron un préstamo para que me pudiera ir a estudiar fuera. Si no hubiera sido por ellos, yo nunca hubiese llegado donde ahora mismo me encuentro.

Al dejar atrás la ciudad aproveché para telefonear a mi padre utilizando el manos libres integrado en el coche.

—¡¡Julia!! ¿Qué tal estas? ¿A qué hora llegas, cielo?

—Pues acabo de salir de Gijón.

—¡Entonces llegas a cenar!

—Sí, papá, sí; llego a cenar.

A mi padre siempre le encanta prepararme grandes cenas a base de pescado porque dice que desde que estoy en la ciudad me estoy quedando en los huesos, y que allí el pescado no es como el de Cudillero, porque no tiene la misma calidad y mil historias más.

—¡Te voy a preparar un rodaballo que te vas a quedar alucinada!

—Muy bien, papá. Tengo muchas ganas de llegar. De estar unos días con vosotros —dije sincera.

—Ay, hija, y nosotros de que estés aquí. Te echamos cada día un poco más de menos.

La conversación se estaba volviendo algo más triste de lo que yo imaginaba.

—Oye, te voy a colgar, que aún tengo que llamar a mamá y tengo poca batería. Nos vemos en un rato.

—¡Vale, hija! Ten cuidado en la carretera.

—Sí, no te preocupes. Un beso.

En realidad no iba a llamar a mi madre, pero me apetecía disfrutar del viaje. De la carretera y de la poca luz que iba quedando ya por el norte. No parecía que fuese a llover, aunque aquí nunca se sabe. Encendí la radio y busqué la emisora que quería. Canciones de antes, de esas que escuchábamos en los radiocasetes.

Iba conduciendo, observando la línea discontinua pasar como si fuese una cinta, cuando de pronto sonó aquella canción. La que me hizo pensar en él.

Carlos...

Él siempre conducía cuando íbamos a ver a mis padres. Me recogía después de trabajar y me dejaba echar una pequeña cabezadita. Yo apoyaba la cabeza en la ventanilla y, al despertar, lo observaba en silencio unos instantes. Desde ahí le rascaba en el pelo mientras seguía al volante.

Tan guapo. Tan especial. Y ahora ya no está.

3

Tres meses antes.
Faltan tres días para irte.

Aterrizamos en París. En el aeropuerto nos esperaba un chófer de la agencia de viajes que llevaba un cartel con nuestros apellidos: MR RUEDA AND MS BERNALTE. Me hizo tanta gracia que le tuve que hacer una foto para enviarla al grupo de whatsapp que tenemos con mi familia. Todos se rieron y bromearon diciéndome que parecíamos gente importante.

Llegamos al hotel en menos de veinte minutos. Nada más ver aquel edificio Carlos alucinó. Situado al lado de la Ópera de París y a menos de veinte metros de las Galerías Lafayette. Los pasillos tenían una gran moqueta roja ribeteada en dorado.

Yo había reservado una de las mejores habitaciones de las que disponía el hotel. Contaba con terraza con vistas a la Ópera, jacuzzi y una cama inmensa. Era la número 437. Una gran placa de diseño presidía la puerta. Insertamos la tarjeta y comenzamos a vivir en un libro o en una película.

Carlos estaba fascinado.

—Pero, cariño, ¿y esto? —dijo nada más entrar en la habitación.

—Bueno, decidí que era una ocasión especial.

—Pero no hacía falta tanto. ¡Qué preciosidad!

Empezó a recorrer la habitación. Era aún más amplia y sorprendente de lo que yo esperaba. La cama era increíble y las vistas te dejaban sin habla. Estábamos casi rozando la Ópera y teníamos una pequeña mesa en el balcón donde desayunaríamos todos los días. Yo quería que a Carlos nunca se le olvidase este viaje.

—¿Tenemos un tocadiscos en la habitación?

Carlos se acercó a la potente máquina de vinilos que había sobre una de las mesas pegadas al recibidor. El hotel mezclaba lo clásico con lo contemporáneo y aquel aparato, además de carísimo, era un detalle precioso. Ojeó un par de vinilos que había justo al lado, eligió uno y puso la aguja a recorrer las líneas de la cara A del vinilo negro. Sonó «Across the Universe» de los Beatles. Y a medida que la canción avanzaba Carlos se acercaba a mí. Me agarró las manos y me levantó de la cama.

—Vamos, cielo.

Empezó a bailar conmigo. Agarrados de la cintura y dirigiendo él. Se acercaba lentamente a mis labios, pero nunca me besaba. Me estaba dejando llevar. Entonces me agarró para apoyarme sobre la cama. Y mientras Paul cantaba, nosotros nos decíamos otras cosas. Como si solo existiésemos nosotros en todo el hotel. O en aquella ciudad. Solo nosotros. Y me besó tanto que casi se quedó mis labios. Esos que solo eran suyos.

Después de pasear alrededor de Notre Dame y ver el atardecer desde la orilla del Sena fuimos a visitar la torre Eiffel. Era de noche, pero acababan de ampliar el horario de visitas. Elegimos el último turno, de once y media a doce de la noche. Cuando llegamos, la torre estaba envuelta en luces. Quisimos subir usando las escaleras para, de ese modo, contemplar escalón a escalón la belleza de París, cada edificio, cada barrio y cada calle.

A medida que ascendíamos, íbamos disfrutando de una gran galería fotográfica sobre el proceso de construcción de la torre. Eran fotografías preciosas, en blanco y negro; en ellas se intuía la unión de la gente para lograr alzar esa maravilla diseñada por los arquitectos Koechlin y Nouguier. Ellos aparecían en una instantánea durante su inauguración, en marzo de 1889. Llegamos a la última fase de la torre, el viento soplaba con fuerza y Carlos me agarraba de la mano. Casi tirando de mí.

—Queda muy poco cielo. Ya casi estamos.

Yo respiraba hondo, pensaba que no me iba a costar tanto, pero entre el cansancio del viaje y que llevábamos toda la tarde paseando no sentía los pies.

—¿Me llevas a hombros? —A Carlos le cambió la cara, él también estaba reventado—. Es broma, tranquilo, que aún creo que puedo llegar. Pero, por favor, bajamos en ascensor.

—Ni lo dudes.

Tiró de mi mano y subimos unos treinta o cuarenta escalones más hasta llegar arriba. Una vez allí, nos dimos cuenta de que había valido la pena tanto esfuerzo. Las vistas te dejaban muda. La luz de París podía iluminar el mundo, era como si estuviésemos en un gran corazón y la sangre al bombear recorriera los Campos Elíseos y desembocara en el Arco del Triunfo. Carlos me observaba mientras yo me sentía muy pequeña ante semejante brutalidad. Entonces sus manos recorrieron mis hombros y me rodeó con ellas. Sentí el calor de volver a estar en casa, con él era con la única persona que había sentido que podía quedarme a vivir en su interior. En su bondad. Y en su buen hacer. Y allí, desde uno de los sitios más bonitos del mundo, en una noche en la que todo era luz, me sentí feliz. Feliz por completo.

—Es impresionante, ¿no crees? —dijo, mientras me mantenía apoyada en su pecho.

—Más de lo que me hubiese imaginado...

Le miré con los destellos que la torre producía. Carlos me observó con una sonrisa.

—Soy tan feliz ahora mismo... —conseguí decir. La sonrisa de Carlos se volvió completa.

—Pasaría el resto de mis días a tu lado. Intentando comprender cómo de todas las opciones posibles, de entre todos esos chicos que querían conocerte, mirarte y besarte, me diste solamente una llave a mí.

Sentí de nuevo las mariposas que volaron el día que conocí a Carlos.

En la torre Eiffel ya no había mucho que hacer, cientos de parejas que habían ido a la misma hora que nosotros seguían besándose o ya se habían marchado.

—Así que pasarías el resto de tus días a mi lado... —dije, recordándole sus palabras.

—Por completo.

—Vayamos empezando.

Y le besé. Uno de esos besos en los que le confesaba que yo también pasaría el resto de mi vida a su lado si me lo pidiese. Que quería ser suya para que fuésemos nuestros. Formar una familia en nuestro nuevo hogar. Amarnos cada día casi más que el anterior, y sin dejar que las mariposas dejaran de volar. Que nunca descansaran de su vuelo.

Al bajar de la torre se nos acercó uno de los cientos de vendedores ambulantes que había alrededor. Vendía llaveros.

—Diez por diez euros, ¡vamos, compra! —dijo.

Pero qué iba a hacer yo con diez torres Eiffel en miniatura, le decía. No conocía a tanta gente para regalarle semejante souvenir. Y tampoco me apetecía, quería ese recuerdo solamente para nosotros. Le dije que nada más quería una. El chico se rio y viendo que no quedaba mucha gente por allí me dio uno de los llaveros. No quiso cobrarme nada.

—¡Muchísimas gracias!

—*L'amour... Vive l'amour.*

4

Había pasado bastante tiempo desde la última vez que fui a Cudillero a ver a mi familia. El trabajo últimamente me tenía asfixiada. Entre eso y lo de Carlos, no había querido escaparme mucho por allí. Prefería encerrarme en casa y cuando llamaban fingir que todo iba bien, o al menos eso intentaba. No sé si se lo llegaban a creer.

Eludía ir para no tener que aguantar los «¿cómo vas?» o «¿qué tal lo llevas?». A veces se me hacía insoportable. No me gustaba recibir cada día las mismas preguntas. Me producía pánico tener que salir de casa y soportar todo eso en cada momento con cualquier persona que me cruzaba. Lo único que quería era tener otro tema de conversación que no fuese la muerte de Carlos, pero a veces era imposible.

Al llegar, las luces de Cudillero me dieron la bienvenida. Me asaltaron de pronto innumerables recuerdos de cuando era niña e iba a visitar a mi amiga Ana, a Lucía, que vivía en la casita azul, al lado de la tienda de souvenires. A Iñaki, cuya casa estaba bordeada por el mar y era la que más envidia me daba. Siempre quise vivir en su habitación. Parecía que el mar iba a entrar en cualquier momento por sus ventanas.

También recuerdo ir a visitar la tienda de Encarna. Ella era la panadera del pueblo, siempre que horneaba el pan nos preparaba a cada uno de nosotros las bolsas con las barras para llevarlas a nuestras casas. Por las tardes, después del colegio bajábamos a jugar con los cangrejos en la orilla del puerto y yo me despedía de mi padre desde ahí antes de que saliese camino del mar. Siempre tocaba la bocina del barco para decirnos adiós. Y nos encantaba cuando lo hacía. Nosotros le respondíamos gritando desde la orilla. La vida en este pueblo era tranquila y a nosotros nos gustaba así, jugábamos como los niños que éramos. Ahora que ya hemos crecido, echo de menos que mi infancia no durase un poquito más. Por suerte todo sigue en el mismo lugar, la casa de Iñaki, el barco de mi padre y la tienda de Encarna. Con una Encarna un poquito más mayor, a la que ahora sus nietos ayudan a sacar el pan del horno.

Mi casa estaba en la parte interior del pueblo; llegar en coche era difícil, así que aparqué en la plaza, al lado del bar de Olga. Desde bien pequeña sus padres la criaron para que se quedase con el negocio y así fue. Nunca ha salido de Cudillero. Cuando le enseñaba algunas fotos de mis últimos viajes se quedaba fascinada.

—Pero ¡bueno, Julia! ¡No te esperábamos tan pronto por aquí! —exclamó nada más verme.

—Hola, Olga, guapa.

Nos besamos mientras ella atendía la terraza que estaba hasta arriba.

—Qué pronto has venido este año, ¿no?

—Sí, he cogido las vacaciones un poco antes; pasaré aquí una semana y luego me iré a la costa.

—Tú sí que sabes... Mira yo cómo tengo esto... —dijo señalando las diez o doce mesas de la terraza en las que no cabía un alfiler—. Pero no nos vamos a quejar, que ya sabes que esto dura un suspiro.

—Y tanto, Olga.

—Oye... —dijo acercándose un poco más a mí. Yo ya sabía lo que me iba a preguntar, pero hice como que no me lo esperaba—, ¿cómo vas?

Ahora fui yo quien suspiré.

—Voy, Olga. Voy. Que no es poco.

—Bueno, cariño, poco a poco —me dijo mientras me apretaba un poquito el brazo para decirme, sin palabras, que podía contar con ella.

—Marcho ya a ver a mis padres, que estarán esperándome...

—¡Claro! Dale besos a mi Carmen. Y bajaos un día a desayunar juntas, que os invito.

—Muchas gracias, Olga —respondí esbozando una sonrisa.

Subí las escaleras que lindaban con el puerto y comencé a ver la casita verde pistacho con el número 16 en la puerta. Yo crecí corriendo por estas calles, a medida que subía cada escalón me venía algún recuerdo a la cabeza. Cuando jugábamos al escondite en este laberinto de callejones. O cuando eran las fiestas de la primavera, y el pueblo se echaba a las calles. A veces me gustaría que el reloj fuese para atrás. Más que nunca desde que Carlos no está. Quiero que las manecillas desanden su camino para así poder volver a encontrarle. Y a disfrutarle un poquito más. Siempre pienso en ese poquito más que me faltó tener antes de que se fuera. Ese poquito más que para mí sería una inmensidad. Ese poquito más...

Rocé la pared verde con las yemas de los dedos y abrí la pequeña puerta que separa la calle del jardín de la casa de mis padres. Me encantaba salir a redactar artículos en la mesa del jardín, oler de vez en cuando el mar hacía que las palabras saliesen solas. Y escuchar las gaviotas por encima de mí. Miré el reloj, todos debían de estar dentro. Tenía tantas ganas de abrazar a mi hermana... y a mi padre. Y a mi madre. Ella siempre entendía sin preguntarme que me seguía faltando un poco más de tiempo. Que esperaba que algún día me pudiera levantar con algo de alivio, sin llorar por haber soñado con Carlos, o porque a veces me giro en nuestra cama esperando a que me abrace por la espalda y me diga que todo ha sido una pesadilla. Que ya está aquí. Que ya vuelve a estar en casa.

—¡JULIA! —La voz de mi hermana retumbó en el pueblo, las gaviotas echaron a volar y yo me fundí en un abrazo con ella.

—Qué mayor estás —le dije. Había crecido mucho desde la última vez.

—Al final voy a ser yo la más alta de la familia —replicó bromeando.

Vi a mi madre secarse las manos con un paño de cocina y acercarse hacia la puerta para recibirme.

—Hija.

—Hola, mamá.

Y entonces, volví a recordar aquella llamada...

5

Tres meses antes.
Faltan dos días para irte.

—Hola, mamá.

—¡Julia, hija! ¿Qué tal el viaje? —La voz de mi madre inundó el restaurante donde estábamos comiendo cerca del Louvre.

—Muy bien, hemos salido hace un rato del museo ese que te dije que íbamos a ver y ahora aquí andamos, comiendo.

—Y Carlos, ¿se porta bien?

Lo miré, andaba partiendo su *boeuf bourguignon*, un increíble pedazo de ternera estofada con vino tinto.

—Se porta, se porta. —Me miró y le sonreí. Ya sabía que hablábamos de él.

—Bueno, acuérdate de enviar alguna foto, que esta noche hemos quedado para tomar el fresco en la plaza y así se las enseño a mis amigas.

—Mamá, por favor.

—¡Ay, hija, ya nos conoces!

—Luego hablamos, anda... Dale un beso a papá y a Ruth.

—Yo se lo doy. Disfrutad.

Colgué y me empecé a reír mirando el teléfono. Mi madre y sus cosas. Carlos, que seguía con su autopsia de la ternera, pareció entenderme.

—Tu madre y sus cosas, ¿no?

—Dice que le enviemos alguna foto, que esta noche ha quedado con sus amigas y quiere enseñárselas. Qué mujer...

—Bueno, pues vamos a hacernos una.

Carlos no era muy de fotos, siempre me costaba Dios y ayuda salir con él en alguna, ya que le ponían muy nervioso.

—¿De verdad?

—¡Claro! Además, quiero que sea aquí. Este sitio tiene la mejor carne que he probado nunca.

Desbloqueé mi móvil y puse la cámara interna para hacernos un selfi, pero Carlos odiaba los selfis. Decía que eso no eran fotos. Que las verdaderas fotos son las que tienen una historia detrás y no simplemente dos caras.

—Espera un momento. —Carlos agarró mi móvil y se acercó a uno de los camareros. Yo le seguía con la mirada.

—*Excuse moi...*

El camarero sonrió mientras nos apuntaba con el móvil. La foto que sacó nos encantó y después se la reenvíe a mi madre quien inundó de corazones nuestra conversación por WhatsApp.

—Podríamos parar el tiempo —dijo Carlos mientras brindábamos con una copa de cava que habíamos pedido.

—La verdad es que sí. Podríamos no volver nunca a Gijón. Y quedarnos en París. Busquemos un piso y hagamos nuestra vida aquí —bromeé.

—No me lo digas dos veces —se empezó a acercar a mis labios.

—Quedémonos aquí. Quedémonos... —Yo me acerqué lentamente.

Nos besamos mientras las burbujas del champán nos seguían removiendo el interior. No me cansaría nunca de aquellos besos, en cualquier lugar, cuando nos salían de dentro.

—Y mañana el concierto...

—¿Tienes ganas? —le pregunté.

—Muchas. He crecido con sus canciones y verlos mañana será un sueño. Y más a tu lado. Siempre aciertas, Julia. Siempre.

Qué equivocado estaba Carlos... Nunca me perdonaré haberle llevado allí. A esa ciudad. A ese concierto. A ese momento en el que todo se apagó y acabó.

Después de comer paseamos por los puentes de París, yo hacía alguna foto para mi madre y alguna para mí. Carlos paseaba bajo la sombra del Sena y entonces le hice una fotografía sin que se diese cuenta. Quedó preciosa.

Aquella tarde fuimos a una librería que tenía muchas ganas de visitar: Shakespeare & Co, una de las más famosas en todo el mundo. Llegamos y al entrar respiré todo el olor a libro. A esas páginas. Por ella han pasado autores como Hemingway, James Joyce o F. Scott Fitzgerald. Y también Woody Allen quiso rodar una escena para su película *Midnight in Paris*. Cada paso que das por sus peldaños es historia. Carlos también estaba alucinando con los muebles antiquísimos que había en cada esquina soportando la multitud de libros. Decidí llevarme uno, era *Chesil Beach* de Ian McEwan, un autor que me gustaba mucho. Llegamos al hotel y yo caí rendida en esa enorme cama. Estaba agotada, esta ciudad es tan inmensa que cada día acababa con los pies destrozados.

Mientras me echaba una pequeña siesta, Carlos aprovechó para ir a dar una vuelta por el barrio. El viaje estaba valiendo mucho la pena. Paseábamos nuestra felicidad por cada calle, cada restaurante y en cada uno de los lugares que descubríamos juntos. Carlos me había aportado todo lo que buscaba en esta vida. Éramos la combinación perfecta. Yo un poco desastre, él siempre tan cuidadoso. Yo a veces romántica, él siempre esperándome.

Abracé a mi madre. Ella estaba deseando verme en casa de nuevo. Cuando todo ocurrió, pasé con ellos dos semanas encerrada, y ya no había vuelto. Solamente nos escuchábamos a través de llamadas. Ella me conocía mejor que nadie y en mi voz notaba que no estaba bien; tendría que pasar el duelo, tenía que hacerme a la idea, me decía. Pero yo lo veía imposible, era como aprender a caminar de nuevo.

Como estudiar otra vez el significado de las palabras. Todo era desconocido para mí desde que Carlos se fue. Como si de repente se te olvidase montar en bici, nadar o incluso bailar. Y la pregunta que me hacía siempre era si realmente, algún día, volvería a hacer todo aquello. Volver a montar en bici, volver a nadar. O si sería capaz de volver a bailar con alguien que no fuera Carlos.

Mi madre y yo nos sentamos a la mesa del comedor mientras esperábamos a mi padre. Ella me había guardado un plato de gazpacho por si llegaba con hambre. Mientras daba cuenta de él, yo contaba cómo iban las cosas por Gijón, por el periódico, y también por mi vida. Un repaso de todo en general pero tampoco en profundidad. En los meses anteriores había aprendido a hablar lo justo y lo necesario.

—¿Has salido con tus amigas? —me preguntó. Ella ya sabía la respuesta pero quería escucharla.

—Aún no...

—Te dije que te vendría bien para despejarte y volver un poco a la normalidad.

—¿Volver a la normalidad? —repliqué.

Mi hermana Ruth nos miraba, era demasiado joven para opinar sobre aquello.

—¿Y no tienes ninguna investigación para el periódico? Antes siempre te encargabas de todas... Y ahora, ya no hay casi artículos tuyos en papel.

Mi madre se refería a todas las noticias que habíamos resuelto desde el periódico, como encontrar a los padres biológicos de niños robados: dimos con siete casos idénticos y los siete tenían sus padres buscándolos. Yo era redactora en ese caso. Recuerdo que abrimos las noticias de casi todo el país y mi móvil ardía como nunca con mensajes de felicitación y posibles entrevistas. Desde que ocurrió lo de Carlos no volví a coger ninguna investigación más. No me veía con la suficiente fuerza como para afrontar todos los contratiempos que ocurrían en casos así. Los altibajos, un día piensas que estás a punto de dar con la clave y después todo son tinieblas. Falsas esperanzas. De momento, me estaba encargando de transcribir entrevistas de otros en el periódico y subirlas a la edición online. Algo que era un coñazo, pero, desde que Carlos se fue, Bárbara no quería darme demasiado trabajo para evitarme presiones extras.

—¿Julia? —Mi padre entró en casa.

Yo me levanté para asomarme al pasillo. Venía cargado con dos cajas que apoyó en las escaleras. Y entonces me vio.

Le abracé en silencio. Estuve a punto de derrumbarme, pero no lo hice. Los abrazos de mi padre siempre eran todo lo que necesitaba para volver a la superficie. O para desahogarme y dejar que saliese toda la tristeza que llevaba dentro.

—¿Cómo estás, papá? —le pregunté.

—Ahora, mucho mejor. Mira lo que te he traído. Recién cogido de esta mañana. —Me mostró las cajas. Había de todo: rodaballos, lenguados, calamares...

—Gracias, papá... —me limité a decir ante el festín de pescado que había traído.

Juntos volvimos al comedor, donde Ruth estuvo contando sus últimos días en el instituto antes de la selectividad. Y los nervios que tenía por saber si habría entrado en la Universidad de Gijón. Valoraba dos opciones, Derecho y Periodismo. Ambas le gustaban y no estaba decidida. Yo obviamente la animaba a Periodismo, pero ella decía que había muchísima competencia y seguramente era la carrera más solicitada de todo el programa.

—¿Quieres que demos un paseo esta noche por la playa del puerto y así vemos posibilidades? —le propuse.

—Me parece genial... Estoy hecha un lío.

Le sonreí.

—Oye, ¿y yo me puedo unir? —saltó mi madre.

—Pero ¿quieres dejarles su espacio, Carmen, por favor? —entró mi padre—, además, así, tenemos un rato para estar a solas...

—Y la abuela, ¿cómo está? —me interesé.

—Bueno, hija, pues mayor... Ya lo sabes. Está entretenida cosiendo y poco más. Preguntó por ti el otro día y le dije que llegarías hoy.

—Mañana me pasaré a verla.

—Le hará mucha ilusión —apuntó mi padre.

Los días en Cudillero se presentaban lentos, sin mucho que hacer. Después de instalarme en mi antigua habitación decidí ponerme el traje de baño e ir a uno de los lugares que me resultaban más especiales. Mi madre me observó mientras cogía todas las cosas: chanclas, toalla, crema y gafas de bucear.

—¿Te vas a bajar al mar? —me preguntó desde su sillón mientras veía la película que ponían en la televisión.

—Creo que voy a ir a Cabo Vidio —respondí—. ¿Te quieres venir?

—Uf, cielo... Creo que voy a echarme un poco la siesta mientras veo la película. No te importa, ¿no? —contestó preocupada.

—Tranquila... —mentí.

—Aún tenemos muchos días —dijo guiñándome un ojo mientras cerraba el otro y se sumergía en su sueño. Agarré las llaves de mi Peugeot y salí de allí.

Cogí la carretera comarcal en dirección a Oviñana. No estaba muy alejado de Cudillero, pero era un rincón tan especial que cada vez que venía aquí tenía que visitarlo, aunque fuesen solamente unos minutos. Poca gente conocía Cabo

Vidio. A mí me lo enseñó mi padre una mañana que nos fuimos en bici haciendo una ruta que él conocía. Al igual que en aquel entonces, por el camino me crucé con numerosos peregrinos, ya que el tramo coincidía con la Ruta Jacobea.

Me observé un par de segundos en el espejo retrovisor del coche. Mi mirada estaba triste y me daba cuenta de todo lo que había cambiado desde aquel día en el que mi padre me enseñó el lugar al que ahora me dirigía. Una niña con sueños e ilusiones. Parecía irrompible y ahora solo encontraba trozos de sí misma que se afanaba por unir.

La cala nacía debajo del cabo. Desde lo alto, observé la playa. No había nadie. Comencé a descender montaña abajo con cuidado, ya que la pendiente era muy pronunciada. En un par de minutos llegué. Las piedras blancas rozaban la planta de mis pies. Extendí la toalla, dejé el bolso y miré el móvil. Fue una mirada rápida pues lo único que quería era encontrarle. A él. Y lo encontré en mi fondo de pantalla, sonriente, como siempre. Es lo único que necesitaba antes de adentrarme en el mar. No sin antes mirarle de nuevo en mi iPhone y decírselo:

—Te echo tanto de menos...

Me zambullí entre las olas. Llevaba tanto tiempo esperando ese momento que sentí una extraña liberación al notar el agua recorriendo mi piel. El cambio de temperatura lo noté hasta en el corazón. Nadé unos minutos con grandes brazadas una distancia considerable. Entonces dejé de nadar para, simplemente, flotar. Con mi cuerpo boca arriba y el sol haciendo acto de presencia entre las nubes solté todo el aire que albergaba en mí, como quien lleva dentro una tormenta. Tenía que salir de mi interior y dejarme respirar. Lo solté todo y entonces escuché la calma.

Pasé más de cuarenta y cinco minutos sola en el agua. En Gijón no podía ir casi nunca al mar, ya que entre el trabajo del periódico y los eventos de los fines de semana me resultaba imposible. Salí y me tumbé sobre la toalla. Aquel momento era de paz absoluta.

Pero como en todo, la paz no dura mucho tiempo.

—Joder —dije cuando empezó a sonar mi teléfono en el bolso.

El nombre de Adela aparecía en la pantalla. Lo observé y no supe qué hacer. Me empecé a poner nerviosa, como quien elude sus responsabilidades. Temblaba. Y no era para menos. No era una conversación que quisiese tener en aquel preciso instante, pero de alguna forma sabía que tendría que llegar. Y había llegado.

Descolgué el teléfono.

6

Tres meses antes.
Faltan dos días para irte.

Me desperté de la siesta y Carlos aún no había llegado. Me estiré en la cama, ya que nunca había dormido tan bien como entre esas sábanas. Anduve hasta la ventana que tenía entornada y me asomé para encontrarme con la Ópera en pleno esplendor. Atardecía en París y yo me preguntaba dónde estaría. Me quedé embobada un par de minutos viendo a la gente cruzándose una con otra, y entre todos ellos reconocí su chaqueta beige: era Carlos que ya volvía, hablaba por teléfono y antes de cruzar la calle miró hacia arriba. Me vio y me sonrió. Yo estaba en ropa interior, como en uno de los tantos anuncios que he visto en la televisión en que los protagonistas salen a un balcón con las mejores vistas de toda la ciudad. En cuestión de minutos escuché el sonido de la tarjeta en la habitación y Carlos apareció con un par de bolsas.

—Ya ha despertado la bella durmiente... —dijo mientras guardaba su teléfono y depositaba todo lo que traía sobre la mesa.

—Necesito llevarme esta cama a casa, Carlos... Es increíble. —Miré hacia las bolsas, tenían el logo de Galerías Lafayette.

—¿Lafayette? —pregunté extrañada.

—He ido a comprar un par de cosillas. Entre ellas... —Sacó una camisa blanca con detalles cobre en los puños y una textura que me acerqué a tocar.

—Es preciosa, Carlos.

—He pensado que ya que te has preocupado tú de todo este viaje yo tenía que poner el broche final. He reservado para nuestra última noche en Chez René. Mi hermana Adela dice que es un restaurante increíble.

Me quedé atónita. Chez René era uno de los sitios más exclusivos de toda Francia, no solamente de París. John Lennon, Barack Obama, Estefanía de Mónaco, Madonna y muchísimas más estrellas habían pasado por aquel lugar. Se trataba de un restaurante que solo había visto en las revistas y un día tuve hasta que hacer un reportaje de él. Siempre soñé con cenar en él.

—Carlos... No podemos permitirnos eso... —le comenté sentándome en la cama.

—Quiero invitarte a cenar allí. Este viaje lo has preparado con todo tu cariño, y mañana vamos de concierto gracias a que tú me regalaste esas entradas. No estaríamos aquí si no hubiese sido por ti y no podía hacer menos que llevarte al sitio del que tantas veces me has hablado. Es mi regalo.

—Pero...

—Pero nada —dijo cortándome—, vístete y vámonos a dar un paseo. Hace una noche preciosa.

Nos perdimos entre las calles de París; había tan poca gente que la ciudad parecía nuestra. Carlos aprovechaba cada momento para besarme y yo hacía lo mismo. Me subí a su espalda y por un momento eché la vista atrás. Escuché nuestras risas en cada cita que habíamos tenido mientras le besaba contra una pared. Éramos los mismos, pero con más amor que nunca. Y con todo el tiempo del mundo o, al menos, eso era lo que creía yo. Aquella noche me dormí escuchando el latido de su corazón.

—¿Julia? —dijo la voz del teléfono—. ¿Estás ahí?

—Hola, Adela...

Adela era la hermana de Carlos. Fue la única persona de su familia que llegué a conocer bien del todo. Solía venir a casa a cenar de vez en cuando y su unión con Carlos era increíble, quizá porque Adela era la pequeña y Carlos el mayor.

—Escucho el mar...

—Sí... Me he venido una semana a Cudillero, llegué hoy.

—Has hecho muy bien. Yo sigo aquí en Gijón... acabando el papeleo de Carlos... Me he acordado y... Te llamaba solo para saber cómo estabas. ¿Quieres venirte algún día a la finca? Mi padre la está dejando preciosa.

Suspiré. Miré hacia el frente y vi cómo las olas rompían contra las piedras. Sabía que si comenzaba a hablar me pasaría como a ellas, que me reduciría a espuma en cuestión de segundos.

—Muchas gracias. Yo, estoy... Adela. Simplemente estoy.

—Nosotros igual, Julia... Mi madre anda en casa como un alma en pena, ni saluda ni le apetece recibir a nadie. Y mi padre hace días que se va solo a dar paseos por el mar o se queda días enteros en la finca. No quiere que nadie le acompañe. Aún seguimos sin comprenderlo. —En su voz noté su cariño, lo decía todo con tacto y cuidado.

—Nunca nos haremos a la idea, Adela. Nunca.

Entonces las dos nos quedamos en silencio.

—Ojalá hubieseis podido cenar aquel día juntos. Todo habría sido distinto, Julia...

—Lo sé, pero el destino nos colocó en aquel lugar.

Y otro silencio.

—Me gustaría que nos viésemos... Para charlar, para desahogarnos, sabes que puedes contar conmigo.

Sonreí a un pequeño cangrejo que empezaba a acercarse a

mi pie. Me agaché para rozarle y mientras lo hacía quise acabar aquella conversación. Me estaba resquebrajando un poquito más cada segundo que pasaba.

—Gracias, Adela. Te escribo cuando esté de vuelta por Gijón.

—Te esperaré. Gracias, Julia. Un beso.

Colgué. Y agarré el cangrejo que tenía al lado, era de un rojo vivo y muy pequeño. Recordaba cuando tenía seis o siete años y mi padre me traía a este mismo lugar a cogerlos. A mí me daban miedo, pero él me hacía reír imitándoles andando para atrás. Y entonces comprendí que me estaba pasando lo mismo que a ellos, que cuantos más pasos quería dar para adelante, más atrás llegaba. Y más me hundía en mi propio fango, esperando a que acudiera alguien a sacarme. Pero ¿cómo iba a encontrar la salida si lo único que deseaba era volver a entrar?

Volví a Cudillero después del atardecer. Quise aparcar un poco más lejos de casa para darme un paseo por el pueblo mientras recordaba cada detalle. Las luces se reflejaban en la orilla del puerto. Recordé cuando acabábamos el último día de colegio y bajábamos todos corriendo hasta el puerto y saltábamos juntos al agua. Nuestros padres no podían creerlo, pero se reían de vernos a todos como polluelos que empezaban a salir del huevo.

Subí las escaleras que atraviesan las diminutas calles del pueblo. El frío apretaba, costaba creer que el verano llegaría en tan solo un par de meses. Me resultaba del todo imposible no acordarme de cuando Carlos me abrazaba por esas mismas calles, aunque fuese él quien no soportaba el frío. Pero le encantaba venir por Cudillero y sobre todo charlar con mi abuela; decía que tenía muchas historias dentro, que nunca se cansaría de escucharla. Y cada vez me entraron más ganas de visitarla al día siguiente.

Llegué a casa y mi hermana estaba esperándome en el salón. Me quedé extrañada al ver que no había nadie en la cocina.

—¿No están?

—Se han ido a cenar a Artedo.

—¿Y tú? ¿Has cenado?

—Me he hecho un bocadillo. Estaba aquí esperándote... Como me habías dicho lo de ir a la playa esta mañana.

Diablos. Se me había olvidado por completo.

—Sí... Es verdad —le dije sabiendo que me había pillado.

—No te preocupes... Vamos otro día si quieres.

—No. Me apetece dar un paseo contigo y hablar. Hace mucho tiempo que no hablamos —le dije pellizcándole un poco el moflete—, me hago un bocadillo yo también y nos vamos.

A veces se me olvidaba lo rápido que crecía Ruth. Al estar lejos de ella y verla de vez en cuando me sorprendía cada vez que llegaba. La forma de la cara le había cambiado, ya era una adulta. Tenía los pechos más grandes, las caderas definidas y unos ojos marrones que relucían como el sol. En su forma de hablar noté aún más su madurez y eso me hacía estar todavía más orgullosa de ella.

Enfilamos hacia la playa del Silencio, que estaba a pocos minutos del puerto, por lo que se podía llegar andando. Se encontraba escondida entre una gran pendiente y una carretera por la que se salía del pueblo, por ello solamente los que éramos de Cudillero conocíamos aquel lugar; supongo que también por eso, me ayudaba tanto volver.

Agarré a mi hermana de la mano para no caernos por las piedras resbaladizas. El mar rugía con una gran fuerza, como imponiendo respeto.

—Puede que con los demás tengas que fingir —comenzó mi hermana—. Pero conmigo... Conmigo no hace falta... —Me apretó un poquito más fuerte mientras paseábamos por aquel lugar.

Tardé en contestar unos cuantos segundos.

—Es duro, Ruth. Demasiado. Aun habiendo pasado el tiempo para mí es como si hubiese ocurrido ayer... Y duele como si hubiese sido hoy. Duele mucho. Mire donde mire veo a Carlos, y sé que seguiré viéndolo porque yo misma me empeño en encontrarlo.

—Mamá está preocupada, y papá no duerme desde entonces pensando en cómo estarás.

—Ya, pero necesito mi tiempo para olvidar. —Comencé a mirar al mar, las olas parecían querer devorarme—. Necesito mi tiempo para deshacerme de todo lo que era antes.

Mi hermana entonces me frenó en seco. Me puso la mano cerca del cuello y en un gesto de cariño, acarició mi oreja, después mis lunares.

—No te deshagas de ti. Vuelve a construirte.

Y allí, en esa playa que me había visto crecer me quedé muda. Mi hermana me había dejado desnuda con sus palabras, sinceras y claras como el agua. Después de aquello llegamos hasta el final de la bahía y hablamos de sus dudas entre Derecho y Periodismo. Yo le conté lo feliz que era en mi trabajo y lo bonito de estar en la redacción del periódico. Era tan especial. Ella decía que quería seguir mis pasos y por un momento volví a tener ilusión por mi trabajo. Y no solo por volver al periódico, sino también por volver a caminar, caminar por lugares nuevos, por territorios desconocidos. Nos dimos un abrazo mientras las olas acababan de mojarnos los tobillos. En aquel instante, me sentí con toda la fuerza del mundo.

Al día siguiente me desperté por el sonido de las gaviotas. Mi madre estaba en la habitación colocando algo de ropa en el armario. Me estiré en la cama para que se diese cuenta de que ya estaba despierta.

—Perdona, hija, no quería despertarte —dijo.

—No has sido tú, tranquila. Han sido ellas. —Me giré señalando las gaviotas que permanecían en el poyete de la ventana.

—No veas cómo me lo ponen todo. Si tuviese una escopeta... Me hacía un caldo con ellas.

Me reí en la cama durante un buen rato. Mi madre me miró.

—¿Sabes? Echaba de menos tenerte por aquí... —Comenzó a mirar alrededor de mi habitación.

—Y yo también, mamá... mucho. —Le apreté el moflete. Mi madre se acercó a la puerta y la cerró lentamente.

—¿Te acuerdas cuando te medías aquí? —Acarició la madera de la jamba en la que seguían aún los pequeños arañazos del compás con el que marcaba mi altura cada cumpleaños.

—Me hacía tanta ilusión ver que poco a poco iba creciendo... Como si no hubiera nadie que me parase.

—Tú estabas predestinada a volar, hija mía. Ya nos lo decía tu abuelo... Que en paz descanse.

Le sonreí y mi madre se sentó en la cama.

—¿Qué más decía el abuelo? —pregunté curiosa.

—Buf. Tú estabas en mi barriga cuando él se marchó a Alemania... Pero siempre preguntaba por ti en las cartas que le escribía a la abuela. «¿Cómo va mi mariposa?» Eras su mariposilla. «Volará más alto que nadie», decía.

—¿El abuelo decía todo eso? —repliqué extrañada al no conocer esa parte de la historia.

—Eso y más. Tu abuela guarda todas las cartas que él le escribió. Mes tras mes. Todas.

—¿Y qué más decía en ellas?

Mi madre se detuvo y miró por la ventana hacia el mar.

—Eso mejor que te lo cuente tu abuela...

Se levantó y comenzó a salir por la puerta. Me veía en la obligación de pararla. Quería estar más tiempo con ella, ese día notaba que me había levantado de mejor forma. Me sentía más aliviada y de alguna manera se lo quería hacer saber.

—¿Te apetece que bajemos a desayunar juntas al bar de Olga?

—Pues claro, hija. Nada me haría más ilusión. Me cambio rápido y nos vamos —dijo apresurándose a salir con una felicidad clamorosa.

Hacía tiempo que no planeábamos nada juntas y lo echaba de menos, mi madre se desvivía por mí casi tanto como mi padre. Desde que ocurrió lo de Carlos, yo me distancié un poco de toda la familia. En las últimas semanas no había llamado a mi abuela, no preguntaba por Ruth... Me di cuenta de que, al final, la familia es a quien siempre podemos volver. Haya pasado poco o mucho tiempo, aunque para mí había sido demasiado. Tres largos meses. Con sus más de noventa largos días. Pero ahora estaba otra vez allí, en casa.

Las dos bajamos al bar de Olga. Olíamos los churros desde la esquina de la otra calle. Cuando juntaba un par de días y volvía a Cudillero solíamos hacer ese plan siempre, por eso quería bajar con ella esa mañana, para detener el tiempo por un momento.

—Pero ¡bueno! Mi pareja preferida —exclamó Olga nada más vernos.

—¡He conseguido sacarla de casa! —celebró mi madre mientras señalaba las porras.

Nos sentamos a la mesa de siempre, justo al lado de una fotografía de cuando fueron las últimas fiestas de la primavera en Cudillero. Me fijé en la derecha del todo: yo aparecía al lado de Carlos. Y entonces sentí una cosa muy extraña, algo que no había sentido hasta ese momento. Me acerqué al marco y noté cómo las miradas de mi madre y Olga se clavaban en mi espalda. Preocupadas, no atinaron a decir nada. Y entonces ahí, rozando con la yema de mis dedos nuestras caras, dejé de sentir pena y conseguí sonreír. Le sonreí a él. A su mirada hacia la cámara que parecía mandarme un mensaje: «Vuela...». Entonces me volví hacia ellas dos.

—Qué guapo era, ¿verdad?

Mi madre y Olga se miraron y esbozaron una mueca de sonrisa.

—El que más, querida —dijo Olga—, el que más.

Y allí desayunamos las dos mientras Olga venía de vez en

cuando a nuestra mesa y nos ponía al día de todo lo que había ocurrido en el pueblo. Ella era la primera en enterarse: los nuevos noviazgos, la pareja de profesores que se habían hospedado allí... Nos hablaba de un sinfín de personajes variopintos que parecían sacados de una serie de televisión. Mientras seguíamos cotorreando sin que se dieran cuenta, volví la mirada hacia la fotografía.

7

Tres meses antes.
Faltan veinticuatro horas para irte.

—¡Cuidado, cariño, que tropiezas! —dijo Carlos agarrándome del brazo cuando estuve a punto de caer al suelo en plena calle de París.

Me había tropezado con un adoquín que estaba mal sellado al suelo. Íbamos de camino al concierto, en un parque cerca de los Campos Elíseos; todo el día había hecho buen tiempo y parecía que nos iba a durar toda la noche. Carlos iba tan contento, con su camiseta del grupo al que por fin iba a volver a ver y su sonrisa incontenible... En menos de diez minutos estábamos ya haciendo cola, el ambiente era tremendo, un montón de gente llevaba esperando desde hacía mucho tiempo para verlos en primera fila. Cuando quisimos darnos cuenta estábamos dentro del recinto. Unos neones gigantes con el logo del grupo aparecían parpadeando desde atrás, casi fundiéndose con la luz del atardecer. La gente cada vez iba llenando más y más el espacio y al final conseguimos coger un buen sitio. Justo en el centro para que Carlos los pudiese ver y escuchar perfectamente. No me soltaba la mano ni un segundo, lo notaba entusiasmado por estar ahí. De repente las luces se apagaron y el show comenzó.

Canción tras canción Carlos iba emocionándose con su

grupo de la infancia. A menudo repetía expresiones como «No me puedo creer que estén tocando esta» o «¿Te acuerdas la de veces que he puesto esta en casa?», y mientras tanto saltaba y gritaba cada estrofa de las canciones. Yo me animaba a seguirle un poco, ya que la verdad es que las canciones del grupo eran bastante pegadizas. Los minutos pasaron y el grupo fue agotando su repertorio, hasta que anunció la última canción. Tras dos horas y media de concierto, Carlos estaba pletórico.

—¡Ha sido espectacular! —no paraba de decir—. En serio, han tocado tantas canciones míticas... Se me han puesto los pelos de punta en la mayoría. ¡Qué fuerte...!

—Me alegro de que haya cumplido tus expectativas. —Le sonreí.

—Era el concierto fin de gira, tenía que ser el mejor de todos... Ay, Julia... gracias por hacerlo posible —dijo agarrándome de la cintura y plantándome un beso.

Salimos de allí camino al hotel, ya no aguantaba más tiempo de pie pero tampoco tenía mucho sueño, ya que esa mañana no habíamos madrugado. Carlos me dijo que al llegar me podía dar un masaje en los pies, a lo que accedí enseguida. Introdujimos la tarjeta y salté sobre la cama. Carlos comenzó a quitarse la ropa poco a poco, yo le observaba en el reflejo del espejo. Se quitó la camiseta y le silbé. Fiu fiu. Se rio mientras se desprendía de los pantalones.

—Pero, bueno... ¿no crees que te va a dar frío? —le pregunté sabiendo la respuesta.

—En todo caso me dará calor.

Me agarró de las piernas y me llevó hasta el otro extremo de la cama. Se puso sobre mí y comenzó a darme besos por todo el cuello; notaba su lengua húmeda recorriendo cada poro de mi piel. Yo me retorcía de placer. Estiraba las piernas y desenvolvía los pies de las sábanas como cuando abres un caramelo lentamente. Carlos siguió con su lengua hasta llegar a mi ingle, allí paró y empezó a morderme flojito. Yo estaba con los ojos cerrados pero a la vez llenos de fuego. Me quitó la ropa interior y noté su pene erecto como una piedra. No paraba de besarme por todo el cuerpo. Hicimos el amor varias veces, me sentía segura a su lado. El viaje estaba terminando, el siguiente era nuestro último día allí. Todo este tiempo me había parecido estar en un sueño. Al día siguiente se terminaría todo. No imaginaba cuánta razón tendrían mis palabras.

Había quedado para comer con mi abuela. Seguramente habría hecho migas. Siempre me las hacía especialmente cuando yo volvía a Cudillero porque era uno de mis platos favoritos y a ella le salían de escándalo.

Me desvié por una de las escaleras que llevaban hasta casa de mi abuela, que no estaba lejos de la de mis padres. Toqué a la puerta y ella misma la abrió como quien espera a alguien con muchas ganas.

—¡Mi chica! —exclamó al verme.

Sus brazos se posaron sobre mis hombros y nos dimos un gran abrazo; hacía tiempo que no nos dábamos uno de esos.

—Hola, abuela, qué bien huele aquí.

—Ya te imaginarás qué estoy haciendo —dijo riéndose mientras pasábamos dentro.

La casa de mi abuela era como un museo familiar, allí había fotografías de todo el mundo: por muy primo lejano que fueses, tenías un marco ganado en esa casa. Le encantaba tener todo lleno. Y ella recordaba quién era cada personaje: «Tu primo segundo, el padre de Ginés», «Ella es Remedios, tu tía segunda por parte de tu madre...». En fin, un árbol genealógico imposible con raíces infinitas.

La ayudé a servir las migas que, efectivamente, había preparado para comer. Nos sentamos a la mesa y supuse que querría saber cómo me encontraba. Pero mi abuela era demasiado inteligente y lo sabía todo sin preguntar.

—Te veo mejor que la última vez —comenzó mientras servía los platos.

—Estos días atrás parece que me he despertado con algo más de fuerzas. Aunque prefiero no confiarme mucho.

—Por eso has vuelto aquí, ¿verdad?

—Sí... Pensé que escapando de mi casa en la que están todavía todas las cosas de Carlos, podría...

A veces no podía pronunciar el verbo, era superior a mí. Superior a mi moral, a la forma que tenía yo de ver las cosas.

—¿Olvidarle? —preguntó mi abuela.

Me quedé en silencio y afirmé. Mi abuela me tomó la mano y fijó la mirada en mi rostro, que seguía un poco pálido y con ojeras. Después llegó hasta mis ojos.

—Julia, cariño. No debes olvidarle. —Sus palabras entraban como lanzas en mi interior. Un escalofrío comenzaba a despertar cada órgano y músculo de mi cuerpo—. Solamente debes aprender a vivir con su ausencia.

Mi abuela sacó a la vista su colgante: era un reloj muy antiguo, de los que se podían abrir. En su interior pude observar una fotografía de mi abuelo y ella junto con mi madre y mis tíos. Nunca había visto esa foto hasta ese día.

—El abuelo —conseguí decir.

—Tu abuelo —corroboró ella.

Aunque nunca lo conocí, noté por su mirada que debía de ser una persona especial. Todos hablaban maravillas de él, siempre admiraban su fortaleza. Para mi abuela fue duro que se marchase, que muriera en Alemania y no pudiese despedirse de él. Acusaba su falta en su día a día. Esa ausencia tan grande. La entendía y la admiraba. Era como una dama de hierro.

—Nunca debemos olvidar a las personas que nos hicieron ver la vida de una manera especial —afirmó.

Yo la miré, entendiendo perfectamente sus palabras, que se clavaban en mi corazón. Supe que recordaría esa frase durante mucho tiempo.

Después de comer recogimos la mesa y nos fuimos al patio. Allí, bajo una higuera que plantó mi abuelo, corría un poco más el aire. Yo observaba los higos que estaban a punto de caer y que mi abuela recogía para llevarle a mi madre, a quien le encantaban.

—El abuelo te escribía cartas, ¿no? —pregunté.

—Uy. Muchas. Muchísimas cartas, hija. Cada mes llegaba una, aquí las entregaban con casi veinte días de retraso, de manera que lo que me contaba tu abuelo en sus cartas eran cosas que había vivido casi un mes antes de que yo las leyese. Pero la ilusión era la misma siempre que llegaba la correspondencia.

—¿Y qué te decía?

—Me contaba cómo estaba siendo su vida en Alemania. Se fue allí a buscar trabajo, ya que aquí, después de que cerrasen todas las fábricas de la madera, no había trabajo salvo en la mar, y solamente podías faenar si tenías suficiente dinero como para coger un barco o eras familia de algún faenero. Nosotros por aquel entonces no conocíamos a nadie de ese círculo social y tampoco llegábamos a llenar nuestro frigorífico. Tu abuelo, unas semanas después de llegar a Alemania, consiguió trabajo en una fábrica de zapatos. Se encargaba de transportar la mercancía hasta los puntos de destino, los grandes almacenes, las boutiques que volvían a estar en un momento bueno, dado que la vida allí era muy diferente a la de aquí. Las señoras adineradas eran conquistadas por hombres de poder y tanto unas como otros gastaban dinero en los grandes almacenes. La imagen era muy importante y por eso tu abuelo consiguió aquel trabajo. Me mandaba dinero todos los meses para que yo desde aquí pudiese mantener a tu madre y sus hermanos. Las cartas seguían llegando mes tras mes y yo le contestaba con ayuda de mi amiga Emilia, ella era quien leía las cartas y quien escribía mi respuesta porque yo entonces no sabía escribir. Poco a poco nos intercambiábamos más cartas. Vivencias, sentimientos, amor. En cada final añadía siempre la misma frase: «Todo por lo que me levanto es la fuerza de un nosotros». Uno de esos meses, no llegó su carta. Me fui a dedo hasta Gijón para preguntar en la oficina central si la habían recibido o si alguien la había olvidado allí antes de repartirla. Nada. No había rastro de aquella carta. Aquel mes recuerdo que se me hizo eterno. Yo en aquellos días no podía pegar ojo.

—¿Y qué ocurrió? —le pregunté sin quitar atención a su historia.

—Un día recibí la noticia de que tu abuelo había muerto. Asesinado. Cerca de Rostock, un pueblo a menos de una hora de Hamburgo. No sé por qué, nunca lo supe. Eso era todo lo que ponía en la última carta que recibí y que no escribió él. Me hundí, rompí a llorar y di puñetazos contra el suelo. En la carta había una foto que habían encontrado dentro del bolsillo de la chaqueta de tu abuelo, una fotografía con todos sus hijos que le di yo antes de irse, para que no los olvidase nunca. Tu madre vino corriendo a verme en cuanto le dieron la noticia. Yo estaba en la puerta de casa rota de dolor, llena de lágrimas que no conseguía parar, y ella, que estaba embarazada de ti, me levantó y me calmó con ayuda de tu padre. Lloramos juntos con la carta que anunciaba su pérdida en la mano. Nunca he vuelto a leerla desde entonces. Tú naciste diez días después.

—No os merecíais ese final, abuela —dije después de conseguir coger fuerzas para hablar.

—Por eso es importante que no nos olvidemos de ellos. Porque las dos perdimos a quienes más amábamos, por eso permanecen aquí. —Su dedo rozó mi pecho y señaló mi corazón—. Aquí es donde viven ahora.

Le sonreí y le di un beso. Era hora de marcharme, pues había quedado para dar una vuelta por el pueblo con mi amiga de la infancia, pero antes quise pedirle una cosa.

—Oye, abuela, ¿te importaría que viese las cartas? Me encantaría leerlas.

Ella se levantó y fue hacia su habitación, abrió un cajón en el que había un montón de sábanas y sacó una caja. Era una caja de tela bordada a mano por ella misma, de color beige y con un montón de detalles. Me la acercó lentamente, con suma delicadeza.

—Creo que no hace falta que te pida que las cuides.

Nos dimos un abrazo y salí de allí con su caja en la mano. Con lo más importante de su vida que ahora formaba parte de la mía.

Llegué hasta casa y subí a mi habitación, dejé la caja justo debajo de la cama para leer las cartas por la noche. Tenía mucha ilusión por saber cómo escribía mi abuelo.

Antes de eso, aún tenía pendiente una cita con mi amiga Araitz, una de mis compañeras de colegio que también solía pasar el verano en Cudillero. Acababa de ser madre de una niña preciosa, lo sabía por su Facebook y cuando se enteró de que yo estaba por el pueblo se puso en contacto conmigo para vernos y ponernos al día. Habíamos quedado para tomar algo antes de que cada una volviésemos a nuestros trabajos.

De camino a mi cita en la plaza con Araitz, llamé a Mónica; sabía que estaría en el periódico trabajando como una loca, ya que estaba llegando la hora del cierre.

—¿Dígame? —contestó con prisa.

—Hola, Mónica, soy Julia. ¿No me has reconocido?

—¡Bendito milagro del Señor! Julia, por Dios, tienes que ayudarme.

Me empecé a reír.

—¿Qué te ocurre...?

—Mañana publicamos una entrevista al futbolista este tan

guapo del Sporting, y me ha dicho que elija yo la foto que más me guste.

—¿Y cuál es el problema?

—Pues que me gusta en todas. Es guapísimo. La barba de hace meses, los ojos azules como para nadar en ellos. En fin, un monumento nacional. ¡Y no sé cuál coger!

Empecé a reírme descaradamente.

—Mónica, tienes que ser profesional —le contesté.

—Pero si yo profesional soy, pero, claro, un día me hacen entrevistar al presidente de la Asociación de Petanca y otro día a este David de Miguel Ángel.

No podía parar de reír. Mónica era un show andante y, por eso, trabajar con ella era una de las cosas por las que seguía yendo al periódico.

—En fin, ya elegiré. ¿Tú qué tal estas por Cudillero?

—Bien, la verdad. Estoy mucho mejor, algo más animada —respondí ilusionada.

—Te lo iba a decir, que te notaba mejor. Y eso me gusta, amiga. Por aquí te echamos de menos.

—Tranquila, volveré pronto, pero de momento quiero desconectar un poco más. Este mediodía estuve con mi abuela. ¿Tú te acuerdas de la historia que más o menos te conté de que mi abuelo murió en Alemania? —pregunté.

—¡Sí, claro! Que nunca llegaste a conocerlo.

—Justo. Pues hoy mi abuela me ha dado una caja llena de cartas que él le enviaba.

—¡¡Qué me dices!! Cielo, ahí tenemos un reportaje de cinco páginas como mínimo.

—Por eso te llamaba también, porque me las leeré en un par de días y te escribiré: me gustaría publicar algo en su honor.

—Me parece una idea fantástica, Julia, si quieres se lo comento yo a Bárbara, que ya sabes tú lo que le gusta a ella un drama romántico.

—Jajaja. Vale. Y por cierto, coge la foto que salga de perfil izquierdo. El perfil izquierdo siempre es el bueno.

—¡TE ADORO!

Y colgó.

Qué alegría me había dado hablar con ella. «Debería hacerlo más a menudo», pensé. Consideraba a Mónica cercana, pero no le había dejado entrar mucho más en mi vida porque recién ocurrido lo de Carlos solo me aislé.

Me senté a esperar a Araitz en una terraza mientras comenzaba a atardecer; estaba haciendo un día perfecto, casi de manga corta, para ser el norte. Al sentarme me acordé, sin quererlo, de aquel día. De mis últimos minutos a su lado.

8

Tres meses antes.
Falta una hora para irte.

Dejamos las maletas en recepción, ya que nuestro vuelo de vuelta a casa salía de madrugada. Queríamos aprovechar hasta los últimos instantes que nos quedaban en París y así poder despedirnos mejor de esa ciudad que nos había acogido durante esos días. Después de agradecerle al personal del hotel su amabilidad, pusimos camino hacia la plaza de las Victorias, una de las más bellas de París, tenía muchas ganas de verla, ya que algunas escenas de varios libros que había leído se localizaban en ella.

Llegamos en metro, hacía un día radiante en París, a pesar de estar en pleno noviembre. La gente había salido a las calles, a la compra, a desayunar, a las librerías... y no había muchos turistas, pues la ciudad se llenaría poco después para la época de la Navidad.

Estuvimos como media hora andando hasta que llegamos a la plaza. Era increíble, cinco calles la protegían y se notaba que allí comenzaba la ciudad, daba la sensación de que de aquel punto nacían todas las calles. Nos hicimos un par de fotos en aquel lugar, algunas se las mandé al grupo de la familia y otras simplemente me las quedé para mí, para volver siempre a esta plaza cuando estuviese en Gijón.

—¿Te acuerdas de aquella novela, *La florista de París*? —le pregunté a Carlos.

—Sí.

—Ella siempre tenía que entregar el mismo ramo de flores cada sábado por la mañana en la misma casa.

—Así es, y siempre se preguntaba quién las recibiría.

Busqué con la mirada el letrero con el nombre de la calle.

—Rue Catinat. Ahí está —señalé con el dedo—, justo en el último piso, la ventana que da a la plaza. Ahí era donde ella entregaba siempre las flores.

Me gustaba muchísimo visitar los sitios en los que se desarrollaban las tramas de las obras, con sus personajes. Estoy segura de que si un escritor había elegido ese escenario sería por algo muy importante para él. Hay miles de historias almacenadas en las páginas de un libro. Secretos, personajes que vivieron en la realidad, cafés que se tomaron de verdad y paseos que seguramente también se dieron en estas calles. Siempre todo existe para alguien.

Seguimos visitando parte del barrio, y cruzamos por un puente que a mí me llamó mucho la atención. Estaba entre dos calles y tenía su nombre puesto en uno de los laterales: PASSERELLE BICHAT. Justo debajo discurría tranquila el agua del canal San Martín. Subimos las escaleras del puente, que tenía las tablas de madera y la estructura de hierro. Me detuve en seco un segundo.

—¿Qué pasa, cariño? —me preguntó Carlos.

—Yo este puente lo he visto antes.

Él se quedó extrañado. Miró a su alrededor sin entender nada.

—Igual has visto una fotografía de alguno parecido en alguna exposición.

—No, Carlos, era este.

Me giré para observar lo que tenía cerca: casas antiguas de ladrillo visto, bancos a cada lado y el agua que corría tranquila como si esperase a que algo o alguien rompiese esa tranquilidad. Y entonces un escalofrío recorrió mi cuerpo y lo recordé.

—No puede ser.

Cerré los ojos y volví a aquel instante en el que iba a soplar las velas de mis diez años. Mi padre me regaló una película; yo siempre pedía películas o libros y aquel año quería una en concreto. Una de la que todos mis amigos del colegio hablaban y que yo había visto antes por algún escaparate, en el videoclub o en alguna revista infantil. Rasgué el papel de regalo, deseando que fuese esa y allí estaba. La película que tanto tiempo había deseado colocar en mi estantería, la que vería infinitas noches hasta la madrugada.

—*Amélie*.

—¿Qué? —dijo Carlos.

—Desde allí Amélie lanzaba las piedras que corrían por el agua.

Carlos observó al frente y sonrió.

—Eres increíble, Julia.

Le sonreí.

—Vamos a hacernos una foto aquí. Quiero tenerla.

Carlos se acercó a mí y me agarró por la cintura. Inclinó la cabeza y me rozó la mejilla con la nariz. Capturé la fotografía y la subí.

—¿Quieres que vayamos a tomar algo a alguna terraza? —pregunté.

—Estaría bien, que mira qué día ha salido.

Antes de bajar del puente, Carlos se acercó a mí y me besó despacio, como si fuese una película. Poco a poco me mordió el labio y yo le hice lo mismo a él. Un beso lento, de los que están destinados a ser recordados; quizá por eso fue el último beso que nos dimos. En aquel puente se quedó aquel beso que recordaría hasta el final de mis días y que tiempo después, tanta rabia me daría no poder hacer nada para que durase un poco más.

Estaba tumbada observando las vigas de madera, me di la vuelta y me quedé boca abajo con media cabeza fuera de la cama. Entonces vi la caja de mi abuela. Las costuras de la tapa que había hecho llevaban un mismo patrón, todas formaban una especie de mosaico que no conseguía adivinar. Acaricié la caja y la abrí; en el interior había multitud de papeles, todos de color amarillento por el paso del tiempo. La caligrafía era cursiva y bonita. Escrita con mimo. No sabía por dónde empezar, pero me fijé en que en la esquina superior derecha tenían todas un pequeño número. Busqué el número uno entre todas ellas.

1 de febrero de 1979 – París
Carta n.º 1

Querida Candela, acabamos de cruzar la frontera con Francia. Vamos todos en un autobús que nos llevará hasta París, allí nos cambiarán a un tren que acabo de pagar con el dinero que me llevé y que también era tuyo... En seis días llegaré a Alemania. Cuando esté allí te volveré a escribir... Ya te echo tanto de menos... Cuida de nuestros hijos y de mi pequeña mariposa... La que viene en camino.

La carta se extendía algunos párrafos más, narrando minucias sobre el trayecto hasta París y recordando anécdotas compartidas con mi abuela en Cudillero. Supongo que debió de escribirla a trozos hasta llegar a la estación de ferrocarril, donde tendría la oportunidad de echarla al correo. Al final, la despedida:

Con cariño, de quien no os olvida.

Miguel

Se me pusieron los pelos de punta: aquella carta también hablaba de mí. Aquella mariposa que venía en camino era yo. Me quedé observando esa última línea y casi me emocioné. Sentí que debía seguir leyendo, quería conocer más de esa historia. Vi la montonera de cartas y las vacié sobre la cama para ordenarlas. Fui cogiendo una tras otra, distribuyéndolas boca arriba. La número uno, la dos, la tres..., así hasta ocho en total. Cerré la puerta y subí un poco más la persiana, el atardecer no tardaría en llegar.

12 de febrero de 1979 – Hamburgo, Alemania
Carta n.º 2

Querida Candela, ya estamos en la vivienda del superior que nos va a dar trabajo. Somos unos cuantos aquí y el poco dinero que consiga te lo mandaré para que podáis comer todos. Tendrías que ver cómo de grande es esta ciudad. Esta mañana me crucé con un señor del banco que llevaba el maletín más bonito que he visto en mi vida, un Tholfftom. Casi me choco de bruces con una farola por quedarme mirándolo... Si todo me va bien aquí os podréis venir a ver este país y quizá algún día yo también pueda tener ese maletín. No sabes qué casas hay aquí... Son todas preciosas, pero yo la que más extraño es la nuestra... ¿Me echan de menos nuestros hijos? ¿Preguntan por mí? Esta mañana de camino al trabajo pasé por un escaparate de muñecas, y pensé en nuestra mariposilla. Si pudiese comprarle una... Qué ganas tengo de verla volar.

Con cariño, de quien no os olvida.

MIGUEL

Sonreí al pensar lo presente que me tenía mi abuelo y ahora entendía por qué todos me decían que me quería muchísimo aun sin conocerme. Notaba su amor a través de las cartas. Quise seguir leyendo. Al final de la caja había otro sobre. Estaba mal doblado y arrugado, como si lo hubiesen plegado después de abrirlo. Rocé el papel y cerré los ojos, negando en mi interior.

Estimada Candela Alcantud:

Lamentamos darle la noticia de que su marido, Miguel Aguilar, murió la pasada noche del jueves en Rostock, al norte de Alemania. Procederemos a ponernos en contacto con usted para hacerle llegar los restos mortales en cuanto todos los informes de repatriación estén aprobados.

Le acompañamos en el sentimiento y rezamos por su pérdida.

Con todo nuestro afecto,
Comandancia Superior del Ejército.

La lágrima cayó justo encima de aquella palabra.
«Pérdida.»

9

Tres meses antes.
Faltan diez minutos para irte.

Llegamos hasta una cafetería preciosa, la madera era de color rojizo y tenía una terraza con mucha gente. Bebían café, otros té y otros tomaban una cerveza. El sol se hacía presente por los laterales de la calle y el reflejo que creaba en el suelo era de foto. No había ni un hueco afuera, y estuvimos a punto de irnos después de esperar un par de minutos a que se levantara alguien, pero viendo que no, comenzamos a alejarnos.

—*Excuse moi* —dijo una voz del interior.

Era uno de los camareros de la cafetería, moreno y con una sonrisa dibujada en la cara. Amablemente nos señaló una mesa que justamente acababa de quedarse libre. Yo le devolví la sonrisa y él nos acompañó hasta allí. Nos sentamos y pedimos dos cafés largos dobles y un cruasán para ambos, aunque en realidad era más bien para mí.

—Ha sido un viaje tan bonito... —comencé a decir.

—Bueno, y aún no ha terminado —me contestó Carlos. Con aquella camisa blanca de seda y el abrigo largo que llevaba encima estaba radiante, le sentaba de escándalo. También se había puesto el reloj que le regalé las Navidades anteriores.

—¿Te he dicho ya que hoy estás demasiado guapo?

—Unas tres veces —rio.

—Es que lo estás. Mucho —le contesté.

—Tú lo estás siempre...

El camarero, Philippe, según ponía en una chapa de su delantal, nos sirvió los cafés. Tenía un tatuaje muy bonito en la muñeca. Decía «*Mon amour*». Me gustó mucho el diseño sencillo de las letras. Nos trajo un pequeño pastel de regalo con un corazón encima. Carlos se sorprendió y yo me quedé atónita. Solo pude decirle «*Merci*» unas cincuenta veces antes de que se fuera.

—De verdad, qué majo es aquí todo el mundo.

—Y que lo digas... —coincidió Carlos.

—¿A qué hora es la reserva para cenar? —le pregunté.

—Sobre las ocho y media; iremos en taxi si quieres.

—Aún no me creo que me vayas a llevar a ese sitio...

—Pues deja que lleguemos para que te lo creas. —Me agarró la mano y me dio un beso.

Acabamos de comernos el pastel juntos y le dije a Carlos que iba al baño a repasarme los labios. Agarré el bolso donde llevaba mi pintalabios de Hermès y me metí dentro de la cafetería. Philippe me sonrió de nuevo y me señaló con su mano el camino. El baño era del mismo color que la madera de fuera. Saqué mi pintalabios y comencé a pintarme. Me quedé mirando mi reflejo en el espejo y me giré para verme el cuerpo. Llevaba el mejor vestido que tenía, el de color verde pastel: me hacía un tipo muy bonito, tenía detalles de pedrería en los laterales y la espalda al aire. También me puse una gabardina corta que había comprado meses antes y que aún no había podido estrenar. Recordé entonces que Carlos y yo nos habíamos hecho una foto antes de salir del hotel, la busqué y la envié al grupo de nuestras familias; en segundos, recibí un aluvión de piropos. Mientras, yo aproveché para ponerme las últimas gotas de perfume. En ese momento la hermana de Carlos, Adela, me llamó.

—Me he emocionado con la foto —me dijo.

—¡Anda, qué boba!

—Estáis guapísimos... de verdad. ¿Qué tal va?

—Increíble, Adela, está siendo un viaje de película. Además, ahora tu hermano me va a llevar a uno de los restaurantes más caros de París.

—Ya, ya... Ya me ha dicho...

—Es más bueno... —seguí.

—Disfrutad de esta noche, guapísimos. Nos vemos pronto...

—Gracias, Adela, besos a todos.

Colgué y me miré una última vez en el espejo. Quité el cerrojo y abrí la puerta. Philippe estaba en el medio de la cafetería y me vio venir. Sonrió nada más verme salir del baño y me miró de arriba abajo.

—*Magnifique.*

Yo, tímida, le sonreí sabiendo que tenía los labios perfectamente contorneados con el rojo que acababa de ponerme.

—*Merci.*

Me giré hacia la puerta para salir a la terraza, fui a dar el primer paso mientras levantaba la cabeza para mirar al exterior de la cafetería. La gente hablaba y seguía tomando sus consumiciones. Al dar el segundo paso mi mirada se detuvo en una motocicleta que iba muy lenta. El conductor llevaba un abrigo color oscuro y el pasajero, que iba sentado tras él, estaba con medio cuerpo girado hacia el lado derecho de la calle. Entonces vi algo que me hizo quedarme congelada: portaba un arma inmensa.

De pronto una ráfaga de disparos impactó contra todo lo que había en su camino. Alguien me tiró al suelo en medio de los gritos. Las balas zumbaban sobre mi cabeza, destrozándolo todo a su paso. Los cristales reventaron, la madera del exterior saltó a trozos, los vasos explotaban... Me quise incorporar, pero Philippe me tenía agarrada con sus brazos. Él fue quien me tiró al suelo en cuanto todo comenzó. No sabía hacia dónde mirar, pero vi cómo una bala le daba de lleno a uno de los camareros que seguía dentro de la barra. Pude ver cómo se desplomaba hasta al suelo. Los gritos llegaban desde afuera hasta el interior. El horror parecía que nunca iba a acabar cuando se hizo el silencio. Un silencio sepulcral. Vi a una señora en el suelo con un tiro en el hombro sobre un charco de sangre. Philippe se incorporó y observó el horror.

Entonces se giró y vio a su compañero. Fue poco a poco hasta donde se encontraba y cayó de rodillas ante él. Y yo fui a gatas hasta la puerta; como pude, me agarré a los marcos con los cristales reventados. En el suelo yacían muchos de los que estaban en la terraza: mujeres, hombres e incluso un carro de bebé volcado. Cogí fuerzas para salir, puse mis manos sobre una silla para intentar andar, pero el tobillo se me había torcido por la caída. Gritos y gente que corría sin parar inundaban la calle. Los impactos de bala habían casi borrado el nombre de la cafetería: Le Carrillon.

Entonces me volví hacia nuestra mesa y ahí estaba.

Mi amor, tendido en el suelo boca abajo con su camisa blanca ahora teñida de sangre. Me arrastré entre lágrimas corriendo hasta él, gritando hasta que no me quedó voz. Le agarré de los hombros y lo giré. Su cara estaba manchada de sangre por el impacto de tres disparos en el pecho.

—¡CARLOS! ¡CARLOS! NO. NO. NO. POR FAVOR, CARLOS. ¡DESPIERTA! —mis gritos no valían de mucho. Le rozaba la cara para que despertara. Pero nunca lo hizo. Philippe me agarró por detrás—. ¡NOOOOO! ¡NOOOO! —gritaba mientras me separaba de él y me llevaba hacia dentro.

Cerró las puertas y atravesó una silla contra el picaporte. Aquellos asesinos podían volver en cualquier momento. El aire atravesaba la cafetería por todos los huecos que habían dejado las balas, era un aire duro, seco, silencioso. Philippe me abrazó mientras me calmaba, una mujer que seguía tendida en una esquina comenzó a rabiar de dolor herida en el costado. Philippe fue a por el teléfono, agachado, y llamó a emergencias. Yo busqué mi teléfono pero no lo encontré, se me habría perdido en algún lugar. Fue entonces cuando escuché un tono de llamada que venía de afuera. Enseguida reconocí el tono de llamada: aquella canción del grupo favorito de Carlos. Miré a Philippe, que negó con la mirada detrás de la barra, y desde allí apoyé mi cuerpo en la pared mientras el dolor comenzaba a devorarme. La ligera esperanza de que pudiesen hacer algo por Carlos me invadió y salí a por el móvil.

Carlos seguía en el mismo lugar, tendido en el suelo con su teléfono tirado cerca de las rodillas. Me agaché a recogerlo y me senté a su lado.

—Tranquilo, cariño... Ya vienen —intenté tranquilizarlo.

Le agarré la cara, lentamente. Le limpié las gotas de sangre de las mejillas con mis manos, comencé a llorar como nunca antes lo había hecho. Aquello no podía estar pasando, necesitaba despertarme ya de esa pesadilla. Yo no paraba de temblar. No atinaba a marcar los números en el teléfono. Philippe me observaba desde los cristales rotos por los disparos, tenía que pasar dentro porque yo también estaba en peligro. Pero no quise dejarle allí. Le grité a Philippe para que saliese afuera a ayudarme. Le cogió de los brazos y yo de las piernas, ambos esquivamos sillas, mesas, cristales, y mucha gente que seguía tendida allí. Entonces noté cómo una silla se movía de una forma extraña; estaba en una de las esquinas de la terraza, cubierta por una mesa volcada. Me detuve en seco y Philippe me miró para ver qué estaba haciendo.

—Espera, espera —le pedí antes de que pasase adentro.

Aparté la silla y me encontré con un niño que tenía una brecha en la cabeza. Estaba con los ojos cerrados y abrazándose las piernas con la cara dentro de ambas.

—Cielo, cielo... Ven. Vamos —alcancé a decir.

Poco a poco separó sus brazos de las piernas en las que se agazapaba, a modo de barrera. Separé la mesa, lo que hizo que volcasen los cristales de la ventana de al lado. Fue entonces cuando abrió los ojos y me miró, tenía unos ojos azules preciosos. Le esbocé una pequeña sonrisa y me mostró sus manos para agarrarme y que lo subiese. Me lo llevé para dentro de la cafetería en brazos pero antes de entrar me señaló algo.

—*Maman... Papa...*

El pequeño estaba señalando con sus manitas a un matrimonio que había tendido en el suelo; estaban uno frente al otro, cerca del bordillo de la acera. Volví mi mirada al pequeño sin saber qué decirle. Entonces comenzó a llorar, y se abrazó a mí.

—*Maman... Papa...* —volvió a decir.

Entramos en la cafetería, que se convirtió en un pequeño refugio para los que nos encontrábamos allí. Philippe le había hecho un torniquete a la señora. La bala le había dado de rebote y no había perforado del todo, pero, aun así, su dolor era inmenso. Ellos hablaban en francés y yo no entendía mucho. Entré y vi el cuerpo de Carlos tendido en el suelo al lado de la ventana; Philippe le había puesto bajo la cabeza uno de los almohadones de las sillas, lo miré y en silencio le di las gracias vocalizando las palabras, ya que no me salía ni la voz.

El pequeño y yo nos apoyamos en una de las esquinas al lado de Carlos, sabía que no había nada que se pudiese hacer. Miraba los tres impactos, dos en el pecho y uno en el abdomen. Apoyé mi espalda contra la madera de la cafetería y comencé a acariciarle el pelo mientras asumí que Carlos acababa de marcharse, esta vez para siempre. Al cabo de unos pocos minutos escuchamos las ambulancias. Me asomé un poco por los huecos de los cristales y vi que la ráfaga de disparos había conseguido alcanzar también a la cafetería de enfrente. La imagen era de absoluto pánico. El sonido de las sirenas era cada vez más cercano, Philippe se levantó y todos con él. Se acercó a la puerta, el pequeño me agarró de la mano y la señora, cojeando, me agarró del hombro.

Más de diez ambulancias ocuparon la calle. La policía

llegó tras ellas y en cuestión de segundos había un centenar de personas con nosotros. Atendieron a la mujer y se la llevaron a algún hospital lo más rápido posible. Al pequeño y a mí nos atendieron juntos en la acera, ya que no se separaba de mi lado. Comenzaron entonces a levantar cadáveres mientras los envolvían en la sábana plateada que tantas veces había visto en la televisión. Una camilla envuelta en ese papel se llevaba a Carlos. Me levanté corriendo y me acerqué.

—¿Dónde se lo llevan? ¿Dónde, por favor? —Nadie me entendía—. ¡Oigan! —Una chica que llevaba puesto un uniforme de los servicios sanitarios se me acercó.

—Hola, yo te entiendo. Mi padre es español.

—Gracias a Dios. ¿Dónde se lo llevan? Es mi novio.

—Lo siento mucho...

Me sequé las lágrimas.

—Lo vamos a trasladar directamente al tanatorio —respondió la chica—. ¿Vivís aquí?

—No... Estábamos... —no atinaba a articular palabra.

—Tranquila. —Me agarró del hombro—. Respira...

La chica levantó la mano y llamó a una de sus compañeras. Hablaron algo en francés que no entendí y me miraron ambas.

—Te van a trasladar al hospital para revisarte las heridas, dame tu teléfono móvil y me lo anotaré para llamarte en cuanto pueda darte noticias acerca del cuerpo de tu novio.

Eso me destrozó. «El cuerpo» de tu novio.

—He perdido mi teléfono, pero llámame al suyo. Lo tengo yo.

Después de dictarle el número, señaló al pequeño que tenía detrás de mí.

—¿Y él?

—Ha perdido a sus padres. Estaban en la terraza también cuando ocurrió; si no le importa, me haré cargo hasta que pase todo. No tiene a nadie más.

Nos llevaron a las puertas de la última ambulancia, ayudé al pequeño a subir y quise echar la vista atrás para observar todo lo que allí había ocurrido. Sabía que cuando mirase, aquella imagen sería la que recordaría durante el resto de mi vida. Y así fue: una docena de ambulancias transportando a los heridos que quedaban, otras tantas trasladando a los cadáveres entre los que se encontraba Carlos. Y entre todos ellos vi a quien me salvó: Philippe iba junto a la camilla donde llevaban al compañero que acababa de ver morir a su lado. Le sujetaba la mano. Me acerqué al conductor de la ambulancia y le indiqué por señas que me esperara un instante.

—¡Philippe!

Mi voz le hizo reaccionar.

—Se ha ido... —me costó entender.

Le soltó la mano y me abrazó. Comenzó a derrumbarse y a llorar en mi hombro. Y yo hice lo mismo. Aquella persona se había convertido en mi ángel de la guarda en todo este infierno y ambos sabíamos que superar lo que acababa de ocurrir allí iba a ser misión imposible.

—Gracias por salvarme, Philippe.

Él, que seguía llorando, me apretó con más fuerza. Y yo a él también.

—Cuí... ¿Cuídate?

Le sonreí. Porque intentaba hablar español aunque no le saliese del todo bien.

—Sí... Philippe. Cuídate mucho tú también.

Necesitaba salir de allí. Tenía que irme. No sabía por dónde empezar. ¿Cómo se vuelve a andar si de repente te has olvidado? ¿Cómo comienzas a escribir si has perdido la mano que guiaba tu trazo? No sabía por dónde comenzar. Debía llamar a mi familia para contarle lo sucedido, pero si lo hacía me derrumbaría por completo. Guardé el móvil de Carlos en el bolsillo de mi gabardina y la ambulancia arrancó. El pequeño me miraba y yo le sonreía, aunque no servía de mucho, ya que seguía muy asustado. Fue entonces cuando vi que había unos guantes de goma de los sanitarios cerca de donde yo me encontraba.

Cogí uno y lo inflé como un globo enorme, con cinco dedos arriba que simulaban el pelo de una persona. Con un bolígrafo que encontré en el suelo le dibujé una cara y se lo di al pequeño. En cuanto vio el gesto feliz del globo sonrió también.

—¿Cómo... te... llamas? —le pregunté despacio.

El pequeño, con su guante globo en la mano, abrió la boca.

—Lio... nel... —dijo tímidamente.

—Lionel —sonreí.

El camino se hizo muy largo, la ciudad estaba colapsada, no teníamos noticias de nada de lo que estaba sucediendo pero, según había oído al conductor de la ambulancia, decían que había ocurrido en más puntos de París.

10

La luz del atardecer inundaba mi habitación de un tono naranja perfecto. La calidez de los últimos rayos del sol se colaba por mi cuarto a medida que yo seguía leyendo las cartas de mi abuelo.

28 de febrero de 1979 – Hamburgo, Alemania
Carta n.º 3

Candela, si estás leyendo esto habrás visto que dentro del sobre hay dos mil pesetas. He conseguido que un compañero que se llama Martín me haga el cambio a pesetas, ya que su mujer trabaja en un banco. Espero que te sea suficiente para el mes que entra... Quizá para el mes que viene pueda mandarte más, dado que doblaré horas conduciendo un camión toda la noche hasta Rostock. Me ha ofrecido el puesto Martín, que es tan bueno conmigo; su mujer es encantadora. Ojalá los puedas conocer alguna vez. ¿Sabes qué? El tiempo aquí, Candela, pasa muy deprisa, este país nos lleva años de ventaja. Pero en cambio en mi corazón el tiempo pasa muy despacio. Muy lento. Os extraño tanto que no paro de pensar en cuándo podré volver a veros. Escribirte es mi única forma de intentar no extrañarte tanto...

Dale besos a mis tres hijos, y diles que no me olvido de ellos. Que los amo como a ti.

MIGUEL

Cada línea que escribía mi abuelo iba directamente al corazón. Entendía a mi madre ahora cuando decía aquello de que habían sido afortunados de tenerle como padre. Podía imaginarme cada calle de Alemania con sus pocas explicaciones, y a la vez sentir la soledad que él mismo sentía. Necesitaba seguir leyendo, pero entonces alguien llamó a la puerta. Bajé por las escaleras en compañía del crujido de la madera de los escalones. Detrás de la cristalera de la puerta se adivinaba una sombra, imperceptible, una silueta de mujer.

Abrí la puerta y allí estaba. La última persona a la que querría ver.

—¡Julia! Por fin te encuentro, pensaba que a esta hora andarías por la bahía del pueblo.

Se trataba de Adela, la hermana de Carlos. Había olvidado por completo su llamada de unos días atrás en la que me sugirió vernos y ahora aquí estaba. Se había presentado en la puerta de mi casa sin darme opción a finalizar esa conversación antes incluso de que empezase.

—Hola, Adela, qué sorpresa. No te esperaba por aquí...

—Quería hablar contigo...

Mi gesto era serio, incómodo y cortante. Quería cerrar la puerta antes de que entrase, pero no sabía cómo.

—¿Puedo pasar? —preguntó.

—Sí, por supuesto.

Nos acomodamos en el sofá. Traje dos cafés, uno que Adela me había pedido y otro que me hice para intentar relajarme un poco. Se me notaba incómoda, estaba en el otro extremo del sofá, sin mostrar cercanía. Adela me miró mientras daba un sorbo a la taza y entonces comenzó a hablar:

—Siento haberme presentado sin avisar, pero estaba preocupada por ti, Julia...

—Ya te dije por teléfono que necesitaba tiempo, Adela. Es mi duelo —contesté.

—Y lo entendemos, Julia, de verdad. Pero alejarte así de la familia... Con todo el cariño que te teníamos.

—¿Ya no?

—Y te tenemos —se apresuró a puntualizar—. Mi madre me pregunta cada día por ti, sobre cómo estás o dónde te encuentras. Aún no has venido al cementerio desde aquel día...

—Adela —corté en seco—, a ti se te ha muerto un hermano. A mí la persona que más quería de este mundo. Teníamos una casa juntos, una vida por delante y un futuro. Y ahora lo único que puedo hacer es llevar flores a una tumba. Comprende que necesito tiempo para coger fuerzas y presentarme allí. El día de su entierro fue para mí el más doloroso de mi vida después del día que ocurrió todo. Así que, por favor, te pido que no me pongas plazos. Mi interior cicatriza como puede y lo último que necesita es prisa. ¿No te das cuenta de qué hago aquí? Nuestra casa está llena de un *nosotros* que ya no está. Que ya no existe. Y que nunca volverá. Siguen sus fotos, sus camisas, su olor en ellas, pero él no. Necesitaba irme, Adela. Al menos un tiempo.

Ella se quedó en silencio un rato. Miraba al suelo de madera. En mi interior pensé que quizá había sido demasiado brusca, pero todo lo que había dicho era verdad. Una verdad dolorosa, pero así es como era mi realidad.

—Bueno. Tienes mi teléfono. Si alguna vez quieres hablar de lo que sea, llámame. Es lo único que te pido —me dijo dejando la taza de café sobre la mesa.

Se levantó y no esperó a que la acompañase a la puerta. Observé cómo se marchaba desde la ventana del salón, detrás de las cortinas. Abrió el coche y cerró la puerta con tanta rabia que sentí el portazo hasta en mi interior.

11

Tres meses antes.
Te fuiste hace tres horas.

El hospital de Saint-Louis de París era una locura. Un no parar de heridos que llegaban desde decenas de ambulancias. Las noticias comenzaban a informar acerca de lo que estaba ocurriendo en París. Yo intentaba preguntar a los médicos desde la camilla en la que me encontraba, pero todos corrían de un box a otro. Una multitud de enfermeras y enfermeros junto con los médicos atendían a los heridos que entraban por la puerta sin descanso. Mis heridas no eran graves, me habían puesto tres gasas con cinta en la cabeza y me habían dado una pastilla para el dolor. Me levanté de la camilla para dejarla libre, ya que estaba segura de que a alguien le haría más falta que a mí.

Intenté buscar al pequeño Lionel entre los pasillos del hospital. Observaba a la gente que venía con la ropa hecha trapos, muchísimas heridas en el cuerpo, huesos rotos..., aquello era una completa pesadilla. A medida que avanzaba por los pasillos era peor todavía. En la televisión de una sala de espera estaban dando un informativo especial en francés, leí las palabras «ataque terrorista» y en imágenes salía un campo de fútbol, una sala de conciertos en el centro de París y la terraza donde Carlos y yo estábamos sentados: los objetivos del ataque. La cifra de víctimas era ya de sesenta y cinco personas en apenas tres horas. Las imágenes que salían eran brutales, durísimas. Gente corriendo por las calles, cuerpos en el suelo, gritos, llantos.

Era una estampa de horror. De pánico. De absoluta confusión. En ese momento sonó el teléfono. El de Carlos, el que estaba en mi bolsillo. No quería sacarlo, no me atrevía a saber quién podría ser, no quería dar la noticia de que estaba muerto. No tenía fuerzas. Ni consuelo. Pero nuestros parientes y amigos aún podían tener una ligera esperanza de que no nos hubiese pasado nada.

Saqué el móvil de mi bolsillo y cuando lo giré vi el nombre de Adela iluminando toda la pantalla.

Respiré. Solté aire. Y contesté. Oí su voz llena de angustia.

—¡Carlos!

Un silencio. Hasta que sintió mi llanto.

—¿Julia? Julia, ¿eres tú?

—Adela... —dije entrecortándome mientras respiraba.

—¡Julia! Julia, ¡¿qué pasa?! ¿Estáis bien?

Un grito de desgarro salió de mi interior seguido por su nombre.

—Carlos... Carlos...

—¿QUÉ? No, no, no, no, Julia. No, por favor.

—Carlos... —solté mi último llanto. El que más me había costado sacar. Y entonces, lo dije—: ha muerto.

Tuve la sensación de que en aquel momento el tiempo se detenía. Se hizo un silencio inmenso de tres segundos, pero que se antojó eterno. No pude despegarme del teléfono mientras temblaba y entonces un grito llenó mi realidad.

Fue el grito de Adela. Desde Gijón, llorando la muerte de su hermano. Era el llanto de quien había sido su compañera de juegos desde que eran unos enanos. No había nada más que decir, nuestro dolor era mutuo a tantos kilómetros de distancia. El llanto de su hermana seguía y yo solo podía repetir «lo siento, lo siento» una y otra vez, hasta que Adela colgó. De nuevo otro inmenso silencio me engulló y me dejó a oscuras.

Horas después nuestras familias habían recibido la noticia. Aparecíamos en todos los informativos de España. A la madre de Carlos tuvieron que atenderla de urgencia por un ataque de ansiedad nada más contárselo su hija. A mi padre lo tuvieron que agarrar en el bar para que no se cayera desmayado en el momento en que se enteró, por la televisión, de que había ocurrido algo en París y vio la cara de Carlos junto con la mía. Cuando consiguió hablar conmigo por teléfono no atinaba a decir ninguna palabra. Solo dolor. Solamente quedaba el dolor. Y la rabia. Yo hacía horas que me había quedado sin lágrimas, vacía, y sin la persona que más quería en este mundo.

Horas más tarde la cifra de fallecidos superaba los cien. Muchos de ellos no habían conseguido superar las intervenciones de urgencia que todo el equipo del hospital había realizado. Los otros cuatro hospitales de París seguían igual de colapsados, según comentaban los principales medios. Eran pasadas las cuatro y media de la madrugada y yo seguía en directo las noticias desde las salas de heridos, el móvil de Carlos echaba fuego, mensajes, llamadas...; recibí una de un número bastante largo.

—¿Dígame? —contesté.

—¿Julia? Soy Eli, la doctora que estaba esta tarde contigo.

Recapacité un segundo hasta que la recordé.

—Por fin —dije—, no tengo noticias de dónde se han llevado a Carlos desde que llegué aquí.

—Estoy en el mortuorio. Creo que tu novio está aquí, pero tengo que hablar contigo. Debes bajar hasta la planta B del hospital y caminar por toda el ala de urgencias, una vez que lo hayas atravesado entero, al final encontrarás unas escaleras que llevan al sótano. Allí estaré esperándote.

—Vale. Nos vemos ahora.

Seguí todas las indicaciones que me dio. En mi camino observé cosas bastante duras, padres que no soltaban las manos de los niños heridos por los atentados, gente sola en las camillas, dado que aún no habían podido avisar a los familiares... Conseguí llegar hasta el mortuorio. No sabía si realmente deseaba ver a Carlos una última vez. Si eso sería bueno o si, por el contrario, era mejor quedarme sin ese recuerdo de él acribillado por las balas.

Eli, la médica que me había atendido por la tarde en la acera de la cafetería, me estaba esperando. En cuanto me vio se acercó para recibirme con una pequeña sonrisa. Era bajita, con gafas finas y redondas. En su bata llevaba una chapa de Minnie Mouse.

—Hola, Julia —dijo apoyando su mano en mi hombro para hacerme sentir que todo estaba bien—. Acompáñame, vamos a hablar tranquilamente.

Juntas nos dirigimos hacia el ala exterior del mortuorio, que tenía un gran jardín con diferentes variedades de flores: tulipanes, lirios, claveles... Nos acercamos a uno de los bancos que había sobre el césped. La luna nos iluminaba por completo.

—¿Fumas? —me preguntó Eli sacando el paquete de tabaco del bolsillo de su bata.

—Pues ahora me vendría bien uno, la verdad.

Me sacó un cigarro y me lo encendió con su mechero para luego encenderse el suyo.

—Perdona, pero está siendo un día de locos.

—¿Qué se supone que ha pasado? He intentado ver los informativos o leer periódicos de España pero aún no hay nada claro.

Eli le dio una calada bien larga al cigarro y después expulsó el humo poco a poco.

—Verás, donde tú estabas con tu novio fue uno de los escenarios de los atentados, junto al estadio de Saint-Denis y la sala Bataclan.

—¿La de conciertos? —pregunté.

—Sí. Han entrado y se han puesto a disparar a bocajarro contra todos los que estaban allí. Ha sido una matanza.

No podía creer lo que estaba escuchando. Era el guion de cualquier película de terror.

—Joder...

—Han activado el gabinete de crisis del país, los hospitales estamos desbordados y aún no han dado con dos de los terroristas. Y mientras tanto tengo que darte algunas noticias de Carlos. Nos han llamado desde la embajada y se van a hacer cargo de la repatriación del cuerpo. Mañana llegará un avión militar a la base de Nogent, una zona cercana a París.

—¿Y Carlos? ¿Dónde está?

—Lo tenemos aquí, en una sala.

Miré hacia las cristaleras que había en el edificio del mortuorio.

—¿Podría verlo?

Eli suspiró. Y me miró a los ojos para segundos después volver a cogerme la mano.

—Necesitamos que alguien lo identifique para proceder a la repatriación, en efecto, pero... ¿te sientes con fuerzas para ello? Quizá podríamos encontrar otra manera...

Me quedé callada, miré esta vez al cielo. Hacia la luna llena que inundaba el jardín de las flores de luz.

—¿Sabes qué? —comencé—. Carlos era posiblemente el único chico que realmente me ha tratado bien en mucho tiempo. No confiaba en el amor después de las relaciones tóxicas que me había tocado vivir, tíos de los que me enamoraba que solo buscaban un polvo y yo, en cambio, veía un futuro. Después de eso no tenía fe en algo que me había hecho tantísimo daño, y entonces de repente llegó Carlos y le dio la vuelta a todo. —Eli me observaba atenta, con su cigarro—. Él hizo

93

que confiase más en las personas, hasta en mí. Y creo que quiero verlo, quiero despedirme de él. Es lo único que me queda —afirmé enjugándome una lágrima.

Eli me observaba atenta y esbozó una pequeña sonrisa.

—Sécate las lágrimas, no quiero que te despidas así —dijo dándome un pañuelo—. Vamos.

Juntas nos levantamos y atravesamos el campo de flores en el que nos encontrábamos. Yo ya me había secado bien los ojos, la seguía a ella por donde iba. Giramos un pasillo y se detuvo ante una puerta.

—Es aquí, Julia —anunció frente a la sala número 6.

No dije nada, observé la gran puerta que me separaba de Carlos. Cerré los ojos y en ese momento supe que tenía que ser fuerte, tenía que aguantar. Solté aire y abrí la puerta.

Una sala completamente blanca me rodeaba. En medio, una mesa de acero inoxidable con el cuerpo de Carlos encima, tendido boca arriba con una sábana hasta el pecho. Me acerqué tan despacio que pude sentir cómo a cada paso que daba el corazón se me aceleraba un poco más. Y más. Y más. Y más. Hasta que lo tuve ante mí.

Estaba completamente pálido, con los impactos de los disparos en el pecho. Los ojos cerrados y los labios sin color. Al verlo tendido sobre esa mesa fue cuando realmente comencé a hacerme a la idea de que se había ido. De que nunca más volveríamos a ser nada, de que el tiempo para nosotros se había detenido en aquella terraza, en esa ciudad, en ese viaje. Solo tuve el valor para acercarme a su mano y cogerla para darle un beso. El último. Me vine abajo ante la idea de que allí se acababa todo, que ya no había más capítulos en nuestra historia. Allí se terminaba. Negaba con la cabeza ante su cadáver intentando despertar de ese mal sueño, pero nunca lo hice.

Antes de soltar su mano le sonreí entre lágrimas, esperando a que fuese él quien me las secase, como había hecho alguna vez. A que me ofreciese esa vez un pañuelo. Pero no ocurrió. Abandoné esa sala destrozada, solo quería salir de allí, de aquel hospital, de esa ciudad y no volver nunca. Llevarme el cuerpo de Carlos y enterrarlo para tener un lugar en el que ir a llorarle.

Días después un avión especial nos llevó a casa y enterramos a Carlos en el cementerio de Luarca. Fue uno de esos días en los que cada minuto que pasa se te clava como un dardo en el corazón. Familiares, amigos, conocidos y hasta los que no conocían a Carlos, pero habían oído hablar de él y sabían que era un hombre bueno, que no se merecía morir de aquella forma, estaban allí.

Carlos siempre quiso que lo enterrasen mirando al mar para, como decía él, «sentir esa libertad aun estando muerto». Allí estábamos, todo ese gentío a su lado, en la colina de Luarca mirando al mar. A su mar.

Le dimos el último adiós junto a su familia; la mía se encontraba arropándome desde que llegamos, ayudándome a superar los momentos más dolorosos. Dolor producía creer que la vida te ha dejado hundida en la pena y que salir de ahí va a ser misión imposible. Deseaba pensar que aquello no estuviese ocurriendo, pero era real: a la vida de Carlos los terroristas le pusieron un punto y final de la forma más cruel y cobarde que hay, sin temblarles el pulso.

Después del entierro vinieron a darme el pésame todas las amistades que teníamos ambos. Una tras otra. Y yo solo quería marcharme de allí. Mis padres y Ruth no se separaban de mi lado, y mi abuela solo me pedía que aguantase. Ella me decía «ya casi está» mientras me agarraba con fuerza la mano. Después de que toda la gente se marchara fui a despedirme de la familia de Carlos. Sus padres y yo teníamos una buena relación.

Adela estaba irreconocible, tan rota por fuera como por dentro. Le di un abrazo en el que no pude evitar emocionarme. Su familia comenzó a irse hacia el aparcamiento y la mía hizo lo mismo. Llevaba unas flores en la mano: lirios y rosas. Me puse de rodillas en su lápida, rocé con las yemas la piedra que acababa de ser sellada. Puse las flores sobre su nombre, que recorrí con los dedos.

No quería llorar delante de Carlos, y no lo hice. Solo le regalé sonrisas. «¿Y ahora qué?», recuerdo que le dije. Me dio un arrebato de rabia y golpeé la piedra de mármol. Solo repetía una cosa: «¿Por qué, Carlos?», «¿Por qué tú?». Las lágrimas volvían a nacer sobre aquel lugar, lloré durante un rato sobre él, me reí de algunos momentos que vivimos juntos. Me acordé de nuestros primeros mensajes y también de nuestros últimos momentos, de aquel paseo por el puente de Amélie, de la noche en la torre Eiffel. De cuando lo conocí en la universidad y pensé que sería un chulo y prepotente. Y acabé enamorándome de él, de aquel rubio de ojos azules. De nuestro primer beso. Y del último. De cuando nos fuimos a vivir juntos. De nuestros veranos. De nuestras vidas. De nuestro mundo juntos. Besé la piedra, sobre la C de Carlos. Y pensé que ahora, debería guiarme desde arriba porque no sabría volver a andar sin él.

SEGUNDA PARTE

EL AHORA

12

Una mañana decidí coger la caja con las cartas de mi abuelo e irme a un sitio especial, un lugar tranquilo en el que nadie me molestase para seguir leyendo las que me quedaban.

Bajé a la floristería y compré un ramo precioso que me hizo Gracia, la florista de Cudillero. El sol lucía tímidamente en Asturias. Me subí en el coche y enfilé hacia el cementerio de Luarca. Carlos y yo lo visitamos un par de veces, ya que allí se respiraba una calma especial. A Carlos, que era un enamorado de esa localidad, lo que más le sorprendió fue el cementerio.

Era blanco y estaba situado encima de una pequeña colina pero, a su vez, muy cerca del mar. El prado donde se encontraba era de un verde brutal y todas las lápidas y mausoleos miraban hacia el mar. Uno de esos días que caminamos por el lugar me dijo que si alguna vez le pasaba algo le gustaría ser enterrado allí. Y así fue. Llegué al cementerio en apenas media hora, no había mucho tráfico y el acceso era rápido. Bajé del coche con el ramo en una mano y en la otra la caja de cartas de mi abuelo. En el bolso llevaba agua, unas manzanas y un par de galletas. No era un pícnic pero casi. Mientras atravesaba el cementerio me fijaba en los nichos de personas fallecidas entre 1970 y 1980. Lo que me parecía más terrible era cuando encontraba el de un niño o niña. El mensaje de sus padres sobre las piedras me removía el alma.

La tumba de Carlos estaba bajando sobre el exterior de la colina, era la zona más cara, ya que se contemplaban las mejores vistas, tan cerca del mar que parecía que podrías tocarlo. Tanto la familia de Carlos como yo no dudamos en que él estuviese allí. Fui acercándome a su tumba y vi cómo un señor trajeado ponía unas flores en el cuenco rojo, el de sus padres, y se llevaba las que ya estaban marchitas.

Bajó por la otra parte del cementerio y se marchó. No lo conocía ni sabía quién era. Quizá algún amigo de los padres de Carlos, pero no le di más importancia.

Me senté frente a su tumba y puse las flores en agua, mi recipiente era el azul, el de sus padres el rojo y el de Adela el verde. Éramos quienes veníamos un par de veces al mes e íbamos cambiando las flores. Las lilas que le había traído hace unas semanas estaban ya un poco feas y las cambié por las que le había traído ese día, esas flores eran sus favoritas.

«Necesitaba un poco de compañía —dije mirando su nombre—. Espero que no te importe que me haya venido aquí a leer contigo.» Comencé a abrir la caja de las cartas, seis eran los papeles doblados que quedaban. Sabía que se me iban a hacer muy cortas.

16 de marzo de 1979 – Hamburgo, Alemania
Carta n.º 4

Querida Candela, ya hace más de quince días que no te escribo, discúlpame. El trabajo aquí se está volviendo cada vez más duro. Por las mañanas estoy en los grandes almacenes, cargando todo lo que llega. Y por la noche conduzco el camión hasta Rostock, transportando toda la carne hacia allí. Nuestros superiores quieren que trabajemos más duro, y por aquí hace un frío terrible, del que te hiela los huesos. Por eso cada vez tengo menos tiempo para escribirte pero, por suerte, estoy ganando un poco más de dinero. Hoy he pasado por un escaparate y he visto un vestido precioso, me he quedado embobado y Martín me ha dicho que te lo comprase. Ojalá pudiera comprártelo y enviártelo el mes que viene con las horas extras que estoy haciendo con el camión

Te extraño mucho, vida mía. Cada día más.

Por cierto. Nuestra hija debe de estar ya emocionada, según mis cuentas nuestra mariposilla llegará para el mes de mayo. Estoy trabajando todo lo que puedo para tener a los superiores contentos para, en cuanto nazca, cogerme un tren para ir hasta allí.

MIGUEL

Mi abuelo estaba en lo cierto, nací la noche del 25 de mayo de 1979 en el Hospital General de Gijón. Mi abuelo nunca llegó. Me incorporé un poco sobre la tumba de Carlos y me acerqué hasta el mirador para ver el mar. La verdad es que ese lugar era perfecto, la paz allí era increíble. Todo estaba en calma y lo único que se escuchaba era el sonido de las olas al llegar a la orilla. Cogí mi teléfono e hice una foto desde allí. La colgué en Instagram y de título añadí: «Donde siempre quisiste estar». Al poco tiempo me llamó mi jefa, Bárbara.

—Disculpa que te moleste en tus vacaciones, Julia —dijo algo preocupada.

—No hay problema, Bárbara. Dime, ¿qué pasa?

—Verás, últimamente no llegamos casi con contenidos, no hay apenas entrevistas que publicar ni reportajes interesantes que mostrar al público y este año, además, no tenemos reportaje que presentar al Premio Urbizu, y tú siempre has sido la encargada de los grandes reportajes de investigación de este periódico. Si consiguiésemos ese premio supondría una gran ayuda económica ya que estamos en una situación muy precaria... ¿Te ves con fuerzas para preparar algo antes del cierre de la convocatoria del premio?

Últimamente no me acordaba para nada del periódico, tal vez había perdido mi ilusión de periodista, yo era quien daba voz a algunos de los reportajes más sonados de Asturias y en realidad fui la que coordinó a todo el equipo para resolver los siete casos de los bebés robados que destapó la gran trama del hospital Santa Justa, pero para todos esos reportajes tenía una motivación plena, algo que ahora no encontraba por ningún lado y que no le había confesado a Bárbara.

—Verás, Bárbara... Últimamente...

—Sí. Lo sé, Julia. Lo de Carlos. Lo acabo de ver en Instagram.

—No es solo eso. Antes el papel me pedía que me sentase a escribir, pero ahora no encuentro esa ilusión.

—Julia, quizá es porque aún no te has parado bien a observar. Muchas veces vemos pero pocas nos paramos realmente a observar. Eras la mejor Julia, estoy segura de que encontrarás algo que te motive.

Suspiré.

—Intentaré buscar algo.

—Gracias, Julia, lo dejo en tus manos. Como siempre.

—Un beso, Bárbara.

Colgué y me enfadé. No podían dejarme a mí la responsabilidad de salvar el periódico. No tenía reportaje, no tenía ganas y mucho menos fuerzas como para empezar una investigación sobre algún tema político o social. Si volvía a escribir tendría que ser por algo que me motivase y no que me quitase todas las ganas, como ahora. Volví a abrir la caja de las cartas, quería seguir leyendo la aventura de mi abuelo. Cinco cartas para conocer el final de la historia o conocer más detalles acerca de su muerte. Desdoblé la número cinco y me trasladé por un momento a la Alemania de los años setenta.

4 de abril de 1979 – Hamburgo, Alemania
Carta n.º 5

Mi querida Candela, hoy estoy un poco triste.

Esta vez en Hamburgo no para de llover. Siempre está nublado y cada día que estoy aquí pienso que me pierdo un día de estar con mi familia, con mis hijos y con mi mariposilla, que ya le queda nada para llegar.

Ojalá pueda decirte la próxima vez que mi superior me ha dado permiso para ir a veros por el nacimiento de la pequeña; debe de tener una barriga nuestra hija...

Bromeo mucho con Martín sobre irnos juntos a España, cada uno con nuestras familias, él y yo nos repartimos los turnos, una noche trabaja él y una noche trabajo yo...

La noche que puedo descansar es como si estuviese en el cielo, Candela... No te imaginas. Espero que por Cudillero esté todo bien, mándale mi cariño a todos, que me echarán de menos, como yo a ellos.

Intento escribirte todo lo que puedo, pero resumir un mes en unas cuantas líneas... Aunque lo importante son los pequeños detalles, querida Candela. Los pequeños detalles.

Gracias por esperarme y quererme tanto.

Atentamente, Miguel.

No te olvido.

Las cartas de mi abuelo eran cada vez más sentimentales, a medida que pasaba el tiempo se notaba que echaba más de menos estar con mi abuela y sus hijos, pero sobre todo con mi madre. La nombraba continuamente. Recuerdo un carrito de bebé del que hablaba en las cartas, en él tengo muchísimas fotos de recién nacida. Fue un regalo de mi abuelo. En una de sus cartas, mi abuelo le pedía a su esposa que fueran a comprármelo a una tienda de Oviedo, lo que no dejaba de ser curioso, ya que mi familia nunca había vivido en esa ciudad.

Era todo muy tierno, como leer una historia de amor de hace muchos años. Cada vez que leía un «te quiero» se me erizaba la piel. Abrí mi bolso y me empecé a comer una de las manzanas que había echado en él. Me acabé las galletas y quise bajar hacia la playa que perfilaba Luarca. No había nadie, salvo dos corredores que trotaban al ritmo de las olas. Agarré los zapatos y los metí en mi bolso antes de que se llenasen de arena. Sentí el frío en la planta de mis pies descalzos a medida que me acercaba a la orilla. La arena se volvía húmeda y era como caminar por las nubes frías de un otoño un poco más largo de lo habitual. La brisa del mar me removía todo el pelo y me hacía sentir en plena libertad, podía respirar tranquila y sentirme bien. Tomé la siguiente carta para comenzar a leer justo allí, caminando sobre la playa más tranquila del mundo.

29 de abril de 1989 – Hamburgo, Alemania
Carta n.º 6

Ahora estoy tan feliz, Candela, que aunque esté alejado de vosotros, mi amor hacia ti y mis hijos es inabarcable.

Ay, Candela... qué alegría traigo. Martín y yo hemos pedido permiso para ver a nuestras familias y nos lo han concedido. Sabía yo que trabajar tanto como si no hubiese un mañana traería recompensa.

Posiblemente llegue al nacimiento de mi mariposilla, ojalá tenga la suerte de que me espere para verle la carita. Martín y yo lo estamos celebrando, hoy me toca a mí hacer el servicio de transporte y estamos bebiéndonos unos cuantos vasos de vino a vuestra salud. Por eso

Recuérdame igual que yo te recuerdo a ti, querida Candela. Como si esta carta no la estuviese escribiendo solo, sé que no me contestas porque no sabes escribir.

Sí, aún recuerdo tu forma de mirarme y besarme, como cuando éramos jóvenes, y desde el principio supe que tú y yo estaríamos juntos el resto de nuestra vida.

Aunque la vida nos ponga problemas con los que lidiar en el camino, nosotros siempre nos tendremos el uno al otro.

Pero piénsame mucho para protegerme. Te amo y no te olvido.

MIGUEL

Te he mandado más dinero del habitual, porque quiero que compres el carro más bonito que haya en Oviedo y se lo regales a nuestra hija.

Quedaba la última carta. No entendía el motivo por el que mi abuelo murió. Quería leer rápido, pero a la vez me surgían demasiadas preguntas. Estaba preparada para abrir la número siete. En cada carta sabía un poco más de aquella historia de la que tanto me había hablado mi familia. Y ahí estaba, a punto de leer las últimas palabras que escribió mi abuelo antes de morir.

8 de mayo de 1979 – Alemania
Carta n.º 7

Estamos planeando fugarnos de aquí, Candela. Las cosas se han complicado mucho, mandar cartas cada vez es más peligroso y Martín me ha dicho que debo dejar de hacerlo.

Rezo por que todo salga bien y en cuanto vuelva esta madrugada a Hamburgo con el camión podamos irnos. Martín y su mujer me esperan con las maletas hechas para salir en cuanto llegue.

Si pudiera contarte, lo entenderías todo mucho mejor, pero es mejor que no pongas las noticias para que no te asustes.

Ojalá nos veamos en un par de días. Candela, reza por mí, que estoy muerto de miedo. Reza por que mañana estemos en un tren a París y por que llegue a Cudillero lo antes posible.

Necesito verte y contarte lo que ocurre. Y abrazarte. Y abrazar a mis hijos. Esta será la última carta que te escriba. Por favor, piensa en mí. Haré todo lo posible por llegar.

Amor, te querré hasta el fin de mis días.

Siempre tuyo,

MIGUEL

13

Mis lágrimas goteaban sobre las piedras de la bahía de Luarca. Nunca consiguió salir de allí. Lo asesinaron antes de reunirse con su familia. La impotencia comenzaba a recorrer mi cuerpo. Sentía ira, dolor y pena. La vida me había quitado a dos personas claves para mí. Nos las habían arrebatado a mi abuela y a mí. Agarré dos piedras grandes y las lancé con fuerza al agua mientras gritaba de rabia. Las gaviotas echaron a volar. Guardé la última carta. Quería volver a casa y hablar con mi abuela, abrazarla de nuevo por todo lo que había pasado. Subí otra vez hasta el cementerio a por mi coche, le prometí a Carlos que volvería pronto a verlo. Arranqué y salí hacia la autovía para regresar a casa. El atardecer llegaba a través de la playa de Luarca, era una imagen preciosa. Durante el camino de regreso estuve dándole vueltas a lo mismo: mi abuelo. Tenía tanta rabia acumulada que si alguien me tocaba seguramente podría quemarse. Me quedaban diez kilómetros para llegar a Cudillero cuando mi móvil comenzó a sonar. En la pantalla aparecía de nuevo el nombre de Adela. Detuve el coche junto al arcén en un desvío y descolgué.

—Hola de nuevo, Julia. Perdona que te moleste otra vez, pero mis padres han insistido. —Me quedé callada—. Dicen que les gustaría que vinieses a comer esta semana.

Era la cosa que menos me apetecía en ese momento, no quería estar con la familia de Carlos, sino con la mía, que era con quien debía estar. Pero en el fondo sabía que les debía una disculpa por no dar señales de vida durante esos tres meses. Podría ir a comer y aprovechar para pasar esa semana en Gijón, un poco más tranquila. Incluso podría llamar a mis compañeros del periódico y a alguna otra amiga.

—Pues podría ir a comer mañana, o pasado. Pero después tendría que irme a casa, tengo cosas que hacer —contesté un poco más simpática.

—Sí, sí. Por supuesto, mañana nos va bien. Simplemente es porque a mis padres les hace ilusión que vengas y la verdad es que a mí también.

—Perfecto, pues mañana voy para Gijón. ¿A las dos del mediodía os va bien? —pregunté.

—A esa hora, perfecto. Qué alegría les vas a dar. Gracias, Julia —acabó.

—Hasta mañana, Adela.

Llegué a Cudillero de noche, aparqué en la puerta de casa y cuando entré mi madre me vio con la caja de cartas de mi abuela. Nos quedamos mirándonos y se acercó. Antes de que me abrazase me derrumbé. Comencé a llorar y ella me rodeó con sus brazos.

—Ya está... Ya está —me repetía.

—¿Por qué, mamá? ¿Por qué me está pasando todo esto? Primero el abuelo, ahora Carlos. ¿Qué más me va a arrebatar la vida? —Le di un golpe a la escalera. Mi madre no paraba de consolarme.

—Ven, vamos a sentarnos.

Cogió la caja pero no la abrió, se limitó a observarla.

—¿Sabes? Yo las leí mucho después de que muriese, era mi padre y no podía hacerme a la idea de que ya no estaba. Gracias a mi madre salimos adelante, y un día me levanté con la suficiente fuerza como para leerlas. Me hizo daño, pero a la vez sentí alivio. Es todo lo que nos quedó de él.

—Mañana voy a comer a Gijón con los padres de Carlos

y su hermana —empecé—. Aprovecharé para pasar estos últimos días allí. Tengo que sacar todo lo de... —quise decirlo pero no pude. Aún no. Mi madre asentía.

—Será lo mejor, cielo. Tienes que volver a la realidad.

Eso seguramente era lo que más vértigo me daba. Acostumbrarme a su ausencia o simplemente eliminar cada rastro de él para hacer como si nunca hubiera existido. Como si nada hubiese pasado entre nosotros. Realmente necesitaba quitar cada sombra de su recuerdo de la casa o sino no podría seguir.

—Entonces ¿este es tu último día aquí? —preguntó mi hermana, que estaba escuchando desde la escalera.

Me daba mucho miedo irme, en esa última semana me había dado cuenta de que podía ser feliz, todo gracias al vínculo que tenía con mi familia. Y, cómo no, gracias a mi hermana. Me hizo mucha ilusión ser su referente en sus estudios y en su plan de futuro.

—Ven aquí —le dije—. Tú ya sabes que puedes venirte a casa cuando quieras, ¿no? Solo hace falta que me llames por teléfono y vengo a recogerte.

—Sí... Pero, aun así...

—Mira, hacemos una cosa, ¿damos hoy otro de nuestros paseos? —le propuse para intentar alegrarla un poco.

—Vale. Me encantaría...

Mi madre nos miraba a las dos orgullosa. Y yo lo noté. Mi padre no tardó en entrar en casa. Cuando vio aquella estampa, solo pudo darnos besos a las tres mujeres más importantes de su vida. Mientras preparaban la cena, aproveché para despedirme de alguien que tanto me había emocionado en estos últimos días.

—Voy a devolver esto —anuncié a mi madre con la caja de las cartas de mi abuelo en la mano.

La luz del salón de la casa de la abuela estaba encendida, seguramente estaría cenando. A través de las cortinas se adivinaba su figura en la mesa junto a la ventana. Llamé al timbre y esperé. Y allí estaba ella, seguramente la mujer más fuerte del mundo. O al menos de mi familia. Mi abuela.

—¡Mi niñita, pasa!

—Hola, abuela...

—¿Has cenado? He preparado verduras asadas.

—No, tranquila... Me están esperando en casa. —Dejé la caja en la mesa—. Me marcho mañana de vuelta a Gijón.

Mi abuela observó la caja de las cartas.

—¿Ya mañana? —dijo acercándose lentamente a donde yo estaba.

—Sí, abuela... Necesitaba venir a coger un poco de fuerzas —le sonreí.

—¿Y las has cogido?

—Pues... —dudé—, eso creo. Al menos me siento un poco más valiente para volver a mi casa. Aunque tenga que guardar todas sus fotos. Y sus camisas.

—Mira, niñita, ven...

Me agarró de la mano y me condujo hacia dentro. Me guio hasta su habitación. Encendió la luz y vi su cama perfectamente hecha con el detalle de las puntas de las sábanas bordadas a mano. Sobre ella saltaba yo muchas veces cuando regresaba del colegio. Justo encima del cabecero unas imágenes de Cristo y algunas vírgenes decoraban la pared. Me acerqué a la mesilla y allí vi una fotografía en la que aparecía mi abuelo, parece que fue de sus últimas semanas en Alemania. Salía agarrado a un hombre, un poco más alto que él, ambos pegados a un tanque.

—¿Martín? —pregunté.

—Martín.

Recordaba a Martín de las cartas de mi abuelo. Los dos sonreían en la fotografía. Los dos tenían a sus familias lejos de ellos y estaban allí para sacarlas adelante, aunque les costase la vida. Mi abuela se acercó a mí.

—Quitar las fotografías no hace que te olvides de una persona, Julia —declaró.

—¿Y qué crees que debo hacer, abuela?

—Volar. Como decía tu abuelo, debes volar. Una persona, cuando se va, por más tiempo que pase, siempre sigue cerca de ti. Y estoy segura de que Carlos querrá verte bien.

Mi abuela me acarició la barbilla. Yo era la mayor de sus nietas, pero para ella siempre sería una niña pequeña. Nunca olvidaba mi cumpleaños, me llamaba más de dos veces por semana para ver cómo me iba en el trabajo y cuando pasó lo de Carlos no había noche en la que no recibiese su llamada y en el transcurso de las cuales yo, en la mayoría de las ocasiones, me venía abajo. Me pedía que fuese fuerte, que dejase que el corazón cicatrizase. Y ahora, que creía haberlo hecho, me estaba dando el mejor consejo: seguir de nuevo con mi vida. Echar a volar.

—Me marcho ya, abuela. Hablamos esta semana, ¿vale? —le dije dándole un abrazo.

—Nos llamamos... Ten cuidado en la carretera, preciosa.

—Te he dejado la caja sobre la mesa.

—Espera un momento —me pidió yendo a por ella. La cogió y me la entregó.

—Llévatela.

—Pero ¿abuela? No, no...

—Que sí. Hazme caso, contigo estarán mejor y seguro que querrás volver a leerlas pronto. Al final, yo cada vez que las leía me daba cuenta de algo más.

Al día siguiente salí temprano de Cudillero, le di un beso a mi hermana mientras dormía. Mi padre ya se había levantado y me estaba esperando para despedirse. Me dijo que me quería muchísimo y que intentara estar bien. Que le llamase pronto y que también me interesase por mi madre, que le hacía mucha ilusión cuando preguntaba por ella. Me dio un puñado de tuppers para Gijón llenos de pescado que había cogido el día anterior y me ayudó a cargar las maletas en el coche. Nos abrazamos en la puerta de casa y arranqué mi Peugeot 307. Enfilé hacia la carretera de Gijón y pulsé para que sonase una de mis listas de Spotify mientras conducía.

Entré en Gijón antes de las once de la mañana. Encontré aparcamiento cerquita de casa gracias a que la gente aún no había regresado de sus vacaciones y había huecos por el barrio. Metí la llave en el portal y pasé, mi mirada fue directa hacia el buzón en el que aún se notaban los arañazos que hice con la llave antes de irme. Subí en el ascensor y entré en casa. Giré las dos vueltas de la cerradura y tomé aire para entrar. Un silencio. Dos. Y hasta diez segundos estuve sin moverme. Todo era silencio. Anduve hasta la cocina desde la que se veía el salón. Me apoyé en la barra americana que elegí con Adela y entonces supe a quién llamar.

—¿Sí...? —contestó una voz adormilada.

—¿Estás aún durmiendo, tía?

—Julia, la madre que te parió. ¿Qué hora es? —me preguntó.

Llevaba sin hablar con Mónica desde que le conté que había leído las cartas de mi abuelo. Y me apetecía verla, quería que viniese a casa.

—Estoy en Gijón, he quedado a comer con mis suegros e intuyo que voy a necesitar emborracharme esta tarde.

—Vaya, qué buena idea. Me parece bien. Emborrachémonos. Fiesta y desenfreno —fue su respuesta.

—Jajajaja, eso es. Nos vemos sobre las cinco por Cimadevilla. Que echo de menos salir por ahí.

—Perfecto —dijo bostezando—. ¡Qué ganas de verte, Julia!

—Muchas, querida, muchas. Tengo tantas cosas que contarte...

14

Saqué de mi maleta la caja de las cartas de mi abuelo, las llevé a mi habitación, las dejé debajo de la cama, en una esquina. Al incorporarme miré la mesilla de Carlos. Allí seguía la novela que no había podido acabar, *Marina*, de Carlos Ruiz Zafón. Se la recomendé yo, fue el libro que hizo que me diera cuenta de mi necesidad de escribir, de contar historias. Y allí lo tenía, encima de su mesilla con el marcapáginas dentro. No llegó a saber lo que ocurrió. Lo cogí y lo observé. Se quedó en la mitad, como nosotros. A mitad de nuestro camino. Rocé las páginas y lo cerré. Lo volví a dejar en la mesa y comencé a prepararme para ir a casa de sus padres. No sabía qué ponerme y fui hacia el armario para decidirme. Observé la puerta que tenía a mi derecha, era la suya. Ahí estaban sus camisas, abrigos y toda su ropa. Apoyé la mano y, mientras la abría lentamente, pensé unos segundos. Sabía que si seguía me vendría abajo, y ahora que estaba levantando un poco mi estado de ánimo, no quería machacarlo de esa manera. Volví a cerrarla por completo.

Saqué de mi armario un vestido que me regaló mi hermana por mi pasado cumpleaños, era de color azul cielo, sin duda uno de mis favoritos. Me puse frente al espejo. Me miré y entonces pensé en lo que me decía mi abuela: volar.

Saliendo del portal volví a mirar el cartel del buzón, con el nombre de Carlos tachado. Escribí en las notas del móvil «*cambiar nombres buzón*» porque era horrible ver eso así.

¿Qué pensarían los vecinos? Ya en la calle, la luz de Gijón me dio de lleno en la cara, no era común ver el sol por allí. Sonreí, en ese momento tenía ganas de muchas cosas. De salir a la calle, de ir a la playa, de emborracharme, de escribir, de emborracharme mientras escribo, de volver al periódico. De todo eso y más. Y lo mejor es que aún tenía una semana de vacaciones, y no iba a desaprovecharla.

Llamé al timbre de la casa de los padres de Carlos, mientras recordaba la primera vez que fui: una comida por el cumpleaños de su padre. Le preguntó si podía venir acompañado; no llevábamos ni dos meses, pero él estaba tan ilusionado que me pidió que fuera con él y yo, muerta de la vergüenza, allí me presenté.

En realidad no quería distanciarme de la familia de Carlos, a él no le hubiera gustado que ocurriese.

—¡Pasa, querida! —me indicó su madre dándome dos besos y un fortísimo abrazo.

Adela estaba poniendo la mesa. Me vio y sonrió en cuanto crucé la puerta. Se acercó a mí para darme dos besos y otro abrazo.

—Gracias por venir —me dijo, con un plato de jamón en la mano.

—Hacía tiempo que no veía a tus padres, me apetecía, la verdad —contesté sincera. De camino a Gijón pensé que quizá estaba siendo un poco fría.

—Están tan contentos de tenerte aquí...

—Pero ¡bueno! Qué sorpresa... Ven aquí, querida mía...

El padre de Carlos sin duda era con quien mejor me llevaba de toda su familia. Era tan bueno... Nosotros vivíamos al otro lado de la ciudad, pero él, que le encantaba caminar, de vez en cuando venía andando hasta casa a traerme dátiles que él mismo había recogido. A veces también eran fresas, otras aceite de sus oliveras, tomates y un largo etcétera. Todo lo tenía plantado en el pueblo, que se llamaba Argüero y estaba muy cerca de Cudillero. El pueblo tenía apenas cincuenta habitantes, pero era muy acogedor. El padre de Carlos solía ir allí cada semana, decía que desconectaba muchísimo del estrés que le provocaba la ciudad. Él recogía un poco de todo lo que tenía plantado y se lo daba a Adela y a Carlos. Y también a mí. Era una más para él.

Solo lo había visto una vez desde la muerte de Carlos. Fue una semana después del entierro. Yo no salía de casa y él había perdido la ilusión por todo. Vino a verme de improviso, durante uno de sus paseos. Dijo que sus pasos le habían llevado hasta mi puerta sin darse cuenta. Sentí pena por él, lo encontré devastado, tanto que, por un instante, saqué fuerzas de mi propio duelo para ayudarle a soportar el suyo. Le pedí que me llevara a ver su huerto, como hacía antes. Pensé que tal vez eso le animaría.

Nos montamos en el coche y nos fuimos hasta el pueblo. Juntos recogimos calabazas, tomates, pepinos, dátiles y fresas con nuestras propias manos. Lo cargamos todo en mi coche y nos sentamos debajo de un olmo que había a las puertas de la casa del pueblo.

—¿Sabes que este olmo lo planté yo? —me dijo.

Elevé la cabeza para observar las dimensiones del gran árbol.

—¿De verdad? —pregunté.

—Sí. Mucho antes de nacer Carlos y Adela. Mi padre me regaló las semillas, me dijo que eligiese un lugar donde plantarlas y que viniese todos los días a echarle agua, a cuidarlo y a ver cómo crecía. Estaba al lado de los muros que delimitaban la finca de los condes de Noreña, y yo decidí que ese sería el lugar donde crecería mi olmo. Yo era solo un crío... Cuando venía de jugar al fútbol observaba cómo la semilla cada día iba creciendo y yo con ella. Pasaban los años y se estaba convirtiendo en todo un árbol. Un día, la hija de los condes salió a ver el árbol y diez años después de aquel día nos casamos, teníamos apenas veinte y juntos veníamos a ver el olmo, que ya daba sombra. Años después tuvimos a Carlos y después a Adela. Ambos jugaban aquí afuera, las primeras caídas en bici de Carlos fueron justo aquí, y Adela siempre venía con sus amigas a jugar bajo sus ramas. Pasaban gran parte de su tiempo junto a este árbol que los vio crecer, y ahora siempre añorará a uno de ellos.

—Yo vendré a visitarlo, Enrique. Te lo prometo.

El padre de Carlos sonrió.

—Eres tan buena, Julia. Eras tan buena para él... Lo supe nada más conocerte, que a mi hijo le había tocado la lotería contigo.

—Y a mí con él, Enrique... Y a mí con él.

Juntos nos levantamos y miramos al gran olmo, la belleza del árbol era bestial, sus raíces habían hecho que hasta el suelo se ensanchase para arriba. Observamos cómo el viento batía sus largas ramas y con esa melodía nos montamos en el coche.

Comenzamos a comer y los temas de conversación fueron sobre el periódico, sobre si tenía ganas de volver. Después comentamos la situación política del país, cómo había cambiado todo con el paso de los años y con ello también la ciudad. Gijón ahora era un referente en el trabajo industrial, por todas las nuevas fábricas que habían surgido. Adela trabajaba en una de las más importantes, la de Nestlé. Ella estudió Ingeniería Alimentaria y consiguió hacer las prácticas en esa fábrica hasta que le hicieron un contrato indefinido. Todas las Navidades nos traía miles de productos de la fábrica, sobre todo varias docenas de cajas de chocolate y bombones. Su hermano era un goloso de primera y yo, más de lo mismo. En el postre me regaló una caja de los últimos bombones que habían sacado a la venta.

—Bueno, Julia, entonces ¿volverás pronto al trabajo? —preguntó Clara, su madre.

—Me queda una semana de vacaciones y volveré a ponerme al frente de la redacción. Y de todo lo que venga —añadí.

—Es un gesto muy valiente, que lo sepas —comentó Adela.

—Necesito tener la cabeza en otra parte. Estar entretenida con mis cosas... ¿no os pasa a vosotros? —pregunté.

Hubo un pequeño silencio.

—Yo lo hago, pero quiera o no, siempre acabo pensando en Carlos. O en alguna anécdota. Al final, los últimos años no estuvimos casi juntos —dijo su madre mirándome.

Aquello me resultó un poco raro, como un ataque, pero no le quise dar más importancia. Enrique, su padre, lo notó enseguida.

—Clara, el niño se acababa de mudar a su casa nueva, tenía la ilusión de empezar a vivir con Julia y convertirla en un hogar.

Yo me limitaba a mirar el plato.

—Sí, y por eso me perdí sus últimos días —exclamó.

—¡Mamá, basta! —gritó Adela.

Nos quedamos en silencio y noté cómo una ira crecía en mi interior. Inicié una cuenta atrás, sabiendo que explotaría, que expulsaría fuego en cualquier momento. Y así ocurrió.

—Quizá tu hijo no pasó más tiempo contigo porque no te soportaba.

Los tres me miraron perplejos, la cara de Clara, su madre, era totalmente un poema. Media boca abierta. Adela me miraba con casi rencor. Enrique ni me miró.

—¿Por qué dices esa barbaridad, Julia? —me preguntó su madre. Cogí fuerzas.

—¿Barbaridad? Carlos no podía más en esta casa, con su madre todo el día detrás diciéndole que quizá se estaba precipitando al irnos a vivir juntos, que lo pensase bien. ¿Qué te crees? ¿que no me enteraba?

El silencio era brutal. Pero aún tenía más cosas que decir.

—Espero además que dejes de mandar gente a la tumba de tu hijo a ponerle flores. Ten un poquito de vergüenza y ve a ponerlas tú.

Su madre se levantó y su mirada era como la de un dragón a punto de devorarme.

—Perdona, querida. Si no he ido a ver a mi hijo es porque...

La corté. No podía soportar que me fuese a poner alguna excusa.

—Porque no te ha salido de los cojones. ¿A que ha sido por eso? Has borrado de tu vida a tu hijo en cuanto lo has enterrado y ahora no tienes ni la poca decencia de dejarle unas flores. ¿Y todo por qué? ¿Te lo digo? ¡Porque no soportabas la idea de que estuviese conmigo! Porque desde el principio le dijiste que estaba equivocado. Explícame por qué le dejaste ese mensaje en su teléfono el mismo día que nos íbamos a París juntos. Que era un error que le iba a costar muy caro. ¿Eh? Explícamelo.

—¡Ya basta! —Su padre se puso en pie y pegó un grito que hizo temblar la mesa.

—Papá... Cálmate —comenzó Adela.

—Ni papá, ni hostias. Tú, levántate y vete fuera de esta casa ahora mismo.

Me señalaba con el dedo. Tiré la servilleta encima de la mesa, agarré mi bolso y salí por la puerta pegando un gran portazo. Los gritos de ellos siguieron dentro, hasta que se oyó otro portazo... sería de su madre o tal vez del padre. Bajé corriendo las escaleras y me metí en mi coche. Pegué un puñetazo al volante. Arranqué y llamé a Mónica. Cambio de planes, vente para casa y con alcohol.

15

Llegué a casa y aparqué, me hice un moño frente al espejo del coche y salí. De nuevo volví a ver el cartel del buzón que anteriormente había apuntado cambiar. Que sí. Que algún día de estos. Arreglé la casa antes de que viniese Mónica. Después, tras poner un poco de música, comencé a buscar en el ordenador algún tema del que poder hacer un reportaje. Leí varias páginas, me metí en redes sociales, me vi los vídeos más virales de la semana y no había nada salvo un bebé que gracias a un aparato había oído por primera vez, un anuncio de chicles que estaba dando la vuelta al mundo por su mensaje y poco más. Ni un tema del que poder escribir. Todos eran demasiado aburridos o demasiado imbéciles como para escribir sobre ellos. Me interesaba sobremanera todo lo relacionado con el descubrimiento de nuevos narcotraficantes en aguas del norte de España. Había leído mucho acerca del tema, quién controlaba cada entrada y salida de droga, de qué forma llegaba y cómo la distribuían por todo el país. Me parecía un laberinto perfecto en el que adentrarme pero, a la vez, el que más miedo me daba, ya que conocía a muchos compañeros periodistas que habían recibido amenazas directas por parte de las mafias del narcotráfico.

También podía escribir acerca de las muchas mascotas que se abandonan en pleno verano, pero sabía que eso posiblemente me entristecería más todavía ahora que había conseguido salir un poco a flote. Nada. No había un tema que me motivase lo suficiente como para empezar un reportaje. Quería que fuese algo nuevo y, que sobre todo lo sintiese, una historia poderosa que nos hiciese alzarnos con el premio o, al menos, intentarlo. Mónica no tardó mucho en llegar, entró con dos botellas de vino, un rioja. Éramos aficionadas a los riojas cuando salíamos a cenar por ahí.

—¡Vino! —exclamé.

—Ah, muy bien. Una semana entera sin ver a tu amiga y lo único en lo que te fijas es en el vino.

—Que es broma, tonta...

Nos dimos un abrazo fuerte. De los que arropan.

—¿Y cómo es que has venido tan pronto de casa de tus suegros? —preguntó Mónica curiosa.

—Bueno —me reí—. Mejor ni preguntes.

Mónica se quedó muy sorprendida y se rio también.

—Pero ¿qué ha pasado con los condes, marqueses o lo que sean?

—Pues que resulta que la madre de Carlos el mismo día que nos íbamos a París en vez de desearle un buen viaje a su hijo va y le dice «te estás equivocando», como si yo fuese un error o algo parecido. Vamos, que me detesta, la condesa. Pero eso no es algo nuevo. Lo llevo notando desde los primeros días en los que la conocí, detrás de esa mirada y la sonrisilla que pone siempre hay un dragón deseando escupir fuego. Ella no me puede ni ver, pero es que yo con ella no me quedo corta tampoco.

—Madre mía. Comida con espectáculo, hija. La próxima vez te doy una GoPro.

Me empecé a reír.

—Eres idiota, Mónica. Vamos a brindar, anda.

Juntas descorchamos el vino y nos servimos sendas copas. Después brindamos por nosotras. Fuimos bebiendo a medida que avanzaba la tarde. Hablamos de tantísimas cosas... cotilleos, televisión, de las últimas películas que habíamos visto, de la exposición de Banksy a la que yo no pude ir pero ella sí, etcétera. También hablamos de Carlos. Y de que si ahora mismo tenía en mente conocer a alguien más.

—Ni de coña, Mónica. Necesito tiempo para mí...

—Bueno, todo a su tiempo. Ya sabes que cuando tú quieras yo te acompaño de farra.

—Ahora parece que lo vamos a hacer más. ¿Qué tal el trabajo por el periódico? —me interesé.

Mónica bajó la mirada.

—Las cosas están un poco tensas... ¿no te llamó Bárbara?

—Sí, ayer. Antes de venir aquí.

—Lo dijo en la reunión: que si alguien podía ganar el Urbizu eras tú, quedaste finalista con el caso de los niños robados y eras la que mejor escribías del periódico.

—Yo ahora mismo no estoy al cien por cien —dije sincera.

—Ya, pero Bárbara cree que si volvieses a escribir recuperarías la ilusión. ¿Tú no lo crees?

Me quedé en silencio.

—Sí.

—¿Y entonces?

—No tengo ningún tema. No sé por dónde empezar.

—Tú siempre encuentras temas de los que ir tirando poco a poco y al final resulta que tienen una gran historia detrás. ¿Recuerdas el consejo que me diste al entrar en el periódico?

—Con la verdad por delante encontrarás las mejores historias —cité.

—Pues ahí lo tienes. Encuentra una historia. Pero no vale una cualquiera y tú lo sabes. Tiene que ser la mejor.

—Lo pensaré. Y ahora cuéntame tú. Vi que subiste una foto a Instagram con un tal Darío. ¿Quién leches es ese, petarda? —pregunté mientras le daba codazos.

Estuvimos toda la tarde bebiendo mientras me contaba cómo había conseguido liarse con Darío. Tenían la misma edad y, según ella, estaba empezando a pillarse de él. La verdad es que era bastante mono. Le dije que quedásemos esa semana y se lo trajese a cenar. Mónica se marchó a su casa poco después.

Una vez a solas, me acerqué al tocadiscos que compró Carlos en un mercadillo de Londres, junto con un par de vinilos que le encantaban. Lo encendí y puse el disco de *Let It Be* de los Beatles. En realidad solo quería escuchar una de mis canciones favoritas, la número tres. Busqué mi móvil, que había dejado tirado por algún lado de la casa, y cuando lo encontré vi que tenía varios mensajes. Entre ellos, unos cuantos de Adela diciéndome que esperaba unas disculpas. Le saqué el dedo corazón a la pantalla del móvil y volví al sofá. Iba un poco borracha. Abrí el Facebook y nada más entrar, me apareció una sección que se llamaba «Recuerdos», y en la portada del álbum estaba la fotografía que nos hicimos Carlos y yo en el puente de Amélie en la que salía rozándome con su nariz. Me quedé mirando la pantalla y sonreí. Podría hacer un reportaje de Carlos, y de todo lo que ocurrió, pero estaba segura de que el camino sería horrible, recordando todo aquello, viendo algunas fotografías de la masacre o todos los vídeos que se habían hecho virales en internet. Era una historia de las que se tienen que quedar guardadas. Al menos de momento.

Empezó la canción número tres. Mi favorita. «Across the Universe». Me levanté y me puse a bailarla como si estuviese agarrada a Carlos. *Las palabras fluyen como lluvia dentro de una taza de papel.* Yo bailaba cada estrofa, cerré los ojos y sentí las manos de Carlos en mi cintura como aquel día en París. *Se deslizan al pasar, se desvanecen a través del universo.* Casi podía respirar hasta su olor, tan cercano.

Charcos de tristeza, olas de felicidad pasan por mi mente dominándome y acariciándome. Sentía que Carlos estaba bailando esa canción conmigo. Nadie sabía que era nuestra canción. *Nada va a cambiar mi mundo. Nada va a cambiar mi mundo. Nada va a cambiar mi mundo. Nada va a cambiar mundo.* Me mordí el labio como cuando él lo hacía, y recorrí con mi mano su espalda mientras seguíamos bailando en nuestro salón. *Imágenes de luz vacilante que bailan frente a mí como un millón de ojos. Me llaman y me llaman a través del universo.* Estábamos flotando en un mundo que habíamos hecho nuestro, rodeados de estrellas, en el cielo en el que todo el mundo te veía, con cada detalle, cada recuerdo. Seguía con los ojos cerrados y sentía que volábamos. Como el primer día, como cuando aún estaba aquí, conmigo. *Pensamientos serpenteantes como un viento inquieto dentro de un buzón se tambalean ciegamente mientras recorren su camino a través del universo.* Como aquel día que fuimos a ver estrellas fugaces. Debajo de nuestro propio universo. Y nada podía pasar, porque estábamos juntos con toda una vida por delante.

Caí en el sofá, me restregué por él como un gato, quería seguir bebiendo. Últimamente, cuando me quedaba sola en casa, abría un poco más de vino y así se me hacían más llevaderas las horas. Encima de la mesa seguía intacta una botella de las que había traído Mónica. Saqué el abridor y la descorché. Empecé a bebérmela a morro sin ningún miramiento. Notaba cómo el vino descendía por mi garganta y el posterior calor que me proporcionaba. Agarré mi móvil y me metí en la cámara, posé para hacerme un selfi. Llevaba una camiseta de tirantes y el rojo del pintalabios ya se había corrido un poco pero, aun así, me veía guapa; comencé a sacarme un pecho e hice una foto. Me veía atractiva en ese momento como hacía tiempo que no conseguía verme. Me empecé a reír sabiendo lo que pensaba. Quería follar. Necesitaba a un tío.

Pegué otro trago a la botella y me metí a descargar una aplicación que habían usado mis amigas alguna vez. Puse una de las fotos que me acababa de hacer. Recorté mi cara y añadí mi edad. Me puse a mirar quién había cerca. Un tal Íñigo, a menos de trescientos metros. Y un tal Eduardo a seiscientos. Me valían los dos. Pero me gustaba más Íñigo. Le mandé un mensaje.

¿Quieres follar en mi casa?

Casi de inmediato llegó la respuesta.

Dame tu dirección y en menos de cinco minutos me tienes allí. Estoy volviendo a mi casa, me está esperando mi mujer, pero puedo darme la vuelta.

Me quedé mirando el teléfono y sonreía. Estaba muy cachonda. Iba a mandarle la dirección cuando miré al frente y vi una fotografía con Carlos. Me quedé mirándola en silencio. Los mensajes seguían sonando. «Hola. ¿Estás ahí? ¿Eh? ¿Oye?» Bloqueé el móvil y apagué la luz del salón, me fui hasta el dormitorio y me metí en la cama. ¿Qué cojones estaba haciendo queriendo follar con un desconocido? Y lo que es peor, yo nunca había sido así. Estaba desesperada. Caí redonda en la cama mientras todas esas preguntas me nublaban el entendimiento.

La luz me despertó entrando a través de la ventana. Levanté un poco la cabeza y noté la resaca de todo lo que bebí el día anterior, el vino aún rebotaba en mi cabeza. Me vinieron ligeros flashes de cuando Mónica aún estaba aquí. Y después vino su ligue a por ella y se fue.

Miré el móvil, que lo tenía encima de la mesilla, en la pantalla de bloqueo tenía como diez mensajes de un tal Íñigo. Vi que era de una aplicación de ligar, me quedé mirando atónita la conversación. Leí el mensaje que yo le envié. «¿Quieres follar en mi casa?» Miré al lado de la cama y vi el hueco vacío, el que pertenecía a Carlos y que anoche casi fue de otro hombre. Me di asco a mí misma, desinstalé la aplicación y borré las fotos que me hice. Me metí en la ducha para intentar que se me pasase la resaca y la vergüenza que me daba verme al espejo. El agua cayó por mi cuerpo y se deslizó por mi espalda. Me tocaba la piel y me sentía sucia aun no habiendo ocurrido nada la noche anterior, pero el mero hecho de pensar en lo que hubiera pasado, me hacía sentir repulsión, ganas de vomitar y un malestar terrible. Nunca había estado en esa situación. Me apoyé en los azulejos de la ducha mientras el agua seguía recorriendo mi piel junto con el jabón. Y pensé en que algún día quizá sí ocurriría, pero no de esa forma. Tenía ilusión por volver a enamorarme y también por centrarme. Por volver a encontrar el camino de la cordura porque tenía miedo de seguir perdiéndome. Todavía más.

Cuando salí de la ducha observé la percha en la que se encontraban nuestros albornoces, aún seguían los dos colgados con nuestras iniciales bordadas. J y C. Agarré el de la C y me envolví en él. Me fui hasta una de las esquinas de la cama y comencé a secarme las piernas. Me agaché para secar el agua de mis pies y observé en el lateral de la cama la caja de las cartas. La cogí y me subí a la cama. Cogí la última que escribió mi abuelo. No me había dado cuenta hasta entonces de que esa carta estaba escrita con diferentes bolígrafos o plumas, cada párrafo era de un tono diferente al anterior. El primero era negro, el segundo azul, el tercero era también azul pero de otra tonalidad, mucho más oscura y el grosor de la caligrafía había cambiado. El cuarto volvía a ser en negro como el primero y el último era diferente al resto, un color grisáceo. Observé la carta y no le encontré ningún sentido a esas diferencias. Igual mi abuelo la escribió en distintos momentos del día e iba cogiendo múltiples plumas y tintas. Pero todas las demás cartas estaban escritas en un único tono azul. Saqué la anterior, la séptima, y estaba escrita en dos tonos de color. Negro y azul, alternados en cada párrafo, como si llevase un orden de pigmentos al escribir. Saqué la sexta. Estaba escrita de manera idéntica, con el mismo tono negro en toda la carta. Saqué la quinta y todas las que quedaban en la caja. Estaban escritas todas iguales menos la séptima y la octava. Guardé todas las cartas en la caja menos las dos últimas y me fui al salón. Me senté en la gran mesa que utilizábamos Carlos y yo, él para ordenar los casos que llevaba en el bufete y yo para buscar información y redactar mis artículos. Encendí el ordenador, saqué un par de folios y unos cuantos bolígrafos. Puse el móvil en silencio y comencé de nuevo a leer:

29 de abril de 1989 – Hamburgo, Alemania
Carta n.º 6

Ahora estoy tan feliz, Candela, que aunque esté alejado de vosotros, mi amor hacia ti y mis hijos es inabarcable.

Ay, Candela... qué alegría traigo. Martín y yo hemos pedido permiso para ver a nuestras familias y nos lo han concedido. Sabía yo que trabajar tanto como si no hubiese un mañana traería recompensa.

Posiblemente llegue al nacimiento de mi mariposilla, ojalá tenga la suerte de que me espere para verle la carita. Martín y yo lo estamos celebrando; hoy me toca a mí hacer el servicio de transporte y estamos bebiéndonos unos cuantos vasos de vino a vuestra salud. Por eso

Recuérdame igual que yo te recuerdo a ti, querida Candela. Como si esta carta no la estuviese escribiendo solo, sé que no me contestas porque no sabes escribir.

Sí, aún recuerdo tu forma de mirarme y besarme, como cuando éramos jóvenes, y desde el principio supe que tú y yo estaríamos juntos el resto de nuestra vida.

Aunque la vida nos ponga problemas con los que lidiar en el camino, nosotros siempre nos tendremos el uno al otro.

Pero piénsame mucho para protegerme. Te amo y no te olvido.

MIGUEL

Te he mandado más dinero del habitual porque quiero que compres el carro más bonito que haya en Oviedo y se lo regales a nuestra hija.

Aquí había algo raro. El segundo párrafo parecía más bien el primero y en el último añadía algo más tras despedirse, algo que no había hecho en cartas anteriores. Después, por la mitad de la carta, decía *por eso* y cambiaba a otro párrafo distinto. Esto no me gustaba. Los párrafos estaban desordenados.

Fui corriendo a por la impresora que tenía en el armario de la habitación y la conecté a la corriente junto al portátil en la mesa del salón. Mientras se encendía mandé un mensaje a Mónica:

Vente a mi casa pero ya.

A lo que ella me contestó:

¿No tuviste suficiente con anoche? Estoy en el periódico, ¿qué pasa?
Dile a Bárbara que te necesito para una cosa importante.
Lo intento. Un momento.
Lo consigues.

Fotocopié la última carta y comencé a recortarla. Separé los párrafos y los puse en la mesa. Yo estaba de pie para ver todo mejor. Observé uno por uno con detenimiento y empecé a moverlos, uno para un lado el otro para más abajo, este entre medias y empezaba a coger sentido. Había un párrafo en el que se despedía para terminar la carta y estaba a mitad del papel. Lo moví y lo puse al final. Comencé a leer según mi orden y quedó así:

Ahora estoy tan feliz, Candela, que aunque esté alejado de vosotros, mi amor hacia ti y mis hijos es inabarcable.

Ay, Candela... qué alegría traigo. Martín y yo hemos pedido permiso para ver a nuestras familias y nos lo han concedido. Sabía yo que trabajar tanto como si no hubiese un mañana traería recompensa.

Posiblemente llegue al nacimiento de mi mariposilla, ojalá tenga la suerte de que me espere para verle la carita. Martín y yo lo estamos celebrando, hoy me toca a mí hacer el servicio de transporte y estamos bebiéndonos unos cuantos vasos de vino a vuestra salud. Por eso te he mandado más dinero del habitual, porque quiero que compres el carro más bonito que haya en Oviedo y se lo regales a nuestra hija.

Estoy tan feliz en estos momentos, Candela, que aunque esté alejado de vosotros, mi amor hacia ti y mis hijos es inabarcable.

Sí, aún recuerdo tu forma de mirarme y besarme, como cuando éramos jóvenes, y desde el principio supe que tú y yo estaríamos juntos el resto de nuestra vida.

Aunque la vida nos ponga problemas con los que lidiar en el camino, nosotros siempre nos tendremos el uno al otro.

Recuérdame igual que yo te recuerdo a ti, querida Candela. Como si esta carta no la estuviese escribiendo solo, sé que no me contestas porque no sabes escribir.

Pero piénsame mucho para protegerme. Te amo y no te olvido.

MIGUEL

Ahora sí. Estaba toda la carta desordenada. Fui hasta la caja de las cartas y las saqué todas. Incluyendo la notificación del fallecimiento. Comencé a analizar, una por una, las palabras que había usado, la forma en que decía las cosas. Después de cuarenta y cinco minutos leyendo me fijé en algo de esa carta número seis, algo que me había llamado la atención. Decía lo siguiente:

> Por eso te he mandado más dinero del habitual, porque quiero que compres el carro más bonito que haya en Oviedo y se lo regales a nuestra hija.

Cuando la leí no entendía por qué mandaba a mi abuela a comprar un carro a Oviedo. Fue entonces cuando llamé a mi madre y le pedí que bajase a casa de mi abuela y me avisara una vez que hubiera llegado. Tardó menos de cinco minutos.

—¿Julia? Ya estoy con tu abuela.

—Estupendo, pásamela.

—Toma, mamá, dice que te pongas...

—¿Sí?

—Abuela, soy yo, Julia.

—Hombre, mi niña. ¿Cómo estás?

—Muy bien, aquí en casa, tranquila —mentí—. Oye, una cosa que te iba a decir: ¿tú has vivido alguna vez en Oviedo?

—¿En Oviedo? ¿Yo? Qué va... ¿Por qué, cielo?

—No, porque no sabía si alguien de la familia había estado allí y justo tengo que ir a hacer un reportaje —volví a mentir.

—Qué va, qué va... El único fue tu tío Ramón, pero estuvo allí de joven, ahora vive con su mujer en Navia.

—Ah, vale. Pues era eso nada más. Muchas gracias, abuela, nos vemos prontito —me despedí.

Llamaron a la puerta de casa. Abrí y Mónica apareció empapada por la lluvia.

—¿Se puede saber a qué se debe tanta prisa? —preguntó nada más entrar.

Conforme entró vio la mesa del salón llena de recortes, la caja de las cartas volcada y todas ellas alrededor del ordenador y de la impresora.

—Pasa, por favor.

Mónica se acercó lentamente observando la mesa y todo lo que había encima de ella. Leía por saltos los recortes de las cartas y todas las anotaciones que hice alrededor. Ambas nos sentamos a la mesa, estaba plagada de círculos con flechas que iban de un lado a otro. Mónica apoyó los brazos encima del caos y observó con más detalle cada trazo de información.

—¿Qué quiere decir todo esto? —me preguntó.

—No sé, Mónica, pero hay algo que no me cuadra. Que me parece desconcertante.

Agarré la última carta, la original. Y la puse en frente de ella.

—Mira.

—¿Qué pasa?

—Fíjate bien —le indiqué.

Mónica la puso a contraluz, se había dado cuenta de que tanto los colores como la forma de la caligrafía era distinta en cada párrafo.

—¡Son letras diferentes! —exclamó.

—Es lo que creo. Como si fuesen personas distintas: la que empezó la carta y la que la acabó. Quizá la empezó mi abuelo pero no fue él quien la terminó.

—Julia...

Mónica se puso a dar vueltas por el salón.

—Pero mira esto de aquí.

Le mostré la carta número cinco. En la fotocopia tenía marcada la palabra «Oviedo».

—¿Qué pasa con Oviedo? —dijo Mónica.

—Nadie de mi familia vive en Oviedo, y en la carta dice que vayan a comprar un carro allí. El que se supone que le quería regalar a mi madre cuando yo naciera.

—Déjame que lea las cartas.

Mónica se sentó en una silla y comenzó a leerlas una por una. A medida que pasaba a otra me miraba desconcertada, pero sabía que ocurría algo. Llegó a la última y me miró confusa.

—¿Qué es esto? —me preguntó.

—La notificación de que mi abuelo murió.

Mónica leyó el papel de arriba abajo.

—¿Y el cuerpo?

—Lo trajeron a la semana y lo incineraron. Mi abuela aventó las cenizas al mar.

—Nadie lo vio, ¿verdad?

—¿El cuerpo? —repuse—. Nadie.

Nos sentamos juntas frente a la mesa. Ante tal desorden de datos, solo teníamos un posible hilo del que tirar y eran las cartas. Había que estudiarlas una a una con más detalle, ahí estarían todas las respuestas a la pregunta de si realmente mi abuelo estaba muerto o si aún seguía vivo en algún lugar de Alemania.

—Ya sabes a quien deberíamos llamar —me dijo Mónica.

—¿A Bárbara? Ni de coña —sentencié.

Tras un rato mirando las cartas volví a la caja, busqué en ella. Mónica me observaba. Buscaba algo en concreto que quizá había perdido de vista. Hasta que lo encontré, estaba al fondo del todo.

—¿Qué estás buscando? —quiso saber Mónica.

—Lo que me dirá dónde vivía mi abuelo —revelé.

En mi mano sostenía un sello, alrededor de él había un dibujo de una flor y un círculo con números la protegía.

—Pásame el ordenador —le pedí a Mónica.

El sello tenía una serie de números y al final añadía Hamburgo, DE. Las últimas pertenecían al país: Deutschland, Alemania. Pero la serie de números seguramente se refería a la parte de la ciudad desde la cual se habían enviado. Si aún constaba el mismo registro numerario me podría decir el remitente. Fue una de las normas que impuso el Consejo de Control Aliado mientras el muro de Berlín seguía en pie. Cada paquete, carta o lo que fuese que saliese del país debía tener un número de registro en el que figurase el remitente. Lo vi en una película hace un par de años con Carlos. A él le encantaban ese tipo de películas.

Comencé a buscar la página oficial de envíos de Correos, pero esa no me servía por ser demasiado moderna. Leí en algún blog de historia que si tenías sellos antiguos podías sacar dinero en el mercado del coleccionismo. El artículo lo firmaba un tal Isaac Polo, lo busqué en Google y era un diplomado en Historia que aún seguía impartiendo clase en la Universidad de Santiago.

Mónica me buscó el teléfono de la universidad. Hablamos con alguien de la centralita que nos informó de que Polo estaba dando una clase, así que dejé mi número para que pudiera devolverme la llamada más tarde.

Mientras tanto, Mónica y yo nos pusimos a buscar otras posibles vías por las que tirar aparte de la del sello. Datos, nombres, fechas. Todo.

Había que buscar en el fondo de todas esas cartas. Era lo único que teníamos o, mejor dicho, lo único que mi abuelo nos dejó.

—¿Y Martín? —preguntó Mónica—. ¿Sabemos algo de él?

—Ni rastro. No sé quién es, si sigue vivo o muerto, ni de dónde era. Lo único que dice en las cartas es que era el compañero de mi abuelo.

—Joder. No sé ni por dónde empezar.

De repente el teléfono de Mónica comenzó a sonar.

—Mierda, es Bárbara. Se habrá dado cuenta de que no estoy en el periódico.

—¡Cógelo, cógelo! —exclamé.

—Pero ¿y qué le digo? —Antes de que pudiese terminar la pregunta cogí su teléfono, descolgué y se lo puse en la oreja.

—¿Mónica? —preguntó Bárbara—. ¿Mónica? —Pusimos el altavoz.

—Hola, hola, Bárbara —contestó nerviosa.

—¿Se puede saber dónde estás?

Mónica me miró con los ojos como platos, haciéndome gestos y yo le hablé sin hacer mucho ruido.

—Es que verás...

Seguí haciéndole gestos.

—Es por Julia... Que me ha llamado porque le había dado otro bajón.

—Joder —comenzó Bárbara—. ¿Cuándo coño piensa recuperarse? Me hace falta aquí, no en su casa.

—Bueno... Ya sabes que estas cosas... Poco a poco.

—Ya imagino, en fin. Dale un beso de mi parte, pero por favor, no te estés mucho rato. Tenemos reunión de cierre en una hora —acabó.

—No, tranquila, para entonces estaré por allí. —Colgó—. Joder, Julia.

—Tranquila. No sabe nada.

—Pero deberías contárselo. Es nuestra jefa y sabe más que nadie de esto, podría ayudarnos.

—Ya. Pero quiero sorprenderla. Estoy pensando que según acabe todo esto, tal vez con esta historia podríamos presentarnos al premio, pero no quiero agobios de plazos. Esta es la historia que buscaba y quiero hacerlo a mi manera.

16

Sabía que las posibilidades de que lo que tenía entre manos fuese algo más que meras suposiciones eran muy bajas. Ínfimas, casi. Pero tenía un pálpito que me estaba diciendo que siguiese, aunque el camino sería muy largo.

—Tienes que apoyarme, Mónica.

—En todo lo que pueda y más. Como hiciste tú cuando entré en el periódico.

—Vale. Vamos a empezar a leer de nuevo las cartas. Tenemos que encontrar algo más, debemos fijarnos en lo pequeño, en lo minúsculo, ahí es donde realmente podremos encontrar algo. Algo que hayamos leído y hayamos pasado por alto.

—Venga, vamos allá.

Los minutos pasaban y nosotras seguíamos releyendo las mismas palabras cien veces, intentando buscarle algún otro sentido para sacar respuestas. Todo eso tenía que tener una explicación que yo no sabía encontrar.

—¡Aquí hay algo! —exclamó Mónica saltando del sillón—. Mira, fíjate.

Mónica señaló el principio de la carta número seis.

29 de abril de 1989 – Hamburgo, Alemania
Carta n.º 6

—¿Qué pasa? ¿Qué ocurre? —pregunté extrañada.

—El año, Julia.

Mis ojos fueron hasta la fecha. 29 de abril de 1989.

—1989. Está mal.

—Todas las demás cartas están firmadas en 1979 —dijo Mónica señalándome todos los años del resto de las cartas.

Me aparté el pelo de la cara. Estaba ocurriendo algo que no me gustaba. No tenía sentido que mi abuelo firmase la carta número cinco en 1979 y la seis en 1989 y las siguientes de nuevo el 1979. No cuadraba.

—Se equivocó de año —sentencié.

—Pero ¿por qué? —preguntó Mónica—. No tiene ningún sentido, todas las demás están en fechas correctas. Pero esta no.

—Quizá fue solamente un desliz y lo escribió mal. ¿A qué nos llevaría ver que se equivocó de año?

—No tengo ni idea.

Mónica miró la hora en su teléfono.

—Tengo que volver al periódico. Cualquier cosa que descubras mándame un mensaje y quizá te pueda echar un cable desde allí —dijo poniéndose el abrigo.

—Gracias, Mónica. Nos vemos luego.

Volví a la mesa y reflexioné sobre la avalancha de preguntas sin respuesta que tenía.

¿Por qué una de las cartas parecía estar escrita desordenada, como si no tuviese sentido?

¿Por qué mi abuelo decía que comprase el carro en Oviedo si nadie de nuestra familia vivía allí?

¿Cambió el año de la carta número seis por alguna razón?

¿Desde dónde enviaron las cartas?

Hasta el momento no tenía respuesta para ninguna de esas preguntas. No sabía por dónde más seguir. Entonces sonó el teléfono.

—¿Dígame? —contesté.

—Es usted Julia, ¿verdad? —dijo una voz masculina al otro lado—. Soy Isaac Polo, de la Universidad de Santiago.

—¡Hola! Encantada de saludarle profesor. Verá, me presento. Soy Julia Bernalte, redactora jefe del periódico *La Nueva España*. Justamente ahora estaba trabajando en un reportaje acerca de unas cartas de un familiar que envió a Gijón desde Alemania, y según he leído en un artículo que publicó usted en el blog de la universidad, sabe bastante acerca de sellos antiguos.

—Vaya, qué curioso. Un artículo sobre cartas. Mire..., ya nadie las envía y, por lo tanto, el interés por los sellos ha caído. Yo desde pequeño los colecciono, tenía toda clase de sellos. Ordinarios, conmemorativos, aéreos, urgentes, etcétera. ¿De qué tipo de sello es del que quiere saber más? —preguntó.

Busqué los sellos que llevaban las cartas.

—Tengo cinco que son idénticos, seguramente procedían del mismo lugar, ya que las cartas están firmadas desde una misma ciudad.

—¿De qué color son? —me interrogó el profesor.

—Rojos. Con un 125 en grande.

—¿Bordes cuadrados o circulares?

—¿Perdone? —repuse extrañada. El profesor se rio.

—Fíjese en los bordes de los sellos. ¿Los cinco están acabados en forma redondeada o son totalmente cuadrados?

Me fijé en los bordes y tenían una pequeña circunferencia en cada trazo, minúscula, casi imperceptible a los ojos. Pero ahí estaban.

—Sí, tienen forma redondeada.

—Perfecto. Ahora fíjese en el interior del sello. ¿Observa las rayas que hay en la parte inferior? —Había una serie de pequeñas rayas justo debajo del 125.

—Sí. Las veo.

—Genial, cuéntelas. Repase la suma unas cuantas veces y dígame el número cuando lo tenga.

Cogí un palillo de la cocina y comencé a contar. La suma me daba catorce. La hice cuatro veces más y todas daban lo mismo.

—Hay catorce.

El profesor parecía estar apuntando algo porque se decía alguna cosa para sí mismo que yo no alcanzaba a entender.

—Y para terminar, debe fijarse en la esquina superior derecha. Ahí debe de haber un número caligrafiado dentro de uno de los mosaicos que forman el sello. ¿Lo consigue ver? —preguntó el profesor.

—Sí. Pone 22.

—Genial. Pues ya lo tenemos.

Me quedé en silencio, no tenía ni idea de qué era cada valor que le había comunicado al profesor.

—Estoy abriendo mi guía de sellos internacionales. Con los datos que me ha dado podré decirle la zona en la que se compraron los sellos y desde dónde se enviaron las cartas. Cada una tiene un distintivo, la serie de rayitas inferiores, el color y también el último número que me ha dicho.

—Alucinante —dije.

Después de un par de minutos el profesor Polo dio con lo que buscaba.

—Aquí lo tengo. Un 125 Maüberick del 79. Rojo, con un coste de 35 marcos. Está enviada desde Hamburgo, Alemania. Más concretamente desde el barrio de Alsterdorf, en la oficina número 22 de envíos, al norte de la ciudad.

Anoté todo mientras el profesor lo narraba. Estaba alucinando, tenía la zona por la que comenzar. Ahí estaba. Alsterdorf, en Hamburgo.

—Profesor, cientos de gracias por su ayuda. Me gustaría que nos conociésemos pronto, si al final consigo publicar este reportaje.

—Estaré encantado, ha sido un placer hablar con usted. El mundo de los sellos es muy amplio. Si se encuentra de nuevo con alguna duda mi email es: *isaacpolo@udesantiago.net*

—Muchísimas gracias, profesor. Anotado queda.

Cuando estaba a punto de colgar, me dijo algo más:

—Por cierto, este sello es particular del año 1983. Conmemora el descubrimiento en el observatorio de Hamburgo del cometa Kohoutek.

—¿Ha dicho 1983? —le pregunté extrañada.

El año 1983 era cuatro años después de la fecha en la que falleció mi abuelo.

—Sí, se lo digo porque tengo uno enmarcado en mi despacho.

Y colgamos. En un pósit apunté la zona que me había dicho el profesor, no dejé de mirarla. Alsterdorf. Sello de 1983. La rodeé y le envié un mensaje a Mónica.

—He encontrado la zona donde vivió y el año del sello que mandaron —le adjunté una fotografía del papel rodeado.

Mónica vino a cenar a casa. La historia de mi abuelo le había enganchado, quería saber cada vez más. Pedimos sushi y mientras llegaba la cena me estuvo preguntando acerca de él.

—Entonces ¿nunca llegaste a conocerle? —me preguntó desde el sofá.

—Nunca. Pero me han hablado tanto de él que es como si le conociese.

—¿Y crees que...? —no se atrevía a terminar la pregunta.

—¿Que esté vivo? —terminé—. Sinceramente no lo creo, ojalá, pero sí que es cierto que algo ocurrió con sus cartas. Si no, ¿qué explicación tiene que una de ellas lleve un sello de 1983? Hay algo que no sabemos y que necesito resolver.

—¿Y cuál es el plan? —planteó Mónica.

—Si te lo cuento, me tomarás por una loca.

—Ya pienso que lo estás —sentenció.

El sushi no tardó en llegar. Durante la cena, Mónica y yo estuvimos comentando cuál iba a ser el camino que íbamos a tomar con aquello. Hacia dónde íbamos y para qué.

—Ven.

Ambas nos acercamos a la mesa y observamos el papelito en el que aparecía la zona de Hamburgo desde la que mi abuelo envió las cartas durante su estancia en Alemania. El círculo rojo guardaba el nombre de Alsterdorf. Alrededor de él, la copia de las cartas de mi abuelo, algunos mapas que había impreso de Google y algunos detalles más como posibles antiguos almacenes que habían estado por esa zona y que, por lo tanto, podrían ser en los que trabajó antes de irse con el camión.

—Desde aquí no encontraremos nada más —comencé. Mónica, seguía mirando la mesa y asintió—. Es por eso por lo que he pensado que nos dividiremos. Yo volaré a Hamburgo en dos días.

Mónica se giró en seco y me miró preocupada.

—Pero, Julia...

—Déjame que acabe por favor —seguí—. Una vez que esté allí, debes ayudarme desde la redacción del periódico. Yo allí no tendré acceso a nada, pero tú sí. Debes guiarme una vez que me encuentre en Hamburgo, puesto que si hay algo, estará allí.

—¿Y qué dirás cuando te llame Bárbara? —preguntó—. Debes volver al periódico en cinco días.

—Ya se me ocurrirá algo. He mirado vuelos hace un rato y están bastante bien de precio. Miraré un hostal por allí cerca y, por favor, no le digas a nadie dónde estoy. Eso solo complicaría más las cosas.

—Julia, ¿y crees que es necesario? —planteó un poco desanimada— Me refiero a levantar todo esto, tú sola...

—Mira, Mónica, tú mejor que nadie sabes cómo he estado. Pero esto me ha hecho volver a despertar la ilusión por escribir. Por buscar el porqué de las cosas, por perseguir la verdad y, sinceramente, esto es lo único que me puede sacar de donde estoy ahora mismo.

—O hundirte más, Julia.

—No creo que pueda hundirme más aún.

17

Después de aquella conversación, compré los billetes a Hamburgo. Volaría en dos días, pero antes debería dejar todo bien atado, con mi familia y con el periódico. Me fui a la cama, puesto que necesitaba descansar. Las sábanas me acariciaron en cuanto me deslicé por ellas y desde ahí me quedé mirando al techo, pensando en todo lo que podría ocurrir.

No quería que nadie supiese mi paradero, ya que pensarían que había perdido totalmente la cabeza al querer ir en busca de un hombre que, en teoría, llevaba décadas muerto; por ello Mónica sería mi guía. Necesitaba unos ojos en el periódico que me ayudaran a coordinar todo lo que ocurriese en Alemania. Pero también necesitaba tener otra guía en otro lugar clave en mi mapa. Y tenía a la ayudante perfecta.

Al día siguiente desperté y volví hacia el salón. Mónica había dejado una nota encima de la mesa antes de irse. Decía: «Lo vamos a conseguir»; tenía dibujada, asimismo, una mariposa pequeña comenzando a volar. Sonreí con el papel en la mano y saqué mi móvil. En vez de llamarla a ella decidí llamar a la otra persona que quería que estuviese en esto. Era inteligente, inquieta, con curiosidad por este mundo y estaba segura de que lo haría perfecto.

—Hola, Ruth, soy Julia. ¿Te pillo bien?

—Ay, ¡hola, Julia! —me dijo con un tono más alegre—, claro, dime.

—¿Dónde estás?

—En el salón haciendo una redacción para clase.

—¿Puedes subir a la habitación? Es algo importante —le pedí.

Escuché cómo cerraba la puerta y me preguntó entre susurros.

—Ya estoy. ¿Qué pasa?

—Verás, Ruth. Debes hacerme un favor, un favor un poco especial.

—¿Especial? ¿Qué tiene de especial?

—He comenzado una investigación que no sé si llegaré a publicar o no, pero el caso me toca de una forma muy cercana y en parte a ti también... Cuando estuve por Cudillero fui a ver a la abuela un día, y no sé si lo recordarás pero ella siempre nos contaba que el abuelo se fue a Alemania a trabajar.

—Sí. Y murió allí —añadió ella.

—Exacto. Pues la abuela me dio las cartas que el abuelo Miguel le enviaba y tanto yo como Mónica, mi compañera del periódico, hemos visto cosas raras en ellas. Fechas cambiadas, párrafos desordenados, cosas que no tienen mucho sentido y no sé por qué me da la corazonada de que hay algo detrás.

—¿Algo detrás? —repitió extrañada.

—Sí, como si realmente no fuese todo verdad.

—¿Y qué vas a hacer?

—De momento irme al lugar desde donde se enviaron las cartas —contesté. Mi hermana se quedó en silencio y habló un poco más bajo.

—¿Lo dices en serio?

—Sí. Y por eso te llamo —volví a empezar—, porque debes ayudarme cuando esté allí.

Le expliqué a Ruth que debería avisarme de cualquier movimiento de mis padres; solían llamarme y mi padre era mucho de visitarme cuando podía. También le pedí que de vez en cuando fuera a casa de la abuela, a preguntarle detalles sin que llamase mucho la atención, ya que sabía que una vez estando allí, si la cosa iba bien y avanzaba, me surgirían nuevas preguntas que solo ella podría responder. Ruth aceptó, me cubriría en esos días que estaría en Alemania. Le pasé el teléfono de Mónica por si necesitaba cualquier cosa que la llamase a ella. Y así dejé todo atado. O al menos, eso era lo que yo creía.

Al día siguiente volaba a Hamburgo, pero antes necesitaba resolver un par de cosas.

Bajé hasta la librería que tenía cerca de casa y compré un diccionario de alemán, era de un amarillo chillón que echaba para atrás y ojeé un poco por encima el laberinto de palabras. Había tantas diéresis como haches. También me llevé un libro que había en los destacados de la librería. «Para el avión», pensé. Se llamaba *El anochecer de las gaviotas*. Y según leí en la contracubierta contaba la historia de un viejo farero que perdió a su mujer en el mar, cuya única compañía años después eran las gaviotas que subían a verle cada vez que preparaba el faro. Siempre me hubiese gustado escribir un libro, pero me faltaba el valor suficiente para hacerlo: es un mundo que admiro tanto que cualquier acercamiento al papel que no fuese el de mi periódico me producía un respeto gigante. Rocé las portadas de todos los libros que había en la mesa y pagué el diccionario y el libro de las gaviotas.

Lo siguiente que hice fue ir a una tienda de deportes. Habían abierto una gran superficie en el centro de Gijón que aún no había podido visitar. Llevaba bastante tiempo sin pasear por el centro de la ciudad y casi se me había olvidado lo mucho que me gustaba. Miré hacia el puerto deportivo, a Carlos le encantaba sentarse allí a tomar algo y observar el atardecer. Allí pasamos muchos ratos. Volví la cabeza para mirarlo de nuevo y seguí mi recorrido hacia la plaza Mayor. Al llegar me deslumbró el rojo de la fachada y el olor que desprendían los puestos que había alrededor de toda la plaza, justo ese día había mercado y feria de artesanía. Vi un puesto de zumos que tenían muy buena pinta, justo al lado había uno de pulseras y recuerdos tallados en madera. El chico que estaba atendiendo no le quitaba ojo a todo lo que tenía allí.

—Están en oferta, ¿eh?...

Sonreí ante su palabrería para que le comprara algo.

—¿Cuál te ha gustado? —preguntó, curioso.

Mis ojos se pararon en un collar.

—Ese —contesté señalando al manojo de cintas que tenía en la percha.

—¿Cuál? ¿El de la mariposa?

—Sí. Ese.

Me dio el colgante. La cuerda era negra con la pieza de la mariposa tallada a mano en madera. Me pareció un detalle precioso y era un amuleto que quería llevarme al viaje. Con los dedos rocé la mariposa, era preciosa. Le sonreí al chico y le dije que me lo llevaba.

Más tarde ya había comprado lo que me faltaba —tres camisetas térmicas, guantes, bufanda, calcetines bien gordos— y todo ello porque miré el tiempo y en Hamburgo habría unos seis grados bajo cero por las mañanas y no pasarían de los diez durante el día. Volví a casa paseando por las callejuelas del centro; al llegar a casa volví a fijarme en lo de siempre: el maldito buzón en el que aún seguía rayado todo el nombre de Carlos. Entré en casa y comencé a preparar el equipaje, no sabía cuánta ropa llevarme, pero solamente podía llevar una maleta de mano, así que debía compactarlo todo en aquella azul pequeña que tenía.

Después de dejar todo preparado me fui al salón a comenzar a leer *El anochecer de las gaviotas*; tras un par de horas estaba completamente enganchada. Amaba los libros que me provocaban esa sensación: me hacían estar tan metida en la historia que parecía que desconectaba de todo lo que ocurría a mi alrededor, era como vivir en otro lugar, con gente completamente nueva, desconocida, sin que supieran lo que me había pasado. Mientras leía dejaba de ser Julia, la chica a la que le mataron a su novio y sobrevivió a uno de los atentados terroristas más duros de la historia; pasaba a ser un personaje de la historia de Mauro, el viejo farero. Y así pasé el resto del día, en el sofá tapada con una manta y con mi nuevo libro entre manos. Me levantaba a picar algo y volvía a mi lugar, cambiaba de postura y así continué hasta que llegó la hora de cenar e irme a la cama.

A las siete menos cuarto de la mañana, la alarma sonó, pero yo ya estaba despierta. Me suele ocurrir cuando estoy entusiasmada por algo, y en este caso lo estaba por completo. Deseaba que amaneciese desde antes de irme a dormir para salir de camino al aeropuerto de Asturias. Tenía una hora de coche hasta allí, pero ya estaba todo listo.

Me gustaba esperar en los aeropuertos, allí se me ocurrían una media de cinco reportajes cada treinta minutos, me gustaba observar a los que viajaban: muchos de ellos en pareja, otros solos..., también muchos grupos de jóvenes de viaje de fin de curso con toda su clase..., me enternecía verlos, ya que esos viajes son los que más se disfrutan. Apuntaba en mi libreta cosas que podría escribir más adelante, pero en realidad, en ella había un solo tema que me interesase: mi abuelo. Necesitaba resolver qué había ocurrido con él.

Sabía que ese viaje también podría hacerme daño en el caso de que no descubriese nada y se convirtiera en una pérdida de tiempo, pero tenía una corazonada. Me agarré el collar que me había puesto esa misma mañana en cuanto salí de la ducha, sentía que cada vez estaba más cerca de mi destino y tenía muchas ganas de empezar todo eso allí. Me hizo recordar mis primeros años en el periódico, cuando cualquier pequeña investigación era para mí un chute de adrenalina, perseguir las pruebas, los detalles, redactar, seguir y seguir hasta encontrar la verdad.

La cola de pasajeros ya se amontonaba en el mostrador de la puerta de embarque y los pasajeros empezamos a desfilar. Poco a poco fuimos subiendo al avión. Encontré mi asiento que, por suerte, era ventanilla. Las azafatas hicieron las indicaciones de seguridad pertinentes y en cuestión de minutos estábamos despegando. Miré por la ventana y dejé mi norte atrás, esperando que cuando volviese tuviese conmigo las respuestas que iba a buscar.

18

Aterricé en Hamburgo casi tres horas después. Estaba lloviendo. Cuando conseguí salir del aeropuerto busqué un taxi para que me llevase hasta el hostal en el que había reservado una habitación para seis noches. Me había salido por menos de cincuenta euros al día y estaba en la zona desde donde se enviaron las cartas.

—Hostal Margot, *bitte* —fue lo primero que dije en alemán.

El conductor me miró y se rio un poco viendo que tenía mi diccionario amarillo chillón en la mano. No conversamos mucho de camino, creo que me dijo algo de que el tiempo en Hamburgo era siempre gris y que en invierno hacía mucho frío. También me dijo algo de que la comida allí era genial y que probase el *bismarckhering* que, según vi en una foto que me enseñó, es un plato típico alemán que consiste en arenque marinado en vinagre, cebollas y laurel. La verdad es que tenía una pinta riquísima y le prometí probarlo.

Llegamos al hostal y era precioso. Tenía apenas tres estrellas, pero era más acogedor que cualquiera de los hoteles en los que había estado. Por fuera la fachada era de estilo típico alemán, con un gablete de color rosado y con detalles en blanco y en madera aún más bonitos. El conductor, que se llamaba Simon, me ayudó a bajar el equipaje y subirlo hasta el hostal. Ya allí, me recibió una mujer muy amable y simpática. Tendría como sesenta años y seguramente sería la dueña.

Me invitó a que la acompañase al mostrador de recepción, que era solamente una mesa alta junto a la que había una silla. Había una gran agenda en la que estaban apuntados los nombres de los huéspedes y sus habitaciones; todo estaba escrito a mano, hojas ya ensanchadas y abultadas por el paso de los meses y por el uso del bolígrafo que hacían de aquel libro una reliquia. La señora, que estaba en todo momento con una sonrisa de oreja a oreja, me acompañó hasta la habitación número 12. Yo me fijé en los cuadros que había colgados a lo largo de todo el pasillo, parecían fotografías de un Hamburgo de mucho tiempo atrás, todas en blanco y negro. Pude reconocer el puerto, el Rathaus, que era el ayuntamiento de la ciudad, y también vi una fotografía panorámica de la ciudad del año 1912. Cuando llegamos a mi habitación, la señora abrió la puerta y me la enseñó.

—*Willkommen* —dijo sonriéndome desde el marco de la puerta. Luego se marchó.

Corrí las cortinas de la ventana: desde allí veía toda la calle. Me quedé unos minutos en silencio. Unos segundos después vi a la señora arreglando el jardín. Abrí la maleta y coloqué mi ropa en el armario. De mi bolso saqué todos los apuntes. En uno de los laterales de la habitación había una mesa con la pared libre de cuadros y espejos y supe lo que allí colgaría: el mapa de todo el barrio de Alsterdorf que había conseguido imprimir de internet a tamaño muy grande. Lo saqué de la maleta y con cuatro chinchetas lo clavé en dicha pared. Con un rotulador rojo permanente rodeé el lugar en el que me encontraba. Ese era el punto de partida. Le mandé una fotografía a Mónica diciéndole que ya había llegado y me contestó con un selfi en el periódico acompañado de un texto que decía «¡¡¡Mucha fuerza!!!». Cogí mi abrigo, los guantes y salí de aquella habitación en busca de lo que había venido a buscar: la verdad.

Hamburgo era más frío de lo que imaginaba, tenía la sensación de que se me helarían los huesos. Había hasta hielo por las calles. Pero, a pesar del frío, allí todo el mundo iba en bicicleta. Abrí el Google Maps y vi que me encontraba cerca de mi primer destino.

Caminaba nerviosa, como alguien que está en territorio desconocido, tenía la sensación de que la gente me observaba. Giré la última calle y allí estaba: la oficina 22 de Correos del barrio de Alsterdorf. Una gran bandera de Alemania presidía la entrada. Ya en el interior, no supe hacia dónde dirigirme hasta que vi un mostrador donde no había nadie haciendo cola.

—Perdone, ¿puede ayudarme con una duda? —pregunté en inglés.

La mujer no pareció entenderme. Me miró extrañada y fue entonces cuando llamó a un compañero. Enseguida se acercó al mostrador y me saludó. Volví a repetirle la misma pregunta.

—Perdone, ¿puede ayudarme? —Esta vez el chico sí que me entendió, ya que me contestó en inglés.

—Por supuesto, ven a mi mesa y cuéntame en qué te puedo ayudar.

Me dirigí hasta su puesto. Le expliqué que tenía un sello antiguo que perteneció a un familiar cercano y que me gustaría saber si podía ofrecerme algún dato sobre el remitente.

—Es muy difícil saberlo. En aquella época todos los datos estaban escritos a mano, pero todos los envíos tenían un número de registro en el que se debía añadir un remitente por si el paquete se perdía por el camino y había que devolverlo —me comentó despacio.

Me quedé mirando el sello que sostenía con la mano, empezó a observarlo y a mirarle cada esquina. Anotó una serie de números en un papel y se fue con el sello. Yo a través de la ventana lo seguía con la mirada y vi cómo se dirigía hacia una compañera. Ambos levantaron la cabeza para mirarme y después vinieron hacia mí. Ella le dijo algo y él me lo tradujo al inglés.

—Mi compañera pregunta si sabes lo valioso que es este sello —dijo.

—Ya imagino. Mi abuela lo conserva intacto —le contesté.

Él tradujo y la mujer, esbozando una pequeña sonrisa, contestó algo.

—Ella cree que puede mirar en el archivo del registro de envíos, pero que necesitará un par de horas para encontrarlo, puesto que estamos hablando de hace muchos años.

Mi mirada se iluminó por completo, ellos lo notaron. El chico me dijo que esperase. Ahí fue cuando aproveché para llamar a Mónica.

—¡Cuéntame! —exclamó.

—Estoy en la oficina de Correos desde donde se enviaron las cartas. Me están buscando la dirección del remitente —comencé a contarle a Mónica mientras paseaba por el edificio—. Al parecer en aquella época al enviarlas debías registrar un remitente en la propia oficina por si perdían el paquete.

—¡Joder, qué bien! Entonces ¿te darán una dirección?

—Sí. Espero que sí. Mientras tanto no puedo moverme de aquí y va para largo, así que necesito que me adelantes una cosilla. Busca el nombre de mi abuelo en cualquier lado, a ver si consigues encontrar dónde trabajaba o algo así, se llamaba Miguel Alcantud y nació en 1923. Me llamas con lo que tengas, ¿vale?

—Perfecto, Julia. Te llamo. Un beso fuerte hasta allí.

—Gracias, Mónica, te adoro.

Colgué y le mandé un mensaje a mi hermana:

Ruth, ya estoy aquí. Cuando puedas ve a casa de la abuela y pregúntale sin que se dé mucha cuenta si alguna vez el abuelo le dijo cómo era su casa o si recuerda el edificio o el barrio en el que estaba. Invéntate algo, que es un trabajo para clase o algo parecido.

a casa en dos días. Si le salía con alguna excusa más sospecharía y vendría igualmente por si me pasaba algo. Lo hacía los primeros meses después de que ocurriese lo de Carlos, le decía que estaba bien y en realidad no lo estaba y ella lo notaba tan rápido que se presentaba en casa. Me quedé en medio de la calle mirando a un lado y a otro pensando en qué hacer. Volví a sacar el móvil y marqué el teléfono de mi hermana Ruth.

—¡Dime, Julia! —respondió—. Estoy en un descanso de clase. ¿Qué pasa?

—Escúchame, es importante.

Seguía parada en medio de la acera y sin querer me puse en el carril de las bicis. El timbre de una sonó detrás de mí y estuvo a punto de llevárseme por delante.

—¡Joder! Qué susto.

—¿Julia?

—Sí. Perdona, Ruth, casi me atropella una bicicleta.

—¿Cómo? —exclamó ella.

—Nada. Escúchame, anda: mamá se ha empeñado en que quiere venir a comer a casa el sábado, y yo he intentado hacerle creer que quería salir de fiesta con mi compañera Mónica, pero ha sido imposible, así que tienes que hacerle creer que estás malísima el sábado por la mañana. Cuando te despiertes, haz ver que te encuentras mal, que tienes fiebre, hazte la cansada y di que te duele la cabeza para que así se queden contigo, porque, si no, vendrán hasta Gijón y se darán cuenta de que no estoy allí.

—Madre mía, Julia —comentó mi hermana.

—Lo sé, pero es la única opción que me queda.

Mi hermana suspiró a través del teléfono.

—¿Y si no cuela? —preguntó.

—Confío de sobra en ti para que se lo crean —me reí—. Ahora te tengo que dejar, hablamos más tarde, ¿vale?

—Vale, un beso fuerte. Y ten cuidado con las bicicletas, anda.

Colgué y volví a sacar el Google Maps. Me ubiqué de nuevo y seguí las indicaciones del teléfono. Cada vez que avanzaba una calle estaba más cerca de la dirección. Cada paso que daba sonaba en mi interior como un tambor, los nervios casi me hacían oír el latido de mi corazón. Me puse a pensar en si podría cruzar la puerta de donde vivió mi abuelo. Estaba a seiscientos metros. En la siguiente manzana se encontraba el número137.

Giré la esquina y enfrente estaba el edificio de color naranja, con detalles en blanco a su alrededor. Cinco filas de ventanales a lo ancho y cuatro pisos. El cuarto izquierda era mi destino. Unos cuantos escalones subían hasta el portal. En él unas grandes puertas blancas acristaladas habían mantenido el estilo de hace décadas. Las puertas estaban entreabiertas. Como el ascensor estaba ocupado, decidí subir por las escaleras, compuestas por anchos y bastos escalones de mármol; y en cada rellano había un ventanal muy grande que daba al patio interior. Miré hacia arriba por el hueco de la escalera y cada vez el cuarto piso estaba más cerca. Los dos últimos pisos se me hicieron eternos. Mi corazón se aceleraba. Por fin llegué y me quedé parada frente al cartel que decía VIERTE que significaba «cuarto» en alemán. Había dos puertas, una a la izquierda y otra a la derecha. La que yo buscaba era la E. Me acerqué hasta el timbre y antes de llamar respiré hondo y cerré los ojos: todo por lo que había venido hasta aquí quizá estaba detrás de esa puerta. Solté el aire y volví a abrirlos, deslicé mi mano por el timbre y lo pulsé. El sonido se oyó alrededor de toda la casa; me aparté un poco de la puerta y oí el rasguño de una silla. Poco después, unos pasos que se acercaban…, podía notar el crujir del suelo de madera detrás de aquella puerta. El sonido cesó y la puerta se abrió.

—*Hallo?* —dijo desde la puerta una mujer que tendría unos setenta y tantos años. Vestía un jersey de cuello vuelto de color beige. Llevaba gafas y el pelo rizado, muy blanco, y tenía pecas alrededor de la cara. Yo me quedé en silencio y de nuevo volvió a preguntarme algo, pero no lo entendí. Fue entonces cuando tuve que reaccionar y saqué las fotocopias de las cartas y se las enseñé. Ella las cogió con cuidado. Las observó por encima, me las entregó e intentó cerrar la puerta.

—No, no, no. Espere. *Wait*.

La anciana me miró de nuevo, pero no a los ojos, no conseguía que alzase la cabeza, hasta que de mi bolso saqué una fotografía de mi abuelo. Era en blanco y negro, una de las que mi madre tenía en casa y conseguí llevarme sin que se diese cuenta. Ella se quedó mirando la fotografía, la cogió y pareció acariciar el papel. Fue entonces cuando volvió a decir algo, solamente una cosa con la que me dejó helada:

—Miguel.

La anciana me invitó a pasar tímidamente. La casa era una vivienda antigua, las paredes eran lisas y el suelo de madera. De camino al salón había unas cuatro habitaciones, todas diferentes. En dos de ellas había literas, otra parecía la de invitados y la siguiente debía de ser el dormitorio principal, ya que la cama era más grande. Llegamos al salón, repleto de libros, los lomos de colores y diferentes texturas decoraban el espacio. Había muchas fotografías, cada una con diferentes marcos. Estaban por todas partes, decorando las estanterías, en el mueble de la televisión y en algunos rincones más de la estancia. Destacaba un cuadro enorme que representaba un paisaje, lleno de árboles y con un mar alrededor. Me quedé embobada con los colores.

—Es Cuxhaven.

Me giré y la anciana traía dos cafés, de pie se quedó observando la gran pintura que colgaba en su salón.

—Qué bonito —comenté—. Me encanta el faro.

—Es uno de los rincones con más encanto de toda Alemania.

Mi sorpresa fue tremenda. No tenía ni idea de que la anciana hablaba español. Ella sonrió al percatarse de mi asombro.

—Ven, siéntate. —La mujer parecía contenta de verme allí—. ¿Qué te trae por aquí, pequeña?

Fue entonces cuando volví a sacar la fotografía.

—Él era mi abuelo.

—Era tan bueno... Miguel.

—¿Lo conoció? —pregunté. Ella cambió el gesto.

—Mucho, hija. Yo era quien le cambiaba el dinero para enviárselo a su familia. Todos los meses nos veíamos un par de veces junto con mi marido.

—Un momento, su marido era... ¿Martín? —dije sorprendida—. ¿Usted es la mujer de Martín?

Ella me señaló una de las paredes, donde observé una fotografía de ellos dos. Salían guapísimos, era una foto tomada de jóvenes, posiblemente de cuando mi abuelo hablaba de Martín en sus cartas y de su mujer, la chica del banco.

—Me llamo Benilda —se presentó tendiéndome la mano.

—¿Qué le pasó? —quise saber—. ¿Murió?

La anciana suspiró esta vez antes de hablar.

—Como otros muchos, hija. Aquí murió mucha gente. Entre ellos, mi Martín.

—¿Y mi abuelo también murió con él?

—Sí. Los dos. Una noche, de hace muchos años y en esta misma casa. Llamaron a la puerta. Dos soldados de la RFA uniformados y con una cara que producía terror entraron a la fuerza en casa en cuanto salí a ver quién era. Martín dormía conmigo y los soldados fueron directamente a nuestra habitación. Lo agarraron, el pobre ni se había despertado por los golpes, ya que esa noche le tocaba descansar de transportar el camión. Miraron en todos los rincones de la casa como si buscaran algo más y se lo llevaron.

Yo abrí mi bolso y saqué la carta de defunción de mi abuelo.

—Le llegó esta misma carta, ¿verdad?

—Sí, me llegó exactamente la misma.

—Murieron los dos.

—Como grandes amigos —concluyó ella.

Todas las ilusiones de poder encontrar a mi abuelo con vida terminaban. Era una de las opciones que debía contemplar al venir hasta aquí. Que todo podía ser tal y como nos contaron desde el principio. Pero tenía una ligera esperanza de ver algo raro en la historia y, tal vez, de que hubiera alguna posibilidad de que estuviese vivo. Pero esta se esfumó por completo. Recordé entonces aquellas últimas cartas, con miedo y como si fueran desordenadas.

—¿Notó algo raro en mi abuelo las últimas veces que lo vio? —pregunté.

La anciana se quedó en silencio y comenzó a hablar de nuevo:

—Martín y tu abuelo se traían algo entre manos, nunca me dijeron nada, pero una no es tonta. Se repartían los turnos de manera que ninguno fuese dos veces seguidas con el camión. Les pagaban muy bien, mejor que un trabajo de mucha más importancia. Yo les cambiaba el dinero y las cantidades que me daban eran demasiado elevadas para el trabajo de conductor de un camión cualquiera.

No podía dejar de observar a Benilda.

—Una noche pasó algo muy raro. Tocaron a la puerta dos personas que no había visto nunca, Martín estaba con el camión y tu abuelo salió al momento para hablar con ellos. Estaban enfadados y reclamaban algo. Tu abuelo me dijo que me fuera a la cama, que eran conocidos suyos. Pero yo a esas personas no las había visto nunca. Y tu abuelo solía contarnos todo, hablaba muchísimo de su mujer, de Candela, y de una nietecilla que venía en camino... ¿Cómo le decía él...? Su...

—Su mariposilla.

—Eso es.

—Hija, no sé qué se traían entre manos mi Martín y tu abuelo, pero pasados tantos años, prefiero no saberlo. Es remover un pasado que es simplemente eso: pasado.

Me quedé en silencio con algunas de las cartas en la mano.

—Creías que lo encontrarías con vida, ¿verdad? —me preguntó acercándose a mí. Me quedé callada.

La anciana suspiró y le dio un sorbo al café.

—Debes dejar que los recuerdos curen y no hagan más daño. Solo así podremos ver a las personas especiales de una manera que no sintamos lástima por ellas sino alegría por todo lo que lucharon por nosotras. ¿Entiendes?

Necesitaba coger aire para asimilar aquella frase.

—Lleva tanta razón...

La anciana miró el reloj y pensé que sería mejor marcharme. Pero en realidad quería seguir allí, preguntándole más detalles de la vida de mi abuelo en aquella época.

—Bueno, debería irme ya... ¿Cree que podría volver algún día de estos? Me quedan muchas cosas por saber de mi abuelo y usted fue de las últimas personas que lo conoció. Estaré aquí casi toda la semana.

A la anciana le cambió un poco la cara, pero enseguida volvió a sonreírme.

—Me encantaría, hija, pero marcho de viaje esta misma tarde. Voy a pasar un par de días fuera —dijo mirando el cuadro del salón—. Necesito descansar un poco.

A medida que conversamos fui consciente de que era una mujer apacible, sincera y sobre todo honesta al hablar de mi abuelo. Enseguida noté que no quería que me hiciese más ilusiones acerca de mi abuelo porque ella también se ilusionó con volver a ver con vida a su querido Martín y sus ojos reflejaban las lágrimas que había derramado por no haberlo conseguido.

—Vaya, no se preocupe... Ha sido un placer conocerla.

La mujer se inclinó para darme dos besos y, sin querer, volcó mi taza de café manchándome la camisa.

—¡Ay! Niña, perdóname. Lo siento.

—Tranquila, no pasa nada. ¿Puedo usar el aseo? Si echo un poco de agua, me costará menos que se vaya la mancha.

—Por supuesto, acompáñame, querida.

La anciana me miró fijamente y se levantó. Comenzó a guiarme por el pasillo y me indicó qué puerta era.

—Perfecto. ¡Muchas gracias! No tardo.

Abrí el grifo y me miré al espejo. Me gustaba mucho cómo llevaba el pelo y el pañuelo rojo que me regaló mi hermana meses atrás. El espejo también me mostraba que tenía una gran mancha de café en toda la camisa. Aun así decidí enviarle una foto a Ruth.

Quité el pestillo y antes de salir me sequé las manos con una de las dos toallas que había. La mujer estaba esperándome en el mismo lugar donde me había dejado. De camino al recibidor me comentó que la semana sería bastante fría y que me abrigase si no quería caer enferma. Antes de salir le di de nuevo las gracias.

—Ha sido muy amable, señora... —esperé a que me dijese su nombre de nuevo.

—Benilda. Benilda Yánez.

—Pues muchas gracias por todo, Benilda —dije inclinándome para darle un pequeño abrazo—. Espero que disfrute en el pueblo al que va.

—Gracias, cielo. Espero que te haya servido de ayuda...

Y con una sonrisa cerró la puerta. La mujer había sido más amable de lo que imaginé al verle la cara, que me pareció un poco triste al principio, como si nadie fuese a visitarla. Me dio la sensación de que había pasado demasiado tiempo sola, quizá esperando a que su marido volviese algún día. Pero nunca lo hizo. Bajé las escaleras de aquel edificio algo decepcionada, como si me hubiesen pasado por encima y no supiese qué hacer a continuación.

Las puertas se cerraban justo delante de mí y ya no había

hilo del que tirar ni camino que seguir. Y la verdad, eso me entristecía. Había llegado hasta allí con mucha ilusión y de repente me sentía fracasada. Llamé a Mónica para contarle lo que había pasado.

—¿Qué tal? ¿Has averiguado algo? —pregunté un poco desganada. Mónica me lo notó enseguida.

—Uy. ¿Qué ha pasado, Julia?

—Lo que tenía que pasar —suspiré.

Mónica soltó también aire desde Gijón y lo entendió al instante.

—Nada, ¿verdad? —aventuró.

—Murieron los dos. La dirección correspondía a la mujer de Martín. Dice que una noche se lo llevaron y nunca más volvió. Después le llegó la misma carta de defunción que a mi abuela.

—Joder...

—Sí. Lo sé.

—¿Y ahora? —me planteó.

—Por eso te estoy llamando, Mónica. Porque aquí ya no me queda nada que hacer.

Ambas nos quedamos en silencio sabiendo lo que eso significaba: volverme para Gijón.

—Pero has pagado seis noches allí —replicó Mónica—, al menos aprovéchalas.

—Veré si pueden devolverme el dinero.

19

Al colgar me fui paseando por aquellas calles del barrio de Alsterdorf. No me atrevía a llamar a Ruth, todavía. Iba sin un rumbo fijo pero estaba hambrienta, buscaba entre las calles algún sitio en el que poder comer algo cuanto antes. Después de hablar con la anciana y saber lo de mi abuelo me había bajado mucho el ánimo, sentía cómo en cualquier momento me pondría a llorar de la rabia de haber viajado hasta allí y no conseguir nada más que lo que ya sabía. Me sentí tonta. A lo lejos, vi un veinticuatro horas y pasé. Era una tienda de barrio llena de comida, alcohol y varias cosas más. Pero yo buscaba algo que no veía. El hombre que estaba detrás del mostrador estaba viendo la televisión mientras se comía unas patatas de bolsa, tenía sobrepeso porque su tripa casi rozaba dicho mostrador. Me miró de arriba abajo y me preguntó algo.

—Tabaco. Cigarros —le pedí.

No pareció entenderme. Por eso le hice el gesto de fumar un cigarrillo y entonces sí que respondió. Hay que ver dónde podemos ir haciendo gestos y chapurreando el inglés mezclado con el español.

Me sacó cuatro diferentes. Cogí el Marlboro, era el que fumaba hace años, cuando iba a la universidad. El último que me fumé fue cuando murió Carlos. El hombre se cobró el tabaco y unos chicles de menta y me devolvió el cambio. Al salir de la tienda me di cuenta de que no llevaba fuego. Entré de nuevo, le hice el gesto del mechero y se empezó a reír. Me cobró un euro por el mechero más feo que había visto en mi vida. Me encendí el cigarro ya en la calle y di la primera calada en meses. Saboreé con los labios el borde del cigarrillo y solté el humo como si fuese un deseo. Fue una sensación placentera que había olvidado. Entonces me vino a la cabeza aquella Nochevieja en casa de los padres de Carlos, cuando le prometí dejar de fumar a cambio de irnos a vivir juntos en ese año que entraba. Al principio fue horrible, porque yo fumaba cerca de dos paquetes al día. Con todo el agobio del periódico mi estrés crecía y crecía y fumarme un Marlboro en la terraza era de las cosas que más me relajaba. Pero bueno, ahí estaba, cigarro en mano de nuevo para intentar relajarme y no venirme abajo.

Encontré un lugar en el que comer. Hacía esquina y tenía una terraza bien bonita. Además acababa de salir el sol entre algunas nubes y me pareció un buen momento para sentarme afuera. Las sillas de madera tenían una especie de cojín rojo que las embellecía y hacía más apetecible sentarse. Enseguida salió una chica para darme la carta y tomarme nota. Ojeé por encima y lo único que pedí fue cerveza. Le hice un gesto de que fuese bien grande y nos reímos ambas. Leyendo la carta me encontré con algo que me sonaba un montón: *Bismarckhering*. Recordé a Simon, el taxista que me llevó hasta el hostal. Él fue quien me recomendó este plato de pescado con vinagre y no sé qué más. Cuando llegó la muchacha de nuevo con mi cerveza le señalé el *Bismarckhering* porque ni queriendo lo pronunciaría bien. Ella se retiró y yo le di un gran sorbo a la Paulaner. Estaba increíble. La chica salió de nuevo, se acercó y me preguntó:

—*Will der Fisch es repariert haben?*

Me quedé muda. La miré con cara de que no entendía ni una palabra de lo que había dicho.

—*Du verstehst mich nicht?* —siguió.

—Lo siento, pero es que no entiendo. —Abrí mi bolso intentando buscar el diccionario que llevaba cuando de repente una voz que provenía de detrás de mí comenzó a hablar en español.

—Dice que si quieres el pescado marinado.

Dos mesas más atrás había un hombre joven, de unos treinta y tantos. Los ojos verde claro y una barba de pocos días. Vestía un abrigo largo de color gris y un jersey de cuello vuelto negro. En su mano un café, sobre la mesa el último modelo de iPhone y un libro cuyo título no atiné a ver.

Le contesté a la chica que sí lo quería marinado y se marchó.

—¿Eres español? —exclamé sorprendida. Él acabó de darle un sorbo a su café.

—Sí. De Barcelona.

—Vaya, qué coincidencia. ¿Y qué haces aquí? —pregunté. Él se rio—. Bueno perdona, tampoco hace falta que me lo digas. Que igual te estoy molestando.

Entonces me miró fijamente.

—Tranquila, no molestas. Y respondiendo a tu pregunta, trabajo aquí, en Hamburgo. Y a ti, ¿qué te trae por aquí? ¿Viaje de trabajo? —me preguntó a su vez, observando cómo sobresalía del bolso la carpeta con los documentos.

Dudé qué contestarle.

—Se podría decir que sí, pero creo que ya he terminado. Levantó las cejas, como gesto de duda.

—¿Ya? ¿Cuántos días llevas aquí?

—Pues —miré mi reloj—, unas tres horas.

A él le dio la risa y casi se echa todo el café por encima.

—Pues sí que acabas rápido tú las cosas, ¿no? —comentó.

—Digamos que no ha salido todo como yo esperaba, pensaba quedarme una semana pero se han truncado los planes.

—Vaya. Cuánto lo siento.

—Tranquilo, no pasa nada. Intentaré regresar hoy, si consigo que me devuelvan el dinero del hostal.

El chico se levantó y se acercó a la camarera que acababa de traerme unas patatas para acompañar la cerveza. Hablaron algo en alemán y ella le dejó un bolígrafo. Él cogió el tíquet de su mesa y apuntó algo. Luego se acercó a la mía y me entregó el trozo de papel.

—Si al final cambias de opinión y te quedas unos días, llámame. Podría recomendarte varios lugares que visitar.

Me quedé muda. Tomé el papel sin saber muy bien que decir. ¿Había ligado? ¿O era simplemente un gesto de caballerosidad ante la tristeza que producía yo misma? El chico entonces se acercó y me tendió la mano.

—Soy Pol, encantado.

Miré el trozo de papel en el que estaba su teléfono anotado.

—Yo Julia, encantada también.

—Me tengo que ir a trabajar. ¡Disfruta de la ciudad! Y aprovecha el sol, que pocas veces sale por aquí —dijo guiñándome un ojo mientras acababa de abrocharse el abrigo. Me quedé mirando cómo se iba. Era muy guapo, vestía tan bien que posiblemente su armario fuese el triple de bonito que el mío. Allí la mayoría de la gente vestía genial, pero él en este caso iba demasiado bien. Me quedé embobada observándolo mientras se alejaba. Al momento me sirvieron el plato y durante la comida no pude quitarme a ese tío de la cabeza.

El pescado estaba riquísimo y un postre que me trajeron que llevaba un montón de chocolate y nata, también. «Ya volveré al gimnasio cuando llegue a Gijón», pensé. Pedí la cuenta y guardé el tíquet en el que estaba el teléfono de Pol en mi bolso. Sinceramente no creía que lo fuese a llamar, el chico había sido encantador pero mis horas allí acababan y no quería perder el tiempo con tíos con los que luego me arrepentiría de haber iniciado una conversación. Yo no buscaba eso entonces.

Pagué y dejé propina a la chica, que había sido bien simpática, y me marché. Busqué en mi teléfono el centro de la ciudad, me apetecía pasear por allí y ver alguna que otra tienda. En Alemania había boutiques de escándalo y en alguna hasta podría permitirme darme un capricho.

Iba caminando por las calles de la ciudad y me paraba a hacer fotografías con el móvil. Había fachadas de edificios preciosas, también murales que me encontraba a medida que caminaba. Luego daba con tiendas que parecían sacadas de un cuento, a muchas de ellas entré. En una, por ejemplo, te enseñaban únicamente cómo preparar regalos, había de todo: cintas con muchísimos diseños, navideños, de colores, con formas y hasta de diferentes texturas. También cajas que podías preparar tú misma para regalarlas. Era en general un templo de las manualidades y los regalos. Luego entré en una librería de barrio. Minúscula, pero te daban ganas de no salir nunca de allí. Se llamaba *Das Nest des Eichhörnchens*, que rápidamente busqué lo que significaba: El Nido de la Ardilla. Qué curioso. Todos los libros estaban ordenados en vez de por autores por colores. Según fuese el lomo o la portada estaban en una zona u otra. Y había adaptaciones de cuentos que eran preciosas. La mujer que atendía el negocio me sonrío al entrar e hice unas cuantas fotografías porque sabía que escribiría algún día sobre ese lugar.

En cuestión de minutos llegué al centro de la ciudad. Las grandes avenidas se abrían paso alejándome de las callejuelas por las que había llegado hasta ellas. Los edificios a ambos lados de la vía eran impresionantes, con un color blanco y oro que rezumaba lujo. La gente llevaba abrigos preciosos, y también sombreros. Los más jóvenes calzaban botas de nieve, ya que allí solía nevar copiosamente. De hecho aún con el sol en su máximo esplendor, había algunas esquinas de la ciudad que seguían acumulando un poco de hielo. En la parte central de la calle vi unos grandes almacenes, era un edificio acristalado por completo y en él estaban las mejores marcas. Hermès, Gucci, Valentino... Pero también otras menos conocidas de diseñadores recién llegados al mercado. También había una zona de tiendas de mazapanes que, según había leído en la revista del avión, eran el souvenir estrella. Estaban clasificados por colores y expuestos alrededor de toda la tienda. Me picó la curiosidad, cogí una caja y me puse a la cola para pagar. Después me detuve en una que se llamaba Paul de Pe, de vestidos y conjuntos preciosos. Fui hasta una de las zonas en la que había varios vestidos expuestos, hasta que me detuve ante uno. Mi expresión lo decía todo, era un vestido blanco precioso. Tenía la espalda al aire y se ceñía de cintura para abajo, hasta justamente por encima de las rodillas. Lucía un detalle de pedrería en el hombro derecho que lo hacía todavía más especial. Miré el precio: trescientos diez euros. Bueno, pensé. Era caro pero tampoco excesivo para lo bonito que me parecía, y seguramente me hubiese quedado muy bien, pero no lo quería para mí. Yo de momento no tenía nada que celebrar, pero había alguien que sí: mi hermana.

Le pedí a la dependienta que me lo preparara para regalo. Salí del centro comercial y vi un puesto ambulante con algo de comida. El olor me condujo hasta allí. En lo alto había un cartel que decía PRETZEL 1 €. Compré uno. ¡Jesús, María y José, estaba riquísimo! Me dirigí a un parque cercano que tenía un lago para merendar tranquila. Se llamaba Stadpark y era inmenso, parecía no tener fin.

Mucha gente estaba en el césped, junto con sus bicis y sus perros. La imagen era preciosa porque empezaba a caer la tarde. Los rayos del sol se colaban entre las nubes y se deslizaban por el lago. Los cisnes se dejaban llevar por el agua y la luz del atardecer iluminaba sus cuerpos blancos y suaves. Observando todo aquello supe que siempre recordaría con cariño aquel momento, esa sensación de paz, de estar bien pese a haber acabado todo. Pese a haber perdido a Carlos y aun dejando ir a mi abuelo Miguel. Aun teniendo todo eso sobre mi conciencia, conseguí sentirme feliz. Feliz por un instante. Busqué en mi bolso el libro *El anochecer de las gaviotas.* Entre sus hojas estaba el papel con el teléfono anotado del chico de esa mañana.

Sonreí.

El atardecer llegaba a su fin, y la gente se marchaba. Yo no tenía ningún plan salvo volver al hostal. Entonces saqué mi móvil y comencé a marcar los números que había anotados. Cuando iba por la mitad me detuve y observé el último rayo del sol antes de esconderse. Completé la serie de números y llamé. Un tono. Se extrañaría al ver un teléfono desconocido. Dos tonos. Igual esto lo hacía con todas y yo solamente era un plan B. Tres tonos. «Estás haciendo el ridículo, Julia. Cuelga.»

—*Hallo!* —sonó al otro lado del teléfono.

—Hola... Soy Julia, la chica de esta mañana.

Él se quedó en silencio durante unos segundos.

—¡Hola, Julia! Vaya, qué sorpresa. Veo que has pensado mejor lo de irte, ¿no? —comentó.

—Bueno. Quería ser amable. Creo que me iré mañana en cuanto encuentre un vuelo.

—Y, entonces ¿me has llamado para decirme que te vas?

—Bueno y por si me decías algún sitio para cenar esta noche.

Noté la sonrisa de Pol sin ni siquiera tenerle delante.

—Conozco algunos sitios, pero eso implica acoplarme a tu plan. Cenar conmigo.

—Bueno, así por lo menos puedes ayudarme a saber lo que me como.

Astuta. Ágil. Bravo. Los aplausos sonaban a mi alrededor, aunque estuviese sola. En ese instante noté algo especial. Hacía tiempo que no ocurría y me había olvidado de la sensación: un pequeño calambre que hace que se despierten cosas dentro de ti. Las famosas mariposas.

—¿Estás por ahí?

—Sí. En un parque.

—¿Qué parque?

—No me acuerdo del nombre. Tiene un lago.

—Stadpark.

—Ese.

—¿Te recojo en la puerta central en quince minutos?

—Vale.

20

Así fue como las mariposas volvieron a volar. Una mariposa tiene un tiempo de vida de alrededor de un mes, es algo fugaz, pero en parte me parecía mucho a ellas. No porque me lo dijese mi abuelo sino porque las mariposas, antes de ser mariposas, son orugas y antes huevos. Y de repente un día, se envuelven en sí mismas en una crisálida. Desde fuera puede parecer que está descansando, pero en realidad por dentro está surgiendo toda una transformación, una metamorfosis completa. Y un día, la crisálida se abre y una mariposa comienza a volar. Yo me envolví en mi propia crisálida durante casi cuatro meses, para evitar comentarios, recuerdos y sentimientos. No quería ningún roce con el exterior, simplemente necesitaba descansar. Pero por dentro estaba ocurriendo algo maravilloso de lo que yo ni siquiera era consciente. Me estaba recomponiendo, estaba uniendo todo lo que se rompió cuando Carlos se marchó y al fin, en ese parque, rasgué mi crisálida para echar a volar.

Salí a la puerta del parque, y miré entre la gente buscándole a él. Ese momento dura una eternidad. Miraba de un lado a otro, en vano. El teléfono empezó a vibrar en el pantalón. Era Mónica. Estuve a punto de colgarle, pero pensé que tal vez era importante.

—¿Dígame?

—¡Hola, corazón! ¿Ya has hecho las maletas? ¿Cuándo vuelves?

—Hola, Mónica.

—Oye, estoy aquí en tu casa a las mil maravillas. Estoy pensando que igual me mudo aquí contigo, que esto está muy desaprovechado.

Me reí, porque no sabía cómo explicarle lo de Pol.

—Verás, al final creo que me voy a quedar un día más.

—Uy, ¿y eso?

—Nada, para resolver unas cosillas.

—Cómo, cómo, cómo, ¿qué cosillas?

—Pues, cosillas.

—Bueno, hija, qué misterios, por Dios. En fin. Llámame mañana y me cuentas, que me quede tranquila.

—Perfecto, yo te llamo.

—Ah, por cierto: busqué lo de tu abuelo. No hay ningún Miguel Alcantud en toda Alemania. Ni rastro. He mirado en todos los lados: bases de datos, registros civiles, de empadronamiento..., nada. Mañana miraré más a fondo por si encuentro algo en el registro de viviendas.

—Tranquila, Mónica, tampoco hace falta. Pero gracias por todo.

—Nada, a ti, reina. Estoy deseando verte otra vez y que me cuentes las cosillas esas que te traes entre manos.

—Oye, ¿y tú con Darío?

—Ay, mi Darío. Superbién. El otro día me enseñó su arma. La de policía, digo. No te vayas a creer que...

Nos reímos las dos.

—Mónica, por favor —dije entre risas algo avergonzada.

—Total, que me puso a mil enseñándome su uniforme, la porra y la pistola. Yo quería llevármelo a la cama.

Seguía riéndome.

—¿Y al final? —pregunté.

—Al final, pues que le llamaron que había un operativo de no sé qué y se tuvo que ir. Y ahí me quedé, encendida como un horno a punto de sacar el bizcocho.

—Jajajajaja. Eres un caso aparte, ¿eh?

—Ya te digo.

—Bueno, tengo que dejarte. Mañana te llamo.

—Vale, corazón. Un beso fuerte.

Cuando colgué miré el reloj del móvil: ya habían pasado quince minutos. Y entonces escuché el claxon de un coche negro deportivo. Una ventanilla estaba bajada. A través de ella vi a Pol.

—¡Vamos, sube!

Fui disparada hacia el coche. Era un Mercedes precioso, completamente nuevo y elegante. Abrí la puerta y una serie de leds se encendieron. Y al sentarme lo vi de nuevo. Sus ojos verdes brillaban con el reflejo de las luces de la ciudad, su pelo alborotado como si aún siguiese jugando al fútbol en el recreo del colegio. Su barba estaba deliberadamente descuidada. Llevaba una camisa blanca con el botón del cuello abierto.

—Vaya coche, ¿no? —exclamé al sentarme.

—¿Ni dos besos?

Me reí y se los di. Noté el roce de la barba y un cosquilleo me recorrió el cuerpo. Dejé la bolsa del vestido junto con mis mazapanes en la parte de debajo de mi asiento.

—Vaya, al final veo que has aprovechado la tarde —comentó mientras salíamos de doble fila.

—Un poco. Es muy bonito todo lo que he visto hasta el momento.

—Y eso que no has visto nada.

Le miré. Nos miramos.

—¿Sales ahora de trabajar? —pregunté.

—Sí... Hoy no he tenido mucho lío.

—¿Dónde trabajas?

—¿Dónde crees?

Lo examiné de arriba abajo. Los pantalones eran de traje, ajustadísimos, estaba segura de que le debían hacer un culo de infarto y los zapatos eran elegantes también.

—¿En un banco?

Se descojonó.

—Bájate de mi coche.

Me reí con él.

—Es que no tengo ni idea, dame alguna pista.

Mientras conducía se quedó mirando al frente pensando en qué pista darme.

—Pues siempre llevo bolígrafos en mi bolsillo, aunque parezca que nunca los use.

Lo miré extrañada. No sabía qué decirle por miedo a cagarla de nuevo.

—Soy médico.

Vaya, qué sorpresa. Era en lo último que me esperaba que trabajase.

—Qué fuerte.

—Qué fuerte, ¿por qué? —replicó curioso.

—No sé. No me esperaba que fueses médico.

—Pues sí. Lo soy.

—Doctor...

Quería que me completase su nombre.

—Doctor Parés. Pol Parés.

—Vaya... ¿Y cómo es que siendo de Barcelona acabaste aquí? —pregunté.

—¿Qué te parece si dejamos alguna pregunta del interrogatorio para la cena? Así tendremos cosas de las que hablar, ¿no?

Me gustaba su forma de hablar. Y también que fuese médico. Era una de esas profesiones que impactan, de las que son plenamente vocacionales. Lo sabía por experiencia. Había entrevistado a muchos médicos.

Aparcó en una calle y me guardó las bolsas en el maletero. Al cerrar el coche todas las luces se apagaron poco a poco y él se rio por mi cara de asombro.

En Hamburgo las calles siempre están mojadas por la humedad y el frío a esas horas ya era bastante notable, de modo que el vaho salía por mi boca como el humo de un cigarro. Pol miró hacia la parte alta de un edificio que parecía una fábrica, estábamos muy cerca del puerto y se veían los grandes cargueros a los lados.

—Vamos, es aquí.

No podía imaginar dónde estaría el restaurante.

—¿Aquí? —dije siguiéndole.

Al entrar, el edificio estaba vacío, únicamente había un ascensor.

—¿Sabes que es uno de los restaurantes más chulos que hay en Hamburgo? Poca gente sabe de su existencia.

—Pero ¿y cómo me traes aquí? Esto nos va a costar un dineral.

—Tranquila —dijo apoyando su mano en mi hombro—, el dueño es amigo mío y me debe un favor.

—¿Un favor? Parecéis sicarios.

—Le operé a corazón abierto.

Y con la cara de sorpresa que se me quedó entramos en el ascensor. Subimos hasta la última planta de la fábrica, que estaba completamente acondicionada y reformada. Era espectacular. Podías ver las luces de toda la ciudad a través de las grandes cristaleras, así como los barcos que aún salían del puerto. Todo el restaurante era de diseño, mesas grandes de madera, bombillas antiguas que flotaban desde el techo como si fuesen burbujas. Enseguida salió un hombre con camisa negra, elegante y con un pinganillo en el oído. Saludó a Pol y hablaron unos minutos. Se acercó a mí y me presentó al hombre que creí entender se llamaba Kaspar. Él nos acompañó hasta una de las mesas que daban a la ventana y nos pidió que tomásemos asiento mientras dejaba la carta sobre ella. Nada más sentarme me puse a contemplar las increíbles vistas que tenía.

—Te dije que era bonito.

—Pero ¿tanto? Qué barbaridad...

—Y espera a probar la comida.

Abrí la carta como si fuese a entender algo. Y lo miré a él riéndome un poco.

—¿Qué pasa? —preguntó—. Que no entiendes nada tampoco, ¿verdad? —dijo riéndose él también.

—Lo siento, pero no tengo ni papa de alemán.

—Tranquila, pediré varias cosas para compartir todo. ¿Te parece? —me propuso sin apartar su mirada.

Me quedé pensando sobre sus últimas palabras «compartir todo». En esos meses cualquier contacto con otro hombre me daba miedo, la cercanía con otra persona que no fuera Carlos me producía rechazo. Y sí, es posible que perdiera la oportunidad de estar con hombres que valían la pena, pero no hubiese podido soportar ese sentimiento de culpa que me perseguía. Sentía que esa sensación podía aparecer de repente, estando con Pol. De momento solo quería conocerlo, veía en él a una persona interesante, de la que me apetecía saber más, al menos antes de irme, para no quedarme con ese pensamiento de «¿y si fuese él?».

Pol pidió la cena y una botella de vino blanco. Dijo que se la merecía después del día que llevaba. Nos sirvieron un poco y observé cómo las burbujas doradas subían a flote como pequeñas chispas. Tenía ganas de hacerle muchas preguntas, pero no quería dar la sensación de estar impaciente por conocerle. Y cuando ya tenía preparada la primera, fue él quien habló:

—¿Y cómo es que estás de viaje de trabajo aquí?

Bien. Me gustaba su pregunta, podría contarle que era periodista y que me dedicaba a buscar buenas historias. Aunque quizá eso quedaba demasiado cursi para un médico que operaba a corazón abierto. Si le decía que había venido a buscar a mi abuelo muerto que desapareció de mi casa cuando yo ni siquiera había nacido igual lo espantaba por completo. Así que opté por una respuesta mucho más normal y que no le hiciese salir corriendo.

—Soy periodista. Trabajo en un periódico. He venido aquí porque creía tener una buena historia.

—Vaya. ¿Y cuál era esa historia?

—No querrás que te la cuente habiéndote conocido hace un par de horas.

Pol sonrió.

—Bueno, al menos quería saber qué andabas buscando por aquí.

La pregunta tenía trampa. ¿A qué se refería? ¿A la historia, a mí, a si buscaba algo con él? Dios mío, esto era peor que declarar en un juicio, cualquier cosa que dijese podía ser utilizada en mi contra.

—Me dejo llevar. Pero al final resulta que la historia que vine buscando ha resultado no existir.

—¿No existir? —preguntó.

—Sí. Buscaba una historia, pero di con el final antes de empezar.

—Entonces fue cuando te vi, ¿no? Justo cuando te acababas de quedar sin tu historia. —Terminó dándole un trago al vino y mordiéndose el labio inferior.

—Sí, se podría decir que sí.

—Qué inoportuno...

«O qué oportuno», pensé, pero me ahorré aquel comentario.

—Bueno, ahora sí que podrás responderme a la pregunta, ¿no? —le comenté mientras nos traían la cena. Los platos tenían una pinta increíble—. ¿Cómo es que siendo de Barcelona acabaste aquí?

Y tomando un canapé de lo que parecía ser salmón con angulas, Pol contestó:

—Cuando acabé la residencia de Medicina quise especializarme, y yo, que había estudiado alemán desde pequeño, vi una oportunidad en un hospital de aquí que buscaba a cardiólogos especializados. Y no lo pensé dos veces.

—¿No eres de pensar las cosas dos veces? —la pregunta me salió del alma. Antes de contestar sonrió un poco.

—En mi trabajo cuando estás operando, no puedes pensar las cosas dos veces, solamente tienes la oportunidad de pensarlo una y a veces ni eso. Debes de actuar rápido, siendo consciente de lo que estás haciendo y de las decisiones que estás tomando.

Madre mía. Vaya respuesta. Podría colgarla enmarcada en cualquier museo, exposición u hospital. Y en el marco grabar: «Por el doctor Pol Parés, el cirujano que no pensaba las cosas dos veces». Me reí.

—¿De qué te ríes, si se puede saber?

—Me gusta cómo te planteas la vida. Sin pensar las cosas dos veces.

Y ahí estaba mi respuesta. Sincera, dejándome llevar. Al fin y al cabo estaba en esa ciudad por eso, por dejarme llevar por una historia que al final no resultó ser historia. El camarero Kaspar terminó de traer la cena, sin duda mi plato preferido fue una carne con verduras para chuparse los dedos. A Pol también le encantó. Pasamos la cena hablando de las cosas que se podían hacer en Hamburgo y me convenció para que al día siguiente, antes de sacarme el billete de vuelta, fuésemos al Acuario Hagenbeck que era uno de los más grandes del mundo. Me explicó que cuando llegó a esa ciudad fue de las primeras cosas que le enseñaron y le encantó. Me pidió que le hiciese el favor yo esta vez: acompañarle a ver de nuevo el acuario y así poder enseñármelo a mí. Terminamos de cenar y compartimos un postre de piña que estaba también increíble.

—¿Quieres que te lleve de nuevo a...? —preguntó.

—¿A mi hostal? —terminé.

—Sí. A tu hostal.

—¿Dónde podemos ir sino? —le pregunté yo a él.

—Bueno, hay varios sitios de copas por aquí. Y si no, podemos tomar la última en mi casa y después te acerco.

Joder. Me gustaba el plan, de nuevo comencé a sentir esas ganas de dejarme llevar, pero a la vez me daba miedo irme con él. Era una sensación contradictoria, cuando quieres hacer algo, pero no dejas de preguntarte si lo estás haciendo mal. Quería hacerme la difícil, para ver si realmente estaba interesado en mí.

—Bueno, quizá debería irme al hostal para no estar muy cansada cuando vayamos al acuario.

Vaya mierda de excusa estaba dando cuando en realidad quería irme con él.

—Como tú prefieras. Si quieres, te llevo ahora.

Y tras meditarlo, pensé que era lo mejor. Aunque en el fondo, deseaba tomarme la última copa en su casa.

—La verdad es que estoy un poco cansada —mentí.

Necesitaba poner en orden ciertas cosas, incluso ubicarlo a él en mis planes. Acababa de aparecer allí, en Hamburgo, a muchos kilómetros de mi vida, que era en Gijón. Yo no era como él, de no pensar dos veces las cosas; al contrario, yo era de pensarlas una docena de veces antes de hacerlas. Y quizá debía aprender a dejarme llevar un poco más, pero ese día no podía irme a su casa. Ese día no. Pol se estrechó la mano con su amigo Kaspar y bajamos en el ascensor. Recuerdo que nos sentimos un poco incómodos ahí dentro, la tensión se podía cortar. Así que nos limitamos a escuchar el sonido del ascensor mientras bajaba.

—Siento si te ha incomodado que te invitase a casa. No era con otra intención que ser simplemente simpático —dijo rompiendo el silencio.

«Ay, la hostia. Julia, eres tonta. Cuéntale lo de Carlos, lo entenderá.» En cambio, me quedé callada. Qué decirle era en lo único que pensaba. Las puertas del ascensor se abrieron y el frío me invadió, todo el suelo estaba húmedo, lleno de charcos.

—Pol, no es eso. Simplemente... —Quería decírselo pero a la vez no podía.

—Tranquila, Julia. Vamos al coche, anda, que al final te vas a poner mala.

Qué rabia me daba no poder explicarle por qué no me sentía bien yéndome con él. Pol abrió el coche y puso la calefacción a tope. Yo me froté las manos mientras las soplaba. De repente Pol me las sostuvo entre las suyas. Nos miramos a los ojos... No fueron más de dos segundos, pero en mi cabeza sucedió mucho más despacio.

—Mira, ponlas aquí. —Sus manos guiaron las mías hacia un punto de salida del calor en el coche.

—Ahora sí... Hace mucho frío fuera.

—Normal, no estás acostumbrada al frío alemán.

—No estoy acostumbrada a nada alemán.

—¿Dónde está tu hostal? —preguntó con el móvil en la mano.

—Se llama Hostal Margot, está en Alsterdorf —lo pronuncié como pude y él se rio de mí para variar—. ¿Qué? —le reproché.

—Nada nada, que me gusta como lo has dicho.

Le estudié la sonrisa, tenía los dientes perfectos y los colmillos más afilados que he visto nunca. Casi como un vampiro. Lo observaba mientras conducía y fue imposible no recordar a Carlos. Tenía miedo de que siempre que estuviese con otros chicos, me viniese él a la cabeza. Así sería casi imposible pasar página, debía empezar a sacarlo de mis pensamientos, poco a poco.

Cruzamos la ciudad para llegar al hostal. De vez en cuando me miraba y a veces me pillaba mirándole. Nos reíamos y en una ocasión puso su mano en mi rodilla, acariciando mis pantalones muy despacio. Y le miré a través del cristal de la ventanilla y fui consciente de que estaba ocurriendo algo bonito dentro de mí. Noté como si las flores crecieran en mi interior después de tanta lluvia. Llegamos al hostal, lo supe por su fachada de color rosa.

—Aquí es —dije yo.

—Bueno... Pues, ¿te recojo mañana aquí mismo sobre las diez? —me preguntó. Le sonreí antes de despedirme.

—Sí... Sobre las diez. Sacaré el billete para última hora de la tarde.

Me acerqué para darle dos besos mientras le cogía de la nuca y volví a sentir el roce de su barba. Fueron dos besos lentos. Abrí la puerta del coche y fui hasta el maletero para coger las bolsas, él me miraba a través del espejo del interior del coche. Pasé por al lado de su ventanilla antes de irme.

—Gracias por la cena, estaba todo riquísimo.

—La próxima si quieres, la prepararé yo.

Arrancó el coche y se desvaneció entre la neblina provocada por el frío. Me quedé mirando el final de la calle en el que se distinguían aún las luces de su Mercedes, hasta que se esfumaron por completo. Metí la llave en la puerta y me fui hasta mi habitación sabiendo que aquella mariposilla que estaba volando en mi interior la había creado Pol.

21

Entré en mi habitación y miré la hora, no era demasiado tarde. Cogí mi ordenador y me metí en la cama, abrí el Skype y busqué a mi hermana. En cuestión de segundos las dos cámaras web se encendieron y allí la tenía, en su cama también.

—Hola, pequeña...

—Hola, Julia. ¿Qué tal estás?

—Yo bien, aquí. Intentando conseguir algunos datos más. ¿Y tú por allí?

—Pues ensayando para mañana, nunca me he hecho la enferma delante de mamá.

—Te va a salir genial, ya lo verás. ¿De lo otro has podido averiguar algo?

Ruth puso rostro serio.

—Bueno... No demasiado. Estaba un poco pachucha y no quería calentarle la cabeza.

Suspiré en silencio sabiendo que estaba en un callejón sin salida.

—Y tú, ¿has avanzado algo? —me preguntó.

Tras detenerme dos segundos mirándola decidí contarle la verdad. No era justo que siguiese ilusionada por algo que no iba a conseguir, mi lema es ir con la verdad por delante, aunque a veces duela.

—Ruth, verás. Esta mañana me dieron una dirección, desde donde fueron enviadas las cartas, y allí había una señora que conocía al abuelo, la esposa de Martín. —Mi hermana se acercaba cada vez más a la pantalla del ordenador para escucharme mejor y no perderse detalle de lo que le estaba contando—. Pero me dijo que tanto su marido como nuestro abuelo fallecieron juntos. Nunca más volvieron.

La mirada de Ruth se tornó triste, no quería hacerle daño con esta historia pero necesitaba que me ayudase.

—¿Y qué vas a hacer ahora? —preguntó cabizbaja.

—Aquí no tengo nada que hacer, Ruth... Tengo que volver a casa.

—Vas a tirar la toalla.

Aquellas palabras me atravesaron como un puñal. Mi hermana bajó la pantalla del ordenador y ahí se acabó la llamada. Todo se estaba desmoronando poco a poco. Como cuando haces una torre con figuras de madera y hay un momento en el que no puedes añadir una más porque todo se derrumba. No quería tirar la toalla pero ya no quedaba historia, no teníamos nada que me diese alguna pista que seguir. Todo lo contrario.

Apagué la luz y me estiré en la cama. Al día siguiente me sacaría el billete de vuelta después de estar con Pol y despedirme de él, ya que lo último que me apetecía era ilusionarlo a él también para luego decepcionarlo como a mi hermana. Me metí entre las sábanas deseando que mi vida se arreglase, que ya bastante había dolido todo el camino como para seguir hiriéndome yo sola. Tenía que cambiar. Y eso fue todo lo que me repetí hasta que me dormí.

Por la mañana me despertó el teléfono, eran las diez y cuarto. Mierda, me había dormido y Pol me estaba llamando.

—Lo siento, lo siento, lo siento.

Escuché cómo se reía.

—Tranquila, te espero aquí abajo.

Me vestí corriendo mientras me lavaba la cara, a la vez que me ponía los zapatos y agarraba el móvil. En ese momento Mónica me llamó por teléfono, me había olvidado completamente de explicarle lo que había pasado.

—¡Dime, Mónica!

—Vaya, qué rápido.

—Es que tengo prisa. Dime, ¿has averiguado algo? —pregunté.

—Pues justo por eso te llamaba. He encontrado algo que creo que nos puede ayudar. Verás, en el año 2003 aparece el registro de una vivienda en Hamburgo. Está a nombre de M. Alcantud, y posteriormente se produjo un cambio de titular.

—¿A qué nombre se cambió?

—Franzi Koop.

—¿Franzi Koop? —repetí.

—Sí. No dice nada más.

—Una vez que falleció harían el cambio de nombre, ¿no? —dije con sentido.

—Aquí viene por lo que te llamo.

—¿Qué pasa?

—El cambio de titular está firmado por tu abuelo. Tengo el documento delante.

Me quedé de piedra. No podía ser. Mi abuelo murió en el año 1979 como decía su certificado de defunción. ¿Cómo podía ser que hubiese firmado un documento en 2003, más de veinte años después de su muerte?

—Mónica, ¿me estás diciendo que mi abuelo firmó un documento años después de morir?

—No sé, Julia.

—¿Tienes la dirección de esa casa?

—Sí. Apunta.

Busqué mi libreta corriendo y saqué un boli. Puse el teléfono en altavoz y anoté la dirección que me iba diciendo Mónica.

—Gracias, Mónica. Iré hasta allí, después te cuento, ¿vale?

—Ten cuidado. Esto no me gusta nada.

Colgué y me quedé mirando la nueva dirección.

Schmetterlingstraße 51.
22998 Hamburg

Quizá todavía quedaba una posibilidad y ese podía ser el único camino que seguir, no tenía nada más. Cogí el móvil y le mandé un mensaje a mi hermana. «Hemos encontrado algo, seguimos adelante. Te quiero.» Me quedé mirando mi fondo de pantalla, era una fotografía con ella la noche que nos fuimos de paseo a la playa del Silencio. Salíamos de espaldas al mar, agarradas, casi dándonos un abrazo. Me quedé embobada cuando de repente sonó un claxon. Mierda. Pol.

Salí pitando del hostal como cuando me dormía para ir a la universidad. Le grité *«Guten Morgen!»* a la señora de recepción. Y allí estaba él, fuera del coche esperándome a que saliese.

—Pero espérame dentro, que vas a coger frío.

—Yo ya estoy acostumbrado a este clima, pero tú... veo que no.

Pol me miró, ya que solamente llevaba un jersey bastante fino.

Le di dos besos otra vez, pero ahora duraron un poquito más porque me quedé oliendo su cazadora de cuero. Olía tan bien que me hubiese encantado poder quedarme un ratito más ahí, pegada a él, pero hacía tanto frío en la calle que nos metimos en el coche rápidamente. Nada más entrar pegué las manos a la salida de la calefacción, y Pol, sonriendo, la subió a la máxima potencia.

—¿Tienes ganas? —me preguntó.

—Sí, por supuesto.

—No es solo un acuario —me contestó él.

—¿No? —repuse.

—Ya verás como no.

Y enfilamos el coche por las calles de Hamburgo, la mayoría de los que estaban aparcados tenían dos dedos de escarcha en sus lunas, mucha gente bajaba con agua caliente para poder quitar el hielo que se había formado, otros paseaban a sus perros envueltos en un abrigo casi en forma de edredón... aquella imagen era reconfortante, fue como volver a un domingo cualquiera en el norte de Asturias, en mi pueblo, y también podía ser un domingo cualquiera en una ciudad al norte de Alemania. De camino miraba a Pol, que ni se inmutaba concentrado al volante. Había algo en él que me atrapaba, que me pedía que siguiese conociéndole. Era una mezcla de misterio y curiosidad. También de atracción, pero me debía controlar, tenía que disimular mis sentimientos. De repente me pilló mirándole.

—¿En qué piensas? —me preguntó. Me quedé reflexionando mi respuesta.

—Creo que al final me voy a quedar un par de días más aquí.

—Vaya, ¿y ese cambio de decisión?

—A veces encuentras los últimos hilos que hay en una historia —dije sonriéndole.

Llegamos al acuario Hagenbeck, un gran cartel con un montón de luces destellaba en la puerta del gran edificio. En el parking había muchos coches de los que no paraban de salir familias con niños que correteaban hacia la cola.

—Sí que es popular esto, ¿no? —comenté.

—Ni te lo imaginas —dijo Pol agarrándome del hombro para entrar juntos. En la taquilla una chica muy joven tatuada nos atendió.

—*Zwei tickets, bitte.*

Mascando un chicle, cortó los dos tíquets y los pasó por la ranura de la ventilla.

—*Zwanzig Euro, bitte.*

Pol sacó su cartera.

—¡Eh, eh, no pagues tú! —exclamé enseguida. Me dirigió una mirada fulminante.

—Déjame que te invite yo, ha sido idea mía venir aquí.

—Pero, Pol...

—Ya me invitas tú esta noche en algún sitio —dijo guiñándome un ojo—. Ahora que te quedas un par de días más...

Entramos en el gran recinto. Los peldaños de madera me recordaron a cuando, de pequeña, mis padres me llevaron al acuario de Gijón. No era gran cosa pero a mí me impresionó. Siempre quería llevarme alguno de esos animales a casa y recuerdo que un día pillé una pataleta increíble porque los pingüinos siempre estaban durmiendo y yo quería tocarlos, obviamente no me dejaron. Tardé casi una hora en dejar de llorar y mis padres estuvieron a punto de dejarme allí, con las belugas y las focas, pero se me pasó cuando me compraron pingüinos de peluche antes de irnos. Así era yo: cabezona y revoltosa. Y en el fondo, sigo siendo la misma niña de siempre.

—Vente, vamos por aquí —me indicó Pol guiándome a través del laberinto de salas que había en el gran acuario.

—¿Esto quiere decir caballitos de mar? —pregunté señalando un cartel.

—*Seepferdchen* —leyó.

—*Sepferchen* —intenté repetir yo.

Pol se rio de mí y se acercó lentamente.

—*Seepferdchen* —vocalizó.

Estábamos tan cerca el uno del otro que me puse nerviosa, y me giré repentinamente intentando localizar a los caballitos de mar. No los veía.

—Están justo aquí —afirmó susurrándome al oído. Rodeó con sus manos mi cintura y girando mi cuerpo suavemente, me hizo mirar hacia arriba. Un cielo de cristal repleto de agua con cientos de caballitos de mar coronaba esa sala. Era una escena mágica. De repente me entró un mensaje de mi hermana que decía «Gracias por seguir». Con esa frase en

mi cabeza me quedé contemplando ese firmamento boquiabierta. Él no perdía detalle de mi reacción.

—A mí me pasó lo mismo.

—Es precioso —comenté fijándome en cada esquina del
acuario—. ¿A ti quién te enseñó este lugar?

Pol sonrió mirando los caballitos de mar.

—Una chica.

Vaya. Por fin me hablaba un poco de él.

—¿Os enamorasteis?

—Yo creí que sí. Hasta que la pillé acostándose con mi
mejor amigo, un colega del trabajo al que tengo que cruzarme
cada día.

—Vaya. Lo siento entonces.

—No te preocupes, ya me he recuperado —repuso mirando de frente a los caballitos—, o eso creo.

—El tiempo cura. Eso es lo que dicen siempre.

—¿A ti te ha tenido que curar de algo? —replicó.

—De lo más doloroso —respondí yéndome a mirar otros
cristales.

—¿Qué te pasó? —Se acercó Pol.

Me quedé callada. Los niños corrían impacientes por verlo todo rápidamente y ni se paraban a observar animales tan
pequeños como los que allí había.

—¿Sabes esa sensación que tienes cuando crees haber encontrado a la única persona del mundo con la que puedes
encajar? —pregunté al aire—. Pues yo conecté con esa persona desde el minuto uno. Todos en nuestro interior tenemos
algo especial —dije mirando ahora hacia él—, cada persona
que nos cruzamos tiene su historia o sus virtudes, y sus defec-
tos. Pero siempre destacan por algo. Por ejemplo, el caballito
de mar. Es la única especie del reino animal en el que la hem-
bra inserta los huevos dentro de la bolsa incubadora del padre. Y eso lo hace ser único. Igual que los pingüinos, que son
fieles a su pareja de por vida. O la mariposa, que se transforma

dentro de la crisálida. Carlos, mi novio, también era único. Único para mí, y lo perdí, o mejor dicho me lo arrebataron.

Pol me escuchaba atento. Todo estaba en silencio, miraba a través de las cristaleras a los caballitos de mar y nadaban lentos, como si quisieran saber cómo acababa la historia. Y seguí:

—Lo mataron en los atentados de París de hace unos meses. Imagino que lo escucharías en todas las noticias.

Pol entonces cambió el gesto, me miró a los ojos entendiendo por lo que había pasado. Se acercó lentamente. Pensé que esa magia se estaba rompiendo ahí. Que los cristales del acuario vencerían y todo el agua nos inundaría en cuestión de segundos.

Ocurrió algo muy diferente. Sin decir ni una palabra Pol se acercó a mí y me abrazó. Volví a sentir el olor de su cazadora, y también el calor que desprendía su cuerpo. Hacía mucho tiempo que no abrazaba a nadie, echaba de menos la sensación de sentirme protegida por alguien, por unos brazos en los que sentirte a salvo, de saber que aunque el mundo se desmorone te puedes aferrar a alguien. Y en ese momento, Carlos era mi flotador, o el pilar fundamental que sostenía todo aquel castillo. Y cuando murió todo se quedó en ruinas, incluida yo.

Observé a Pol bajo la luz azul que desprendía el acuario que teníamos a nuestro alrededor, el azul perfilaba su rostro. En ese momento supe que quería conocer sus historias, quería que me explicase con qué chicas había estado y de cuáles se había enamorado, su primer beso o también su primer viaje. Quería saber sus manías, en qué ciudad le gustaría perderse... Me apetecía saber todo eso porque en el fondo sabía que estaba delante de una persona que me llamaba mucho la atención, pero que a la vez me daba miedo conocer. En el fondo, sabía que no le temía a él sino a mí.

Aquella mañana en el acuario fue preciosa. Vimos a una gran beluga blanca. Nos enseñaron el área de recuperación de tortugas marinas en la que había cientos de ejemplares recuperándose de diversos problemas. Las traían directamente de la bahía del norte de Hamburgo para después devolverlas una vez sanas de nuevo al mar. Vimos un estanque enorme de medusas, había de todo tipo: de melena de león, luminiscentes, carabelas portuguesas... Le expliqué las diferencias entre cada una. Pol alucinaba con que supiese tanto de medusas, y es que mi padre, siempre que encontraba alguna en las redes del barco cuando faenaba, la echaba en un cubo y la llevaba a casa y al día siguiente la devolvía de nuevo al mar. Me enseñó a diferenciar un montón de especies. Él siempre hubiese querido que me quedase en Cudillero, que viviese cerca de la mar, o mejor dicho, de su mar. Pero al final, acabé volando a otro lugar.

—¿Te importaría llevarme a una dirección? —dije entrando en el coche.

—¿Ahora además soy tu chófer?

Me reí.

—Si quieres cojo el metro, pero no te aseguro que sepa llegar.

—Sube, anda.

Pol no conocía la calle y puso la dirección en el navegador.

—Y esta dirección, ¿de dónde es?

—Te lo cuento después. Ahora te toca a ti seguir, ¿qué ocurrió con la chica del acuario? —pregunté.

—Llevábamos casi un año y medio cuando los pillé juntos en nuestra cama, yo estaba en un congreso de medicina en Berlín y aprovecharon que me iba para follar. El último día acabamos temprano, decidí coger el coche nada más terminar y hacerme de un tirón los casi trescientos kilómetros que separan las dos ciudades. Mi sorpresa fue cuando llegué con la cena de su restaurante favorito en la mano y me los encontré a los dos. Me quedé inmóvil sin saber muy bien cómo reaccionar. Lo primero que hice fue estampar la cena contra el suelo. Ella comenzó a pedirme que me calmara, no soy una persona violenta y la verdad es que suelo tener bastante paciencia, pero aquello me dolió tanto que solo pude reaccionar así. Comencé a gritarles, a decirles de todo, pero con ella me puse más agresivo, a día de hoy me arrepiento de haberme puesto así y haberle dicho las barbaridades que le dije porque en el fondo no lo pensaba, solamente hablaba mi ira. Él se fue corriendo y ella comenzó a hacer las maletas. Al día siguiente me desperté y ya se había ido, la casa la habíamos alquilado juntos y de la noche a la mañana aquello se había quedado vacío, se había llevado sus cosas..., aunque en realidad era como si también al irse, se hubiese llevado las mías con ella. Deambulé por la casa durante una semana. No podía dormir en la cama porque me recordaba lo que había pasado y estuve durmiendo en el sofá esos siete interminables días. En cuestión de horas me había quedado sin mi novia y sin uno de mis mejores amigos. En aquel lugar me ahogaba, así que tuve que dejar también la casa.

—Empezaste de nuevo.

—Desde cero, otra vez. De hecho sigo empezando, ya que el principio de decir adiós siempre es lo peor.

—A mí me lo vas a contar.

—¿Sabes que en un montón de revistas y periódicos leo a menudo que lo que más les cuesta a los escritores en sus libros es escribir el principio porque ninguno les acaba convenciendo? A mí me pasa un poco eso, ninguno de mis principios me gusta.

—Yo simplemente intento buscar por dónde empezar.

22

Llegamos a la calle que me había indicado Mónica, estaba en las afueras de la ciudad, era un barrio muy poco transitado, solamente había zonas residenciales y las casas eran todas unifamiliares, muy pequeñas y estrechas, como si perteneciesen al Estado. Íbamos pasando con el coche frente a todas ellas, mientras yo iba repasando los números de las puertas de las casas.

—¡Ahí! El 51.

—¿Te acompaño? —preguntó Pol.

—Sí. Igual me tienes que echar un cable con el alemán.

—Como siempre.

Cerramos la puerta del coche y los dos nos quedamos observando el jardín que había en la casa, el sendero de baldosines llegaba hasta la puerta, estaban desgastados de tantas pisadas. Los extremos de las vigas exteriores de la casa, que era de un blanco amarillento, estaban desconchados por la humedad. Me transmitió una sensación de frío brutal. Comencé a andar por el sendero de camino a la puerta. Pol me seguía. Las ventanas de la parte superior tenían las cortinas echadas, eran oscuras e imaginé que por ahí no pasaría mucha luz desde hacía tiempo. El porche de la casa estaba descuidado, con un montón de hojarasca por todo el suelo. El aspecto tétrico era cada vez más notable, parecía como si nadie viviese allí, como si la hubiesen dejado completamente abandonada. Me acerqué a la puerta y pulsé el timbre sin tener ninguna esperanza de que contestase alguien, pero la puerta se abrió. Una chica joven estaba tras ella. Era delgada, con los ojos azules y melena muy rubia, bastante guapa. Su mirada era firme, como si intentara adivinar qué hacía en la puerta de su casa. Le pedí a Pol que se acercara.

—Dile que estoy buscando a un hombre mayor que vivió aquí.

La chica negó con la cabeza sin bajar su mirada.

—Pregúntale que si sabe algo acerca de este hombre.

Saqué la fotografía de mi abuelo, y sin quitarle el ojo a la chica se la mostré. Ella le echó un vistazo y volvió a tenderle la foto a Pol, negando de nuevo. Comenzó a entrar en la casa queriendo acabar ahí nuestra conversación, fue entonces cuando le pedí a Pol que le preguntase si ella estuvo presente en la firma del nuevo contrato de la vivienda. La chica respondió que sí, entonces me acerqué a ella y con la mano detuve la puerta. Le pregunté si vio al hombre que firmó el documento, que tendría que ser un hombre mayor, puesto que por aquel entonces mi abuelo tendría unos sesenta largos. La chica nos miró a los dos y entonces dijo una larga frase. Una vez que terminó me miró de nuevo y cerró la puerta.

—¿Qué dice, qué te ha dicho? —pregunté.

Pol me miró y me indicó que fuésemos hacia el coche, que hacía demasiado frío fuera.

—Dice que había un hombre, en una silla de ruedas y que estaba acompañado en todo momento de una mujer, también mayor. Que solamente firmó el contrato y se fueron, dice que no le vio ni la cara porque parecía muy enfermo y que hace ya más de diez años, no pudo fijarse en nada más.

Me quedé quieta delante del coche. ¿Qué silla de ruedas? ¿Qué mujer mayor? Aquello era imposible. Nada tenía ningún sentido salvo si todo el mundo me había mentido desde que llegué allí. Me metí en el coche y comencé a llorar. La chica le había dicho a Pol que el hombre mayor parecía muy enfermo, pero no entendía absolutamente nada. ¿Qué narices pasó con mi abuelo, dónde estaba y quién era ese hombre enfermo del que hablaba la chica alemana? ¿Podría ser mi abuelo?

—Ya está. Ya está. Vamos a casa y te tranquilizas un poco —me dijo Pol, arrancando el coche. De camino me mantuve en silencio. No sabía por dónde seguir ni quién era aquella chica. Necesitaba respuestas rápidas, necesitaba que llegasen ya. Pol iba todo lo deprisa que podía, de camino a su casa, por una carretera llena de niebla, de frío. Estaba empezando a querer volverme a España, me dio el agobio, comencé a respirar cada vez más rápido, necesitaba sentir el calor de mi familia de nuevo, de mis amigos. Esa aventura había sido un completo y gran error.

—Ven, vamos.

El coche de Pol se detuvo frente a su casa, en un patio exterior. Era preciosa, blanca y con una parte en madera que rodeaba toda la estructura. Tenía unos escalones que conducían a la puerta principal y un garaje. Una gran cristalera junto a una terraza de madera me hizo ver que aquello posiblemente fuese el salón, la luz que debía de entrar por ahí tenía que ser preciosa. Pol subió las escaleras y mientras ponía el código de la alarma, me animó a pasar antes de que cogiese más frío. El calor invadió mi cuerpo, necesitaba beber un poco de agua para calmarme. Pol me miró las botas.

—Descálzate, te gustará aún más.

No entendí muy bien a qué se refería, pero cuando me quité las botas y apoyé los pies en el suelo, descubrí que emitía un calor suave y reconfortante. Entendí que la casa tenía un sistema de calefacción de suelo radiante que resultaba de lo más agradable.

Pol me llevó hasta la cocina para beber agua y luego lo acompañé al salón que estaba a la izquierda, pegado a las cristaleras de las ventanas a través de las cuales se veían los edificios altos de Hamburgo. La luz entraba a raudales. Dos grandes sofás presidían el salón. Al frente, una televisión inmensa anclada a la pared. Una fila de luces led rodeaban el margen del suelo. En un rincón había una chimenea que me hizo recordar mi niñez en Cudillero, cuando mi padre encendía el fuego para calentar la casa.

Alrededor de la chimenea había una biblioteca. Me acerqué a observar los lomos. Al oler los libros me entraban ganas de querer leerlos todos. Pol salió del salón y se dirigió hacia una pared en la que había adosada una escalera de madera en voladizo, de diseño minimalista. La pared estaba repleta de fotos enmarcadas en las que aparecía Pol en el colegio, en su graduación y en su etapa en Alemania. En la última de las fotografías había un perro, era un cachorro de Golden Retriever. Mi hermana Ruth siempre quiso tener uno y era su deseo de Navidad año tras año, pero mi madre nunca cedía.

—¿Y este perro? —pregunté.

—Te presento a Nolan —dijo abriendo la puerta de su habitación.

Un enorme perro salió disparado hacia mí, al principio me asusté un montón y, de hecho, hasta grité cuando se lanzó hacia mis piernas. Luego se tumbó panza arriba para que le rascase en la barriga. Era precioso, el pelaje lo tenía casi de color dorado como el sol, me acerqué para acariciarlo. Se mostraba feliz. Pol nos hizo una foto desde el otro lado del pasillo.

—¡Oye! —dije yo mientras Nolan correteaba a mi alrededor—. ¿Me lo puedo llevar a Gijón?

—No creas que reacciona así con todo el mundo.

—Conmigo sí, porque sabe que somos colegas —afirmé mirando al perro que seguía panza arriba mientras le rascaba—. ¿A que sí Nolan?

—Esta es mi habitación y cuando lo dejo solo le encanta quedarse aquí dormido.

A los pies de la cama había una manta, la manta de Nolan. La habitación era blanca y tenía dos ventanales enormes por los cuales entraba la luz. Había una puerta que comunicaba con un vestidor inmenso. Pasé y vi todas sus camisas, corbatas y americanas. Tenía también un apartado para sus cuatro batas blancas con un bolsillo en el que tenía bordado, *Dr. Parés.*

—¿Le enseñamos nuestra parte favorita de la casa, Nolan? ¿Eh? ¿Vamos? —preguntó Pol al gran Golden Retriever que movía la cola sin descanso.

Nolan salió disparado escaleras abajo sabiendo a dónde tenía que ir. Recorrimos parte de la casa; de repente, un gran espacio surgió como de la nada: era la parte central de la casa, estaba acristalada y tenía una piscina en el interior. El espacio que dejaba entrar la luz a través de las claraboyas del techo era inmenso. Cruzamos una de las puertas acristaladas y nos dirigimos a la piscina climatizada. Poco me faltó para tirarme.

—Estoy sin palabras —fue lo único que pude decir.

—Ahorré durante años para comprar este lugar. Sabía que después de todo lo ocurrido en la otra casa, me ahogaría, quería una más grande para tener un perro como Nolan. Este es mi refugio.

—Yo diría palacio. Mi casa sí que es un refugio.

—Aún no la he visto —sonrió.

—Te pilla un poco lejos ahora mismo.

Los dos nos reímos y fuimos hasta la cocina. Nolan no se separaba de nosotros. Me senté en una de las sillas altas que tenía la cocina, mirando al jardín de la parte de atrás, donde había unos columpios.

—¿Te apetece un café? —me ofreció.

—Sí, por favor.

Seguí mirando hacia el exterior. Me calmaba ver tanto verde, me recordaba un poco al norte al que estaba acostumbrada. De golpe, me entró la necesidad de regresar. Saqué mi teléfono y le mandé un mensaje a Mónica.

Esto me está superando, no sé si voy a poder seguir.

Nada más enviarlo, el móvil comenzó a vibrar encima de la mesa. Mónica me estaba llamando.

—¿Qué pasa, cielo?

Notaba su preocupación. Pol me preguntó si quería que me dejase a solas para hablar con ella. Le dije que no se preocupase, que no hacía falta.

—Esta mañana he ido a la dirección que me enviaste —dije—, y la chica me ha dicho que recuerda ver a un hombre en silla de ruedas con una mujer, que al parecer tenía pinta de estar muy enfermo.

—¿Perdón? ¿Un hombre enfermo? —repuso Mónica.

—No tengo ni idea, Mónica. —¿Y si era alguien que se hacía pasar por mi abuelo para vender el piso y así ganar parte del dinero?

—Mira, Julia, esto es muy raro y me empieza a dar miedo. Has hecho ya todo lo que estaba en tu mano, ¿qué es lo que te retiene allí?

Miré a Pol.

—Solo tengo una corazonada.

—Pues síguela, Julia, tú siempre aciertas.

Suspiré mientras escuchaba el sonido del café a punto de salir.

—Bueno, Mónica, tengo que dejarte...

—Espera, quiero contarte algo más. No sé si sabes que el periódico está teniendo problemas de pagos, liquidación y ventas. Esta mañana he visto cómo venían los socios a reunirse con Bárbara y no tenían muy buena cara, creo que no nos queda mucho por aquí.

Joder. No podían cerrar el periódico tan pronto.

—Te llamo esta noche.

—Oye, ¿dónde estás? —preguntó.

—¡Se corta, Mónica! ¡Hablamos luego!

—¿Julia?

Y colgué.

—No muy buenas noticias, ¿verdad? —preguntó Pol dejándome el café y sentándose a mi lado.

—No. Nada buenas...

—¿Viniste aquí porque creías que tu abuelo estaba vivo?

Cogí aire y rompí el sobre de azúcar, vertiéndolo todo en el café.

—No. Vine aquí para entender qué le pasó. Toda mi vida he creído que mi abuelo murió en mayo de 1979 en Alemania, donde vino a buscar trabajo, por alguna extraña razón que desconozco. Al menos esa era la versión oficial, la que nos habían contado desde siempre. Hace poco, cuando mi novio Carlos murió en el atentado, fui a ver a mi abuela. Ella me contó que cuando perdió a su marido, lo único que pudo hacer fue aprender a vivir con ese dolor. Me explicó que él le escribía y quise interesarme, me parecía una historia tierna de la que podría escribir un reportaje a modo de homenaje. Mi abuela me dejó leer las cartas, siete cartas escritas del puño y letra de mi abuelo; fue entonces cuando me di cuenta de que había cosas que no acababan de encajar, cartas escritas a destiempo, ciudades que no se correspondían con la realidad de mi abuelo. No sé, quizá todo eran pájaros en mi cabeza pero tenía la corazonada de que sí, de que había alguna pieza en este puzle que no encajaba. Las releí cientos de veces, incluido el certificado de defunción junto con una fotografía que él llevaba siempre. Ayer mi compañera de redacción del periódico descubrió un documento que firmó mi abuelo hace algo más de diez años en el que vendía su casa a alguien, creo que ese alguien es la chica que hemos visto esta mañana. Ella ha confirmado que a la firma del contrato de compraventa asistió un hombre mayor aparentemente enfermo junto con una mujer. ¡Diez años! Pero para nosotros, mi abuelo murió hace más de treinta y cinco.

Pol se quedó sorprendido.

—Perdona que te pregunte esto, pero al ser médico es lo primero que me ha venido a la cabeza, ¿alguien vio el cadáver de tu abuelo?

—Pues, no. Avisaron a mi abuela de que el estado del cadáver era bastante deplorable, así que decidió que lo incinerasen cuanto antes. Después lanzó las cenizas al mar, que era donde su esposo siempre había querido estar.

—Entonces, nadie lo vio.

—No. Nadie lo vio.

—¿Y nadie sospechó? —preguntó Pol.

—Es que no había nada que sospechar, las cartas de mi abuelo dejaron de llegar. Luego recibieron el certificado de defunción. Todo encajaba, era duro, pero real. Fue un mazazo para mi abuela que sabía que su marido se había ido hasta Alemania porque no había dinero en casa. Lo hizo por sus hijos y su mujer, y por eso ella quiso acabar cuanto antes con eso, se puso de luto y así lleva más de treinta y cinco años con la pena a sus espaldas.

—Pero hay algo que entonces no me cuadra. —Yo seguía dándole vueltas al café—. Si tu abuelo firmó un papel hace algo más de diez años, eso querría decir que está vivo. Pero tienes un certificado de defunción que afirma que está muerto. En el caso de que estuviese vivo, ¿por qué no os avisó?

—No lo sé. Mi abuelo no nos abandonaría, él no era así, lo conozco solamente por sus cartas y por lo que mi madre me hablaba de él desde que era pequeña, pero sé que mi abuelo no nos haría eso: él amaba a sus hijos y hasta sentía devoción por mí cuando yo aún estaba en la barriga de mi madre.

—¿Y cuál es tu plan ahora?

—Fui a casa de una anciana. Ella era quien enviaba las cartas de mi abuelo porque trabajaba en el banco y se encargaba de cambiar el dinero de marcos a pesetas que él le daba y que nos hacía llegar. Era la esposa de uno de los compañeros del trabajo de mi abuelo, ambos murieron el mismo día y en el mismo lugar. La anciana me dijo que cuando ambos murieron quiso quedarse en Alemania porque ya tenía su trabajo y su dinero allí. Vive sola en una gran casa en el barrio de Alsterdorf.

Pol de pie no paraba de darle vueltas a lo que le decía, yo estaba un poco cansada y quise ir al baño a refrescarme la cara.

—¿El baño...? —pregunté.

—Por el pasillo a la derecha.

La casa era increíble, había todo tipo de detalles, los marcos con fotografías de Pol con sus amigos y de algunos diplomas de Medicina decoraban el pasillo. Entré en el baño y me miré en el espejo. ¿Qué era lo que estaba pasando? Necesitaba encontrar el sentido a toda esa historia. Abrí el grifo y me eché agua en la cara y en la nuca para despejarme. Me sentó como un baño en medio del mar. Respiré hondo y me volví a mirar en el espejo, esta vez, con más fuerzas. Fui a secarme las manos cuando de repente me quedé observando algo: las toallas.

—¡Pol! —grité saliendo del baño.

—¿Qué pasa? —respondió asustado desde el salón.

Llevaba la toalla del baño agarrada.

—En casa de la anciana había dos toallas de ducha distintas colgadas de una percha, una de color azul y otra de color gris. Las dos parecían usadas.

Pol me miraba extrañado.

—Piensa: ¿qué sentido tiene que tengas dos toallas usadas distintas, colgadas de sendas perchas en el cuarto de baño, si no vive alguien más contigo?

Pol se acercó acelerado a la cocina a dejar el café encima de la mesa.

—¿Te acuerdas de la calle? —dijo.

—Sí, dije buscando el móvil.

—Vamos.

23

Pol agarró las llaves del coche y le dio un beso a Nolan pidiéndole que se portase bien, que regresaríamos en un rato. Agarré mi abrigo y salimos de la casa, pero antes de que atravesara el umbral de la puerta puse mi mano sobre el hombro de Pol.

—Gracias por todo lo que estás haciendo por mí.

Él me sonrió.

—Espero que al menos me nombres en los agradecimientos del reportaje que escribas.

—Y yo espero poder darme un baño en esa piscina antes de irme —dije. Nolan nos miraba tumbado desde el suelo caliente de la casa. Cerré la puerta y nos metimos en el coche.

Mientras observaba cómo Pol conducía, camino a casa de la anciana, pensé en que estaba malgastando sus días de descanso en mí, en mi ilusión por encontrar a una persona que quizá ni siquiera estaba viva. Todo podía acabar en cualquier momento y el viaje que había hecho hasta allí en busca de respuestas podía tener las horas contadas. Dejé a un lado ese pensamiento para centrarme en lo importante, ver qué hacían dos toallas en la casa de Benilda.

Entramos de nuevo en la calle de Dorotheenstraβe, y le señalé con el dedo el portal que era.

—¡Es ahí! Justo ese.

La fachada naranja volvía a cruzarse de nuevo conmigo, estaba empezando a caer el sol a pesar de que no eran ni las cinco de la tarde, pero en Alemania en otoño las horas de luz solar duran menos que en España. Pol observó el lugar, el edificio de cuatro plantas estaba ante nosotros. Fue en ese momento cuando me acordé.

—¡Mierda! —exclamé en el coche.

—¿Qué pasa? —preguntó Pol.

Me quedé mirando el portal.

—Ayer cuando vine a ver a la anciana me dijo que se iba esa misma tarde a un pueblo a pasar unos cuantos días. Se me había olvidado completamente.

El viaje había sido en vano. Pol me preguntó si sabía en qué pueblo estaba, pero Benilda no me lo dijo. Decepcionado, arrancó el coche para salir de allí. En ese momento le cogí el brazo.

¡No podía creerlo! Benilda estaba subiendo las escaleras al portal y entrando en su casa.

—¡Es ella! ¡Es ella! —exclamé. Salí del coche—. ¿Por qué me mintió? Esta tía esconde algo, te lo digo yo.

—Quizá al final prefirió no marcharse, ¿no? —sugirió Pol.

—¿Has visto cómo ha mirado a la calle antes de entrar? He visto muchas series y eso solo se hace cuando ocultas algo. Y yo no me voy a quedar quieta esperando a que alguien lo resuelva.

Nos dirigimos hasta el portal. Toqué un timbre al azar y le pedí a Pol que dijera alguna cosa para que nos abrieran la puerta. Surtió efecto. Volvían a sonar los tambores en mi interior, como la primera vez que vine aquí: pum, pum, pum. Cada vez más fuerte.

Al llegar al piso de Benilda me acerqué lentamente a la puerta e intenté escuchar algo. Nada. Solo silencio, la puerta estaba fría, muy muy fría y Pol miraba alrededor por si los vecinos de enfrente salían en cualquier momento. Pulsé el timbre y el sonido inundó la casa. Pasaron un par de segundos. Ambos nos miramos sin saber muy bien qué hacer, entonces reparé en una puerta que, tal vez, podría ser la de la azotea. Pensé que Pol y yo podríamos quedarnos allí ocultos para ver quién entraba o salía del piso de Benilda.

—¡Ven, vamos!

La puerta de la azotea se abría con dificultad. Seguramente nadie habría pasado por ella en mucho tiempo. Tras forcejear un rato con el picaporte, conseguimos abrirla, justo en el instante en que alguien salía de la casa de Benilda. Fuera quien fuese, no nos sorprendió de puro milagro. Pol logró abrir la puerta de la azotea, me agarró de la mano y me metió dentro justo en el momento preciso.

—Chist, chist. Calla. La anciana está saliendo.

Benilda salió al rellano y echó un vistazo extrañada, como si hubiera oído algún ruido raro. Antes de entrar en la vivienda de nuevo miró de golpe hacia donde nos encontrábamos. Aunque no nos pudo ver, su mirada me dejó helada. Pero era ella. La anciana Benilda estaba en su casa a pesar de decirme que se iba a pasar unos días fuera de la ciudad. Me levanté del suelo, Pol me ayudó y supo que estaba enfadada.

—¿Me va a decir alguien la puta verdad alguna vez? —exclamé.

—Tranquilízate, Julia.

—¡No! Es que estoy hasta las narices. Me he hecho miles de kilómetros y nadie parece darme respuestas; al contrario, parecen ponerme más obstáculos para que no averigüe nada. Pero si piensan que me voy a rendir van listos. No saben con quién juegan. No lo saben. Y si quieren guerra, yo soy un tanque.

Salí de la azotea y me senté en un antepecho para tranquilizarme. Pol se quedó algo alejado de mí sabiendo que necesitaba un poco de espacio. Estaba bloqueándome por momentos y necesitaba tener la mente fría, quería llegar hasta el fondo del asunto, resolver los interrogantes de toda esa historia: ¿estaba mi abuelo vivo? Y si lo estaba, ¿dónde narices se encontraba? ¿Y si murió?

¿Quién firmó entonces el documento de la casa? ¿Por qué la anciana me dijo que se iba pero acababa de llegar a su casa? ¿Y las toallas? ¿Tendría ella a mi abuelo?

¿Me estaba volviendo loca? ¿A quién incineró mi abuela? ¿Por qué mi abuelo escribió «Oviedo» en sus cartas? ¿Por qué estaban desordenadas al escribirlas? ¿Por qué las escribía con diferente color? «Stop. Para. Ya está.» Pegué un pequeño grito. Pol se acercó:

—Vámonos de aquí, es lo mejor. Volvamos a mi casa, hacemos la cena tranquilamente y pensamos qué hacer con todo esto.

Fui a levantarme mientras Pol volvía a abrir la puerta de la azotea y en ese momento vi algo. Fue como un reflejo, venía de uno de los patios del edificio. A través de una de las ventanas del cuarto piso, observé a una mujer empujando a un hombre en una silla de ruedas. Un escalofrío recorrió mi nuca. No tenía duda, era Benilda. Reconocí su jersey color granate.

—¡No puede ser! —exclamé.

Salí al rellano del cuarto piso. Empecé a aporrear la puerta de Benilda como si no hubiese un mañana, tanto mis golpes como el timbre sonaban por todo el inmueble. Pol bajó corriendo y me intentó frenar.

—Julia, de verdad, que estás sacando las cosas de quicio. Igual te has podido confundir por la locu...

Me quedé mirándole.

—Por la ¿qué? Por la locura. ¿Piensas de verdad que estoy loca? ¿Es eso? Que todo esto me lo estoy inventando yo solita. Que nadie me miente, que nadie esconde todas sus mierdas. Pues sí, yo también tengo mis mierdas y son estas y lo siento si has tenido que venir hasta aquí por mi culpa, pero también puedes irte cuando quieras. Porque yo he venido a saber qué pasó con mi abuelo. Por nada más, no te confundas.

Percibí que aquello le sentó mal, supongo que no eran las palabras adecuadas ni tampoco el tono. Lo dije como si conocerle a él realmente no significase nada para mí. Me arrepentí en cuanto lo solté.

—Pol... Pol, lo siento...

—Déjalo, Julia. Me voy a ir que mañana trabajo, ¿vale? Sabes volver a tu hostal, ¿no? —Antes de bajar las escaleras se volvió y me dijo algo más—: Espero que encuentres lo que estés buscando.

Se marchó. Ya estaba cayendo el sol y apenas entraba luz por las ventanas.

La había cagado pero a lo grande, quise llamarle con mi teléfono, pero me di cuenta de que me quedaba apenas un cinco por ciento de batería. Me quedé de rodillas aporreando la puerta. Sabía que ella estaba dentro. Di más y más golpes. Quizá Pol llevaba razón y aquello que había visto era una imagen que había producido mi locura, mi desesperación, mis ganas de encontrar a mi abuelo. Mi...

De repente, la puerta se abrió.

—¿Se puede saber qué son esas voces, muchacha?

No la recordaba tan tétrica y mucho menos tan envejecida. La primera vez, vi a una anciana tierna, que había pasado por cosas terribles y, por lo tanto, había sufrido mucho. Ahora la veía diferente, desgastada, con un aspecto horroroso y el pelo despeinado, las ojeras mucho más marcadas.

—¿Qué te trae por aquí de nuevo? —dijo seriamente.

—Sé que me está ocultando algo. Mi abuelo firmó un papel de compraventa de una casa en compañía de una mujer que me juego el cuello a que era usted.

La anciana se empezó a reír.

—Pero ¿todavía sigues con eso? A ver si lo estoy entendiendo, vienes a mi casa a que te dé explicaciones acerca de tu abuelo, el cual murió cuando tú ni siquiera habías nacido y ahora vuelves acusándome ¿de qué? ¿De qué tengo aquí a tu abuelo? ¿Quieres pasar a comprobarlo o qué? —me ofreció abriendo por completo la puerta.

—Pues me gustaría, la verdad.

Pasé delante de ella y encendí la luz del pasillo, justo a mi lado tenía el baño y entré. Fui hasta el toallero. Solo había dos toallas de color blanco sin usar, idénticas, ni rastro de las que vi el día anterior.

—¿Se puede saber qué buscas?

—Aquí usted tenía dos toallas distintas. De diferente color. Y ya no están. ¿Qué ha hecho con ellas? —pregunté.

—Pues lavarlas, qué voy a hacer. No querrás que las deje ahí toda la vida.

Llegué hasta el salón y no había nada más allí, ni rastro de la silla de ruedas.

—He visto una silla de ruedas desde la azotea. Se lo juro.

La anciana sacó del pasillo una mesa con ruedas. En ella descansaba algún plato sucio y un vaso.

—Hija, a mi edad me cuesta mucho andar ya, deberías saberlo. Con esta mesa lo pongo todo aquí y lo llevo de un viaje a la cocina. Salía en un anuncio de esos de la tele y la compré.

—¿Hay alguna habitación más en esta casa?

—Sí, la mía. ¿Acaso quieres buscar en los cajones también? Porque puedo decirte dónde están.

La mujer se metió en la habitación a la que se accedía por el mismo salón, encendió la luz y me miró desde allí.

En ese momento me vine abajo, me senté sobre el sofá y pensé en la que había liado. Había llegado a pensar que esa señora podía tener a mi abuelo, la había convertido en el monstruo de la historia cuando realmente no había hecho nada. Me sentí avergonzada de cómo la había tratado.

—Benilda, le pido disculpas... Esto está siendo horrible.

La anciana se acercó a mí.

—Pero, mi niña, debes dejarlo ir... Aquello ocurrió hace mucho. Debes vivir... No anclarte.

Una lágrima me cayó y se estampó contra el tapizado oscuro del sofá. Miré de nuevo a la anciana.

—Eres igual que tu abuelo.

Eso hizo que me saltase una risa tímida y otro puñado de lágrimas más.

—Muchas gracias por todo, Benilda; me voy, que bastante le he molestado ya.

—Nada, niña, no te preocupes.

—¿Al final no se ha ido al pueblo ese que me dijo?

A la mujer le cambió un poco la cara.

—¿A Cuxhaven? No. Han anunciado tormentas para estos días, más de las que se esperaban, así que mejor me quedo en casa.

Comencé a levantarme y la anciana lo hizo conmigo. Dejamos el salón y avanzábamos por el pasillo cuando de repente escuché un ruido tremendo, venía de una esquina de la casa. Como si algo grande se hubiese estampado contra el suelo. Me giré corriendo nada más oírlo.

—¿Qué ha sido eso? —pregunté asustada.

—Nada, hija, no te preocupes. Algún vecino que se le habrá caído algo por el patio —contestó la anciana.

Me quedé mirándola muy cerca.

—Benilda, eso ha sonado aquí dentro.

Comencé a recular y, cuando quise dar media vuelta para ir hacia el lugar de donde procedía el ruido, la mujer se puso en medio.

—Te he dicho que te vayas.

—¿Benilda?

—Ahora mismo. Fuera de aquí ya.

Aquello me extrañó enormemente: la anciana débil e indefensa que estaba hablándome desde el sofá no tenía nada que ver con la mirada que me atravesaba en ese instante. Dura, fría y desafiante.

—Benilda, me va a dejar ir hacia allí.

La anciana ni se movió. En ese momento supe que era ahora o nunca. Le pegué un empujón y la estampé contra la pared. Me deshice de ella y salí por el pasillo; entonces sus manos me agarraron de la muñeca y me clavó las uñas. Sentí como si fuese una navaja atravesándome las venas. Me giré y pude ver cómo se metía la mano en el bolsillo y sacaba algo, quise deshacerme de sus brazos pegando bandazos contra todo pero era imposible, la anciana tenía una fuerza sorprendente. En ese preciso instante vi su mirada oscura, completamente negra y podrida por dentro. Se sacó una aguja hipodérmica del bolsillo y me la clavó en la parte inferior del cuello. Noté cómo la inyección penetraba en mis tejidos y ella apretó hasta el fondo. Caí al suelo y me golpeé la cabeza, los ojos se me empezaron a nublar y sentí el frío del suelo. Vi los últimos pasos de la anciana yendo hacia el lugar de donde provenía el ruido, distinguí cómo movía algunas cosas de sitio. Los ojos se me cerraban, pero vislumbré unos abrigos que volaban. Lo último que recuerdo es que la anciana gritó un nombre:

—¡Miguel!

24

Sentía cómo poco a poco volvía a reaccionar, los ojos se me abrían lentamente y a cada segundo que pasaba, mi vista era más nítida, aunque seguía aturdida notando el frío del suelo.

No podía moverme, estaba completamente paralizada y no podía coger ni mi teléfono móvil que estaba en el pantalón. Noté cómo vibraba. Ladeé un poco la cabeza y vi algo de sangre: posiblemente me había hecho una brecha al darme contra el suelo. Intentaba ponerme de pie pero los esfuerzos eran en vano. Quería gritar pero no podía, quería levantarme y solo conseguía hacerme más daño, quería salir de ese lugar y buscar a esa anciana que se había llevado a mi abuelo delante de mí.

Tenía que sacar el móvil del pantalón, era mi única opción. Me pude girar sobre mí misma para dejar que cayese al suelo, intenté llegar hasta él con la mano pero no respondía a mis impulsos. Me acerqué con la boca para darle la vuelta pero me resultó imposible, seguía sonando, vi el rodapié de la pared y pensé en que si lo apoyaba ahí y conseguía subirlo con la cabeza podría darle la vuelta. Lo llevé con mi frente hasta ahí y noté cómo gotas de mi sangre caían por el pasillo a medida que iba reptando. Apoyé el móvil contra la pared y volvió a caer. Pensé en que debía hacerlo una vez más e intentar darle un pequeño empujón con la lengua. Justo cuando estaba a punto de girarlo volvió a caer boca abajo. «Mierda.

Tienes que darle la vuelta y contestar esa llamada. Vamos, joder, vamos.» Volví a apoyar el móvil con mi frente en el rodapié y saqué fuerzas de donde no tenía para intentar girarlo. Sabía que me quedaba muy poca batería. Le di el pequeño golpe con la lengua, muy leve pero lo suficiente. Vi cómo el móvil caía justo delante de mis ojos, pero esta vez boca arriba.

«Corre —pensé—, antes de que cuelgue.» Le di al botón verde con la nariz y oí su voz.

—¿Julia?

—Aaaaa...

—¿Julia? ¿Dónde estás? Te oigo mal...

—Aaaayuuuu...

La voz de Pol se quedó en silencio.

—Aaaayuuuudaaaaa —conseguí decir.

—¿Ayuda? ¿Julia? ¿Qué te pasa? ¡Julia! —comenzó a gritar.

—Aaayuudaaa. Ayuuudaaa. Ayuuudaaa.

Las palabras me salían a trozos pero eran completamente entendibles.

—¡Julia! ¡Julia! ¡Joder! ¡¿Qué te pasa?!

—Poool.

—Voy. Voy. Estoy dando ahora mismo la vuelta. Joder. Joder. No te muevas, ¿vale? ¿Estás herida?

El teléfono parpadeó dos veces antes de apagarse. Mierda. Pol. Tenía que darme prisa antes de que la anciana desapareciese con mi abuelo y no pudiera volver a encontrarlo nunca. Estaba rezando en mi interior para que Pol llegase cuanto antes porque cada vez me brotaba más sangre, tenía que desinfectarme la herida ya.

Cinco minutos después comencé a escuchar ruidos que venían de fuera. La mujer se había ido por otro lugar y la puerta estaba entornada, tal y como yo la había dejado antes de escuchar ese aparatoso ruido. Escuché el sonido de las bisagras al girar y en ese momento cerré los ojos y apreté los labios. Tenía que ser él. Era lo único que pedía.

—¡Julia! —El grito de Pol me hizo abrir los ojos.

Llegó corriendo hasta el suelo y vio el charco de sangre.

—¡JULIA, NO! ¿Qué te ha hecho? ¿Qué te ha hecho? —preguntaba.

Noté cómo me cogía en brazos y me tumbaba sobre el sofá, en ese mismo sofá donde hacía apenas un instante había tenido una conversación con la anciana que yo creía honesta e inofensiva.

—¡Ven! Apóyate aquí. Tengo que desinfectarte la brecha.

Bravo, Julia. Una brecha. Me apoyé en su pecho y me impregnó la cabeza de líquidos. Se remangó la camisa y de su abrigo sacó una especie de cartera con un bisturí, pinzas y un montón de cosas más que no sabía para qué servían.

—Julia, esto te va a doler. Tengo que darte unos puntos. Tienes la herida muy abierta. —Me moví un poco diciéndole que no, que teníamos que irnos, pero no le importó, me giró la cabeza y me pidió que no me moviese aunque el dolor fuese tremendo.

—Solo serán tres puntos. Voy con el primero.

La aguja atravesó mi piel. La sensación era como si me estuviesen quemando con un soplete. Como si echasen alcohol y le prendiesen fuego. Me retorcía de dolor y, mientras, Pol me animaba a que aguantase.

—Aguanta, Julia, que solo quedan dos. No te muevas, por favor.

La aguja volvió a atravesar mi herida, y esta vez dolió mucho más. Un escalofrío recorrió todo mi cuerpo y una lágrima volvió a caer sobre ese sofá. Pol se dio cuenta y, de la rabia, le pegó un puñetazo a la pared.

—¡Joder! —exclamó limpiándose el sudor de la frente—. ¿Por qué cojones me he tenido que ir dejándote aquí?

En ese momento volví a sentir que podía articular palabras, moví uno de mis dedos para comprobar que el efecto de lo que me había inyectado la anciana se estaba diluyendo en mi sangre.

Logré pronunciar el nombre de Pol.

—Julia. Estoy aquí. Tranquila, solo me queda que darte un punto más y nos vamos.

—Pol... La anciana... Mi abuelo...

—Julia, tranquila, ahora lo importante eres tú.

No entendía nada, quería decirle que teníamos que salir de allí, que la anciana se había llevado a mi abuelo a algún lugar y que estábamos perdiendo tiempo. La aguja volvió a atravesar mi carne y esta vez grité del dolor. Pol acabó de suturar la herida y la tapó con una gasa y una venda que enrolló alrededor de mi cabeza. Me ayudó a ponerme en pie y me miró. Pude ver sus ojos llorosos. Pasó mi brazo por su cuello y nos dirigimos por ese infinito pasillo hacia la salida de la casa.

—Pol. Quieto.

Un escalofrío recorrió mi cuerpo. Levanté como pude mi brazo y señalé la parte del salón que tenía el cuadro. Retrocedimos hasta allí. Una vez en el salón me fijé que en aquel cuadro fue donde vi la sombra de la anciana, que coincidía con su habitación. Le pedí a Pol que me ayudase a avanzar hasta la habitación de Benilda. Entramos y aparentemente no había nada raro, pero entonces me di cuenta: en el suelo había tirados varios abrigos que había caído de un perchero en un lado de la habitación cuando la mujer me atacó. Junto al perchero había una puerta. Por ahí había salido ella mientras yo me quedaba inconsciente.

—Ayúdame —le dije a Pol.

Juntos empujamos la puerta. Esta se abrió y dimos con un lugar oscuro y frío. Pol encendió la linterna de su teléfono móvil y alumbró a los lados de la habitación. Enseguida me percaté de dónde estábamos.

—Es el piso contiguo.

Comenzamos a explorarlo. Todas las ventanas estaban cerradas salvo una, de ahí que hiciese tanto frío. Al acercarme a cerrarla vi que desde ese punto se podía ver la azotea donde habíamos estado escondidos minutos antes, y por lo tanto la mujer a la que había visto con la silla de ruedas era, según mis sospechas, Benilda. Y posiblemente acompañada de mi abuelo, así que al escuchar mi grito nos descubrió.

Me dirigí hasta la puerta de entrada, me asomé por la mirilla y vi la puerta de la casa de Benilda abierta. Ambas viviendas eran simétricas y se comunicaban a través del dormitorio de la anciana.

—Julia, ven. Creo que he encontrado algo. —Pol sostenía un fajo de papeles en su mano—. Creo que son cartas. Hay muchísimas.

Aparte de las que él me mostraba, había más sobre un mueble. Les pasé la mano por encima y motas de polvo flotaron a mi alrededor. Cientos de cartas estaban tiradas sobre el suelo. Al inspeccionarlas vi el nombre de mi abuela en ellas.

En la habitación también había una cama de hospital con sábanas blancas deshilachadas, un gotero vacío y por las esquinas, muchísimas toallas apiladas. Estaban mojadas. Sobre esa cama vi un estante con cosas apoyadas encima y del que salía la luz de un fluorescente. Allí me encontré con algo que me impactó. Me tuve que agarrar a la cama y las lágrimas empezaron a brotarme.

Todo el estante estaba lleno de dibujos de mariposas pintadas con un rotulador que ahí permanecía, abierto, con su tinta secándose. Mariposas grandes, pequeñas, minúsculas, con diferentes alas. De repente entendí por qué aquel lugar estaba tan escondido. Me levanté con ayuda de Pol y supe que teníamos que irnos de allí. Tenía una corazonada de dónde podía haber ido Benilda. Si no nos apresurábamos podríamos llegar tarde. Una vez más.

—¿Qué hacemos ahora? —preguntó Pol.

Lo miré y supe que si no era allí, no podían estar en ningún lado más. Salimos y subimos al coche.

—Vamos a la casa donde hemos ido esta mañana. Creo que esa chica es la hija de Benilda. Me cuadra por la edad de ella, tiene unos cuantos años menos que yo; si Martín y ella estaban juntos tendrían la ilusión de esperar una hija.

—Julia, no, debemos ir a la policía a denunciar esto. Necesito saber qué te ha hecho la mujer.

—Cuando te fuiste, logré hablar con ella. Ya convencida de que no tenía nada que ver con la desaparición de mi abuelo, escuché un ruido tremendo. En ese momento no sabía de dónde venía pero ahora sé que era de la habitación donde hemos entrado. Al querer averiguar su procedencia, la anciana cambió el gesto de su cara y me pidió que me fuese. Hice caso omiso e intenté acercarme por el pasillo sin saber muy bien a dónde dirigirme. Sacó de su bolsillo una inyección y me la clavó en el cuello. Me golpeé contra el suelo y lo último que recuerdo ver es cómo la mujer entraba en la otra parte de la casa y pronunciaba un nombre. Dijo «Miguel», el nombre de mi abuelo. —Pol me miró sin saber muy bien qué decir. Conducía nervioso, mordiéndose los labios y las manos le sudaban—. Acelera, por favor. No sabes de lo que es capaz esa mujer.

Me miró la brecha dándome a entender que quizá sí podía imaginarse de lo que era capaz pero, a pesar de eso, él no vio la mirada terrorífica de esa mujer antes de clavarme aquella jeringuilla. Era el rostro del terror, y sus arrugas la hacían más tenebrosa. Pero, a esas alturas yo ya no le tenía ningún miedo, me sentía capaz de cualquier cosa antes de que le ocurriese nada a mi abuelo. Íbamos a 175 kilómetros por hora. Salimos de la carretera, giramos a la izquierda y bajamos por un puente que estaba en pésimas condiciones. Desde allí pude ver el lago, la luna reflejada en el agua. Nada más cruzar el puente fuimos a parar a la calle en la que se encontraba la antigua casa. La mitad de las farolas estaban fundidas. Llegamos lentamente al número 51. Una de las farolas titilaba sobre nosotros, y esa luz intermitente hacía que me pusiese aún más nerviosa. Me acordé del pequeño estuche de instrumentos quirúrgicos que llevaba Pol en el bolsillo del abrigo.

—Déjame un momento el estuche que has sacado antes.

—¿El de intervención? —preguntó extrañado.

—Sí. Dámelo.

Pol estiró el brazo a la parte de atrás donde había dejado el abrigo y sacó el pequeño estuche. Me lo puso en la mano y lo abrí deprisa, algunos de los instrumentos tenían aún restos de mi sangre. Cogí el bisturí.

—Espera, espera. ¿Dónde vas con esto?

—Simplemente lo quiero llevar por si acaso. Tranquilo.

—No esperarás que me quede aquí, ¿no?

—Quiero que te quedes, Pol —reaccioné.

—Ni hablar, una segunda vez no te voy a dejar sola. Vamos.

Al salir del coche escuchamos un portazo que provenía de la casa, nos dirigimos a uno de los laterales, que lindaban con el jardín; había luz dentro y nos fuimos acercando poco a poco. Se oían voces murmurar. Intenté adivinar de dónde provenían, pero no lo oía bien; sin querer pisé un palo y se partió.

—Mierda.

Pol me mandó callar y las voces cesaron en ese instante. El silencio reinaba en la casa, solamente se escuchaba el soplido del viento entre las hojas de los árboles.

Permanecimos un rato fuera.

—¿De verdad crees que está aquí? —dijo.

—Sin ninguna duda.

Le pedí que me subiese a su espalda para llegar a la ventana. Era la de la cocina, no había nadie pero la luz estaba encendida. Empujé un poco la puerta y comprobé que estaba cerrada. Estiré la mano con más fuerza y conseguí abrir la ventana. Hizo un poco de ruido.

Apoyé mis piernas en el alféizar y a gatas pasé por encima. Pol solamente repetía que estaba loca, quité el cerrojo de la puerta nada más tocar el suelo y la abrí. Pol subió deprisa y cerré antes de que pudiesen escucharnos. Ya estábamos dentro de la casa, todo parecía aún peor por dentro que por fuera. Si la casa nos dio mala impresión nada más ver cómo estaba de descuidada su fachada, por dentro era todo un horror. Había multitud de cosas tiradas por el suelo, la televisión estaba encendida, había muchísimos desperdicios alrededor de toda la cocina y cientos de colillas de cigarros tiradas por el sofá. Daba pena. Me acerqué lentamente al salón; en las estanterías había de todo —jarrones, paquetes de tabaco arrugados, muchísimo polvo...—, pero me detuve en algo que llamó mi atención. Se trataba de una foto enmarcada, en la que se veía clarísimamente a una joven Benilda sosteniendo a un bebé recién nacido. Ahí tenía mi respuesta, Benilda y la chica que vivía aquí, la misma que había hablado con nosotros esa mañana, eran madre e hija.

—¡Ves! —le dije a Pol—. ¡Lo sabía!

—Chist, calla. —Miré a mi alrededor—. Aquí no hay nadie. Hemos llegado tarde.

De la rabia estampé la foto contra la estantería. Los trozos del marco se esparcieron por todos lados. Había vuelto a fallar, la anciana había cogido a mi abuelo y había venido a por su hija, y esta vez, estaba segura de que era para desaparecer. Para irse y no dejar ni rastro. Pol agarró la foto y sacudió los restos de cristales que había en el marco. Se acercó un poco más a la foto.

—¿Qué pasa? —pregunté. Pol seguía en silencio.

—¿Te has fijado en este hombre? El que está en la esquina, sentado en un sillón del hospital.

La mano de Pol me dirigió al extremo superior derecho

de la fotografía, pegado a unas cortinas sentado en un sillón estaba él. Mi abuelo aparecía en esa fotografía mirando por la ventana. En el margen inferior aparecía la fecha en que fue realizada, tres años después de su falsa muerte. ¿Qué te pasó, abuelo? Su mirada estaba perdida, ajena a lo que acontecía a su alrededor. Inerte.

—Vámonos a casa, por favor. Creo que por hoy es suficiente. No puedo más.

—Espera —dijo.

Agarró la fotografía y se fijó en algo en concreto, en la incubadora del bebé, en ella aparecía el nombre y su apellido: Sienna A.

No me jodas. Aquello no podía estar ocurriendo, esa niña no podía ser hija de mi abuelo Miguel, no. No. No. No entendía nada.

—Vámonos de aquí —me indicó Pol agarrándome del brazo—, aquí ya no hay nada que hacer.

Nos metimos en el coche y Pol puso rumbo de vuelta a su casa. Yo estaba en silencio, enfadada porque había encontrado el motivo por el que mi abuelo nunca volvió a la que era su casa: él formó aquí su nueva familia. Nos dejó de querer. En la autovía miraba cómo pasaban las farolas mientras estaba apoyada en la ventana. En silencio. Intentando comprender lo sucedido, no entendía nada, quizá era mi abuelo quien estaba huyendo de mí para no enfrentarse a su pasado, o quizá era Benilda quien lo estaba protegiendo para que no descubriese la verdad. Quizá ella le convenció para que no regresase jamás a España. Todo era posible. Llegamos a casa de Pol. Al bajar del coche vi el montón de cartas atadas por una goma en el suelo. Lo cogí y le quité el polvo que aún le quedaba. Entramos en casa y Nolan estaba esperándonos en la alfombra de la entrada; estaba precioso.

—Nolan, hoy hay que cuidar de ella, que ha venido con algunas heridas, ¿eh?

Miré a Pol y le devolví la sonrisa mientras conectaba el móvil al cargador.

—Voy a ducharme y te echo un vistazo a esos puntos, ¿vale? —me dijo Pol subiéndose para la habitación.

—Vale, doctor.

Ambos nos miramos. Mi móvil se encendió, puse el pin y empezaron a llegarme notificaciones: mensajes del grupo del periódico. Mensaje de Ruth. Mensaje de mi madre. Llamada perdida de mi madre. Mensaje y llamada de Mónica. Una llamada perdida de mi padre. Y otra llamada de Mónica. Fue la última, decidí llamarla por la cámara.

—¡Bendito milagro! Joder, Julia, ¿se puede saber dónde estabas? Llevo intentando contactar contigo desde esta tarde.

Le sonreí levemente y agaché la cabeza para que viese la venda con los puntos y los rastros de sangre.

—Pero ¿qué cojones? ¿Cómo te has hecho eso? —empezó a preguntar—. ¿Te has caído? —siguió—. Ay, joder, joder.

—No, Mónica. Es una larga historia, pero necesito tu ayuda. Tengo cerca de un centenar de cartas que he encontrado de mi abuelo.

—Espera, espera. ¿Qué? —Mónica se puso de pie—. ¿De dónde las has sacado?

—Mónica, de verdad, te lo explicaré con calma, pero necesito que me escuches bien en este momento. Creo que he encontrado a mi abuelo y he de encontrar un lugar, uno que sea importante y que seguramente esté citado en estas cartas. Tenemos que dar con él cuanto antes.

—Julia, ¿acabas de decir que crees que has encontrado a tu abuelo? —dijo Mónica yendo hasta mi mesa.

—Sí, y su vida está en juego, ahora más que nunca. Sé que es como buscar una aguja en un pajar, pero por eso te llamo a ti. Tú eres experta en encontrar esas agujas.

De repente el cuerpo de alguien apareció por detrás de Mónica.

—¿A qué vienen esas voces?

Era la voz de Ruth, que acababa de despertarse por nuestros gritos.

—¡Hola, pequeña! —exclamé nada más verla—. ¿Cómo es que te han dejado venir a casa después de estar tan mala? —Me reí sabiendo que su mentira había colado perfectamente y mis padres no sospechaban nada.

—Ven, corre, acércate que te vea tu hermana —le dijo Mónica. La cara de Ruth inundó mi teléfono y casi me emocioné.

—Les dije que quería que me diese un poco el aire y me empeñé en que quería dormir hoy contigo y me vine para aquí, por si podía ayudar a Mónica en algo.

—¿La has oído? —preguntó Mónica—. Es una de las nuestras. —Sonrió de tal forma que casi me emociono.

—Es la mejor.

—¿Te tenemos que ayudar en algo hermana? —planteó curiosa.

—Julia, ¿por qué no le cuentas lo que me has dicho antes?

Ruth miró a Mónica y después hacia la pantalla.

—Creo que estamos muy cerca de dar con el abuelo, Ruth. Pero esta vez de verdad, solo necesito vuestra ayuda un poquito más. Debes ayudar a Mónica con un montón de cartas que os voy a enviar escaneadas por email.

—¿Y qué hay que buscar exactamente?

—Pues, mira... Imagina que ahora mismo tuvieses la oportunidad de ir a un lugar a esconderte y que ese sitio no puede ser un sitio cualquiera, debe de ser uno especial. Uno en el que nadie os encuentre.

Mi hermana miró a Mónica.

—Bueno, chicas, voy a enviaros eso por correo si encuentro por aquí un ordenador —dije echando un vistazo en el interior de la casa.

—Pero, bueno, ¿y esa casa? —preguntó Mónica.

Mierda, se me había olvidado contarle lo de Pol.

—¿Te acuerdas de las otras cosillas que te dije? —comenté mirando hacia la escalera por si Pol venía, pero seguía oyendo el agua de la ducha.

—¡Amiga! ¿Has conocido a alguien? —exclamó casi gritando.

Desconecté el cargador y me fui para el salón donde estaba Nolan mirándome desde el sofá.

—¡Calla, por Dios, que te va a oír!

—Bueno, bueno, yo estoy alucinando. Pero ¿y quién es, a qué se dedica? Seguro que es el típico rubio alemán de ojos azules.

Me quedé mirando la pantalla y estuve a punto de reírme, puesto que Pol era todo lo contrario.

—Pues para tu información es un médico, de Barcelona y con la casa más bonita que he visto en mi vida.

Mónica comenzó a alucinar cuando hice un barrido del salón. Ruth se quedó flipada al verla también.

—¡Ah! Y con el perro más bonito del mundo. ¡Mira! ¡Nolan, ven aquí! —El perro se subió conmigo al sofá.

Las dos se empezaron a reír.

—¿Pasa algo? —dijo Pol en el último escalón. Tenía una toalla enrollada alrededor de su cintura, pero dejando su torso al aire. Aún tenía algunas gotas de agua recorriendo sus abdominales, que parecían esculpidos en mármol. Me fijé en una cicatriz del tamaño de un teléfono móvil que tenía en el costado. Me pregunté dónde se la habría hecho.

A pesar de aquella imperfección, el conjunto era asombrosamente atractivo. Me quedé boquiabierta. Mónica y mi hermana observaron mi reacción y se rieron. En ese momento colgué la llamada avergonzada.

—Era una amiga del periódico. Me está ayudando con la investigación —expliqué acercándome sonrojada—. Necesito un ordenador y un escáner.

Me fijé en esas gotas cayéndole por el pecho en cascada. Una tras otra.

—Sécate bien, que te vas a resfriar —le aconsejé mirando hacia el sofá.

—En mi despacho tengo el portátil y un escáner. ¿Subes conmigo mientras me visto?

Eso habría estado bien, pero me daba vergüenza admitirlo.

—Mejor te espero aquí..., con Nolan.

Empecé a rascar al perro. Pol me sonrió al ver aquella estampa.

—Ahora te bajo todo, anda.

Me quedé mirando la espalda de Pol mientras subía las escaleras, era la de un nadador. Se notaba que le gustaba hacer deporte, a mí también me gustaba antes de que ocurriese todo lo de Carlos. Solía ir al gimnasio nada más salir de trabajar, me hacía descargar tensión y algunos fines de semana nos íbamos juntos a correr por las cimas y bosques de Gijón.

Nolan me miraba fijamente.

—Tu dueño me tiene loca. Se me nota, ¿verdad? —le pregunté al animal. El perro gruñó un poco y me empecé a reír.

»Eres precioso. Claro, ahora tiene sentido, los perros se parecen a sus dueños pero esto entre tú y yo —dije mirando de nuevo hacia las escaleras esperando que volviese—, tú eres un poco más guapo que él.

El perro gruñó aún más fuerte y se levantó para lamerme la cara. Me daba con las patas a la vez que me rechupeteaba la cara.

—Vaya migas habéis hecho vosotros dos, ¿no? —comentó Pol con el ordenador y el escáner en la mano. Se había puesto una camiseta y unos pantalones cortos—. Voy a hacer la cena, ponte si quieres en la mesa del salón, que estarás más cómoda —dijo señalando la gran mesa de madera que tenía en aquella esquina. Nos fuimos en direcciones contrarias, y el perro se nos quedó mirando, dudando hacia dónde ir. Al segundo tenía a Nolan siguiendo mis pasos.

—¡Traidor! —lo acusó gritándole su dueño—. Te has quedado sin salchichas.

El perro ladeaba un poco la cabeza, como comprendiendo su mensaje.

Saqué la silla y me puse justo en el extremo de la mesa para poder ver a Pol desde allí y Nolan se tumbó junto a mí. Abrí el ordenador y vi que tenía contraseña.

—Eh... Pol ¡la contraseña! —le pedí desde el salón.

—Anna, con dos enes —me contestó desde la cocina—. Treinta y dos —añadió. Le miré curiosa y él entendió mi gesto al momento—. Sí. Se llamaba Anna.

Comencé a abrir todas las cartas y a depositarlas una tras otra boca abajo en el escáner. No quería leerlas hasta que ya estuviesen todas enviadas y así poder empezar a la vez que Mónica y Ruth. Pol estaba acabando de hacer la cena.

—¡No tardo! Me falta menos de la mitad —anuncié.

—Tranquila, no te preocupes. Voy sirviendo los platos.

Yo le observaba mientras preparaba la mesa. Jamás podría haber imaginado lo afortunada que había sido de cruzarme con él. Escaneé la treintena restante e iba añadiéndolas a la carpeta compartida que tenía con Mónica. Una carta tras otra, todas según el orden en el que las había puesto mi abuelo. Había más de cien cartas.

—Pero qué bien huele por aquí, ¿no? —exclamé.

Pol estaba sirviendo una carne troceada con sal gorda, con algunas legumbres alrededor; tenía una pinta buenísima.

—Acabo de enviar todas las cartas. Después de cenar me quedaré un rato leyendo algunas de ellas, por si encuentro algo.

—Si quieres te ayudo.

—Tranquilo, tú vete a dormir, que mañana trabajas y bastante te he molestado ya.

—No digas tonterías, anda —repuso—. ¿Dónde crees que pueden haber ido?

Me quedé pensativa.

—No tengo ni la más remota idea, pero debe de ser algún rincón especial para ella, tiene que ser un lugar que no se pueda encontrar fácilmente, ya que si yo no quisiera que me encontrasen nunca más me iría a vivir a la casa más escondida del mundo, me iría...

—A esta, por ejemplo —me interrumpió riéndose. Me reí con él.

—Sí. Esta estaría bien, la verdad —le respondí.

Probé la carne y estaba riquísima, estaba al punto y la guarnición de las legumbres hacía que el sabor fuese perfecto.

—¿Cuándo volverás a Asturias? —me preguntó.

—Espero que pronto. Echo de menos mi casa, el apartamento en el que vivo es como tu salón, pero es muy acogedor, desde que pasó lo de... —Me quedé en silencio, a veces me pasaba que no quería pronunciar su nombre delante de otras personas—. Desde que pasó lo de mi novio, la casa se quedó muy vacía. Por eso fui a pasar mis vacaciones a Cudillero, mientras todo volvía un poco a la normalidad.

—¿Y volvió? —quiso saber él.

—Al principio no, necesitaba encontrar una motivación, algo que me hiciese saber que seguía siendo igual de fuerte que antes.

Pol me miró.

—Eres fuerte.

—No sé. A veces creo que no.

—Mírate. Estás en una ciudad del norte de Alemania porque tuviste la corazonada de que tu abuelo estaba vivo. Y resulta que lo está.

—Sí, pero ni él mismo ha querido dar señales de vida para cambiar eso, ni tampoco sé dónde está. ¿De qué me vale todo este camino? Y si lo encuentro, ¿querrá vernos? ¿Querrá volver a casa?

—Te servirá para saber que puedes conseguir lo que te propongas. Hasta mover el mundo si hace falta por una persona. Y eso dice mucho de ti.

Suspiré.

—Gracias por todo lo que has hecho y haces por mí, Pol. Sin ti... no sé, todo habría sido imposible.

—Ya era imposible sin mí, Julia —añadió—, yo solamente te he ayudado a ver que había algunas puertas que no estaban del todo cerradas.

Le sonreí.

—Eres un talismán.

—Y tú una mariposa.

25

Seguimos la conversación hablando de nuestros primeros trabajos y me contó que para pagarse la carrera de Medicina estuvo currando de muchísimas cosas, camarero, profesor de alemán a domicilio, haciendo pizzas, etcétera. Nos estuvimos riendo un rato y yo le conté que antes de entrar en el periódico estuve un verano como monitora de un campamento de scouts. Aquello fue genial porque los niños disfrutaban muchísimo de la naturaleza y más cuando hacíamos expediciones para buscar animales, ver las estrellas o simplemente pasar el rato juntos. Les encantaba y a mí también. Me hacía feliz compartir esas experiencias con ellos.

Acabamos de cenar y me miró la herida. Me dijo que estaba cicatrizando muy bien y que si quería podía darme una ducha.

—Antes de que subas, mira, ven. Quiero enseñarte algo que te va a gustar.

Fui tras él, y Nolan nos siguió. Pol pulsó un botón y todas las luces de la casa fueron atenuándose poco a poco; por el contrario, las luces de la piscina fueron ganando en intensidad, el destello azul inundó la casa hasta el techo.

—No me lo puedo creer —dije acercándome al cristal que separaba la piscina interior de la casa.

—Y lo mejor es esto.

Pulsó otro botón y comenzó a sonar una canción preciosa. Era «Viva la vida», de Coldplay.

—Espera. ¡¿Qué?! —exclamé—. ¿Hasta con música?

Se acercaba a mí bailando un poco. Me tendió la mano para acompañarle, se la tomé y me dio una vuelta en medio de la canción. Nos fuimos acercando al agua.

—No me voy a bañar, ¿eh?

Poco a poco se acercaba más y más. Hasta que lo tuve justo delante de mí.

—¿Y qué te parecería volar? —me preguntó casi en mis labios.

Le sonreí. La canción llegaba al estribillo. Y justamente, en aquel lugar, volví a notar una sensación preciosa en mi interior: las alas de las mariposas. Pasé mis manos alrededor de su cabeza y entonces le dije las palabras que más ganas tenía de decirle desde el momento en el que lo vi:

—Contigo siempre querría volar.

Pol me agarró de la cintura y cogió impulso; de pronto los dos estábamos en el aire, volando, como niños en un verano cualquiera. Caímos al agua de la piscina. Notaba cómo la tela de la camiseta que llevaba se adhería a mi piel por la rapidez del agua. Noté su mano impulsándome para salir a flote. Me abrazó por la espalda y me puso frente a él, apoyados contra la pared de la piscina. Lo tenía cerca, muy cerca, todo estaba oscuro pero la luz azul de la piscina perfilaba su rostro, exactamente igual que en el acuario, donde me di cuenta de que era una persona especial, de esas que te hacen verlo todo más claro, de las que aparecen en el momento justo, las que te hacen creer en el destino o en la justicia universal, la pieza clave, la llave para salir del laberinto. No podíamos dejar de mirarnos y antes de que fuese a abrir la boca para decir alguna de sus tonterías le besé. Le besé con todas las ganas que tenía en mi interior, le besé con las fuerzas que me dieron todas las mariposas que volvían a despertar en mi interior. Me sentí como una niña que empieza a caminar, pero ya sin caerse, pues alguien la estaba agarrando por detrás por si perdía el equilibrio. Quizá en ese momento no era consciente de lo que acababa de ocurrir, pero realmente acababa de pasar una página de mi vida que nunca pensé que me sentiría con las fuerzas para pasar. Me daba miedo hacerlo porque de alguna forma borraba a Carlos de mi presente, pero sabía que él, desde donde estuviese, se alegraba de ver que volvía a caminar, de que volvía a estar ilusionada. Necesitaba sentir que estaba viva por dentro y cuando noté esas mariposas en mi interior, lo supe: podía volver a sentir. En ese momento Nolan nos ladró desde fuera de la piscina para que saliésemos con él.

—Mira el celoso este —le respondió Pol.

Salimos de la piscina y Pol me envolvió en un albornoz que tenía en la parte derecha bordada su inicial en color plateado. Me agarraba por detrás y puso su cabeza encima de mi hombro derecho. Su barba me rozó el cuello y se me pusieron todos los pelos de punta. Me giré y le di un beso en la mejilla.

—¿Vamos al salón y enciendo la chimenea? —preguntó.

En ese momento nada me apetecía más que estar allí con él.

—Por favor.

Amontonó pequeños trozos de troncos en la chimenea, sacó un par de cerillas y las lanzó adentro, después tomó el fuelle para darle aire al fuego y en cuestión de minutos aparecieron las llamas. Nolan se asustó y comenzó a ladrarle a la chimenea, Pol decía que lo hacía siempre porque era muy cobardica.

Me gustaba observar a Pol cómo ejecutaba cada movimiento, lo miraba casi a cámara lenta, los músculos de la espalda se le marcaban como a un lobo, su mandíbula podría romper cualquier cristal.

Abrí el ordenador para dejar de estudiarle y centrarme en aquello a lo que quería dedicar gran parte de la noche: las cartas de mi abuelo.

—Voy a llamar a mi compi, tanto ella como mi hermana están leyendo las cartas.

—Seis ojos ven mejor que dos —declaró.

Abrí el Skype y llamé a Mónica, cada una tenía una carta en la mano. Habían empezado a leer.

—Hola, chicas, ¿cómo vais? —pregunté.

—Bien, estamos aquí con las primeras.

Le hice un gesto a Pol para que se pusiera a mi lado.

—Mirad, chicas, este es Pol, que me está ayudando con todo esto aquí.

Las dos miraron la pantalla y pusieron los ojos como platos al ver a Pol con su chaqueta y la capucha puesta sobre el pelo mojado. Estaba muy guapo, así que la reacción de ellas fue completamente lógica. Pol se rio y en cuanto se dieron cuenta de que las había pillado cambiaron el gesto.

—¡Ay! ¡Hola, encantada! Soy Mónica, la compañera de trabajo de Julia. Bueno, más bien es mi jefa.

—Calla, anda. Yo no mando a nadie.

—Bueeeeno —intervino mi hermana.

—Ella es Ruth, mi hermana pequeña. —Ruth saludaba a la pantalla con una sonrisa.

—Ya decía yo que os parecíais bastante —dijo Pol.

—¡A ver! Centrémonos. ¿Habéis empezado ya vosotras?

Mónica y Ruth comenzaron a sacar algunas cartas que ya habían leído.

—Eso te quería decir, Julia. ¿Tú has empezado? —preguntó Mónica.

—No, estaba sacando la primera ahora mismo.

Cogí el primer folio y lo desdoblé, vi que su color se parecía mucho al de las últimas cartas que leí de mi abuelo, el amarillo envejecido.

—Verás, Julia... No son cartas.

Al desplegar la hoja vi la primera línea y me quedé perpleja.

26

2 de junio de 1979 – Hamburgo, Alemania

La carta comenzaba con esa fecha, días después de que a mi abuela le notificaran el fallecimiento de mi abuelo. Seguí leyendo:

Escribir estas líneas me está costando mucho. He pasado dos días dentro de un cobertizo que encontré al lado de un maizal en los campos de un pueblo cerca de Rostock, refugiándome de la lluvia y por si venía alguien a buscarme para llevarme de nuevo a nuestra nave... Estoy con el miedo en el cuerpo aún... Atemorizado por completo. Si no hubiese sido por Martín. Mi Martín. Que me lo han matado... Fue todo tan rápido...

Nuestro plan de fuga lo teníamos previsto para la noche, todo iba muy bien, yo estaba volviendo con el camión cuando a lo lejos vi que había tres furgones militares en las puertas de la nave donde teníamos que recoger la mercancía. Me puse muy nervioso porque sabía lo que estaban haciendo allí.

Apagué el motor y las luces y me quedé en la penumbra. Cerca había una carretera, que llevaba hasta un pueblo llamado Ottersberg. Una unidad de la Policía Militar de la RFA tenía un cuartel allí. Sabía lo que le iban a hacer, así que no lo pensé.

Atravesé a pie y a rastras un maizal embarrizado mientras las gotas de lluvia caían sobre mi espalda como cristales. No me detuve hasta llegar al vallado que delimitaba el cuartel militar de Ottersberg. Pasé por debajo del vallado, con cuidado de no ser visto, ya que las torres de control emitían una gran luz giratoria alrededor de todo el cerco del cuartel.

De repente, llegó un coche. Yo me oculté detrás de una pila de sacos que había en una esquina debajo de la torre de control. El coche se detuvo al lado de todos los demás furgones, y un hombre serio y uniformado salió de él. Llevaba galones de oficial. En el asiento trasero vislumbré a Martín.

No había nadie vigilando y, en ese momento, el foco de la torre de seguridad apuntaba lejos de donde estaba, así que eché a correr. Corrí y corrí cada vez más rápido y alcancé el coche. Abrí la puerta y me encontré a mi amigo malherido, tenía sangre alrededor de la cara por los puñetazos que le habrían propinado. En cuanto me vio me dijo que estaba loco, que tenía que irme cuanto antes, pero yo no me iba a ir sin él. Era mi compañero, casi un hermano, la persona que me había apoyado en todos los momentos duros en Alemania, tenía que llevarlo junto a su mujer y la hija que estaban esperando.

Me tumbé con él hasta que la luz atravesó el coche y después siguió su camino. Le tomé las manos y le dije que nos íbamos de allí. Abrí la puerta y escuché unas voces que se acercaban. Era ahora o nunca. Con Martín malherido agarrado a mí, huimos de allí tan rápido como pudimos, escondiéndonos entre las sombras. Al pasar junto a un barracón encontré una puerta abierta, daba a una habitación oscura. Me oculté en ella llevando a Martín casi a cuestas. Dentro había unas lavadoras muy grandes.

Martín me miró y lo abracé, él no podía porque seguía esposado, pero las lágrimas salieron de sus ojos. Mientras lo abrazaba me di cuenta de algo: dentro de la lavadora había uniformes de soldado. Eso me dio una idea. Me puse uno de aquellos uniformes y luego quise ponerle otro a Martín. En ese momento se oyeron unos gritos que venían de fuera. Acababan de descubrir su fuga.

Martín me dijo que me pusiera a salvo, yo le contesté que no, que sin él no me iría. Me agarró de las manos y me pidió que cuidase de su familia. Recordaré siempre sus últimas tres palabras: «Sálvate tú, amigo». De entre mis ropas de paisano que yo me había quitado, Martín sacó algo: era la foto de mi mujer y mis tres hijos.

La puerta se abrió. Un soldado me descubrió y se quedó mirando la placa de la chaqueta con la que me había disfrazado: «S. Schneider». Me hizo un saludo militar y luego reparó en Martín, tirado en el suelo.

El soldado fue hacia él y lo agarró del brazo mientras le pegaba con un palo de metal. Lo sacó a rastras y el soldado me ordenó que le siguiera hasta la parte trasera del cuartel. Llovía a mares. Alrededor de los furgones estaban unos diez hombres armados y el oficial que había visto salir del coche. Este se acercó a Martín. Le pegó dos voces y le dio una patada en la cabeza que lo arrojó contra el suelo. Los demás soldados se reían. La rabia me invadía el cuerpo.

El hombre que nos encontró le dijo algo al oficial, este me miró y me dio una orden que no entendí. Solamente le mantuve la mirada para que no me descubriesen. En ese momento desenfundó su pistola y me la cedió. Repitió su orden, esta vez señalando a la cabeza de Martín.

Al fin comprendí lo que quería de mí.

No. No podía ser. Le mantuve la mirada con el arma en la mano. Martín yacía en el suelo, sangrando por la nariz. Se estremeció y me vio sostener esa arma apuntándole directamente a la cabeza. Todos los recuerdos que tenía con él me pasaron por delante en ese instante, las risas que compartimos, los sueños de futuro que teníamos, cada uno con su familia, el azar y la mala fortuna nos habían colocado juntos en ese camino por salvar a nuestras familias y ese era el punto y final de nuestra historia.

Martín me miró y me sonrió levemente, para hacerme entender que todo estaba bien. Que si uno tenía que morir para que se salvase el otro, lo hubiéramos hecho sin dudarlo. Y eso era lo que él estaba haciendo por mí. Todo se quedó en silencio y apreté el gatillo.

El sonido del disparo resonó por entre la lluvia. Contuve mis lágrimas mientras vi el cuerpo de mi amigo desangrándose en el suelo. El oficial se acercó y recogió el arma a la vez que me daba en el hombro en señal de enhorabuena. Todos volvieron a entrar en el edificio y ahí se quedó Martín, tendido en el suelo.

Aproveché una distracción para escabullirme por la misma ruta a través del maizal que había utilizado para llegar hasta allí. Antes de irme utilicé la chaqueta que llevaba de aquel soldado apellidado Schneider para cubrir el rostro de mi amigo.

El amigo que había dado su vida por mí y con quien estaría en deuda eternamente. Las lágrimas me cayeron a medida que dejaba aquel lugar.

4 de junio de 1979 – Ottersberg, Alemania

Llegué a Ottersberg bien entrada la noche y busqué un sitio en el que quedarme. Encontré un pequeño cobertizo vacío entre los campos y no lo pensé. La lluvia apretaba y las hojas me raspaban la cara. Cuando llegué al cobertizo me colé rompiendo el cristal de una ventana con una piedra.

El espacio era muy pequeño pero había el justo para poder tumbarme. Noté sangre por la cara pero no me importó, en ese momento no podía quitarme de la cabeza otra cosa que no fuese Martín y su mujer. Esa noche no concilié el sueño en ningún momento. Cuando comenzó a amanecer salí del cobertizo por la ventana. Mi padre me enseñó que si restriegas un poco de hierba fresca por alguna herida cicatrizará más pronto, y eso fue lo que hice.

Pasé todo el día sentado fuera del cobertizo, observando, desde el amanecer hasta el atardecer. En el mismo lugar, simplemente, apreciando la oportunidad que me había dado la vida, o mejor dicho, Martín. La noche siguiente conseguí dormir algo, pero me desperté en la madrugada por una pesadilla. Quise buscar la fotografía que llevaba siempre conmigo, de mi mujer y mis hijos, cuando me di cuenta de algo: nadie me estaría buscando. Todos pensaban que yo era el cuerpo que había tendido en el cuartel. En la fotografía que Martín se guardó salía solamente mi familia, pero yo no. Y en el reverso estaba la dirección de la casa de Cudillero. Era la fotografía con mis hijos. Sería dado por muerto y podría volver a casa. A casa.

Salté de la alegría. Caí de rodillas y miré hacia el cielo iluminado por los primeros rayos del sol. Le sonreí a ese azul que comenzaba a salir y me imaginé que era como sonreírle a Martín. Que juntos estaríamos riéndonos en ese momento. Él desde el cielo y yo tirado desde este campo de maizales.

27

Uf. Respiré. Pol la había leído a la vez que yo. Mónica y Ruth miraban la pantalla atentas a mi reacción. Me sequé las lágrimas y todos me miraban.

—Está vivo, Julia —contestó Mónica—, está vivo.

Lloraba cada vez con más fuerza. Pol se levantó a por unos pañuelos que tenía en un cajón y me acarició el hombro para hacerme sentir que estaba ahí.

Ruth me miraba con preocupación y Mónica igual.

—Pero ¿por qué mataron aquellos soldados a Martín? ¿Qué es lo que descubrieron en esa nave?

—Como te decía, Julia... Si te fijas, no son cartas.

—¿Qué quieres decir? —pregunté.

—Todas las cartas anteriores iban escritas para Candela, tu abuela, pero estas no: más bien parece como si escribiera para él mismo. Como una especie de diario...

Comencé a leer las siguientes y todas tenían fecha, pero no iban dirigidas a nadie. Hablaba en primera persona.

—No tiene ningún sentido.

—Lo sabemos, Julia, vamos por la número doce todavía.

—¿Y qué tenéis? —pregunté. Mónica y Ruth se miraron.

—Nada. Cuenta cómo volvió a Hamburgo gracias a un remolque de gente que trabajaba en la recogida de la uva y lo transportaron hasta allí. Cuando llegó buscó a una tal Benilda, que era la mujer de Martín, y le dio la noticia de que su marido había muerto.

—¿Benilda? —preguntó Pol.

—Sí. ¿Qué pasa? —le preguntó a su vez Mónica. Bajé la cabeza y le volví a enseñar mi brecha.

—Se la dejó de recuerdo la anciana —añadió Pol.

—¡¡Qué!? ¿Eso te lo ha hecho la tal Benilda? —exclamó Mónica.

—Sí. Esta tarde, regresé de nuevo, al principio la anciana me causó buena impresión, me creí que no sabía nada y me repetía todo el rato que debía olvidar y dejar ir. Que me marchase de vuelta y no removiese el pasado. Hasta que escuché un gran golpe que provenía de otra habitación. Cuando quise saber qué había sido me clavó una aguja en el cuello y me inyectó una especie de sedante. La brecha me la hice cuando al caer al suelo, me golpeé la cabeza, pero lo último que vi fue a mi abuelo en una silla de ruedas y a ella pronunciando su nombre.

Mónica y Ruth estaban perplejas ante mi explicación.

—¿En una silla de ruedas has dicho? —dijo Ruth.

—Sí. En una silla. Cuando llegó Pol yo seguía tendida en el suelo. Ambos pudimos llegar hasta su habitación, sellada en una pared tras unos abrigos. En ella había una camilla de hospital y un montón de bombonas de oxígeno.

—Joder. Estará muy mal, ¿no? —planteó Mónica—. ¿Qué edad debería de tener ahora?

—Noventa y dos.

Mónica soltó un suspiro y Ruth bajó la cabeza. Miré a Pol y también desvió la mirada.

—Sí. Ya lo sé. Está muy mayor, pero está vivo. Y tengo que encontrar el lugar adonde se lo ha llevado, por eso necesito que busquéis ese sitio. Si mi abuelo escribió un diario con todo lo que estaba viviendo en esos días posteriores, el lugar en el que lo tienen debe de aparecer entre esas páginas.

Mónica y Ruth ojeaban las páginas. Pol comenzó a desdoblar todas las demás.

—¿Y la casa de la hija? —sugirió Mónica.

—No. Es un sitio muy obvio. La respuesta debe de estar en las cartas. Vamos a dejar la llamada conectada y si vamos encontrando algo nos avisamos desde aquí.

—La noche pinta larga... Voy a hacer café —dijo Mónica.

—Yo también —añadió Pol levantándose.

En ese momento eché la cabeza para atrás, el sofá estaba justo detrás de mí. La noche iba a ser durísima, pero todo era para encontrar a mi abuelo, cada minuto contaba porque no sabía qué estaba ocurriendo.

—Julia...

Miré para el ordenador y observé a mi hermana. Me acerqué un poco más.

—Hola, pequeña...

—Tranquila, ¿vale? Que lo vamos a encontrar.

Mi hermana era ese hilo de esperanza que siempre aparece para insuflarte fuerza hasta cuando no parece que la vayas a encontrar nunca.

—¿Tú crees?

—Sí. Estoy segura. Mónica es muy lista y tú eres la mejor, y yo, bueno, yo intento leer todo otra vez por si os habéis dejado algo.

—Gracias por todo lo que estás haciendo, Ruth.

—No me las des. Estoy disfrutando. Mónica me enseña muchas cosas del periodismo, cómo buscar la información, en dónde, qué fuentes consultar y a contrastarlo todo. Es interesante.

Mi hermana hablándome de fuentes, de contrastar. Se me caía la baba.

—Me alegro mucho de que te guste, Ruth. Es un mundo bonito, aunque no siempre se pasa bien, como ves.

No podía dejar de observar esa sonrisilla que tenía, desde pequeña se le hacían unos hoyuelos que te desarmaban.

—¿Y qué te parece...? —dije refiriéndome a Pol.

—¿El chico? —preguntó en alto.

—Chist —la mandé callar.

—Ay, perdona. Pues es muy guapo, las dos nos hemos quedado de piedra al verlo. ¿Se nos ha notado mucho?

—Un poco nada más —contesté riendo.

Me quedaba embobada viendo a mi hermana. Era tan guapa con tan corta edad... «Quién pillase sus años ahora», pensé.

—¡Ya traigo el café! —anunció Mónica apareciendo en la imagen del ordenador

—¡Yo también, vaya compenetración! —exclamó Pol de camino al salón.

Mónica me miró y vi cómo me hacía gestos de corazones y del número diez, fue entonces cuando recordé nuestro código. Lo llamábamos la escala de Buenister. A cada tío que venía al periódico para una entrevista o para cualquier cosa lo clasificábamos según nuestra escala en valores del uno al diez. Uno significaba cero posibilidades de tener algo con él. A partir de cuatro podíamos planteárnoslo. Entre siete y ocho era un gran candidato a nuestro pódium. Y solamente un chico llegó al diez: Hugo Bergasa. El becario que vino recién graduado de la universidad. Tendría unos veinticinco, pero madre mía, era deportista, con el pelo larguito, un yogurín, vamos. Recuerdo el día que lo vimos por primera vez. Veníamos de comer en el restaurante de al lado del periódico y cuando se abrieron las puertas y nos lo encontramos de cara, casi nos desmayamos.

Nos quedamos tan pasmadas que tuvo que hacer un chasquido con los dedos para ver si nos pasaba algo. Cuando desapareció en el ascensor recuerdo como si fuese ayer lo que me dijo Mónica:

—Si vas alguna vez a la Gomera avísame, tendré que ir yo también a buscar mis bragas.

Casi me dio un ataque de risa aquel día. Y por eso ahora que me hacía señas de puntuar con un diez a Pol solté una carcajada.

—¿De qué te ríes? —preguntó Pol dejando la taza de café sobre la mesa del salón. Estábamos apoyados en la alfombra de pelo, era muy cómoda. Nolan estaba estirado en otra parte, mirándonos celoso.

—¿Qué os parece si empezamos nosotros a leer desde las últimas a las primeras? —propuse.

—¡Sí, vale! Cuando lleguemos a la mitad paramos y viceversa. Y por aquí vamos comentando las diferentes posibilidades que surjan.

—¿Tienes para apuntar, Mónica? —pregunté.

—Sí. Todo listo por aquí.

—Pues vamos allá.

En silencio comenzamos a leer. Pol y yo nos repartimos el montón del final, cada uno tenía unas quince aproximadamente.

22 de octubre de 1996

Hoy han caído los primeros copos de nieve de este invierno. El alféizar de la ventana se ha llenado por completo de un manto blanco, quería salir a verla pero Benilda me dice que es mejor que me quede dentro de casa, que hace demasiado frío, pero ella no sabe lo duro que soy yo y lo que aguanto. Ahora me paso el día en esta cama y me he aburrido ya de estas cuatro paredes; hoy me ha tocado cambiarme la bombona de oxígeno, ya he aprendido a hacerlo yo solo, aun así me cuesta un poco y debo tenerlo todo apuntado, ya que son varios los pasos: cambiar la válvula, meter el depósito, presionar la llave y listo, vuelvo a tener aire. Es fácil pero ahora todo me resulta más complicado.

Hoy voy a pedirle a Benilda si podemos dar un paseo, quiero ver de nuevo el mar.

—¡Eh! —exclamé—. Aquí dice que le pediría a Benilda dar un paseo por el mar. Pol, ¿tienes un mapa de Hamburgo?

—Sí, arriba creo que tengo uno, de cuando llegué a Alemania. Voy a por él.

Mientras traía el mapa volví a leer la carta.

—Mónica, mi abuelo tenía algún problema respiratorio, porque aquí dice que ya estaba aprendiendo a ponerse él solo las bombonas de oxígeno.

—A su edad es lo común, ¿no? —preguntó.

—Supongo. Aunque aquí el médico es él.

Pol bajó con el mapa de Alemania y lo pegó con una masilla a la mesa baja de cristal del salón. Cogió un par de rotuladores y los dejó encima.

—Hay muchísimas zonas de costa en el norte de Hamburgo. Necesitaría algún detalle más.

Cogí otra hoja de nuevo y la desplegué.

Esta carta ya la había leído. Fui a dejarla encima de la mesa cuando algo me llamó la atención.

29 de abril de 1989 – Hamburgo, Alemania
Carta n.º 6

Ay, Candela... qué alegría traigo. Martín y yo hemos pedido permiso para ver a nuestras familias y nos lo han concedido. Sabía yo que trabajar tanto como si no hubiese un mañana traería recompensa.

Posiblemente llegue al nacimiento de mi mariposilla, ojalá tenga la suerte de que me espere para verle la carita. Martín y yo lo estamos celebrando, hoy me toca a mí hacer el servicio de transporte y estamos bebiéndonos unos cuantos vasos de vino a vuestra salud. Por eso te he mandado más dinero del habitual, porque quiero que compres el carro más bonito que haya en Oviedo y se lo regales a nuestra hija.

Estoy tan feliz en estos momentos, Candela, que aunque esté alejado de vosotros, mi amor hacia ti y mis hijos es inabarcable.

Sí, aún recuerdo tu forma de mirarme y besarme, como cuando éramos jóvenes, y desde el principio supe que tú y yo estaríamos juntos el resto de nuestra vida.

Aunque la vida nos ponga problemas con los que lidiar en el camino, nosotros siempre nos tendremos el uno al otro.

Recuérdame igual que yo te recuerdo a ti, querida Candela. Como si esta carta no la estuviese escribiendo solo, sé que no me contestas porque no sabes escribir.

Pero piénsame mucho para protegerme.

Te amo y no te olvido.

MIGUEL

—Un momento. Aquí hay algo raro —expuse en alto.

—Esta ya la habíamos leído, ¿no? —dijo Pol.

—Sí. ¿Dónde está la anterior? —pregunté.

—¿La cinco? Pero estamos yendo al revés...

Comencé a levantar el montón de cartas que había encima de la mesa. Hasta que Pol la encontró antes que yo.

—Aquí está.

4 de abril de 1979 – Hamburgo, Alemania
Carta n.º 5

Mi querida Candela, hoy estoy un poco triste.

Esta vez en Hamburgo no para de llover. Siempre está nublado y cada día que estoy aquí pienso que me pierdo un día de estar con mi familia, con mis hijos y con mi mariposilla, a la que ya le queda nada para llegar.

Ojalá pueda decirte la próxima vez que mi superior me ha

dado permiso para ir a veros por el nacimiento de la pequeña; debe de tener una barriga nuestra hija...

Bromeo mucho con Martín sobre irnos juntos a España, cada uno con nuestras familias, él y yo nos repartimos los turnos, una noche trabaja él y una noche trabajo yo...

La noche que puedo descansar es como si estuviese en el cielo, Candela... no te imaginas. Espero que por Cudillero esté todo bien, mándale mi cariño a todos, que me echarán de menos, como yo a ellos.

Intento escribirte todo lo que puedo, pero resumir un mes en unas cuantas líneas... aunque lo importante son los pequeños detalles, querida Candela. Los pequeños detalles.

Gracias por esperarme y quererme tanto.

Atentamente, Miguel.

No te olvido.

Me eché las manos a la cabeza.

—Pero ¡¡cómo no me he dado cuenta antes!! —grité mientras cogía un bolígrafo. Subrayé la inicial de cada párrafo de esa última carta.

M, E, O, B, L, I G, A, N

—¡La siguiente! ¡La seis! ¡Dámela corre! —Pol obedeció corriendo y volví a subrayar las iniciales.

M, E, O, B, L, I G, A, N
A, P, A, S, A, R, P,

Cuando fui a pedir la siguiente carta Pol ya la tenía en la mano. Hice lo mismo con la séptima y entonces lo descubrí.

M, E, O, B, L, I G, A, N
A, P, A, S, A, R, P,
E, R, S, O, N, A, S

—Me obligan a pasar personas.

Mónica, Ruth y Pol se quedaron de piedra. Yo sostenía las tres cartas. Eran las últimas que recibió mi abuela. Había un mensaje encriptado en ellas. Solamente lo hizo en estas tres últimas. Fue entonces cuando esa pieza del puzle encajó. El camión de transportes. Las personas que no reconoció Benilda en su puerta y el dinero que estaban consiguiendo. Se encargaban de introducir a personas desde Alemania Oriental hasta la Alemania Occidental. Rostock es el primer pueblo que hay después de cruzar la frontera.

—En las cartas contaba que había conseguido un trabajo con el que ganaría el dinero suficiente para volver a España —expliqué a los demás—. Benilda me dijo que no entendía de dónde venía ese dinero y me contó un capítulo de unas personas que no había visto nunca que preguntaban por Martín. Serían las personas que tenía que introducir en la parte de la Alemania Occidental a través de las fronteras. Pero ¿cómo lo hacían?

Mónica se puso a teclear rápido y al momento dio con la respuesta.

—Aquí está —comenzó—: en el año 1979 se desmanteló una red que se dedicaba al transporte de personas para que pudiesen cruzar la frontera mediante diferentes medios, el más exitoso lo llevó a cabo una empresa de industria cárnica. Mediante cajas, metían a la gente debajo de los cuerpos de los cerdos sacrificados que estaban siendo transportados a la parte de Alemania Occidental. Se calcula que consiguieron cruzar unas veinte personas.

—Hasta que los descubrieron —terminé.

—La carta que cuenta lo de la nave —añadió Pol.

—Sí...

Después de un rato en silencio, había que seguir. Teníamos que dar con el paradero de mi abuelo, el lugar que buscábamos debía de estar en esas cartas, ahora más que nunca teníamos que revisar cada detalle, cada línea, para ver si había más mensajes en clave, algo que al principio pasáramos por alto, pero que siempre hubiésemos tenido delante de nuestras narices.

16 de junio de 2014

Hoy alguien me ha traído un andador, ha ido hasta el centro de la ciudad a comprarlo porque me ayuda mucho a desplazarme. Me cuesta mucho hacer cualquier movimiento, las manos me tiemblan y casi no puedo ni escribir. Me siento sin fuerzas y hasta me tienen que dar la comida, suerte que tengo a la pequeña Sienna, ella me ayuda a comer porque si yo agarro la cuchara puede ir a parar a la estantería. ¡Se ríe tanto conmigo! Después de comer nos tumbamos juntos a ver los documentales que ponen en la televisión, hasta que me quedo dormido; entonces ella aprovecha para echarse la siesta también. Nos despiertan a los dos con la merienda.

Por la tarde bajo a pasear a la playa, con mi respirador arrastrando en una mochila. Me encanta quedarme viendo el atardecer y ver cómo poco a poco el sol se esconde bajo el agua. También me gusta ir a la otra parte de la orilla y sentarme al lado de las rocas. A veces las gaviotas se posan a mi lado y les cuento que pronto me voy a ir con ellas... Me da miedo que, llegado el momento, no haya encontrado el por qué escribo este diario, pero ojalá alguien lo encuentre y comprenda todo lo que hoy yo no entiendo. Me gusta estar aquí, esta casa es mucho más bonita, todas las noches la luna viene a visitarme, me gusta verla bailar por mi habitación. Aparece y desaparece. Y entonces recuerdo que ahora ya no puedo ni bailar, que las piernas no siguen mis ganas de andar, simplemente están. Igual que yo, que noto cómo voy dejando de estar.

Miré al techo. Mi abuelo tenía los días contados y podía llegar tarde. Me sequé las lágrimas. Pol leyó la carta.

—¿Cuál es, Julia? —preguntó Mónica.

Pol miró la parte de la derecha, donde aparecía el número con el que habíamos calificado cada una de ellas.

—La ciento uno.

Mónica y Ruth fueron en busca de la carta número ciento uno. Solamente quedaban dos para concluir las palabras que había escrito mi abuelo. Nada más terminarla, me miraron.

—Es duro, ¿sabéis? —empecé—. Es tan duro leer cómo una persona se apaga... No le queda mucho tiempo, de verdad que no. Y esa carta es de hace poco más de un año.

—Tranquila —dijo Mónica desde la pantalla del ordenador.

—Lo vamos a encontrar —me animó Pol.

Ruth estaba callada. Miraba aún la carta, como si estuviese hablando con ella. Lentamente subió la cabeza.

—Todas las noches la luna viene a visitarme... Aparece y desaparece...

—¿Qué? —repliqué.

Todos la mirábamos. Parecía que quería decirnos algo.

—Es un faro. La casa donde está tiene cerca un faro.

Bajé la cabeza hasta la carta de mi abuelo y volví a leer sus palabras.

—«Todas las noches la luna viene a visitarme, me gusta verla bailar por mi habitación. Aparece y desaparece.» —Era eso, tenía que serlo. La luna a la que se refería tenía que ser la luz de un faro que entraba por las ventanas.

—Dios mío, Ruth —alcancé a decir—. ¡Pol, el mapa! Busca un lugar que tenga un faro y que no esté a más de cien kilómetros de la casa de la anciana. Tiene que tener una playa, no una bahía de rocas, él dice que pasea por una playa. Busca también un lugar en el que la playa mire hacia al oeste.

—¿Por qué al oeste?

—Porque en su carta mi abuelo dice que desde allí ve el atardecer y al sol esconderse «poco a poco bajo el agua».

Miró el mapa y arrastró el dedo hacia la costa, hasta que se detuvo en una de las esquinas del relieve. Y lo señaló con el dedo.

—Cuxhaven.

—¿Qué? ¿Qué es eso? —preguntó Mónica.

La pintura que había en el salón de la anciana. En ese momento me vino a la cabeza el pequeño detalle en la esquina superior izquierda.

—Es uno de los pueblos más famosos de Hamburgo y de todo el norte de Alemania en general. Es conocido por tener la mejor puesta de sol de toda la costa del país. Y además de todo eso...

—Tiene un faro —dijimos a la vez Pol y yo.

Lo teníamos. Allí debía de estar, tenía que ser aquel lugar. Recogimos todo, Mónica y Ruth se quedaron pegadas al ordenador y seguí la conexión a través de teléfono. Pol preparó el coche y llamó al hospital para informar de que se tomaba el día libre por asuntos personales mientras yo cogía nuestros abrigos y las cartas de mi abuelo. Arrancó y salimos disparados hacia la carretera. El cielo estaba precioso, los primeros colores del amanecer inundaban el limbo al que nos dirigíamos a gran velocidad. Buscaba en los carteles de la autovía el nombre del pueblo pero aún no aparecían.

—Estate tranquila, ya vamos a por él —me dijo Pol posando su mano sobre mi pierna.

28

Le sonreí. Me sentía bien a su lado, a salvo, con ganas de vivir todo lo que nos deparase la vida. Por fin los miedos de mi interior se habían evaporado. Por fin volvía a ser yo, de una pieza, sin fisuras. Me acerqué y le acaricié la cabeza, suavemente mientras nos dirigíamos a nuestro destino. Era tan bonito lo que nos había ocurrido que mi única preocupación en ese instante era que no fuese del todo fugaz, y tener que volver a la vida que había construido entre Gijón y Cudillero. Esos días habían sido la mejor medicina, el antidepresivo más fuerte que había encontrado. Había recuperado la ilusión por lo que creía de verdad, por seguir mis instintos y por volver a enamorarme. Porque poco a poco, aquel chico que conducía se había vuelto insustituible para mí.

Una hora después el pueblo de Cuxhaven apareció entre las montañas. Estaba situado entre una de ellas. Las casas iban en sentido descendente, la gran mayoría eran blancas, haciendo del pueblo una postal preciosa. Era pequeño pero con muchas casas alrededor. Al final se encontraba el faro, blanco y con líneas horizontales azul marino. Pol se dirigió en esa dirección.

Cuxhaven era un pueblo no muy grande, de cerca de tres mil habitantes, al que se llegaba a través de una carretera con muchas curvas. El faro cada vez estaba más cerca, yo no podía apartar los ojos de él y conforme nos acercábamos me daba cuenta de que aún era más impresionante. Pol detuvo el coche junto a él y salimos disparados. Se notaba la humedad y el frío brutal en aquella parte del pueblo. La panorámica era increíble, cientos de casas se amontonaban una tras otra como si fuesen fichas de dominó.

—Tu abuelo debe de estar en una de esas —dijo Pol—. Hay más de las que esperaba.

Miré hacia arriba, el faro tendría como unos cuarenta y cinco metros. En la parte inferior había una placa que indicaba el año de la construcción, 1859. Comencé a rodearlo mientras seguía mirando para arriba. Era un faro precioso, el azul marino de las líneas horizontales entre el blanco de fondo le daba un toque de película. La parte de la cúpula tenía una gran vidriera alrededor, imaginé que por dentro tendría que ser aún más bonito.

—¿Te parece si bajamos al pueblo a preguntar si nos pueden abrir aquí? —le sugerí a Pol—. Creo que será más fácil ver hacia dónde apunta la luz y tener varias opciones porque de otra manera podríamos estar aquí durante semanas.

Descendimos con el coche por aquella colina hasta el centro del pueblo. A esas horas, la gente se dirigía al mercado para hacer sus compras. Las cajas de ahorro recibían a sus primeros clientes. Bajamos hasta una plaza, que debía de ser la principal, puesto que a su alrededor había una tienda de alimentación, una panadería, un estanco... y en el centro una fuente. Me recordaba a la plaza de Cudillero, pero allí hacía mucho más frío. Aparcamos el coche y fuimos caminando hasta un bar para desayunar y, además, preguntar por el farero.

El ambiente era frío, casi desolador, no había mucha luz salvo la que entraba por las ventanas, que aún tenían restos de hielo. Un camarero nos miró de arriba abajo en cuanto entramos, debería de notar que éramos forasteros. Pol se acercó a la barra y pidió dos cafés. Ambos observamos el antro en el que estábamos y nos reímos.

—Vaya sitio romántico al que te traigo yo... —dije mientras estudiaba con detalle el bar.

—¿Esta es tu forma de conquistarme?

—Más o menos...

Nos reímos observando el panorama que teníamos allí. No sé por qué, pero ya sentía que estaba a punto de abrazar a mi abuelo. Era una corazonada. Porque hay cosas que simplemente se saben. Después de tomarnos el café Pol fue a hablar con el camarero.

—Dice que el farero vive en una casa contigua al faro, que siempre suele estar allí; de día duerme y por la noche siempre está despierto hasta la salida del sol. Dice que vayamos al atardecer.

Aquello sonaba bien pero me pregunté qué haríamos allí durante todo el día, estábamos solos y con un frío de narices. Recordé la playa a la que iba mi abuelo. Los lugares donde solemos ir hablan casi tanto o más de nosotros mismos que cualquier biografía. Son una forma de contar quiénes somos y hacia dónde vamos, también dónde nos gustaría permanecer o el lugar en el que nos gustaría acabar. Mi abuelo en sus cartas veía allí el final de sus días, en aquella playa, se lo decía a las gaviotas pero también era una forma de decírselo a sí mismo.

Aprovechamos para preguntarle al camarero qué nos aconsejaba visitar, sabía que después de encontrar a mi abuelo, mi historia con Pol también terminaría. Y aunque evitaba pensarlo, se notaba entre nosotros.

El camarero nos recomendó un par de sitios para visitar, la primera parada era el parque de Lörack, que recibía el nombre de uno de los primeros médicos nacidos en Cuxhaven, considerado como uno de los más influyentes del siglo xx. Yo anotaba todo en una libreta para el posterior reportaje que quería escribir acerca de esa odisea por el norte de un país que no conocía. El parque era grande, tenía un estanque en el que había diferentes patos y también un templete. Allí serían las actuaciones en las fiestas del pueblo, pensé. En Cudillero al menos, sirve para eso. Muchos pájaros sobrevolaban por encima nuestro y canturreaban posados entre los árboles, como si fuese el patio de un colegio. Recorrimos el parque enseguida y atravesamos el pueblo de un lado a otro, se respiraba tanta tranquilidad que entendía por qué Benilda había decidido ir hasta allí.

Estaba nerviosa, cada minuto que pasaba deseaba que se acelerase el tiempo y llegase la hora de dirigirnos hasta el faro. Cada paso que daba me acercaba más a mi abuelo. Un paso firme. Nos sentamos en uno de los bancos que había alrededor del parque, el frío era casi tangible y Pol me calentó con sus brazos. El vaho nos salía de entre los labios y lo expulsábamos como si fuese el humo de un cigarro.

—¿En qué piensas? —me preguntó.

Mi mirada estaba fijada en un pájaro, revoloteaba de un lado a otro.

—¿Nunca has tenido una mezcla de miedo y ganas? —le planteé.

—Sí. La primera vez que operé a alguien.

—¿Cómo fue? —dije mirándole.

—Pues fue muy rápido, no me dio tiempo a pensar realmente en la responsabilidad que tenía. Fue un accidente de tráfico, la chica entró con una lesión en el tórax bastante grave y teníamos que intervenir de urgencia para salvar los pulmones. Yo estaba de guardia esa noche y me llamaron corriendo para ir al quirófano. Las enfermeras me ataron la bata verde y me ayudaron a ponerme los guantes. Tres horas después de la operación tuve que salir a darle noticias a los familiares; los padres de la chica estaban allí, con los ojos rojos de tanto llorar. Les dije que todo había salido bien, que no habíamos tenido complicaciones pero que debíamos trasladarla a la unidad de cuidados intensivos y que podrían verla al día siguiente. La madre tomó mi mano y me suplicó, que por favor la dejase verla, necesitaba saber que estaba bien. El protocolo nos impide que los familiares entren en un quirófano, pero aquella mujer estaba desolada, le caían las lágrimas, por lo que no lo dudé. Le dejé una bata blanca y la acompañé para dentro, nos cruzamos con varias enfermeras que debieron de pensar que era una compañera de cirugía... Sabía que me la estaba jugando, pero sentía que era lo que tenía que hacer. Cuando la mujer entró y vio a su pequeña en la camilla, intubada, recién operada, acabó derrumbándose del todo. Se apoyó en mi hombro totalmente abatida, mientras intentaba consolarla diciéndole que se pondría bien. Pero una madre siempre se preocupa, hasta cuando no ocurre nada. Al salir me dio las gracias y me dijo que era un ángel, que mi madre debía de estar orgullosa.

—Vaya, Pol.

—¿Y sabes por qué lo hice? —me preguntó.

—Cuéntame.

—Mi madre y yo estuvimos a punto de morir en un accidente de tráfico cuando yo tenía dieciséis años. Íbamos camino de Tarragona, a comer con mis tíos. Por aquel entonces yo era un desastre y suspendía todas las asignaturas, pero al final conseguí sacar el curso. Aquel día un conductor borracho invadió nuestro carril y en cuestión de segundos todo se paralizó. Noté cómo el coche se encogía y los hierros atravesaban mi costado. Mi madre se quedó tendida sobre el volante del coche. Yo no podía respirar, notaba como si un puñal penetrase en mis costillas. Después de esa imagen desperté en el hospital. Tenía a mi alrededor un montón de cables que iban desde mi brazo izquierdo a un gotero. En el dedo índice de mi mano derecha, tenía un pulsómetro. Una enfermera me estaba cambiando las vías, y al ver que abría los ojos, llamó deprisa a alguien y en cuestión de segundos tenía mi camilla rodeada de gente con batas blancas. Uno de ellos me enfocó la linterna hacia mi ojo y me pidió que siguiese el movimiento de su dedo. Comprobó también mi costado. Me habían operado de urgencia porque una de las puertas del automóvil se hizo añicos y atravesó parte de mis costillas. Tuvieron que hacerme una transfusión de sangre *in extremis* porque había perdido muchísima cantidad. Un minuto más podría haberme costado la vida. Literalmente. Así fue como me lo dijeron. En cuanto fui consciente de lo ocurrido pregunté por mi madre y la trajeron en una silla de ruedas. Por suerte, no había sufrido ni un rasguño, el airbag del coche saltó justo a tiempo y eso impidió que tuviésemos lesiones más graves. Al verme, mi madre rompió a llorar y dio gracias a Dios de que estuviese vivo. Me contaron que llevaba preguntando por mí desde que recuperó la conciencia y que únicamente quería estar conmigo. Lo repetía y repetía. Y solo pudo estar tranquila al coger mi mano. Por eso, años más tarde, dejé pasar a esa madre que solo quería ver a su hija: me recordaba a la mía.

—Pol...

—Y tú. ¿Cuál es tu recuerdo más bonito? —me preguntó.

Me quedé un par de segundos callada, pensando mi respuesta.

—Cuando nació mi hermana.

—Ruth se llama, ¿verdad? —dijo.

—Sí. Lo elegí yo —reí—, mis padres me dijeron que iba a tener una hermana cuando yo ya era una adolescente, al principio me lo tomé mal porque pensé que ya no me harían caso, que me iban a dejar de querer y esas cosas que suele pensar un hijo único. Pero cuando Ruth nació, me encariñé con ella desde el minuto uno. Siempre me empeñaba en cuidarla yo, en dormirla yo, en cambiarle el pañal yo y en parte era gracias a que mis padres me dijeron que al ser la hermana mayor la debía proteger de todo. Y a día de hoy, a punto de cumplir la mayoría de edad, sigo preocupándome casi más por ella que por mí.

—Se nota que es muy lista.

—Lo es. Ahora duda en si hacer Periodismo como su hermana o Derecho. Para mí es un orgullo pero deseo que, elija lo que elija, lo haga pensando en su felicidad.

Nos quedamos en silencio escuchando cómo los pájaros seguían piando.

—¿Crees que lo encontraremos, Pol?

—¿A tu abuelo? Claro que lo vamos a encontrar, Julia. Te estará esperando.

—¿Y si en vez de esperarme no quiere que lo encuentre? —pregunté.

—Entonces pídele las explicaciones que creas que merecéis tú y tu familia.

Tenía mi cabeza apoyada en su hombro. Allí me podría quedar durante horas. Después de darle las gracias de nuevo por acompañarme decidimos volver hasta el coche porque nos estábamos quedando dormidos. Pol arrancó y subimos hacia el otro lado de la montaña. Aparcó bajo un árbol dejando encendida la calefacción.

—¿Te apetece echar una siesta rápida?

Menos mal que lo había dicho porque se me estaban cerrando los ojos, estaba agotada de la tensión de esos días, habían sido una locura, todo lo ocurrido me había dejado casi sin fuerzas. Estar toda la noche leyendo el diario de mi abuelo y salir disparados tras encontrar una posibilidad hizo aflorar el cansancio acumulado. Pol pulsó un botón y los asientos se deslizaron hacia atrás; yo me hice un ovillo en el asiento. Sacó del maletero una manta que llevaba para sus excursiones con Nolan, ya que después dormían juntos en la parte trasera del coche. Me envolví en ella, comenzó a darme un suave masaje por el pelo y poco a poco fui cerrando los ojos. Poco a poco.

Mi teléfono comenzó a sonar, nos despertó a los dos de un susto: era mi madre. Me quedé paralizada sin saber muy bien qué hacer. Pol me dijo que contestase.

—¡Mamá! —contesté.

—Hola... Julia.

Noté la voz de mi madre algo extraña.

—¿Mamá? ¿Qué pasa? —pregunté.

—Verás, Julia... es la abuela.

En ese momento sentí absoluto terror.

—Estaba en su casa, colocando los platos y ha tenido una mala caída, se ha dado un gran golpe contra la cadera. La llevan al hospital para hacerle algunas pruebas. Te llamo para que te vengas con tu hermana hacia aquí, al hospital de Gijón.

Todo explotó en aquel momento dentro de mí. Ya está, ahí tenía el final de la historia. Me puse la mano en la frente de la impotencia mientras sostenía el móvil.

—Pero, Julia, tranquila... Vente para aquí y lo hablamos.

—Mamá. No puedo ir.

Mi madre se quedó en silencio.

—¿Cómo que no puedes venir? —repuso.

—No. No puedo. Estoy en Alemania.

—Pues ya puedes estar volviendo. Estés donde estés.

—Estoy buscando al abuelo.

—Espera, ¿cómo dices? ¿Has dicho al abuelo?

—Sí, mamá, al abuelo.

—Pero ¿a qué abuelo, Julia? ¿Qué estás diciendo? —siguió.

—Mamá, el abuelo está vivo.

Mi madre comenzó a reírse.

—¿Tú te estás oyendo? Me puedes explicar por qué te has ido hasta Alemania con la idea absurda de... de buscar a tu abuelo. Pero tú... Pero tú... definitivamente has perdido la cabeza.

—De verdad, mamá... escúchame —continué.

—No, no quiero escucharte. Pensaba que estabas mejor cuando te fuiste de aquí, veía que estabas levantando la cabeza, pero lo único que has hecho ha sido hundirla del todo. Me voy, que vamos a entrar en la sala del hospital.

—Mamá.

—Tú verás lo que haces, pero esto no es un juego, Julia, tu abuela está mal. Y sabe Dios cómo terminará.

—Por favor, mamá...

—Adiós, Julia.

Colgó. Dejándome así, rota de nuevo. Abrí la puerta del coche y salí a la cantera en la que estábamos. Me quedé de rodillas en el suelo y lo único que pude hacer para desahogarme por toda la tensión, el cansancio y la angustia acumulados en las últimas horas fue gritar. Cuando agoté mis fuerzas, me detuve.

Notaba cómo mi respiración iba rápida, mucho más rápida que nunca. ¿Qué iba a hacer ahora? ¿Buscar al que se suponía que era el fantasma de mi abuelo o coger el primer vuelo hasta Gijón para estar con mi abuela? Mi cabeza estaba a punto de estallar, necesitaba parar, fuera lo que fuese tenía que tomar una decisión.

Respiré durante treinta segundos y, al fin, escogí un camino.

—Pol, llévame al aeropuerto.

—Julia, ¿estás... segura?

—Haz, por favor, lo que te pido.

Me dirigí hacia el coche mientras él me seguía con la mirada. Noté cómo sus ojos cambiaron y se llenaron de rabia.

—¿Me estás pidiendo que abandonemos ahora? Después de todo, ¿quieres dejarlo, Julia? Hemos llegado hasta aquí para nada, ¿es eso lo que me estás pidiendo? —No era él quien hablaba sino su impotencia.

—Pol, nunca pude despedirme de mi abuelo. No quiero que eso me ocurra también con mi abuela. No lo voy a permitir.

—Pero, Julia.

—¡No! He estado persiguiendo sombras, pequeños hilos que creía que me llevarían hasta mi abuelo pero en realidad estaba corriendo en círculo. Yo misma quería creer que todo tenía un sentido, me empeñaba en ver donde no había nada. Todo esto ha sido producto de la desesperación de encontrarle o tal vez de buscar un motivo en el que creer para poder salir adelante con mi vida.

—Pero, Julia, ¿y las cartas?

—Pol. Para. Tal vez mi abuelo está vivo, sí, y si nunca nos volvió a escribir quizá es porque él tomó la decisión de abandonar a su familia por otra, todos estos días he pensado que él no sería capaz de eso, pero realmente nunca lo llegué a conocer. Ahora creo que fue justo lo que hizo, es la única explicación que hay a todo esto. Dejar atrás a su familia y quedarse aquí, en un lugar tranquilo, sin molestias, en su casa de la playa, le pareció mucho mejor que volver con sus hijos. Esa fue su decisión, Pol, y esta es la mía. Así que por favor, vámonos.

Fui a entrar en el coche cuando me hizo una pregunta que no esperaba.

—¿Y nosotros, Julia?

Me quedé agarrando la puerta. Mirando al suelo. Vi las piedras y algunos cristales. Quería saber qué contestarle, debía ser sincera y poner algo de verdad en todo aquello.

—Pol, tú aquí tienes tu vida hecha. Mírate, eres médico, tienes una casa en la que cualquier persona soñaría vivir, tienes dinero de sobra para pasar el resto de tu vida sin complicaciones y, sobre todo, tienes tiempo. Tienes tiempo de conocer a alguien que realmente esté completa y no a trozos.

—Pero, Julia —se acercó a mí—, a mí me gustas así, a trozos. Y si tengo que ayudarte a suturar esas heridas lo haré. Una y otra vez.

—Pol, por favor... No me lo pongas más difícil.

Se quedó mirando al horizonte, hacia donde estaba el mar interminable. Allí, donde no parecía haber final, estábamos escribiendo el nuestro. Con rabia e impotencia.

—Quizá nos hemos conocido en el momento equivocado.

Y eso fue lo último que me dijo en aquel lugar. Se metió

en el coche y arrancó. Me puse el cinturón y dejamos el acantilado a nuestra espalda. Miré por el retrovisor y vi cómo dejábamos atrás el faro. Cerré los ojos y suspiré. Solo pedía que mi abuela me esperase. Que aguantara. Que se quedase un poquito más porque no podía perderla a ella también.

29

Pol me llevó al hostal para recoger mis cosas, salí de allí rápidamente dejando las llaves en la recepción. La mujer se quedó algo confusa por mi salida apresurada. De camino al aeropuerto llamé a Ruth y, tras explicarle lo sucedido, comenzó a llorar desconsoladamente. Su llanto me rompió el corazón. Mónica cogió el teléfono y le pedí que me sacase el primer billete de avión, costara lo que costase y que acompañase a mi hermana al hospital de Gijón cuanto antes. Ni siquiera me llegó a preguntar qué haría a partir de entonces, simplemente entendió que ahí acababa la historia.

Llegamos al aeropuerto algo justos de tiempo. Mi vuelo salía en una hora y debía pasar aún todos los controles. Tardaría unas tres horas en llegar a casa, pero estaría allí para la noche. Pol bajó la maleta y me acompañó al interior del aeropuerto.

Una vez dentro de la terminal, Pol se quedó mirándome.

—Bueno. Creo que es mejor que te deje aquí... —dijo.

—Pol... De corazón, conocerte ha sido algo maravilloso, de verdad. Eres una persona que vale su peso en oro, de las que te encuentras y te hacen la vida más fácil.

Noté cómo una lágrima comenzó a florecer.

—Julia...

—No, por favor. Déjame acabar. No olvides nunca que aunque parezca que el túnel es infinitamente largo, siempre acaba teniendo una salida. Siempre. Y por favor, cuídate. Cuídate mucho.

Pol asentía con la cabeza. Se mordía los labios y notaba su rabia, el dolor que tenía en su interior, pero sabía por experiencia que, con el tiempo, iría a menos. Me quería decir algo pero, para no hacerlo más difícil, no le dejé. Y en aquel momento, me despedí de la mejor manera que supe: abrazándole como tantas veces me había abrazado él a mí estos días. Sintiendo su calor. Sintiéndome en casa a pesar de estar a kilómetros de ella. Sintiéndome segura cuando todo se venía abajo.

Agarré la maleta y comencé a caminar, posiblemente fueron los pasos más difíciles que he dado. No solo dejaba allí a Pol, que había sido la luz de mis días frente a tanta oscuridad, sino que además dejaba la esperanza de encontrar a mi abuelo. Supe que al cruzar la puerta de aquel avión debía olvidarme de todo lo ocurrido allí. Tiraba la toalla y con ella se desvanecía todo: la anciana, lo que vi, lo que escuché, todo lo que pude leer y todo lo que me había faltado aún. Todo debía quedarse allí, quizá, de donde nunca debió salir. Volví la vista atrás y ya no encontré a Pol. Y entonces supe que el punto final de la historia acababa de escribirse.

Un muchacho entra en su coche, abatido, roto por dentro, baja el espejo del retrovisor para mirarse y se seca las lágrimas. Apoyado en el volante decide qué hacer ahora.

Esta vez sabe que le han destrozado, sabe ya que hay ilusiones que cuando se esfuman una parte de ti se va con ellas y con aquella chica que acaba de dejar en ese aeropuerto. Arranca el coche y sale del aparcamiento en dirección a su casa. Allí solamente le espera su perro, el que ha llenado un hueco importante de su vida que ahora vuelve a estar vacío. Por el camino no deja de pensar en los planes que podría ha-

ber realizado con aquella chica. Quiere muchas más noches a su lado, quiere conocer más su vida y a la vez su mundo, como si fuese un libro que deseas cualquier cosa menos terminarlo. Pero aquella chica se ha ido y lo único que puede hacer es asumirlo. La rabia que tiene en su interior es tan grande que necesita parar para respirar más tranquilo. Abundantes, lágrimas recorren sus mejillas. Mientras coge aire se da cuenta de una cosa: en el suelo del copiloto hay muchos papeles, son cartas que conoce pero que no le pertenecen. Las coge y piensa que son las últimas palabras que escribió aquel hombre que les unió.

Coge una del final y lee. Su mirada recorre las letras de aquel anciano con rapidez, palabra por palabra. Hasta llegar al punto y final. Y entonces observa aquella carta, y como si fuese una luz al final del túnel, se da cuenta de algo. De repente es consciente de la clave de esta historia. Por fin alguien ha encontrado la pieza que le faltaba al puzle. Esa pieza sin la cual nunca comprendería el misterio.

La azafata del mostrador abrió la puerta de embarque. Los pasajeros más impacientes hacían cola para pasar los primeros, yo simplemente esperaba mientras veía que mi teléfono se acababa de apagar. Se me olvidó cargarlo la noche anterior. Un niño rubio con ojos azules se me quedó mirando, llevaba un peluche en la mano, un osito blanco del que no se separaba. Le sonreí y me sonrió. Sus padres me devolvieron el gesto amable y se dirigieron hacia la cola. Hice lo mismo, estaba cansada de esperar sentada. Me situé detrás del niño con su inseparable osito. Tras las últimas comprobaciones, la azafata dio luz verde al control y entonces comenzó el desfile de gente. Y en ese momento supe que ya había terminado todo, volvía a casa.

Un chico corre con el coche a toda velocidad por la autovía, sabe su destino. Necesita llegar a tiempo o perderá a esa chica para siempre. Pisa el acelerador tanto como el pedal le permite. No puede creer que nadie se haya dado cuenta antes. No puede creerlo. Mira el reloj y marca las 18.26. Llama por teléfono pero no hay respuesta. El marcador de velocidad del coche está al límite, pero sabe que todo depende de segundos. Esos últimos segundos que pueden cambiar absolutamente todo.

La azafata del control comprobó mi billete y me sonrió, indicándome que pasara hacia el finger del avión; cerca de mí observé al niño rubio de ojos azules que alucinaba con aquel aparato, era inmenso. Una de las azafatas me indicó mi asiento, me había tocado ventanilla. Al sentarme miré a través de ella y vi el atardecer y cómo sus colores naranjas empezaban a pintar el cielo como si fuera un cuadro. El resto del pasaje tomó asiento y las azafatas cerraron los compartimentos con nuestras maletas.

Escuché el gran zumbido del motor del avión poniéndose en marcha.

Un chico sale del coche a toda prisa, entra en la terminal del aeropuerto donde ha estado minutos antes, recuerda la puerta —es la D64— y corre hasta el control de seguridad. Saca una tarjeta de su billetera, es su credencial de médico y parece estar contándoles algo. Le dejan pasar y sigue las indicaciones del aeropuerto. Corre como nunca ha corrido antes, la gente le observa asustada al verlo pasar. Gira hacia un lado y ve la gran D encima de los postes. Busca el número y lo ve, la puerta D64 está a unos cuantos metros. En ese momento coge aire y se dispone a hacer la carrera más rápida de su vida. Como si fuese la luz la que corre y no él. Y llega, llega a tiempo. El reloj del aeropuerto marca las 18.34. Se acerca al mostrador con la cara roja y casi sin habla. El azafato, asustado, le pregunta si le ocurre algo y él le responde que se trata de una emergencia y debe informar a una pasajera de algo. El azafato le sugiere que se calme y le informa de que la puerta de embarque está cerrando en esos momentos. Él le pide por favor que le deje entrar en el avión, y el azafato, a punto de perder los nervios, le dice que eso es imposible. Y entonces, él recuerda la frase que le dijo la chica antes de irse: «Aunque parezca que el túnel es infinitamente largo, siempre acaba teniendo una salida». Entonces ve aquella salida. Está frente a él, la puerta de embarque se abre de nuevo mientras sale una trabajadora con un chaleco reflectante y no lo piensa. Comienza a correr y los trabajadores de la aerolínea observan cómo pasa ante ellos. Asustados, llaman a seguridad a través de los micrófonos del aeropuerto. Él corre por el finger que conduce hasta la puerta del avión como si estuviese rozando la posibilidad de cambiar el destino de su vida y el de la chica que hay dentro. La azafata que está a punto de cerrar esa puerta, oye una voz que le grita un «no» que se escucha en toda la nave. Al escuchar ese «no» alguien dentro del avión se ha puesto de pie, esa voz le suena. Y mucho.

No podía creerlo, me había parecido oír la voz de Pol. No podía ser él, pero la azafata estaba hablando con alguien y le estaba pidiendo que se calmara. Sus compañeros estaban hablando con seguridad. Poco a poco fui avanzando hasta donde estaban ellos, y a cada paso que daba sentía que esa voz me era más familiar. Hasta que lo vi: era Pol, estaba rojo, sudando una barbaridad. ¿Qué hacía aquí, qué pretendía?

—¡Pol! —exclamé.

—¡Julia! ¡Julia! Por favor. —La azafata se hizo a un lado y Pol pasó deprisa. Me agarró de la mano.

—Cálmate, Pol, tranquilo. Ya lo hemos hablado, de verdad...

—Julia, por favor, escúchame. Tienes que escucharme.

En ese momento el personal de seguridad estaba llegando a la puerta del avión.

—Pol, mira la que estás armando.

La gente del avión contemplaba la escena. Pol se giró y vio a los de seguridad. Es entonces cuando me agarró más fuerte de las manos.

—Tu abuelo no os abandonó, Julia. Simplemente se olvidó de dónde enviar las cartas. Julia, los colores. Las cartas están escritas con diferentes colores.

Me quedé mirando sin saber a qué se refería. Los agentes de seguridad estaban a punto de cogerlo.

—Tu abuelo, Julia, tiene alzhéimer.

Los ojos se me quedaron clavados en los suyos. El personal de seguridad entró y agarró a Pol. No podía ser cierto, me quedé con la mirada perdida, asimilando lo que acababa de decirme. Un escalofrío recorrió todo mi cuerpo, desde las piernas hasta la cabeza y comencé a recordar. Por eso escribió Oviedo en vez de Gijón. Por eso la última carta que tenía mi abuela estaba desordenada. Por eso lo hacía con diferentes colores, porque no recordaba cuál fue el último que usó. Por eso no nos había buscado, porque no sabía por dónde buscar. Por eso las cartas dejaron de llegar, porque nunca recordó a dónde tenía que enviarlas. Por eso ahora escribía un diario, porque se había olvidado a quién le escribía. Tenía sentido. La revelación de Pol tenía que ser cierta. Todo encajaba ahora. Acababa de encontrar la pieza que me faltaba del puzle. Acababa de colocarla Pol.

Mientras se lo llevaban, fui corriendo hasta mi asiento, abrí el compartimento y bajé la maleta. La azafata no entendía qué estaba haciendo e intentó pararme, pero le pedí que se apartase y, como no me hizo caso, con todas mis fuerzas le di un empujón y salí de aquel avión. Comencé a gritar por aquel pasillo a los guardias de seguridad que conducían a Pol hasta la puerta del aeropuerto. Allí le pidieron su carnet de identidad y le dejaron marchar una vez anotaron sus datos y hubieron comprobado que no tenía antecedentes. Le abracé con todas mis fuerzas, lloraba y reía de felicidad, y Pol me besaba.

—Pol, de verdad, lo siento muchísimo.

Él me miraba mientras seguía dándome besos.

—Pensaba que quizá no llegara a tiempo, Julia.

—Pero has llegado. Siempre a tiempo.

—Ven, anda.

Me abrazó aún más fuerte y quise levantar la cabeza. Le puse las manos en las mejillas y me acerqué a sus labios. Lo besé, lo besé con toda la ilusión del mundo, la que él me había devuelto. Me fijé entonces en una cosa.

—El atardecer, Pol.

Fuimos corriendo hasta el coche y él arrancó deprisa y supe hacia dónde nos dirigíamos: Cuxhaven.

30

Llamé a Mónica, que acababa de llegar al hospital con Ruth. Le expliqué todo lo sucedido y alucinó, como si le estuviese contando una película de James Bond. Le pedí que me mantuviese informada en todo momento del estado de mi abuela, y que dijera que había perdido el avión y tenía que esperar a otro. Eso me daría un poco más de tiempo. Y, además, tampoco era del todo una mentira.

—Julia, ¿estás segura de que lo encontrarás? —me preguntó.

—Ahora es cuando lo creo más que nunca, Mónica.

—Llámame en cuanto sepas algo.

—Y tú a mí, dale un beso a Ruth. Bien fuerte.

Colgamos y agarré de la mano a Pol, no hacía falta que le dijese nada porque él ya lo sabía. Estaba nerviosa, miré el suelo del coche y vi que estaban todas las cartas de mi abuelo. Sonreí pensando que si no hubiese sido por eso, no hubiese bajado del avión y no estaría allí, de nuevo, con él. Pero se había dado cuenta, solamente él podía hacerlo. Entendí entonces que todo pasa por algo, que todo tiene un porqué y que íbamos de cabeza a encontrarlo.

El atardecer se hallaba en su plenitud, el agua del mar estaba cogiendo un tono rojizo anaranjado muy parecido al fuego. Nos desviamos en dirección al faro de Cuxhaven, y en menos de un minuto volví a ver sus líneas azul marino horizontales que resaltaban el blanco que predominaba en la torre. Me fijé arriba, vi a alguien moverse en el interior de la cúpula, junto a la vidriera.

Me acerqué al volante y presioné el claxon. El hombre desde arriba se giró y se quedó observando el coche durante unos segundos hasta que desapareció de nuestra vista y accionó la puerta del faro.

—¡Mira! Vamos —le grité a Pol saliendo del coche.

La puerta se abrió por completo y descubrió una escalera infinita en forma de caracol. Era preciosa, de color metal. Había un eco increíble allí adentro y muchas palomas danzaban a sus anchas entre los escalones. Ansiosa por llegar subí rápidamente los primeros peldaños hasta que Pol me alcanzó. Parecía que la escalera no tenía fin. Al ascender contemplaba cómo el reflejo de la cúpula se dibujaba en las paredes de la torre y podía sentir el sonido del mar.

Llegué al último peldaño un poco agotada y me quedé mirando al suelo cogiendo aire. Pol me apretó la mano y levanté la mirada. Un hombre mayor estaba situado en el centro de la cúpula, de espaldas a nosotros, mirando al frente, hacia la inmensidad del mar. Al escuchar nuestros pasos se giró lentamente. Vestía un chaleco encima de una camisa, y llevaba un bastón que le ayudaba a mantener el equilibrio. Vi en él el rostro de una persona amable, pues esbozó una sonrisa curiosa nada más vernos. Sus ojos eran azules como el mar que contemplaba. Preguntó algo que no entendí y Pol se acercó para estrecharle la mano. Al instante Pol pronunció mi nombre y me acerqué al anciano tendiéndole la mano también. Noté las manos de una persona trabajadora, con alguna callosidad. No me quitaba la vista de encima.

—Pregúntale por mi abuelo, vamos —le pedí a Pol.

Este volvió la vista al anciano, que agarraba bien fuerte su bastón y comenzó a hablarle en alemán. El hombre miró al suelo y se frotó la barbilla, pensativo. Segundos después volvió la vista a Pol y le negó lo que le había preguntado.

—Dice que, en principio, no le suena.

—Dile que si el faro apunta a algunas casas.

Pol asintió con la cabeza y volvió a preguntarle al viejo farero. Y entonces este volvió la cabeza hasta el gran foco de luz que se situaba un poco más adelante del centro de la cúpula. Miró entre los ventanales y contestó a Pol.

—Dice que podría darle la luz a unas treinta casas.

Suspiré fuerte.

—Son muchas...

Pol no sabía qué añadir, entonces me acerqué al hombre mayor, mi sensación era de absoluta desesperación. Le di más detalles, que podría llevar un andador, que necesitaba respiración asistida y que le encantaba sentarse junto a unas gaviotas en algún rincón de ese pueblo contemplando el mar. Mientras Pol le traducía mi mensaje no quité la vista del hombre. Sus ojos eran aún más sorprendentes cuanto más tiempo pasaba observándolos. Eran potentes y te atrapaban y en ese instante estaban clavados en los míos. El anciano se acercó un poco más y movió su brazo, rozándome la mejilla. De repente pronunció aquel nombre tras reconocer mis ojos.

—Miguel.

Una mujer mayor lleva dos garrafas de agua en la mano y se acerca al anciano que está en el sillón. Se despide de él, pero no tardará en volver. El anciano mira ligeramente por la ventana y hay algo que le llama la atención: una bandada de gaviotas vuela muy cerca del faro. Él se queda fijamente observándolas y levanta su mano, señalando con el dedo índice a todos los ejemplares que hay surcando el cielo. Una leve sonrisa le aparece en su rostro y con la mirada busca su andador. Está justo al lado de su sillón. Apoya una mano en la mesa y con la otra hace fuerza para ponerse en pie. Le cuesta mucho, pero tras varios intentos lo consigue y llega hasta él. Su mano agarra el mango y comienza a andar. Su bombona va con él. Despacio.

Paso a paso hasta la ventana. Las gaviotas siguen allí, en el cielo al lado del faro. Y entonces su mirada se dirige a otro lugar: la puerta.

—¡Miguel! ¡Miguel! —exclamé.

El viejo farero pronunció el nombre de mi abuelo. Pol sonrió. Y el anciano le decía algo, yo los miraba al borde de un ataque de nervios. Una bandada de gaviotas comenzó a piar al lado del faro. Las miré un segundo y volví la vista a Pol.

—¡¿Qué dice, qué dice?! —gritaba.

Pol escuchaba atentamente lo que el hombre le contaba.

—Dice que lo ha visto muchas veces, que ha hablado con él en un par de ocasiones, que le encantaba venir a la cantera que hay justo debajo del faro a darle de comer a las gaviotas. También dice que siempre va acompañado de una mujer.

Mis ojos comenzaban a humedecerse, aquel hombre había visto a mi abuelo y había hablado con él. Me reí y me tapé los ojos porque sabía que en cualquier momento me pondría a llorar. El anciano seguía diciéndole cosas a Pol hasta que se quedaron en silencio.

Levanté la cabeza y los miré.

—¿Qué pasa Pol?

—Dice que hace un tiempo que no lo ve.

Volví la vista al viejo farero y dijo unas palabras:

—Lo siento.

Un anciano con la mayor valentía del mundo ha conseguido salir del lugar en el que lleva encerrado un tiempo, o al menos eso es lo que cree. Hace unas semanas que no va a aquel lugar en el que vuelan las gaviotas, siempre acompañado de la mujer mayor, pero desde que fue a la última revisión del médico, este le recomendó no hacer esfuerzos. Pero ahora lo tiene claro, se dirige ilusionado hasta donde siempre se sentía bien, se dirige al que era su lugar. En el mundo todos tenemos lugares donde hemos sido muy felices y el de aquel anciano es sin duda aquella cantera al lado de la playa. Ya escucha el sonido del mar y el graznido de las gaviotas.

El farero nos explicó que mi abuelo venía todos los días al atardecer pero hacía semanas que no lo veía. Pol me rodeó con su brazo.

—Seguiremos buscando, Julia. No pararemos hasta encontrarlo —me decía.

Nos despedimos del viejo farero y le agradecimos su atención, pero antes de irnos necesitaba preguntarle algo más.

—¿Le dijo algo de una mariposa? —le pregunté al hombre.

Pol lo tradujo al alemán y el farero respondió que no. Y añadió algo más:

—Dice que solamente se sentaba en aquella cantera.

Quise ver aquel lugar que señalaba el farero y volví a acercarme a la gran cristalera. Las gaviotas seguían volando alrededor del faro, el atardecer estaba llegando a su fin, faltaban menos de diez minutos para que se escondiese el sol por completo. Aquel sitio era precioso, sin duda el mejor para contemplar el atardecer. Sentí una paz inmensa, sonreí a mi reflejo y supe que allí ya no había nada que hacer. Le devolví la sonrisa al hombre del faro, que seguía mirando hacia la cantera. De repente el farero dijo algo que nos hizo detenernos:

—¡Miguel! ¡Miguel!

Pol salió corriendo tras él, agarrándose a la barandilla. Todo lo recuerdo a cámara lenta. Los dos estaban fuera del cristal y yo comencé a dar un paso tras otro, despacio, muy lentamente. Los tambores comenzaron a sonar de nuevo en mi interior. Pum. Pum. Pum. Pol giró la cabeza al descubrir lo que estaba ocurriendo. Ya casi volvía a estar cerca de la cristalera, un paso más y vería de nuevo la cantera. Solo tenía que dar un paso más.

Solamente uno. Y entonces ocurrió el milagro: un hombre mayor con un andador acababa de aparecer en la cantera, todas las gaviotas comenzaron a volar a su alrededor, parecía como si lo conociesen. Entonces el anciano levantó la cabeza para mirar el vuelo de esas aves y allí estaba él. Mi abuelo.

Un anciano llega a su destino, al lugar que tantas cosas le ha regalado. Las gaviotas, nada más verlo, alzan el vuelo al unísono. Todas vuelan a su alrededor. Aquella imagen con el atardecer de fondo es lo que le hace feliz. Está donde siempre quiso estar y en paz. Alza una mano para saludar al guardián de la luz, como a él le gusta llamarle. Saluda al viejo farero que está en lo alto del faro gritando su nombre, pero se da cuenta de que esta vez hay alguien más, dos personas están a su lado. Y entonces su gesto cambia.

31

No podía estar ocurriendo. Allí estaba, saludándonos con la mano. El viejo farero sonreía. El viento era fuerte y yo no podía creerlo. Me sentía como si pudiese alzar el vuelo en cualquier momento, me quedé en silencio y sin saber cómo reaccionar. Allí lo tenía, era él. Después de más de cuarenta años. Reaccioné de la única forma como necesitaba reaccionar. Solté la mano de Pol y abrí corriendo la puerta de la cúpula.

Recuerdo bajar todas las escaleras como si estuviese volando, sin mirar y de cinco en cinco. Mi deseo era solamente uno: tenía que abrazarle. Después de todo este camino con tantísimos baches por fin se había hecho realidad. Estaba corriendo a por mi corazonada, nadie daba un duro por esa locura, yo misma llegué a dudar, pero él siempre me estaba esperando.

Alcancé el final de la escalera y salí del faro. Vi la cantera llena de gaviotas sobrevolando la zona. Sonreí y supe había llegado el momento.

Un anciano observa cómo viene alguien corriendo desde el faro. Es una chica, parece joven, al menos desde lejos. Corre muy deprisa, como si buscase algo con mucha ilusión. El anciano intenta agudizar su vista para reconocer quién es, pero aún está muy lejos. El atardecer está llegando a su fin y los últimos rayos bordean la cantera del pueblo. La chica cada vez está más cerca. El anciano cree escuchar algo. Son gritos y provienen de la chica. Le habla a él.

Eché a correr como nunca antes lo había hecho, sin pausa, aun sin coger aire. El corazón me latía tan deprisa que en cualquier momento podía estallar. Corría cantera abajo, él estaba allí. No me podía creer lo que estaba a punto de ocurrir. Iba a abrazarle, cada vez veía con más claridad su rostro, sus manos, esas que tantas cartas habían escrito. Pude ver su andador, ese con el que recorría esa cantera y con el que llegaba a la playa a dar de comer a sus gaviotas. Las lágrimas comenzaron a rodar por mis mejillas. Empecé a pronunciar su nombre con toda la energía posible para que supiese que estaba corriendo hacia él. Que era a él a quien estaba buscando. Que era él el motivo por el que estaba aquí. Que aquí estaba, su mariposilla, volando para llegar a su lado, por fin, como siempre había escrito en sus cartas.

—¡Miguel! —comencé a gritar su nombre.

Él se quedó mirándome mientras recorría los últimos metros que nos separaban. Pero yo seguía gritando.

—¡¡¡Miguel!!! —Faltaban menos de diez metros.

Ya lo tenía al lado.

—Abuelo.

Y lo abracé. Me abracé a él como si tuviese miedo a despertar en cualquier momento y ver que nada de eso había ocurrido. Abrazaba a la esperanza de volver a verlo con vida, y ahí lo tenía. Ante mí. Aquello estaba ocurriendo de verdad. Escuchaba su respiración. Era un poco más pequeño que yo. Me derrumbé sobre él, comencé a llorar en su hombro y fue entonces cuando pasó sus brazos lentamente por mi espalda para abrazarme. Era la primera vez que nos veíamos después de toda una vida separados, después de toda una vida escrita en cartas que parecían narradas para seguir sus pasos. Sus cartas me habían guiado hasta ese momento, a ese lugar. Era un milagro.

No podía dejar de mirar a mi abuelo mientras él parecía algo confuso. No sabía quién era aquella chica que le estaba abrazando y que lo miraba emocionada, secándose las lágrimas. Le puse mi chaqueta por encima, ya que el frío comenzaba a apretar una vez que el sol se había escondido.

—Abuelo, tranquilo. Ya estoy aquí... Ya estoy aquí —le repetía.

Él simplemente miraba a las gaviotas que aún seguían en lo alto y les lanzaba más pan. Era tal y como lo había imaginado: un hombre de piel fina, pelo blanco y con los ojos de mi madre. Su movilidad era muy reducida pero se notaba su fortaleza. Quería hablar con él, preguntarle cosas, pero sabía que su enfermedad podría estar en un estado sumamente avanzado según me había contado Pol en el coche. Observé a una mujer que se acercaba por el interior de la playa. Era Benilda. Vestía un abrigo negro largo y un pañuelo rojo alrededor del cuello que volaba a través del viento.

—¡Ni se te ocurra acercarte! —le advertí.

La anciana seguía andando, esta vez, más lentamente tras mi grito y con las manos en alto.

—Julia, por favor. Cálmate. Solo quiero hablar contigo —me dijo la mujer tras mis gritos.

—¡Ni te acerques, vieja del demonio! Pero ¿tú? ¿Tú has visto lo que has hecho? —le reproché mirando a mi abuelo—. ¡Es mi abuelo!

La anciana agachó la cabeza y entonces fui yo quien me acerqué.

—Si por mi fuera estarías ya entre rejas, pero sé cómo funciona todo esto y a una anciana de tu edad no la meterán en la cárcel. Así que, espero que en los pocos días que dures, no puedas dormir ni uno solo por lo que has hecho. Y que tu conciencia, si es que aún te queda, no te deje descansar. Nunca.

Pol, que vio cómo estaba gritando en la cara de la anciana, me agarró de los brazos y me echó hacia atrás.

—¡Julia! ¡Para! Es solo una anciana.

No me soltaba porque sabía que estaba alterada, posiblemente hablaba mi odio y no mi cabeza.

—¿Podemos hablar en mi casa? —preguntó la anciana—. Si no, cogerá frío. —A continuación miró hacia mi abuelo, que estaba allí, con sus gaviotas.

—¿De verdad cree que quiero hablar con usted de algo? Quiero salir de aquí ya, y él —dije girándome hacia mi abuelo—, él se viene con nosotros.

La anciana suspiró.

—Por supuesto que se irá con vosotros, pero antes creo que deberías saber algo. Venid a casa, y allí podremos hablar.

Lo que esa mujer me quisiese explicar me importaba bien poco. Mi único deseo era poder salir de allí cuanto antes, de aquel lugar y llevar a mi abuelo hasta Cudillero lo antes posible. Debía volver a reunirse con mi abuela, con la mujer que siempre lo esperó, hasta cuando le hicieron creer que jamás volvería. Ella siempre lo seguía esperando, en el salón de su casa o en el puerto del pueblo, donde arrojó las que pensaba que eran sus cenizas.

Agarré a mi abuelo con ayuda de Pol y fuimos caminando hasta una casa cercana a la cantera. Era pequeña y de color blanco. La mujer abrió la puerta y entramos a mi abuelo, el respirador pesaba una barbaridad y yo me preguntaba cómo había podido cargar con eso hasta la playa.

Benilda encendió una luz que había en el salón. Hacía muchísimo calor en aquella casa, el salón era antiguo pero muy acogedor, el mueble en el que estaba la televisión sostenía un montón de fotografías y la mesa camilla del centro estaba decorada con unas flores que aún olían bien. La anciana nos indicó que acomodásemos a Miguel en el que decía que era su sillón.

—Siempre se queda aquí. Le gusta mirar el faro por la ventana.

Un sillón de color beige estaba situado junto a un gran ventanal que tenía la casa. Dejamos el respirador a su lado y lo sentamos con cuidado entre Pol y yo. Nada más dejarle allí se puso a mirar por la ventana y a sonreír. Me quedé observándole.

—¿Por qué le gusta estar ahí? —le pregunté a la anciana.

Mi tono de voz había cambiado, si necesitaba respuestas ella era la única que podía dármelas estando mi abuelo en el estado en el que estaba.

—Dice que desde ahí puede ver las gaviotas volar. Le encanta ver cómo juegan por el cielo. Hasta hace unos meses, en verano siempre íbamos juntos a que les diese un poco de pan. Desde entonces siempre que puede, intenta escaparse para darles de comer.

—¿Y por qué no le deja? —preguntó Pol.

La anciana tosió un poco.

—El médico me dijo que sería perjudicial para su salud que cogiese frío. Por eso tengo la calefacción al máximo. El frío aquí es horrible.

—¿Ha ido al médico con mi abuelo? —quise saber.

—Creo que es mejor que empecemos por el principio. Así os será más fácil comprenderlo.

En ese momento me preparé para escuchar la versión de la anciana. Le di la mano a Pol por debajo de la mesa. Y antes de que ella comenzase a hablar, miré hacia donde estaba mi abuelo. Sonreía, las gaviotas estaban volando aún en la cantera.

—Hace mucho tiempo..., yo trabajaba en el banco central de Hamburgo. Era joven, había conseguido ese empleo porque era buena con los números. Mi marido trabajaba en unos grandes almacenes, y allí fue donde conoció a tu abuelo, Miguel. Cuando salían de trabajar venían a la casa que teníamos Martín, tu abuelo y yo. La habían conseguido a cambio de hacer el transporte con el camión. Una vez muerto Martín, la casa pasó a ser propiedad de tu abuelo, Miguel. Tenía dos entradas, una la del servicio y otra la de los huéspedes, pero por aquel entonces nosotros no teníamos servicio. Solo vivíamos los tres. Nadie más.

»Al acabar de trabajar, Miguel y Martín venían a casa juntos y yo preparaba la cena. A tu abuelo le encantaba el pollo que preparaba a menudo, también los guisos alemanes que me enseñaron a cocinar algunas amigas del barrio. Se llevaban tan bien Martín y él que daba gusto verlos hablar. Siempre nos decía que no descartaba traer a su mujer y a sus hijos para Alemania si conseguía tener el dinero suficiente, que le encantaría que vieseis todo lo que estaba ocurriendo allí... Las condiciones de trabajo eran buenas, ganaba dinero y estaba contento, dado que en este país corrían tiempos buenos después de tanto sufrimiento a causa del nazismo. Y por supuesto hablaba de ti, su pequeña mariposilla.

»Siempre tenía tu nombre en la boca. Guardaba una nota escrita a mano en su cartera en la que marcaba los días que faltaban para que nacieses. Una noche, Miguel llegó a casa muy contento con Martín. Su superior les había concedido una semana entera de vacaciones, que justamente coincidía con tu nacimiento. Se iría donde siempre quiso estar, llegaría a tiempo para el parto de su nieta. Esa noche, después de brindar nos despedimos. Mi Martín y yo nos fuimos a dormir y Miguel se fue con el camión, ya que esa noche le tocaba conducir a él. Era una noche fría de abril, la recuerdo como si fuese ayer. Hasta me vuelven aquellos escalofríos al cuerpo. Unos golpes en la puerta de casa nos despertaron a mi marido y a mí. Dos hombres uniformados irrumpieron en la casa y fueron en busca de Miguel y de Martín, pero solamente encontraron a uno. Se lo llevaron y no pude ni despedirme. Ni un beso le pude dar. Se me quedó el corazón helado.

»Esa fue la última vez que lo vi. Un día, noté náuseas al despertarme, pensaba que era del nerviosismo de no saber cómo estaba Martín, pero siguieron durante un par de días más. Fui hasta el servicio médico que había para los trabajadores y me pasaron consulta. El médico fue claro en su diagnóstico: estaba embarazada. Martín y yo íbamos a ser padres. Fue una alegría para mí, tanto que busqué todas las formas posibles de comunicárselo a él, escribí pero nadie sabía o quería decirme dónde estaba. Decidí esperar a que Miguel volviera a casa. Pero pasaron varios días hasta que volvió. Los golpes en la puerta volvieron a sonar. Me desperté nerviosa, corrí hasta la puerta y entonces fue cuando escuché un llanto, era un llanto de dolor; me apresuré a abrir corriendo y vi cómo Miguel se encontraba tendido en la puerta. Tenía toda la ropa mojada, llevaba un uniforme militar con algunas coronas en los laterales de la camisa y unas iniciales en su bolsillo derecho. Unas iniciales que no eran las suyas. No entendía nada de lo que estaba ocurriendo. Cuando pude ponerlo en pie, se me abrazó roto de dolor. Solamente pronunció su nombre y aquello hizo que todo se detuviese en aquel momento. "Martín —dijo—. Me han obligado a matarlo."

»Miguel estaba desconsolado, me contó cómo gracias a él estaba vivo y siempre le iba a estar agradecido a su amigo. Aquella noche, presa del pánico, le conté que estaba embarazada y que tal vez no debía tener al bebé. Estaba tan asustada de verme sola durante estos meses que Miguel me hizo una promesa. Me prometió que cuidaría de mí. Que era lo único que le había pedido su amigo antes de morir. Así que decidió que una vez que hubiese parido, regresaría a casa. Pero antes, debía cumplir su promesa, no abandonar a la mujer de su amigo hasta que fuese fuerte, y así lo hizo. Se quedó acompañándome durante los meses que tenía por delante. Él no podía escribir nada de lo sucedido a su familia para que no lo descubriesen, ya que por la fotografía que habían encontrado darían por muerto a Miguel y no a Martín.

»Conforme pasaban las semanas noté que algo en él cambiaba, siempre iba a hacer la compra por el barrio y olvidaba comprar el pan, o los tomates; otras veces tardaba más de lo normal y me decía que era porque no encontraba la calle. Yo pensaba que le estaba costando volver a la realidad después de aquella tragedia. Al tiempo de estar aquí le pregunté si había escrito alguna carta. Se quedó extrañado mirándome y entonces supe que algo pasaba al oír su contestación: "¿Carta? ¿Qué carta?". Aquello me dejó descolocada. No quería decirle nada porque no me atrevía. Conforme pasaban los días aquello me iba preocupando más y más. Un día la policía se presentó en casa con Miguel. Me dijeron que se lo habían encontrado deambulando por el barrio pero que no conseguía encontrar la casa. Hasta que dijo la calle y los agentes lo acompañaron hasta aquí. En aquel momento sabía de sobra lo que le podía estar pasando pero quise asegurarme. En una de las visitas al ginecólogo aproveché para decirle que se tenía que hacer unas pruebas él también para saber si estaba bien. Cogimos el documento de trabajo de Martín y nos fuimos al médico.

»Se hizo unas cuantas pruebas y los médicos vieron algo que no encajaba. Decidieron hacer unas pruebas más completas y cuando nos dieron los resultados confirmé lo que pensaba: Miguel tenía alzhéimer precoz. Y una de las cosas que le recomendaron hacer era escribir en un diario. Anotar lo que hacía cada día para que al leerlo días después lo pudiese enlazar con lo que había vivido. Conforme pasaban los meses mi barriga crecía y Miguel se ponía peor. Lloraba a veces por no recordar lo que iba a hacer simplemente al levantarse para ir para el salón. Me preguntaba a menudo, cuando veía las fotos que había por la casa con Martín, cuándo iba a volver. Le había contado en muchas ocasiones que su amigo murió en Ottersberg, cuando lo cogieron los soldados de la RFA. Pero días después me volvía a preguntar que cuándo iba a regresar, hasta que ya, un día, cansada de contarle siempre la misma historia, comencé a improvisar mis respuestas. "Vendrá mañana." "Está de viaje." "Volverá esta noche." Y así cada vez que me preguntaba. Los médicos, cuando volvíamos a su revisión y veía que éramos de origen español nos decían que podíamos intentar volver a España después del parto y tratar allí la enfermedad, pero que no tenía cura, que lo mejor que podíamos hacer era aprovechar el tiempo. Todos creían que era mi marido pero en realidad no lo era. Mi jefe del banco me había dicho que podía quedarme en la casa durante mi baja por maternidad y que no me preocupase por nada. Miguel me daba la compañía que necesitaba aunque tuviese algunas lagunas momentáneas y fue entonces cuando lo decidí: en el momento que naciese mi hija me marcharía a un pueblo con el dinero que tenía ahorrado. Quería que fuese un pueblo con playa, donde se pudiese pasear, donde pudiese ver todos los días el atardecer.

»Y la niña nació, Miguel estaba en el hospital pero no entendía nada. Lo sentaron en un sillón al lado de mi cama. Frente a una gran ventana. Meses después, mientras yo buscaba casas en las que vivir en Cuxhaven, un pueblo del que me había hablado todo el mundo como uno de los más bonitos del norte de Hamburgo, Miguel iba olvidando cada vez más rápido, mantener una conversación con él se volvía una odisea porque si te quedabas más de treinta segundos en silencio, olvidaba por completo de lo que estábamos hablando. Mi cabeza estaba a punto de estallar porque cada poco tiempo me hacía las mismas preguntas.

»"¿Dónde estoy?" "¿De quién es esta casa?" "¿Qué hago aquí?" "¿Dónde está Martín?" "¿Quién es Martín?" "¿Quién es esta niña?" "¿Me conoces de algo?" Y así, día tras día. Tuve que asumir que yo era lo único que le quedaba a Miguel cerca. Ya que nadie le buscaba, quise ponerme en contacto con su familia, pero pensé en el mazazo que supondría para ellos, que ya habían pasado el duelo de la pérdida. Ni siquiera sabía cómo decírselo... Además, Miguel me había dicho que no quería dejarme sola con la niña hasta estar seguro de que podíamos valernos por nosotras mismas, que cuidar de mí era la promesa que le había hecho a su amigo antes de morir.

»Yo me decía que cuando las cosas fueran mejor avisaría a su familia. Pero, cuando llegó ese momento, él ya no recordaba quién era. No recordaba nada. Yo no sabía cómo contactar con sus parientes y él tampoco estaba en condiciones de decírmelo... Por otra parte, pensé en cómo se sentirían si, tras haber sufrido la pérdida de Miguel, ahora yo les devolvía a un hombre enfermo que sería incapaz de reconocerles, de explicarles... Para ellos, sería como tener que asumir por segunda vez la pérdida espantosa de un ser querido. Quise convencerme a mí misma de que lo mejor para todo el mundo era que Miguel siguiera a mi lado. Yo lo cuidaría para pagarle todo lo que hizo por mí.

»Él tiempo pasó sin darme cuenta. Aunque a veces fuese desesperante, él me hacía mucha compañía, me sonreía a menudo y siempre estaba escribiendo. Le decía que apuntase lo que pensaba o lo que sintiese. Día tras día iba terminando sus largas cartas, en las que más bien se escribía a sí mismo. Miguel era una buena persona y yo no quería quedarme sola, era tal el vacío y miedo que sentía al pensarlo que decidí que era el momento de mudarnos. Cuando fui a devolverle las llaves de la casa en la que estábamos me contaron la noticia: su jefe había muerto en un accidente de tren en Hannësberg, una localidad en la mitad este de Alemania. No supe qué hacer entonces y guardé las llaves hasta encontrarle una finalidad. Mientras tanto, ya le había echado el ojo a una pequeña casa que se había puesto en venta muy recientemente en Cuxhaven, estaba al lado de la cantera y la propietaria me dijo que ella todas las tardes se acercaba al faro para ver el atardecer. Que nada le había dado más paz y tranquilidad. Y eso era justo lo que buscaba. Paz y tranquilidad.

»Nos mudamos a la siguiente semana. Miguel y yo jugábamos a juegos para la memoria, pero cada vez perdía más y más. Al menos tenía la seguridad de que en este pequeño pueblo no podría ir muy lejos. Le puse una pulsera con la dirección y el número de la casa por si se extraviaba y alguien lo encontraba, aunque nunca lo solía dejar solo. La niña ya daba sus primeros pasos y hubo una cosa que Miguel nunca olvidó: dar de comer a las gaviotas. Todas las tardes nos bajábamos hasta la cantera del faro a echarles un poco de pan, a Sienna, mi hija, le encantaba verlas tan de cerca y a Miguel le fascinaba ver cómo volaban. Pasábamos allí muchas tardes, yo me bajaba un libro, la niña su comba o su muñeca y Miguel el pan. Éramos una familia. Era mi familia. Era todo lo que tenía.

»Los años pasaron y Miguel iba cada vez peor. Sus huesos se estaban debilitando y su movilidad con ellos. Tuvimos que hacernos con un andador en Hamburgo para que le fuese más fácil caminar. Ya era una persona mayor. Después ocurrió lo de los bronquios. A veces, cuando dormía, se quedaba casi sin aire y una noche tuvieron que intervenirle de urgencia para que el oxígeno le llegase hasta los pulmones. Yo lo pasaba cada vez peor por él porque veía que se iba apagando poco a poco. Le proporcionaron un respirador y unas bombonas de oxígeno a las que tenía que estar conectado veinticuatro horas al día. Fue entonces cuando volvimos una temporada a la casa de Hamburgo, mi hija se había ido a vivir con unos compañeros que estudiaban Arte Dramático como ella y prefería estar más independiente en una casa que habían alquilado. Llamé a unos obreros y mandé que hicieran una puerta en mi habitación que comunicase con la otra parte de la casa, para así poder tener más cerca la cama donde dormía

Miguel con todos sus aparatos, por si le pasaba algo en cualquier momento. Allí puse su gran camilla, los respiradores y las bombonas de oxígeno. Gracias a Dios que la otra casa también pertenecía a esa propiedad porque, si no, no sé dónde hubiese metido todo aquello.

»Un día, estaba cambiando una de las bombonas y me di cuenta de que Miguel había dibujado unas mariposas en su estante superior. Me quedé parada frente a aquellos dibujos. Él dormía pero supe que quizá había recordado algo. Cuando le pregunté por aquellas mariposas no supo responderme. Al día siguiente llegaste tú. No podía ser cierto. Nadie había preguntado por Miguel jamás en más de treinta años, ni le habían buscado ni se habían interesado en saber dónde estaba. Hasta que llegaste tú y me lo dijiste. El certificado de defunción. Vuestra familia pensaba que Miguel había muerto, pero tú sentías que tu abuelo estaba cerca. Intenté quitarte los pájaros de la cabeza como pude porque ya no podía separarme de él. Había creado un vínculo irrompible que se había vuelto esencial en mis días. Pensé que te había convencido pero no te quedaste quieta, investigaste todo: la casa, las bombonas de oxígeno, las cartas... todo. Quise saber si llegarías hasta el final del asunto o te marcharías sin más. Y entonces esta mañana volví de traer agua y vi que la puerta estaba abierta. Eché a andar y entonces te vi. Y lo tuve claro: eres la persona más fuerte y persistente que conozco.

32

Aquel relato me conmovió. Al saber cómo comenzó mi abuelo a olvidarse de su pasado y también de su presente. Cuando
una noche dibujó mariposas y al día siguiente aparecí yo en
aquella casa. Las gaviotas y su empeño por estar en paz. Sabía
que estábamos conectados, siempre lo hemos estado.

—Siento aquel enfrentamiento que tuvimos en el que te
pinché aquel suero. Lo tenía cuando a Miguel le dolían mucho los huesos y conseguía aliviarle durante un rato. De veras
que estoy arrepentida por lo que te hice. Estaba asustada...
Yo... Perdí la cabeza, no sabía lo que hacía. Me alegro de corazón de no haberte causado mucho daño.

—Solo unos cuantos puntos, la verdad. Pero bueno...
—dije mirando a Pol—, tenía la ayuda de un profesional.

—Gracias a Dios... Apenas he podido dormir desde entonces pensando en lo que te hice... ¿Sois pareja? —preguntó
la anciana. Me sonrojé por momentos.

—Qué va, qué va. Nos hemos conocido por casualidad.

La anciana se rio y Pol sonrió disimuladamente.

—Pues hacéis una bonita pareja.

Se hizo un silencio tímido. Yo miraba a mi abuelo, estaba
feliz, viendo a sus gaviotas volar.

—¿Cuándo os marcharéis a Gijón? —preguntó Benilda.
Yo miré a Pol.

—En cuanto saquemos los billetes. El novio de una compañera mía es policía y ya nos estaba solucionando un posible adelanto de pasaporte. Por si acaso.

—Por si acaso... —respondió ella.

—¿Nos vamos, Pol? —pregunté levantándome hacia la ventana donde se encontraba mi abuelo—. Debo llamar a mi familia.

—Sí. Voy a por el coche. Que está en el faro.

Pol salió de la casa y le estrechó la mano a la anciana. Fue un gesto educado, pero sabía que debía dejarnos a solas, que fue justo lo que hizo.

—No me guardes rencor, te lo suplico... —me pidió Benilda—. Solo hacía lo que creía que era lo mejor.

Suspiré sabiendo que podía explotar en cualquier momento.

—No le guardo rencor. Al final fue la persona con la que mi abuelo compartió media vida. Imagino que la compañía que le ha regalado él se la habrá regalado usted también. He aprendido a no guardar rencor a la gente, simplemente, a pasar página.

—Es un buen chico ese que te acompaña —dijo Benilda—. Me recuerda a mi Martín.

—Pol me ha ayudado en todo. Ha estado conmigo en cada minuto, siguiendo lo que creía que eran sombras.

La anciana me miró.

—Son las personas que creen en nosotros las que nunca debemos dejar marchar. —Acercó su mano a la parte donde tenía mi corazón y a continuación escuché las últimas palabras que tenía para mí—. Siempre debemos escuchar al corazón. Él nunca se equivoca.

Benilda me ayudó a poner de pie a mi abuelo y me sacó el andador que tenía. Después abrió una puerta cercana al pasillo y sacó una silla de ruedas plegable. Dijo que me vendría bien para cuando estuviésemos en el aeropuerto, que iríamos más rápido. Me explicó cómo funcionaba el controlador de oxígeno pero le dije que Pol era médico y no tendríamos problema. El claxon del coche sonó fuera y juntos sacamos a Miguel a la calle. Pol vino a ayudarnos enseguida y lo montó en la parte trasera del coche. Solamente quedaban unas pocas gaviotas, la luz del faro las iluminaba al pasar, y mi abuelo les sonreía. Una relación especial. Cerramos la puerta de atrás y me quedé mirando a Benilda, que observaba a mi abuelo por la ventanilla del coche. No le guardaba rencor. Ninguno.

—Gracias por haberlo cuidado.

Nos dimos un abrazo. Antes de separarnos me dijo algo al oído:

—¿Viste las mariposas que dibujó? Él nunca te olvidó.

Al separarnos le sonreí. Me sentí, por instante, cercana a ella. Había perdido a la persona que amaba y seguramente, si no hubiese sido por mi abuelo, todo hubiese sido mucho peor. Él le dio fuerzas y ella también se las dio a él.

Teníamos que irnos si no queríamos que se nos hiciese más tarde. Pol cerró la puerta de su asiento y antes de meterme en el coche miré hacia el faro. Su luz daba de lleno contra la ventana del salón. La misma en la que se quedaba mi abuelo observando las gaviotas. Aquella misma luz que decía que era la luna, que iba a visitarlo. El coche comenzó a bajar la calle y desde el espejo retrovisor vi cómo la anciana nos miraba con mucha lástima en su interior. Me dio mucha pena, al fin y al cabo era ella la que ahora se quedaría sola en aquel lugar. Sentirse sola es algo tan duro... Cuando te acostumbras a que en tu presente haya alguien y de repente se va, es horrible. Y a ella, a Benilda, le había ocurrido dos veces.

33

Llegamos a casa de Pol bien entrada la noche. Con cuidado bajamos todas las cosas de mi abuelo. Un pequeño macuto en el que llevaba la poca ropa que tenía, el andador primero y la silla de ruedas después. En cuanto bajó comenzó a mirar al cielo: en Hamburgo no había gaviotas, ya que estaba más alejado de la costa. Pol le ayudó a subir mientras yo cogía las cosas. Metió la llave y escuché cómo unas uñas arañaban la puerta, nada más abrirla allí estaba esperando el gran guardián de la casa: Nolan.

—¡Grandullón! —dijo Pol entrando con cuidado con mi abuelo—. Tenemos visita. Cada vez somos más en esta casa. —Comenzó a reír mientras yo le observaba desde la calle.

Mi abuelo miró al animal, que al ver a un desconocido se quedó quieto. Comenzó a olfatearle los pantalones y gimió un poco, como dudando de si podía entrar. Mi abuelo entonces sonrió. Nolan se tumbó panza arriba para que mi abuelo le rascase, en ese momento nos reímos todos.

—Pero ¡mira que eres granuja! —exclamó Pol—. Venga y tira a tu cesto.

Sentamos a mi abuelo en el sofá. El mapa, las anotaciones, las fotocopias de las otras cartas seguían allí. No podía creer que lo tuviese delante. Era real, era él. Estaba embobado mirando la chimenea que acababa de encender Pol, y tomé su mano.

—Abuelo... soy yo. —Él ni se inmutó. Seguía mirando al fuego y yo le seguía rozando las manos—. Soy Julia, abuelo, tu nieta... He venido desde Cudillero a buscarte.

Parece que escuchó algo que le fue familiar. Me miró a los ojos e intentó articular algo con la boca.

—Cu... Cu...

—¡Sí! Cudillero, abuelo. Se dice Cudillero.

Él volvió a hacer el impulso de abrir la boca:

—Cu... di... ero.

—¡Muy bien, abuelo! En Cudillero fue donde naciste tú. Y donde nos criamos todos los demás. Tus hijos, tu mujer, tus nietos. Todos te están esperando.

Él me miraba extrañado, como si le estuviese hablando en chino. Recordé que Mónica se había ido al hospital con mi hermana. Tenía que llamarla cuanto antes para saber cómo evolucionaba mi abuela de su caída. Me fui hasta la cocina y le pedí a Pol que le echase un ojo a mi abuelo. Me senté en un escalón y marqué el móvil de Mónica.

—¡Julia! —exclamó al otro lado del teléfono—. ¿Cómo estás? Toda tu familia me está preguntando por ti y no sé qué más excusas ponerles. ¿Qué tal ha ido todo?

—Mónica, lo hemos encontrado.

En ese instante el teléfono se sumió en un gran silencio, tanto que tuve que mirarlo para saber si se había cortado la llamada.

—¡Juliaaaaaaaaaa! —gritó desde el teléfono—. ¡No puede ser! —dijo—. Ay ay ay ay ay ay. Lo has encontrado, Julia. ¡Lo has encontrado!

Me comencé a reír.

—Lo hemos encontrado. *Hemos*. Ya sabes que sin ti, nada de esto hubiese sido posible.

Mónica seguía alucinando ante la noticia.

—Ay ay ay ay, qué fuerte. ¿Y cómo ha sido? ¿Te has batido en duelo con la vieja? —preguntó—. ¡Quiero saberlo todo!

—Tranquila, voy a sacar los primeros billetes que haya para mañana y nos vamos para Gijón.

—Eso suena genial.

—Oye, ¿cómo está mi abuela? —pregunté.

—Bien, aún no nos han podido decir mucho, ya sabes que estas cosas van despacio, pero imagino que en un par de horas nos avisarán. Tú cuando te saques el vuelo, infórmame de la hora. Intentaré pasar a recogerte al aeropuerto.

—Gracias, Mónica. Mañana te veo.

—¡Un besazo, Julia!

Antes de que colgase la paré.

—¡Oye! Espera.

—Dime.

—Que muchísimas gracias por todo, Mónica. Y que te he echado mucho de menos estos días aquí.

—Joder, Julia, que vas a hacer que al final me emocione y todo.

—Será el frío, que altera el corazón —dije mirando a Pol—, mañana te veo, querida. Dale un beso fuerte a Ruth y no le digas nada todavía.

Pol se había ido al salón con mi abuelo. Estaba sentado a su lado y de vez en cuando él le preguntaba algo aunque mi abuelo no le hiciese ni caso. Mi cabeza comenzó en ese momento a pensar en demasiadas cosas. Mi abuelo. Mi abuela. Volver a Gijón. Sacar los vuelos. Pol. Saber si sacar el vuelo de Pol. Saber si me acompañaría hasta Cudillero. Mis pensamientos se empezaron a cruzar y volví a ese lío interno del que tanto me había costado salir. Me levanté de la escalera y fui hacia ellos.

—Debo sacar los billetes.

—¿Quieres mi ordenador? —preguntó. Creo que no sabía a lo que me refería.

—No sé si me has entendido...

Con miedo y casi temblando, se lo aclaré:

—No sé cuántos billetes sacar.

Mi abuelo seguía mirando el fuego. Pol se levantó del sofá, se acercó a mí y me cogió la mano. Él sabía de sobra que tenía miedo, porque hasta parecía que temblaba.

—Esta mañana he pedido mis días de asuntos propios. Los siete que tengo durante todo el año.

—Qué has hecho ¿qué? —pregunté.

—Cuando estaba en el faro y vi cómo te reencontraste con tu abuelo... Por un momento pensé que la historia ya se había terminado, que allí era donde había que poner el punto y final, pero desde aquel lugar, viendo cómo se escondía el sol, tu felicidad pasó a ser parte de la mía. Y entonces supe que tenía que acompañarte. Donde fuese. Hasta el fin del mundo si me lo pidieses, pero no te volveré a dejar en un aeropuerto para ver cómo te vas y no regresas. Esta vez no.

Entonces lo besé. Supe desde el momento que lo vi en aquella terraza que era alguien especial. Alguien con un brillo diferente en sus ojos, en su pelo y hasta en su barba. En la forma que tenía de agarrarme la mano, en su forma de mirarme como pidiéndome que me quedase un minuto más en aquel restaurante con vistas al mundo. En su forma de decir las cosas. En esperarme cuando ni siquiera había llegado. Como aquella mañana en el hostal. Cada día era más especial al anterior. Y, allí, con Nolan mirándonos y mi abuelo sentado en el sofá observando las llamas del fuego, me sentí como hacía mucho tiempo que no me sentía. Muy feliz.

34

Amaneció temprano, teníamos el vuelo a las diez de la mañana. Pol me despertó con el desayuno en la cama. Zumo de naranja natural, dos tostadas con mermelada y un ramillete de
flores que habría recogido del jardín de su casa. Pol se acercó
con su camiseta de tirantes blanca y un pantalón del pijama
azul clarito. Me besó y lo besé. Nolan, celoso, ladró. Nos reímos los dos y el animal gimoteó como enfadado mientras se
recostaba en su cesto. Mi abuelo dormía en la habitación de al
lado, en la de invitados.

Había organizado todo para salir con tiempo suficiente al
aeropuerto, sus bombonas de oxígeno las dejamos apoyadas
en la pared y reservamos una entera para pasar la noche. Según
Pol, tenía más que de sobra. Al acabarme el desayuno fuimos
hasta el marco de la puerta para verle. Nos asomamos y ahí
estaba, tumbado en su cama y mirando hacia la ventana. Me
acerqué para verle y ni se inmutó. Me fijé en la ventana y había un gran árbol plantado en el jardín de Pol.

—¿Te gusta el árbol? —le pregunté.

Tras un silencio fue la primera vez que le escuché hablar.

—Es viejo —comenzó con su voz grave—, como yo.

Miré a Pol, que seguía en el marco de la ventana.

—Pero tú eres más duro, abuelo.

Fue entonces, al escuchar «abuelo» cuando giró su cabeza y me miró a los ojos. Estaba al lado de su cama, obser-

vándole. Parecía que se quedó perplejo al oír aquello. Cuando pensé que quizá me había recordado, todo volvió a ser como hasta entonces. Se giró de nuevo y siguió mirando el árbol.

—En un rato nos vamos al aeropuerto. ¡Vas a volar! —le anuncié.

Y cuando estaba yéndome por la puerta para dejarle allí, observando aquel árbol, volvió a hablar:

—Como las gaviotas.

Le sonreí en ese momento, aunque no me viese.

—Como las mariposas —dije yo.

Y dejé la puerta entornada. Pol estaba con Nolan en su habitación, rascándole la panza.

—¿Qué vas a hacer con él? —le pregunté.

Pol miró al perro y este volvió a gruñir.

—Le puedo pedir a un amigo que venga a casa a echarle un ojo mientras estoy fuera.

Nolan ladró.

—Para que luego digan que los perros no entienden a los humanos —comenté.

En ese momento sonó mi teléfono en el salón, lo habría olvidado ahí la noche anterior. Estaba tan cansada que caí redonda en cuanto toqué la cama de Pol. Fui hasta allí para atender la llamada. Era mi padre. Dudé en si contestar o no.

—¿Dígame? —dije tranquila.

—Hola, Julia, soy yo.

Supe entonces que algo pasaba.

—Papá. ¿Qué pasa?

—Cielo... Es la abuela.

En ese momento cerré los ojos suplicando que no hubiese llegado tarde.

—Dicen que se está complicando su recuperación, y ella no para de preguntar por ti.

—Papá, escúchame, llego este mediodía. Dile, por favor,

que ya llego, que me he entretenido en el camino pero que en menos de lo que piensa estoy allí. Por favor, papá.

—Vale, Julia, tranquila... Ya sabes lo importante que eres para ella. No tardes mucho más, anda.

—Tranquilo, papá. Nos vemos esta tarde.

—Un beso, mi niña. Ten cuidado.

Cerré los ojos y me guardé el móvil. Volví hasta la habitación de Pol, que estaba cerrando las maletas.

—¿Quién era? —me preguntó. Yo fui directamente a abrazarle.

—Eh eh... ¿Qué ha pasado? —me decía.

—Es mi abuela —dije temblando—, dicen que está empeorando.

Pol se separó un poco y me levantó la barbilla.

—Tranquila. Nos vamos ya para el aeropuerto. ¿Preparas a tu abuelo mientras yo me aseguro de que esté todo?

Antes de vestir a mi abuelo, imprimí la orden que me había mandado el novio de Mónica por email. Era un permiso de identidad sellado por parte de la Policía Nacional española en la que venían datos de mi abuelo. Era una autorización temporal hasta que llegásemos y pudieran hacerle el pasaporte.

Incorporé a mi abuelo y le moví el respirador. Era preciso hacerlo todo con mucho cuidado, ya que cualquier fallo podía hacer que el controlador de aire se bloquease y dejase de pasar oxígeno a los pulmones. Le quité la camiseta y comencé a vestirle. Él no me quitaba el ojo de encima, como preguntándose quién sería yo o quizá dónde estaba.

—¿Sabes qué? —le pregunté mientras cogía sus pantalones—, hoy vamos a ir a un lugar que tal vez te resulte familiar.

Él me seguía mirando extrañado.

—Se llama Cudillero, pero antes tenemos que pasar por un sitio para que veas a alguien y le des muchos ánimos porque está malita.

—¿Malita? —preguntó.

—Sí. En un hospital, se cayó el otro día y parece que se ha hecho un poco de daño.

Era como hablarle a un bebé. Me miraba igual que Ruth cuando era una recién nacida. Sin decir mucho y mirando absolutamente a todo. Pendiente de cualquier mosca que pasase.

Entre Pol y yo, sentamos a mi abuelo en la silla de ruedas. Yo revisé que no me dejaba nada y cogí mi abrigo y el bolso. Pasé al baño corriendo y me eché un poco de agua en la cara. Me quedé mirando al espejo, mi reflejo, mis ojos. Algo había cambiado. Me sentía más fuerte, mucho más que cuando llegué a esa ciudad. Entonces era solamente cenizas y ahora, en el reflejo de aquel cristal, me sentía como el ave fénix.

Llegamos al aeropuerto de Hamburgo. Íbamos a casa. Íbamos a casa con mi abuelo.

No veía el momento de regresar a Asturias. Tenía que abrazar a mi abuela. Y a Ruth. Y a mi madre y a mi padre. Y a Mónica. Tenía que abrazarlos a todos, para que viesen que no tenía pájaros en la cabeza como decía mi madre. Mi abuelo estaba embobado mirando la cantidad de colores que había en el aeropuerto y fue entonces cuando pensé: «No eran pájaros lo que yo tenía en la cabeza, mamá, era algo mucho mayor. Gaviotas».

Nos subimos al avión, los tres sentados, juntos. Dejamos a mi abuelo en el asiento de la ventanilla. Parecía fascinado con poder volar, al menos, por un rato. Sonreía de oreja a oreja al verse en el mismo cielo que surcaban sus gaviotas. Miré a Pol, apoyé mi cabeza en su hombro y me quedé dormida.

El avión aterrizó y desperté. El sobresalto me hizo abrir los ojos de inmediato. Pol, también se había quedado dormido y mi abuelo seguía mirando a través de su ventana. La tripulación se quitó el cinturón y nos pidió que permaneciéramos sentados hasta que el avión se detuviera por completo. Un azafato se acercó a nosotros.

—Vosotros saldréis los primeros, ¿de acuerdo? A la salida del avión un compañero os esperará con una silla de ruedas —dijo en español.

Qué gusto por fin entender lo que decían.

Desconecté el cable y lo enchufé en el de su mochila, tenía aire de sobra para recoger el equipaje y una vez en el coche, le cambiaría la botella. Gastaba de media una botella al día según me dijo Benilda, con lo cual había que cambiársela cada noche para que la pudiese pasar tranquila y sin preocupaciones.

Nos abrieron paso y salimos con mi abuelo. La tripulación nos ayudó a sacarlo del avión y nada más salir ya nos esperaban con su silla de ruedas.

Pol miraba por las cristaleras que había en la rampa de salida del avión.

—Nunca he estado aquí, ¿sabes? —me comentó.

—Entonces vas a alucinar. Hay sitios preciosos —le respondí.

Me miró sonriente y entonces me dijo algo que me hizo viajar mentalmente a unos días atrás.

—Espero que me enseñes tus rincones. —Le devolví la sonrisa.

—No te irás sin verlos, tranquilo.

Salimos del aeropuerto y recordé dónde aparqué mi coche. Mi Peugeot 307 seguía allí, pero eso sí, lleno de polvo, hojas y cagadas de pájaros. Vaya presentación para el pobre Pol y para mi abuelo.

—No es como tu pedazo de Mercedes, pero a mí me va muy bien —le dije antes de que pudiese opinar nada.

Me sonrió mientras yo colocaba las maletas en el maletero.

—¿A cuánto estamos de Gijón? —me preguntó.

—Cuarenta y cinco minutos en tu coche, una hora en el mío.

Y se volvió a reír.

—Lo pillo, lo pillo.

Arranqué y enfilé hacia la carretera A-8 en dirección a Gijón. De camino no hablamos demasiado. Mi abuelo miraba por la ventana la gran estampa verde con la que nos recibía Asturias. Por mucho que digan, para mí siempre será el lugar más bonito del mundo. Mientras conducía pensaba en cómo presentaría a la familia a aquel miembro rescatado del más allá. ¿Debería entrar con él sin dar ninguna explicación? ¿Llevarlo primero a Cudillero o al hospital?

—Coge mi móvil.

Pol me miró y tomó mi iPhone.

—El código es 2505. Mi fecha de nacimiento.

—¿El 25 de mayo? —preguntó.

—Sí. ¿Qué pasa?

—Que yo los cumplo el 26.

—¿Estás de coña? —pregunté seria.

—Que no joder. Te lo juro. Mira.

Y me enseñó su DNI. Efectivamente. El 26 de mayo.

—Entonces eres géminis, como yo.

—Sí. Soy géminis.

Murmuré algo.

—¿Qué? —me preguntó.

—Nada nada —respondí mientras pensaba en lo curioso que es el destino.

O la vida. O ambos. Hay momentos en la vida en los que te cruzas con determinadas personas que, sin saber muy bien por qué, parece que te las han puesto en tu camino y resultan ser las personas perfectas de entre todas las demás para enderezar tu existencia.

Pol me devolvió su sonrisa. Ese dulce gesto me servía para ordenar mis pasos.

—¿Qué hago con el teléfono? —preguntó.

—Llama a Mónica. Está en mis últimas llamadas.

No contestó. Joder, pensé, estábamos entrando en Gijón, era casi mediodía. Aquí el tiempo era muy parecido al de Hamburgo, muy variable: de repente llovía, o incluso se desataba una tormenta, al rato salía el sol y tenías que quitarte el abrigo y veinte minutos más tarde, otra. Un tiempo bipolar lo llamaba yo. Cruzamos el puente de los Príncipes de Asturias y entramos en el aparcamiento que tenía el hospital. Cuando detuve el coche me quedé mirando el volante.

—¿Qué hacemos, Pol? —pregunté mirando los marcadores de velocidad.

—Si quieres sube tú y yo me quedaré abajo con tu abuelo. En cuanto consideres que es buen momento, me avisas y subimos.

Parecía buena idea. Yo no podía ni quería hacer más planes porque si alguna cosa había aprendido en estos días es que todo cambia en cuestión de segundos. Todo, absolutamente todo.

Una mujer observa a su madre en la camilla del hospital. Toma su mano. Sabe que está débil. La madre, abre y cierra los ojos, como puede, cansada por todo lo que ha ocurrido en estos últimos días. Los rayos de luz se cuelan con dificultad entre las cortinas de la habitación 612. Toda la familia está en aquella habitación asistiendo a las últimas horas de una mujer agotada que ha vivido todo lo que le tocaba vivir. Tuvo sus hijos y ha conocido a sus nietos. Ruth, una de ellas, no puede creer que su abuela se esté apagando tan rápidamente cuando tan solo un par de días antes había estado con ella, en su casa. La madre se levanta y se seca las lágrimas; la abuela traga saliva y observa a la pequeña de sus nietas. Con la mano le pide que se acerque, es un gesto suave, débil. Y en ese momento vuelve a preguntarles por ella, alguien que cree que se ha olvidado de su abuela pero que en realidad ha recorrido el mundo para traerle de vuelta a la persona que más ha amado nunca: su marido.

35

Yo había estado pocas veces en el Hospital General de Gijón. Aparqué muy cerca de la puerta y junto con Pol bajamos a mi abuelo, desplegamos la silla y colgamos su respirador justo detrás. Subimos la rampa hasta la entrada principal. Mi abuelo se quedaba embobado viendo las ambulancias y el ir y venir de gente que había en las puertas del centro hospitalario.

Llegamos al puesto de información y le pregunté a la enfermera:

—Perdone, ¿cuál es la habitación de Candela Alcantud?

La mujer tecleó en su ordenador y, a continuación, me respondió simpática:

—La 612. El ascensor está en aquella parte, a la derecha.

Pol y mi abuelo no perdían detalle de lo que me había dicho la mujer del puesto de información.

—Voy a subir. ¿Os quedáis por aquí? —pregunté.

—Sí, tranquila. Voy a coger un poco de agua para nosotros, que igual tu abuelo tiene sed.

—No tardo, ¿vale? Estate atento al móvil por si acaso.

—Tranquila, estoy aquí mismo.

Le di un beso y salí disparada hacia los ascensores. Las puertas de uno de ellos se abrieron, pasé junto con un grupo más de personas, pulsé el número de la planta. Las puertas se cerraron y comenzó a subir.

Un ascensor llega a la planta baja del hospital. En él va una madre con una de sus hijas, la más pequeña. Están llamando a alguien pero le aparece sin cobertura. Juntas, se dirigen a por algo de comer para la hija, ya que tiene un poco de hambre y la madre necesita un café después de toda la noche que lleva sin dormir. Se acercan a la máquina expendedora y, a través del cristal, ven la cantidad de cosas que hay: palomitas, gusanitos, chucherías, bebidas isotónicas... Ella no sabe qué elegir entre tanta oferta. A su lado hay un señor mayor sentado en una silla de ruedas acompañado de un hombre más joven que está de espaldas marcando los números para que caiga una botella de agua y una bolsa de patatas. La joven se queda mirando la bolsa que coge el hombre más joven y él le devuelve una sonrisa mientras se van por uno de los pasillos del hospital. La madre se queda observando el rostro del hombre mayor.

Crucé el pasillo de la sexta planta. Busqué con la mirada en cada puerta. 605. 606. Una tras otra recorrí la serie de números, cada vez mis pasos eran más acelerados y entonces, al final del pasillo reconocí a mi padre apoyado en la pared.

—¡Papá! —exclamé.

Mi padre levantó la cabeza y se apresuró a ir a mi encuentro. Había llegado. Ya estaba allí.

—Hija, por fin —dijo mientras me abrazaba.

—Hola, papá, siento haber tardado tanto.

—¿Qué tal ha ido el congreso? —preguntó mientras me soltaba.

Me quedé mirándole sin saber qué decir. No sabía de qué me estaba hablando.

—¿Congreso? ¿Qué congreso?

—Sí. Tu madre me dijo ayer que te habías retrasado porque estabas en un congreso en Galicia.

Me di cuenta de que mi madre no le había dicho absolutamente nada de dónde había estado realmente.

—Verás, papá...

Me agarró del hombro.

—Tranquila, has llegado a tiempo. La abuela está... A mi padre le costaba pronunciar las palabras.

—Está débil, es eso, ¿no? —pregunté segura.

—Sí, hija... La caída fue más aparatosa de lo que creían. No ha dejado de preguntar por ti.

—Voy a entrar.

Mi padre me acompañó hasta la puerta y me quedé mirando el número que había allí clavado: 612. Tomé aire y agarré el pomo, sabiendo que, una vez cruzada la puerta, debería contarle a mi abuela todo lo que acababa de descubrir.

Un chico pasea a un hombre mayor en la silla de ruedas por el exterior del hospital. Desde ese lugar se ve el mar. El hombre mayor descubre que aquello del fondo es el mar y abre los ojos como platos. En ese momento una bandada de gaviotas sobrevuela el hospital en dirección al mar. El hombre mayor echa la cabeza para atrás y ve sus aves preferidas en el cielo, su alegría es inmensa y la del hombre que le acompaña también. Le ayuda a ponerse en pie y juntos observan cómo las gaviotas pían mientras van hacia el mar.

Caminé por el estrecho pasillo de la habitación. Su cama estaba frente a un gran ventanal. Vi a mi abuela, intubada y llena de cables. Oí sus latidos a través del monitor al que estaba conectada. El pitido que desprendía la máquina era repetitivo, los latidos de su corazón dibujaban gráficos en el monitor. Me acerqué a mi abuela y vi sus ojos cerrados, la mano descansaba sobre las sábanas blancas. Abrió los ojos lentamente y me vio. Al principio no parecía creerlo pero después me agarró la mano sabiendo que ya había llegado, que ya estaba junto a ella. Noté cómo se emocionaba, una lágrima le recorrió la cara y tragó saliva para decirme algo, pero me adelanté.

—Abuela...

La lágrima cayó a las sábanas.

—Mi niña...

Gran parte de mi infancia la pasé con ella. Mientras mis padres trabajaban yo me quedaba en su casa. Se encargaba de darme de comer, de hacer que no me dejase nada en el plato. «La última», le decía yo cada vez que agarraba la cuchara y ella me decía que no, que tenía que comer para crecer. Era mi segunda madre, por no decir la primera.

Siempre que me preguntaban que a quién quería más, contestaba que a mi madre, pero al momento iba corriendo al oído de mi abuela y le decía que no, que a la que más quería era a ella. Y eso, muchos años después, sigue sin cambiar. Le agarré la mano y recordé la cantidad de cuentos que me había explicado, las veces que la había acompañado a comprar el pan o incluso a misa. Cuando me recogía del colegio salía gritando de la emoción porque allí estaba ella. No faltó ni un día. Ni uno. Ella siempre lo fue todo para mí y siempre tuve miedo de que llegase ese momento.

Necesitaba abrazarla pero solamente pude darle un beso en la mano. Un beso fuerte. Ella me dijo que me sentara a su lado.

—Abuela... ¿cómo estás? —pregunté. Ella intentó contestarme como pudo.

—Estoy bien, hija...

—Sabes que a mí no hace falta que me mientas, ¿verdad? Yo no soy como los demás, sé todo lo que tú sientes. Y ahora sé que no estás bien...

—No te miento, mi pequeña —seguía tragando un poco de saliva porque le costaba respirar—. Estoy algo débil, pero yo soy fuerte...

No sabía por dónde empezar. ¿Cómo iba a contarle que había encontrado a su marido? No hallaba ni las palabras ni las fuerzas para empezar mi relato. Miré a la ventana y en ese momento un montón de gaviotas pasaron frente a la cristalera en dirección al mar. Ahora o nunca.

—Oye, hija... —Sus manos me agarraron un poco más fuerte antes de hablar—. Solamente dime una cosa. —Sus ojos comenzaron a brillar, las lágrimas pugnaban por salir de los ojos y yo no entendía qué le pasaba—. Dime que lo has encontrado, Julia.

—¿Abuela? —dije casi sin habla—. ¿Cómo has sabido que lo estaba buscando?

—Porque una abuela lo sabe todo —me contestó—, y en el momento que te di aquellas cartas supe que estaban en buenas manos. Te las di para que investigases esas pistas que había dejado tu abuelo, pero que una anciana analfabeta como yo no entendía. Tenía que tenerlas alguien dispuesta a recorrer el mundo. Y tú, mi vida, lo hiciste, ¿a que sí?

Mi madre y Ruth entraron en la habitación. Mi hermana llevaba una bolsa de patatas y se quedó sorprendida al verme allí.

—¡Julia! —exclamó mientras venía corriendo hacia mí.

—Hola, cielo...

Nos dimos un abrazo largo bajo la atenta mirada de nuestra madre.

—Al fin te has decidido a venir —me reprochó esta.

—Mamá, he venido lo más rápido que he podido —le respondí.

Pasó por mi lado, sin mirarme y sin besarme, para comprobar el gotero de mi abuela.

—¿Ya han acabado tus vacaciones en Alemania? —preguntó.

Suspiré porque en ese momento iba a mandarla a la mierda. Pero no lo hice. Conté hasta diez, como me había acostumbrado de pequeña.

—No estaba de vacaciones.

—¿Ah, no? Es verdad. La muerte de Carlos te ha afectado hasta la cabeza. Te veo y no te reconozco.

—Mira, mamá... Como vuelvas a hablar de Carlos no me ves en tu vida.

Se quedó en silencio.

En ese momento entró mi padre en la habitación.

—Pero ¿qué os pasa? —exclamó.

Mi hermana, que permanecía a un lado de la cama, nos pidió que no discutiésemos.

—Por qué no le dices a tu padre donde has estado esta semana ¿eh? Que te lo cuente, que te lo cuente.

—Pero si me dijiste que se había ido a un congreso, ¿no? —Mi padre me miró.

—No, papá. No he estado en ningún congreso... He estado en Al...

La puerta se abrió y dio contra la pared. Apareció la silla de ruedas en la que estaba sentado mi abuelo, empujada por Pol, que me sonrió al verme. Entonces tuve fuerzas para terminar la frase.

—He encontrado al abuelo.

Mis padres se giraron al unísono. Lentamente la silla entró en la habitación. Mi madre se quedó blanca y mi padre no podía creer lo que estaba ocurriendo en aquel lugar. Fui corriendo hasta Pol y juntos ayudamos a mi abuelo a ponerse en pie. Lo acerqué hasta mi madre y las lágrimas rodaban deprisa por sus mejillas. No podía comprenderlo. Y entonces se lo dije:

—Está vivo. Logró salvar su vida pero nunca recordó dónde volver. Tiene alzhéimer avanzado.

Mi madre me miró y fue corriendo a abrazarle. Cayó rendida sobre su padre. Los llantos hicieron despertar a mi abuela. El sonido de su corazón a través de ese monitor llamó la atención de mi abuelo. Por su propio pie quiso ir hasta donde estaba mi abuela. Quisimos ayudarle, pero nos apartó con los brazos. Quería llegar él solo, sin ayuda de nadie, agarrándose al armazón de la cama. Hasta que por fin llegó hasta ella. Allí estaba su ángel. Su Miguel. El padre de sus hijos. Era él. Se hizo un silencio absoluto, no queríamos perder detalle de lo que estaba sucediendo.

Pol me había asegurado que los enfermos de alzhéimer no suelen recordar nada de su pasado salvo pocas cosas, pequeños detalles que se quedan almacenados en una parte del cerebro. Lo demás se encuentra en una especie de limbo de recuerdos al que nunca consiguen pasar; sin embargo, puede darse algún caso en el que consiguen encontrar la forma de acceder durante muy pocos minutos. Los expertos aseguran que son solamente cuatro minutos. Cuatro minutos en los que vuelven a recordar. Cuatro minutos en los que vuelven a entender una pequeña parte de su vida.

Mi abuelo miró fijamente a mi abuela mientras las lágrimas le caían a borbotones. Ese momento, comenzó la cuenta atrás de esos cuatro minutos de consciencia.

—Candela.

Mi abuelo reconoció el rostro de la que fue su mujer durante toda su vida, la persona a la que escribía las cartas desde tan lejos, la que le había esperado toda una vida. Era ella. Eran ellos, juntos otra vez. Mi abuelo la abrazó y posiblemente nunca haya estado tan feliz como lo estaba en aquel momento. Pol me abrazó por detrás mientras se enjugaba una lágrima de emoción. Mi abuelo se incorporó para mirar a mi abuela, ambos se quedaron admirándose durante un rato. Él introdujo su mano en el interior de su jersey. Parecía que buscaba algo, hasta que sacó un trozo de papel. Escrito a bolígrafo y temblando se lo acercó lentamente a mi abuela. Ella lo cogió y lo observó. Las manos de mi abuelo seguían temblando y entonces mi abuela me miró fijamente, emocionada y con el pedazo de papel en la mano.

—Es ella, Miguel. Ella es tu pequeña mariposilla.

Mi abuelo levantó la vista y me miró emocionado. Pol me

soltó. Me quedé sin habla, bloqueada hasta que noté cómo alguien me daba un pequeño empujón para que reaccionase y me acercase hasta mi abuelo. Sus lágrimas caían a la vez que las mías. Las piernas me temblaban, me acerqué como pude. Cerré los ojos y lo abracé, y en su regazo rompí a llorar, lloré todo lo que pude. Era consciente de que aquel momento no duraría mucho y no quería soltarle. Le miré a los ojos y se lo dije:

—Abuelo. Abuelo.

Él tenía los ojos llenos de lágrimas al igual que los míos.

—Mi mariposilla.

—Abuelo, te encontré. Te hemos encontrado.

Y lo volví a abrazar. Encima de la cama seguía el trozo de papel que le había dado a mi abuela. El trozo de papel que siempre llevaba consigo para saber los días que faltaban para mi nacimiento. El mismo trozo de papel del que me habló la anciana. Nunca se había desprendido de él.

—Has crecido mucho... Has volado muy... rápido.

Me reí con él mientras mis lágrimas seguían cayendo.

—¿Y ahora qué debo hacer abuelo? —le pregunté. Tomó aire y me respondió:

—Debes seguir volando.

Volvió a abrazar a mi abuela y la besó, cogió su mano y le dijo las que serían sus últimas palabras de lucidez:

—Nunca... te... olvidé.

Segundos después notamos algo. Su gesto cambió y miró alrededor de la habitación. Parecía no reconocer el lugar en el que estaba. Soltó la mano de mi abuela. Pasó por mi lado sin ni siquiera mirarme y fue hasta la silla por su propio pie. Lentamente pero él solo. Se sentó, y mi madre se acercó.

—¿Papá? —lo llamó.

Él miró hacia la cristalera y ni se inmutó ante las palabras de mi madre. Se quedó observando el mar y entonces supe que todo había terminado.

36

Dos días después, mi abuela murió en aquel hospital. El dolor fue horrible. Pol se pasó con mi hermana esas noches en la sala de espera. Los médicos nos decían que no podían hacer nada y en la madrugada del martes falleció. Pero hubo alguien que nunca salió de la habitación, decía que allí estaba bien: mi abuelo. No volvió a recordar quién era esa mujer que estaba en aquella cama, pero se quedaba todo el día mirando el mar.

El entierro fue en Cudillero. Incineramos a mi abuela esa misma mañana, justo al amanecer. Antes de morir, me pidió una sola cosa: «Échame al mar desde el lugar más bonito que conozcas».

Y eso fue lo que hicimos, nada más salir del crematorio, todos nos dirigimos al lugar más bonito que conocía: Cabo Vidio. El lugar que me enseñó mi padre. Vestidos de negro salimos de los coches, todos rotos de dolor. Mi madre ocultaba su pesar tras unas gafas de sol. Pol, arropando a mi hermana; Mónica... Y entre todos, ahí estaba yo, con la urna que contenía las cenizas de mi abuela. Anduve hasta la parte más bonita del acantilado. Para mí, sin duda, era el lugar más precioso del mundo. Mis padres me observaban. Y todo el mundo que quería a mi abuela estaba allí. También los hermanos de mi madre, mis tíos de Llanes.

Las olas del mar rompían justo a los pies del acantilado y

su sonido llegaba hasta donde nos encontrábamos nosotros. El rugido era muy potente. El padre Germán, el cura de Cudillero, nos hizo el favor de acompañarnos para oficiar la pequeña ceremonia que habíamos improvisado allí para que así se fuese completamente en paz. Recitó unos versos preciosos de un poeta griego que decía que lo importante no es lo que hacemos en nuestros últimos días, sino lo que hacemos el resto de los demás, es en esos últimos cuando nos daremos cuenta de todo el bien que hemos hecho al resto de las personas que se han cruzado en nuestra vida.

Aseguró que Candela nos había hecho mucho bien a todos. Dijimos «amén» y el cura me miró. Había llegado el momento de arrojar las cenizas al mar. Era el momento de despedirme de ella. Miré a Pol y le pedí que acercase a mi abuelo, quería que fuese él quien llevase a mi abuela al mar. La silla cruzó por la hierba de aquel acantilado y le entregué la urna.

—Abuelo, ¿quieres abrirla y lanzar lo que hay dentro? —le pregunté.

Él, que no entendía muy bien de qué iba todo aquello, se agarró a mí y a Pol para ponerse en pie y poco a poco abrió la urna. Se acercó al acantilado y le ayudé a arrojar las cenizas, que volaron hacia el mar para quedarse en él para siempre. Miré a mi abuelo con la esperanza de que tuviese de nuevo esos cuatro minutos de lucidez, pero fue en vano. Allí no teníamos nada más que hacer. Subimos a los coches y tomamos rumbo a Cudillero.

Esta vez conducía Pol porque yo estaba demasiado cansada por la absoluta locura de esos últimos días. Echaba de menos mi casa en Gijón, mi cama, mi sofá, mi tele... Todo. Mi hermana iba sentada detrás, con mi abuelo; ella le miraba de reojo mientras que él seguía en su mundo, mirando por la ventana el paisaje de camino a nuestro pueblo. Y al suyo. El que siempre fue su hogar, donde nació, creció y también donde crio a sus hijos. Era su pueblo y tenía la esperanza de que cuando viese todas aquellas casas de colores recordase que él nació aquí. La mayoría de sus amigos, con los que se juntaba en el pueblo, ya había fallecido hacía años, otros lo habían hecho hacía relativamente poco. Era de los únicos que seguía con vida a sus noventa y dos años.

Fuerte y férreo como siempre.

Los últimos rayos del sol que se asomaban por las montañas cercanas a Cudillero nos daban la bienvenida. Pasamos por el pueblo con el coche y vi a Olga, que barría la puerta del bar. Encarna, la panadera, bajaba la persiana de la panadería. Ricardo, el hombre de la tienda de souvenires subía andando para su casa después de un día más sin vender nada.

Y llegamos a nuestra casa. Mis padres ya habían salido del coche, y le dije a Pol que podía aparcar al final de la calle, que siempre había un hueco para mí. Era tan estrecha que primero tuvimos que bajar a mi abuelo y desplegar su silla con ayuda de mi hermana. Nos dirigimos todos juntos a la puerta de casa, donde mis padres esperaban. El silencio era absoluto. Nos quedamos parados ante ellos, mi madre estaba con los brazos cruzados y mi padre se acercó hasta la silla de mi abuelo.

—Yo me encargo Julia, no te preocupes —anunció agarrando la silla y entrando por la puerta de casa.

—Pol, vente si quieres y te enseño la casa. Desde mi habitación se ve el mar —le propuso mi hermana entrando también.

Pol comprendió que debía dejarnos solas a mi madre y a mí. Me apretó la mano y acompañó a mi hermana. Me quedé frente a mi madre, el silencio era tan brutal que tan solo se oían las olas del mar romper en la orilla.

—¿Me acompañas? —dijo mi madre sacando el paquete de tabaco.

—Vale.

Bajamos las escaleras que conducen hasta la playa del Silencio. Nunca el nombre le hizo tanto honor. No hacía mucho frío, solamente corría viento, pero el atardecer había dejado una estampa preciosa en el mar. Algunos de los pesqueros se veían a lo lejos desplazándose para empezar la jornada de pesca. Sus luces titilaban en el reflejo de las olas. Fuimos hasta una gran roca que había en la parte alta de la playa, desde allí se veía absolutamente todo. Recordaba todos los paseos que daba por allí abajo con mis amigos o incluso cuando empecé a quedar con Carlos. Era un lugar perfecto y al que iba a menudo para desconectar. Hasta que descubrí Cabo Vidio.

—¿Quieres? —dijo mi madre ofreciéndome la caja de cigarrillos Winston que llevaba.

—No. No fumo —le respondí. Encendió el cigarro y le dio una calada.

—Pero antes sí.

—Ya pero antes era antes.

Mi madre soltó el humo, que se desvaneció entre el viento.

—Y ahora es ahora —contestó.

Miré a un lado y vi un par de gaviotas jugando en la orilla.

—Sabes, cuando me dijiste que estabas en Alemania buscando a tu abuelo, pensé que habías perdido completamente la cabeza.

—Me lo dijiste —la corté.

—Efectivamente. Te lo dije. Pero ¿sabes por qué te lo dije? —Dio otra calada al cigarro que poco a poco se iba consumiendo—. Cuando eras pequeña, tenías muchas pesadillas. Tu padre y yo teníamos que dejar la luz del pasillo encendida hasta que conseguías dormirte. Y cuando te despertabas asustada, me llamabas pero yo ya estaba despierta porque enseguida notaba cuándo te sobresaltabas. Siempre estaba alerta por ti. Me iba a tu cama y dormíamos juntas, pero yo no me dormía hasta que lo hacías tú. Te acariciaba el pelo mientras te observaba cómo dormías y solamente pensaba en una cosa:

que no quería que pasase el tiempo. No quería que pasase el tiempo y tuvieses que irte de mi lado, a otra ciudad o a otra casa. Suena egoísta pero necesitaba tenerte cerca, y al irte a Gijón, recuerdo que pasé noches paseando por esta misma playa pensando en lo mucho que te echaba de menos. Tu hermana Ruth fue un salvavidas para tu padre y para mí, pero tú siempre fuiste la primera en llegar, Julia. Fuiste la pequeña mariposilla que todo el mundo estaba deseando tener en nuestras vidas. ¿Recuerdas cuando nos dijiste que querías estudiar Periodismo en Gijón? Aún pienso en la de noches que pasé intentando convencer a tu padre de que no te dejase ir. Que tu lugar estaba aquí, con nosotros, en este pueblo. Días después te encontré ojeando un álbum de fotos y ¿sabes qué? De todas las fotografías, solamente te detuviste en una. ¿Sabes cuál era? —me preguntó mientras abría el camafeo que colgaba de una cadenita atada a su cuello—, te paraste a observar esta foto.

Al abrirlo pude ver una fotografía en la que aparecían mis abuelos juntos con sus hijos, entre ellos mi madre, que era la mayor. Me quedé estudiando la imagen y supe que era la fotografía a la que se referían las cartas de mi abuelo. La que encontraron en el cuerpo de la persona que murió.

—Esta fue la fotografía que le entregaron a mi madre para confirmar que mi padre había muerto. Una foto fue la que decidió el futuro de mi padre para todos los que estábamos aquí, esperándole. Una simple foto y nada más. Y tú cuando tenías seis años te paraste sobre esa misma fotografía y recuerdo como si fuese ayer tu pregunta: «Mamá, ¿quién es este señor que sale al lado de la abuela?». Desde pequeña eras especial. Siempre pensé que estabais conectados, que de algún modo él estaba vivo en ti y tú en él. Algo superior, algo fuera del alcance de las personas. Y esta mañana encontré ese algo.

Me quedé mirando a mi madre para saber la respuesta.

—El amor.

Las olas del mar rompían cada vez más fuerte.

—¿Sabes que tu abuela me preguntaba cada día que cómo estabas? Que cómo llevabas lo de la muerte de Carlos. Y yo, yo solamente podía decirle la verdad. Estabas mal, estabas sumamente rota.

—¿Y por qué fingiste no saber que estaba en Alemania? —pregunté dolida.

—Porque eras tú sola la que debías andar de nuevo sin nuestra ayuda. Solo así sentirías que podías hacerlo. Si esa era la historia que querías seguir, nosotros no éramos nadie para impedírtelo. La vida acarrea golpes, y aunque pensábamos que te los darías, también te harían aprender. Lo que no esperábamos era esto. Cuando me llamaste y te dije que la abuela había tenido un accidente ya sabía que estabas en Alemania. Escuché a Ruth hablando contigo en su habitación, os veía desde la puerta y sabía que estabas a punto de descubrir algo. Pero nunca pensé que sería algo tan grande.

—Mamá —dije abrazándola—, ha sido horrible, de verdad...

Derramé las pocas lágrimas que quedaban en mi interior y me abracé a ella.

—Ya está, hija... Ya está.

Las olas sonaban cerca nuestro, pero aquel momento era tan reconfortante como un baño de madrugada.

—Por suerte no he estado sola —comenté riéndome.

—Ya me he fijado ya —dijo dándome un codazo—. ¿Cómo os encontrasteis? —preguntó apagando el cigarro y volviéndose hacia mí.

—Fue algo raro, estaba yo en una terraza y él me escuchó hablar en español. En una terraza. En toda Alemania.

Mi madre me sonreía.

—El destino es muy listo.

—Me fue ayudando con todo —seguí—, cuando pensaba que ya no había nada que hacer allí era él quien me daba ánimos para seguir adelante. Se ha volcado con todo esto y no sé.

—Y... —dijo mirándome más cerca mientras yo le sonreía— a tu madre no le puedes mentir.

—Y no sé, mamá. No tengo ni idea de lo que hacer, él es luz, me cuida y me protege. Es atento, guapo y mira cómo se lleva con Ruth. Pero, a la vez, pienso en Carlos. En que quizá he pasado página demasiado pronto.

—Mira, hija, debes navegar, es lo bonito de este viaje, de esta vida. No tenemos otra, ¿sabes? Y creo que tú mejor que nadie sabes lo que significan las segundas oportunidades. Tuviste una segunda oportunidad para vivir, para volver a caminar, para volver a enamorarte y ahora que has encontrado a alguien que vale la pena y con quien crees que puede funcionar ¿qué vas a hacer? ¿Pensar que es demasiado pronto? La vida no espera, Julia.

—Pero en él solo veo cosas buenas mamá.

—¿Y dónde está el problema? —preguntó ella.

—Pues en que es demasiado bueno. Debe de tener algún fallo.

—Por supuesto que los tendrá, pero eso es lo bonito de navegar con alguien. Es conocer a la persona por la que has apostado, descubrir sus fallos y sus virtudes y, a veces, perderás pero quizá entre todas esas veces que pierdas, llegue un momento en el que ganes. Y en ese instante lo sabrás, que estabas ante la persona acertada. Quizá no es Pol, ni el que siga a Pol, pero si no te subes a ese barco, te perderás todo el viaje.

La conversación terminó en aquella piedra en la que estábamos encaramadas. Acabé de contarle todo el periplo con la anciana, lo de mi brecha y lo que ocurrió en el faro. Y allí, abrazadas madre e hija, fue como si el tiempo no hubiese pasado, me sentía como si todavía fuese pequeña. De camino a casa me quedé mirando la calle que conducía hasta la casa de mi abuela. Mi madre me miró y me agarró del hombro.

—Toma las llaves. Estaremos en casa, tómate tu tiempo.

Quería ir a la casa de mi abuela, a acariciar los marcos de fotos, a observar el sillón donde siempre me daba de comer, la manta con la que siempre nos tapábamos para ver las películas que ponían en la televisión. Necesitaba volver a sentir todo aquello. Me acerqué hasta la puerta y entré. Todo fue desolador. El silencio más profundo que he sentido nunca. Encendí la luz y vi que en la entrada había un ramo de flores al lado de fotografías de Ruth, mías y de sus otros nietos. Ella siempre me decía que era su favorita. Cuando me iba para Gijón, me solía preparar tuppers de lentejas o sopa para que al llegar a mi casa los congelase, me decía que así ella podía dormir tranquila sabiendo que tenía buena comida en el frigorífico y no esas gorrinerías que había hoy en día. Una vez metió en la bolsa un gran tarro de almendras recién tostadas. Le encantaba cogerlas y prepararlas. Cuando llegué a Gijón la llamé para avisarle de que ya estaba en casa y le pregunté qué estaba haciendo. Me dijo que estaba viendo los informativos de la noche y que no tardaría mucho en irse a dormir aunque tuviese insomnio. Entonces me preguntó:

—¿Has abierto el tarro de las almendras?

Lo había colocado en el armario de la cocina. Las almendras me servirían para luego en esa semana acompañar las cenas o comidas.

—No, lo acabo de colocar. Mañana me comeré algunas.

Al día siguiente cuando me levanté para ir al periódico cogí el tarro para llevarme unas pocas al trabajo. Al volcar el bote, además de las almendras, cayó un billete de cincuenta euros que mi abuela había metido para mí. Para ella en realidad no me había hecho mayor.

Recorrí su salón con las manos: la pared estaba fría, el relieve del gotelé pasaba por las yemas de mis dedos como pequeñas montañas. Me acerqué hasta el sillón marrón, en el que siempre se sentaba, la manta seguía en la silla de al lado, la utilizaba para taparse por las tardes para no encender la calefacción. Todo estaba igual. Miré hacia los lados y vi la habitación. Abrí la puerta lentamente, no me hizo falta encender la luz, ya que la farola de la calle daba justamente a su ventana. El reflejo naranja iluminaba la cama y su tocador. Me acerqué a la almohada y vi cómo sobresalía su pijama, perfectamente doblado. Se me escapó una sonrisa. Rocé su lado de la cama, el que siempre fue suyo y del que nunca se atrevió a salir por, si alguna vez, él regresaba.

Miré al techo, pensando en todo lo que ya la echaba de menos. Esperaba que algún día volviéramos a encontrarnos. Me dirigí hacia el armario de madera, en el que estaba toda su ropa y con mis dedos rocé sus abrigos. Su olor estaba allí. Observé el hueco del armario, era el lugar donde ella tenía las cartas.

Me emocioné al verlo vacío y saber que fue ella quien me las entregó pidiéndome que las cuidase, dado que era lo único que le quedaba de su marido. Al mirar el hueco vi como si hubiese algo tirado al fondo, tiré del fino hilo que tenía y apareció un chupete con mi nombre grabado. Me lo llevé, esta vez su niña volaba, como ella decía.

37

Volví a casa y mi padre había puesto a Pol a limpiar un gran rape que había en la cocina, le enseñaba con su destreza cómo sacar las espinas y no dejar ni una dentro.

—Qué chico tan hábil, Julia. Me gusta, definitivamente, me gusta.

Eso fue lo que dijo nada más entrar en la cocina y ver lo que estaban tramando. Pregunté por mi abuelo y Pol me señaló la parte de arriba. Me fui hasta las escaleras tranquilamente, las subí como cuando era pequeña, viendo todas las fotografías que había en la escalera. Me encantaba observarlas cada vez que subía. Mi foto de la graduación, la del parto de Ruth... todo lo importante estaba sobre aquella pared. Llegué hasta la parte superior de la casa y encontré a mi abuelo junto a la ventana de mi habitación, parecía que observaba algo. En un par de segundos vi cómo la luz del faro de Cudillero se reflejaba contra el mar.

—¿Te gusta, abuelo? —le pregunté.

Alzó su mano y señaló el faro. A él se accedía por un camino que me encantaba recorrer cuando era pequeña para ver cómo se encendía la primera luz. Era justamente cuando el sol se escondía por completo y ya no quedaba ni un solo rayo, entonces, aparecía. Recitando una cuenta atrás, mis amigos y yo jugábamos a ver quién acertaba el momento exacto.

Dejé allí a mi abuelo que disfrutara de la luz del faro mientras preparaban la cena. Salí de mi habitación y vi luz en la habitación de Ruth. Toqué ligeramente a la puerta con la mano.

—Pasa —contestó desde dentro. Estaba sentada en la cama leyendo.

—¿Qué lees? —le pregunté.

—*Moby Dick*.

—Vaya. A mí me lo regaló papá en uno de mis cumpleaños. Me encantó, la verdad. ¿Te está gustando?

—Mucho. Últimamente estoy leyendo bastante, voy a la biblioteca de mamá y cojo cualquier libro. Ella solo tiene libros buenos.

—Eso es verdad.

Me acerqué hasta su cama y me senté a su lado.

—Oye, ¿has pensado lo de la carrera? No quería preguntarte para no agobiarte pero sé que las inscripciones se hacen en un par de semanas y me gustaría que decidas lo que decidas lo hagas porque lo tienes claro.

Mi hermana cerró el libro de Herman Melville y suspiró.

—Me da mucho miedo cualquiera de las dos opciones, Julia —comenzó—. Como te dije, me encantaría hacer Periodismo, pero a la vez pienso que no valdría para ello, con todo el tema del abuelo, viéndote cómo te dejabas la piel consiguiendo una historia que parecía no existir.

—Pero existía, Ruth. Y tú descubriste lo del faro. Fue una de las claves para dar con él, recuérdalo.

—Ya, Julia, pero quizá eso fue solamente un golpe de suerte.

—O no —la interrumpí—, quizá es algo que se te da bien y de lo que puedes vivir durante toda tu vida como yo. Escribiendo, interesándote por historias ajenas a ti o incluso tuyas. Lees, redactas, dialogas. Al final todo es enriquecerte a ti misma y creo que tú —dije tomando el libro de *Moby Dick*—, ya lo estás haciendo.

Mi hermana me sonrió, sabiendo que mi consejo le valdría para decidir de una manera más clara, no quería condicionarla en su toma de decisión, pero sí quería que lo hiciese de una forma honesta, sin pasarlo mal y pensando solamente en ella, ni en mis padres, ni en mí ni en nadie más.

—¡La cena! —anunció mi padre desde abajo.

Pol subió para ayudarme a bajar a mi abuelo, como siempre, pendiente de todo. Le sonreí y me acordé de las palabras de mi madre. Estaba conociendo a la persona por la que había apostado y me quedaba embobada intentando encontrarle sus fallos, aquellos que, por más que me empeñaba en descubrir, no encontraba por ningún lado.

Bajamos a mi abuelo entre los dos y lo sentamos a la mesa. El pescado estaba en una gran fuente. Mi hermana se sentó al lado de mi abuelo. Pol y yo juntos, y en los extremos mi padre y mi madre, que no nos quitaban el ojo de encima, como si fuésemos una pareja de adolescentes en el instituto. Mi padre comenzó a servir el pescado y al principio hubo silencio, mi abuelo observaba el plato y mi hermana le ayudó a desmenuzarlo para que no se atragantase. Era una escena tan tierna que miré a mi madre y tampoco ella se la estaba perdiendo, sonriendo.

—Y bueno, Pol, ¿tú a qué te dedicas allí, en...? —dijo mi madre.

—En Hamburgo —contesté—, vive en Hamburgo.

—Pues soy médico. Trabajo en el hospital de Hamburgo desde hace ya unos cuantos años. Me fui allí a probar suerte y, al final, me ofrecieron un contrato indefinido.

—Vaya... Qué suerte —comentó mi madre.

—Pero, aun así ¿no ves muchas desgracias? —preguntó esta vez mi padre.

—Bueno, también damos muchas alegrías cuando salvamos vidas. Y es con eso con lo que debes quedarte; si te quedas con lo negativo sería imposible avanzar.

Mis padres se miraron con complicidad, sabían que estaban ante una persona que parecía valer la pena.

—¿Y vivías en Barcelona? —preguntó mi padre de nuevo.

—Sí. La ciudad es preciosa, pero quería tener nuevos retos, horizontes que superar y desde pequeño había sentido admiración por Alemania. Al finalizar la carrera y empezar el MIR tenía claro quería trabajar en alguna ciudad de allí. Al medio año me ofrecieron la plaza en la que estoy ahora mismo.

—Y tus padres, imagino que orgullosos.

Pol se rio ante la afirmación de mi padre.

—Sí. Bueno, ellos siempre me decían que querían que estuviese donde fuese feliz por completo. No feliz a medias sino al cien por cien. Y saben que allí lo soy.

Mi madre y yo nos miramos. Ambas sabíamos lo que eso significaba.

—¿Y desde siempre tuviste claro que querías ser médico? —Mi hermana se había apuntado también al interrogatorio en el que se estaba convirtiendo la cena.

—Pues, fíjate, al principio mi madre quería que estudiase Arquitectura, como ella, pero después pensé en lo que realmente me gustaba a mí, que era salvar vidas, curar e investigar acerca de las enfermedades. Pero antes de decidirme por Medicina pensé muchas otras opciones, pero siempre hay un momento en el que sientes lo que debes elegir: por muchos caminos que tengas siempre habrá uno que te elegirá a ti y, en mi opinión, es el que siempre debes coger.

Mi hermana le respondió con una gran sonrisa.

Él, por debajo de la mesa, me rozó con la mano la rodilla. Fue una caricia, pequeños detalles y gestos que hacían que me sintiese la persona más afortunada del planeta.

A mi abuelo parecía gustarle mucho el pescado que preparó mi padre, ya que no dejó ni un trozo. Después de cenar, me quedé ayudando a mi madre a recoger.

—Me gusta mucho para ti.

—Mamá, él tiene su vida allí —mi madre me miró a los

ojos—, y no sé, sinceramente aquí os tengo a vosotros, a Ruth, ahora también al abuelo, tengo mi trabajo en el periódico y no puedo dejar todo esto por...

—Por él. ¿Por qué no podrías?

El silencio llegó de nuevo a la cocina.

—Mira, yo soy tu madre. Y soy la primera que quiere tenerte cerca, ya sabes que no hay cosa que me guste más que tenerte aquí a mi lado. Y si por mí fuera, y tú lo sabes, no te habrías ido nunca de Cudillero, pero ahora veo un brillo especial en esos ojos —dijo acariciándome las mejillas—, y hacía mucho tiempo que no los veía así.

—Ay, mamá.

—Ya lo decidirás. ¿Cuántos días se queda? —inquirió ella.

—Tres más.

—Aún estás a tiempo de meditarlo antes de que se marche.

Suspiré.

—¿Y qué vamos a hacer con el abuelo? —le planteé yo.

—Bueno, tu habitación siempre está libre y aquí hay espacio de sobra. Además de que yo estoy aquí en casa las veinticuatro horas del día, salvo cuando bajo a hacer la compra. Incluso podría acompañarme, le vendría bien para la circulación.

—¿Te encargas de cambiarle la bombona, porfa? Estoy que me caigo de sueño.

—Sí. Tranquila. Ya me ha dicho Pol cómo hay que hacerlo. —Le sonreí.

—Es más mono...

Al salir de la cocina pasé junto a Pol rozándole el brazo aposta y fui hacia la escalera. Él miró a mi madre y ella le guiñó el ojo. Entramos en mi habitación, cerré la puerta. Sabía que teníamos una conversación pendiente.

—Uy, esa mirada. ¿Qué estás tramando? —me preguntó Pol.

Me senté en la cama, mi cama de toda la vida, la testigo de todas las lágrimas que había derramado por amor, desde los chicos del instituto de los que me enamoraba hasta cuando ya no era tan pequeña.

—Ven, siéntate, anda.

Pol me agarró la mano y se sentó a mi lado. Su mirada te invitaba a que no dejases de mirarlo nunca, y en lo único en lo que pensaba era en besarle. Quería agotar todos mis besos antes de que se volviese a Hamburgo. Pero necesitábamos hablar de lo que nos estaba ocurriendo.

—Verás, hay algo a lo que no dejo de darle vueltas. Al principio pensé que simplemente era una cosa pasajera, pero a medida que han ido pasando los días me he dado cuenta de que no. De que hay algo más aquí adentro —confesé tocándome el pecho—. Sé que esto es diferente. Por una parte, pienso en que no debería dejarte escapar, que debo subirme al avión que tienes que tomar en un par de días y comenzar una nueva vida allí contigo. Pero por otra, pienso en todo lo que me ata aquí, mi hermana, mis padres, mi trabajo en Gijón, y ahora también mi abuelo. Y no quiero que sirva como excusa pero, de verdad, que no puedo sacarte de mi cabeza.

Pol suspiró y después besó mi frente como si fuese a darme las buenas noches. Nos quedamos los dos tendidos en aquella cama estrecha, mirándonos fijamente; las farolas de Cudillero reflejaban su luz naranja en el techo de mi habitación como si fuesen estrellas. No podía separarme de Pol, quería quedarme con él, así abrazados. Necesitaba más noches con él, en las que me sintiese segura sin ningún miedo. Pero tenía un auténtico conflicto entre mi corazón y mi cabeza. Un barullo de cables y sentimientos que necesitaba desliar para que volviese a pasar la corriente.

—Te pediría que te vinieses conmigo, que me gustaría amanecer todos los días a tu lado y que posiblemente en estos días que he estado contigo haya sido más feliz que en toda mi vida. Pero sería ser egoísta pedirte que dejases todo lo que tienes aquí por mí. No quiero que hagas eso porque sé que en el fondo no quieres hacerlo. Y lo entiendo, aunque me duela en el alma dejarte aquí a tantos kilómetros de mí. No puedo dejar que me acompañes, Julia, no debo hacerlo.

Cerré los ojos y con mi mano recorrí el pelo de Pol, con mis dedos perfilaba sus finas orejas y le rozaba la barba que tanto me gustaba, los lunares de su cuello en forma de uve, sus largas pestañas, también sus labios y su masculina nariz.

—No dejaría de mirarte nunca.

—¿Y por qué ibas a dejar de hacerlo? —me preguntó.

Su pregunta llegó en forma de beso, lentamente y con cuidado. Le quité la camiseta mientras él me desabrochaba la blusa y con sus manos de cirujano tocaba mis pechos. Puse las mías en su espalda ardiente. Me seguía besando, sus labios recorrían cada trazo de mi cuerpo y yo sentía que flotaba. Ambos notábamos el mismo calor y ya no notábamos el frío del norte. Estaba con él. Me bajó las bragas y noté su lengua lamiéndome. Lentamente volvió a subir y apretó su cuerpo junto al mío. Sentí su pene duro, me deslicé hacia abajo y lo metí en mi boca. Su respiración se aceleraba y el placer era inmenso. Me tomó en sus brazos y me penetró. Estuvimos toda la noche en la habitación. No podíamos parar, yo sobre él, él sobre mí, con delicadeza y sin ella. Habíamos acumulado tanto deseo y tensión que necesitábamos dedicarnos esas horas de amor y sexo. Intentamos no hacer ruido y eso nos dio más morbo. Aquello fue lo más intenso que había vivido nunca. Nos quedamos rendidos sobre la cama, sentí lo especial que había sido. Mi cabeza estaba apoyada sobre su pecho y mi pensamiento pedía que se quedase. Que se quedase cerca de mí durante mucho tiempo.

Amanecía en Cudillero, quería enseñarle el pueblo a Pol. Al despertar tuve una sensación rara. Él dormía aún y su brazo me envolvía. Sentí que era un día menos con él. Con delicadeza aparté su brazo y me fui a ver a mi abuelo, que dormía en la habitación de Ruth. Mi hermana durmió con mi madre, y el sofá le tocó a mi padre.

«Pobre», pensé, pero era una situación provisional hasta que yo me marchase a Gijón.

Abrí la puerta con cuidado de no hacer ruido. Los primeros rayos entraban por la ventana. Mi abuelo dormía plácidamente, me acerqué a la botella de oxígeno para comprobar que estaba todo bien, le sonreí y cerré su puerta de nuevo. En la casa, todos dormían. Y entonces supe lo que quería hacer, necesitaba tomar una decisión antes de que fuese tarde. Me di una ducha, cogí la ropa y me subí al coche. Al arrancar vi el jardín, así que salí de nuevo del coche y me fui al parterre que acababa de plantar mi padre. Arranqué una rosa roja, la más hermosa, y volví al coche. Puse camino para hablar con quien más añoraba. Lo necesitaba en ese momento, pero a la vez a quien más miedo me daba contarle lo que ocurría en mi vida.

38

El cementerio de Luarca acababa de abrir sus puertas, eran pasadas las ocho y media de la mañana, el frío era abrumador. Fui por el camino entre tumbas y panteones y bajé hasta la parte de abajo, donde se encontraba Carlos. Con mi rosa en la mano llegué hasta su tumba. Me apoyé levemente y puse la flor encima de la lápida con su nombre. Aún no había superado la impresión que me provocaba ver su nombre sobre una piedra en aquel lugar. Tenía la necesidad de hablar con él, de contarle lo que me carcomía desde que conocí a Pol, pensé que quizá, al soltarlo, podría respirar más tranquila.

Observé el cuenco rojo de su familia, seguía vacío; de hecho una araña estaba tejiendo su tela alrededor. Sentía rabia por la familia en la que le había tocado nacer a Carlos, llena de privilegios y con más dinero del que podrían gastar nunca, pero devastada por el egoísmo y la necesidad de pasar página para también olvidar lo que se escribió en ella.

—Hola, cariño. —Así era como lo saludaba siempre cuando llegaba del trabajo. Con esa bienvenida y un beso—. He estado más de una semana fuera, pero no fuera de Asturias sino fuera de España. ¿Te acuerdas de la historia de mi abuelo? ¿Del que siempre nos hablaba mi abuela cuando nos quedábamos a comer con ella? Pues resulta que tenía unas cartas escritas por él y ya me conoces, empecé investigar un poquito porque quería saber más acerca de él y de cómo había muerto.

Le conté la historia de lo que había ocurrido con mi abuelo pero también que había conocido a Pol. Le dije que me cuidaba mucho pero que algo no me dejaba avanzar. Que podría ser el miedo.

—Tengo miedo de olvidarte, Carlos. Miedo de olvidar momentos que vivimos por pasar con otra persona por encima de ellos. Pero lo único que sé es que Pol ha sido la luz que necesitaba para salir del túnel en el que estaba. Y tú sabes mejor que nadie el miedo que le tengo a la oscuridad. A la soledad y al vacío. Con él me siento acompañada y plenamente segura. Segura de que todo puede salir bien pero solamente me falta dar el paso. Ese sencillo pero a la vez difícil paso.

Una lágrima resbaló por mi mejilla. Mis dedos recorrieron la C de Carlos, y después la A. Y después cerré los ojos para deslizar toda la mano por su nombre. Para que, de alguna forma, sintiese que nunca me había ido de su lado. Cogí mi bolso y me abroché el abrigo cuando algo ocurrió: una mariposa de alas azules se posó en la rosa roja que dejé sobre la tumba. Era una mariposa preciosa, sus alas parecían coloreadas al detalle para que te quedases embelesado mirándola. Me quedé bien quieta para que no se fuese. Me acerqué lentamente para que no se asustase, pero ni se inmutó. Cada vez la tenía más cerca, y cuanto más me aproximaba más maravilloso se veía el color azul de sus alas. La tenía a un par de centímetros y puse mi mano cerca de la flor. Sabía que en cualquier momento echaría a volar. Pero eso no ocurrió. Al apoyar mi mano la mariposa, de un salto, se posó en mi dedo anular. Me sobresalté y la volví a depositar en la rosa. Me pareció un gesto precioso y saqué el móvil para hacer una fotografía. Me fui de allí con una sonrisa en los labios.

Volví a casa por la carretera de Luarca pensando que tenía que escribir el reportaje de mi abuelo, así que llamé a Bárbara.

—¡Julia! —exclamó.

—Hola, Bárbara, ¿qué tal estás?

La alegría por mi llamada era tan notable que casi sentía a mi jefa dentro de mi propio coche.

—Pues, mira, agobiadísima porque de los dos reportajes que tenemos para presentar al Urbizu ninguno vale realmente la pena.

—¿De qué van los dos que han presentado?

—Eduardo Fonseca, el de Política Social, ha hecho un reportaje sobre las promesas que dicen los políticos antes de las elecciones y que nunca llegan a cumplir. Un tostón, sinceramente.

Me reí ante la valoración de Bárbara. La verdad es que los pocos reportajes que había leído de Fonseca eran un suplicio; eso sí, era el mejor analista de política de todo Asturias.

—Y luego tenemos el reportaje que ha hecho Luz, la redactora de Cultura. Este me atrae más pero no me acaba de convencer. Ha escrito un reportaje acerca de lo poco que leen los niños en los últimos años. Habla sobre el incremento de los regalos tecnológicos en Navidad, cada vez hay más iPhones, iPads y Plays que libros. Me gusta pero no lo veo como para ganar el Urbizu. Pero, bueno, es con lo único que contamos. La convocatoria se cierra en un par de días.

—Yo no he preparado nada este año, Bárbara. Ya sabes cómo he estado con todo.

—Ni hacía falta, cariño. Bastante haces ya por este periódico.

—Vuelvo el lunes —le recordé.

—Y no sabes las ganas de tenerte ya por aquí. Bueno, Julia, tengo que ir a llevar a los niños, que este fin de semana le tocan a su padre y así puedo aprovechar para ordenar un poco todo.

—Vale, Bárbara. Oye, un beso fuerte.

—Otro más grande para ti. Te noto más feliz.

—Igual es porque lo estoy.

—Uy. El lunes me cuentas —exclamó colgando.

Entré en casa y seguía en silencio. Subí las escaleras con cuidado y allí estaba, igual de dormido que antes pero algo más estirado. Me reí y le hice una foto, estaba guapísimo hasta dormido. Me acerqué y le toqué el pelo. Mis caricias hicieron que se moviese un poquito y después abrió los ojos.

—Buenos días, dormilón.

Él, que aún entornaba los ojos por la cantidad de luz que había en la habitación, me agarró de la cintura y me tumbó con él.

—¿Dónde estabas? —me preguntó—. He notado mucho espacio libre en la cama.

—He madrugado para ir al cementerio —respondí tumbada a su lado—, quería ir a ver a Carlos antes de irme.

Pol se incorporó un poco.

—¿Y qué tal estás?

—Bien, bien. Todo bien. Simplemente. Bueno, ya sabes, quería estar un poco allí. —Pol no sabía qué decir y la verdad es que lo comprendía perfectamente.

—¿Cuándo nos vamos? —preguntó.

—Pues hoy quiero enseñarte el pueblo y nos iremos esta noche para Gijón, ¿te parece? —le propuse acercándome a su nariz.

—Me parece perfecto —afirmó besándome.

—Pues vístete, que te quiero llevar a un sitio.

Así lo hizo. Luego bajamos las escaleras con cuidado de no despertar a nadie.

El pueblo tenía muchos lugares especiales, pero había uno que sobre todo quería compartir con él. Salimos de casa y caminamos cuesta abajo, chispeaba un poco, como casi todas las mañanas. Bajamos las escaleras que había al doblar la calle y recordé que por ellas bajaba a coger el autobús que nos llevaba a otro pueblo, que era donde teníamos el colegio. Caminaba feliz cada mañana bajando estos escalones. Llegamos al final y cruzamos el puente de hierro de Cudillero, al girar estaba el lugar que quería enseñarle a Pol.

—Y aquí está —dije señalando.

Pol observó lo que tenía ante él. Un gran túnel subterráneo en forma de galería que nacía justo en medio de una montaña llena de vegetación. En la entrada un gran torrente de agua caía a los lados, pero estaba tan oscuro que casi ni se percibía la luz.

—¿Sabes que en este lugar di mi primer beso?

Él miró observando con detalle la gran abertura que había frente a él.

—¿Con cuántos años? —me preguntó.

—Tenía ocho, fue con Samuel, mi íntimo amigo del colegio. Me trajo hasta aquí y me dijo que pasáramos, pero a mí me daba mucho miedo porque de pequeña nuestros padres nos contaban que ahí dentro estaba el hombre del musgo, un terrible hombre lleno de barro y vegetación que se comía a los niños. Lo hacían para que no nos acercásemos por aquí pues había peligro de derrumbamiento de rocas pero, aun así, ese día, Samuel me pidió que pasase con él. Al entrar noté el frío, había mucha humedad del agua que caía por el torrente, Samuel me agarró de la mano y fuimos hasta la mitad del camino, le dije que no quería seguir hacia adelante porque tenía miedo. Estaba aterrada por si salía el hombre del musgo. En ese momento me dijo que si cerraba los ojos no me daría tanto miedo. Y por un instante le hice caso y cerré los ojos. Segundos después nos estábamos besando. Abrí los ojos de golpe y vi cómo mis labios y los de él estaban juntos. Me separé corriendo y él se rio. Le dije que no tenía gracia y al día siguiente todo el colegio decía que éramos novios porque Samuel se había encargado de contar que me besó bajo la galería de la montaña.

—Qué listillo era el Samuel ese, ¿no? —comentó riéndose.

—Le odié con todas mis fuerzas.

Pol me agarró del hombro y juntos nos aproximamos a la entrada de la galería hasta atravesarla. El agua caía cada vez más cerca. La parte de arriba de la galería goteaba y cuando las gotas caían al suelo lo hacían de una forma estremecedora, resonaba cualquier ruido. Por lo demás, todo estaba lleno de telarañas. Pero lo bonito no estaba allí, sino al otro lado. Llevábamos ya media galería atravesada cuando Pol me paró en seco.

—¿Qué pasa? —pregunté extrañada ante el parón tan brusco. Pol se acercó a mí.

—Cierra los ojos.

—¿Qué?

—Que cierres los ojos.

Me empecé a reír.

—¿De verdad, Pol?

Cerré los ojos y noté cómo me agarraba de la mano, lentamente sentí sus labios por mi cuello, fue subiendo un poquito más y me rozó la oreja: sabía que me encantaba que hiciese eso. Y se acercó a mis labios.

—Espero que este, al menos, te guste un poco más.

Y me besó de una forma tan bonita que al agarrarle la nuca casi me tumbó para seguir besándome. Llegamos al final de la galería. Al otro lado comenzaba el gran bosque de Cudillero. Era un bosque muy grande del que muchas fábricas conseguían madera, hasta que un decreto prohibió la tala en este lugar y desde entonces ninguna máquina había pasado por allí. Era un bosque precioso, con grandes abetos y pinos. Multitud de animales deambulaban por él. Escuché a un par de hombres decir que una vez vieron a un oso en la zona más alta del bosque, pero ninguno consiguió sacar una fotografía del susto que se llevaron. Yo no sé si habrá osos pero nunca me he acercado por aquí por si me encontraba con algo parecido. Pero me apetecía que Pol viese ese lugar. Que respirase un poco de lo que tenía en Alemania también aquí, de una forma distinta, ya que el aire no huele igual. Yo prefería el de Asturias.

A Pol le encantó aquel sitio, se respiraba tantísima paz que no había forma de que quisiera atravesar la galería para salir de allí. Nos quedamos un rato hasta que entendió que no podíamos permanecer allí eternamente, teníamos que regresar y preparar la maleta y, sobre todo, comprobar que todo estaba bien con mi abuelo. Ya de vuelta, Pol no paraba de mirar atrás y decía que era por si venía algún oso, pero en el fondo sabía que era porque el lugar le había fascinado. Llegamos a casa y ya estaban todos despiertos: mi hermana estaba viendo un programa en la televisión mientras desayunaba, mi madre estaba haciendo café y mi padre leía el periódico.

—¡Chicos! —exclamó mi madre nada más vernos—. Sí que habéis madrugado, ¿no?

—Sí. Quería enseñarle a Pol un poco el pueblo antes de irnos.

—¿Cuándo salís, Julia? —preguntó mi padre con sus gafas de leer a mitad de la nariz.

—Después de comer, que si no se me hace muy pesada la carretera.

—¿Has dicho que después de comer? —dijo mi hermana desde el salón.

—¡Sí!

—Pues vaya, ya podías quedarte unos pocos días más.

—No puedo, Ruth. Tengo que llevar a Pol al aeropuerto y el lunes vuelvo al trabajo.

Pol me miró como sintiéndose culpable de que lo tuviese que llevar. Le hice un gesto con el dedo en la boca para que se callase.

—¿Y el abuelo? —inquirí.

—Le acabo de cambiar la bombona, hace un rato.

—Voy a verlo —anuncié subiendo por la escalera.

Abrí su puerta, allí estaba, mirando por la ventana como si fuese él quien vigilara el pueblo.

—Hola, abuelo —dije acercándome.

Me miró y siguió poniendo vista hacia la plaza del pueblo.

—¿Sabes que hoy me voy? Volvió la cabeza y me miró.

—¿Tú? —titubeó.

—Sí. Yo. Tengo que irme esta noche.

Sus ojos me miraron fijamente durante un rato y después devolvió la vista al mar. Le sonreí.

—Te voy a echar de menos. Pero ahora que te tengo tan cerca puedo venir a visitarte más a menudo.

Se volvió a girar, pero esta vez no hubo suerte. Simplemente me miró y yo lo dejé allí, en aquella habitación embelesado mirando al mar.

Nos pusimos a hacer la maleta. Bajé a la cocina y mi padre estaba preparando una paella, le salían riquísimas e imagino que no quería que Pol se fuese sin probar su especialidad. Salí a la terraza, me senté a la mesa y saqué mi móvil para llamar a Mónica.

—¡Diga! —exclamó.

—¿Qué haces, corazón?

Al poco tiempo me contestó:

—¡Hola, Julia! Bien, aquí en casa, tranquilita. ¿Por allí qué tal las cosas?

—Bien. Marchan que no es poco. Mi abuelo se quedará en casa de mis padres y Pol regresa mañana a Alemania.

—Has decidido ya, ¿imagino?

—Estoy en un ochenta-cien.

—¿Para quién es el veinte? —preguntó irritada.

—Para quedarme aquí.

Mónica suspiró al saber que había un ochenta por ciento de posibilidades de que me fuese.

—Me gustaría que nos viésemos, tengo que contarte algo.

—Uy. Eso me da miedo.

—Tranquila, no es nada. Simplemente quiero que veas algo y lo comentemos.

—Pues mañana Pol coge el vuelo temprano, si quieres podemos vernos después de que lo lleve al aeropuerto.

—Nos vemos si quieres en la cafetería de al lado del periódico.

—Perfecto. Vamos hablando, ¿vale? —le dije antes de colgar.

—Disfruta, anda.

Me quedé con ese «disfruta». Quizá era el momento de empezar a disfrutar una nueva vida allí, en Alemania. O quizá también debería no dejar de lado a mi familia, amigos y trabajo por el simple hecho de que hubiera llegado alguien a quien consideraba, de momento, especial. No podía dejar a mi familia en esos momentos, ni tampoco el trabajo.

Solamente necesitaba cerrar los ojos y ver cómo me imaginaba el mañana. Si en Alemania o, por el contrario, en Gijón. La sensación de empezar de nuevo en otro lugar me atraía y a la vez me tiraba mucho para atrás, ya que tenía que sacrificar una parte importante de mi vida. Quizá lo que menos necesitaba ahora era cambiar todo eso. Estaba hecha un lío.

39

La paella de mi padre estaba riquísima, como de costumbre. Todos los domingos le encantaba hacerlas para las tres mujeres de su vida, como nos llamaba él. Mi madre, Ruth y yo, salvo que ahora se habían añadido dos hombres más: mi abuelo y Pol. Le gustaba madrugar, arreglar el marisco y cocinar durante toda la mañana. Eran domingos en familia en los que alguna tarde, después de comer, nos bajábamos a la playa del Silencio a ver el ocaso. Era mi pequeño retiro de paz y tranquilidad, siempre me esperaba a que cayese el sol antes de volver a Gijón. Venía fin de semana sí, fin de semana también. Después conocí a Carlos y eso cambió un poco las cosas, aunque a él también le encantaba pasar los domingos en Cudillero. Hasta que tuvimos que empezar a pasarlos con su horrible y espantosa familia, de la que en estos momentos no tenía ni una sola noticia. Y tampoco me interesaba, el único que me trató bien de todos ellos fue Enrique, su padre.

Al terminar de comer mi madre nos ayudó a bajar las maletas y como siempre me había preparado una bolsa con pescado para tener esa semana en Gijón.

Mientras Pol metía las maletas fui camino de lo que más me iba a costar: despedirme de mi abuelo. Abrí la puerta de la habitación de mi hermana y allí estaba, en su silla mirando por la ventana.

—Hola, abuelo —dije sujetándole la mano.

Él me miró como siempre lo hacía, sin saber muy bien quién era. Debía despedirme de él, tenía que hacerlo aunque volviese el próximo fin de semana. Tenía que darle un abrazo, un abrazo de gratitud.

—Abuelo, debo marcharme para Gijón, mañana vuelvo a trabajar al periódico y voy a tener mucho trabajo. Pero prometo intentar venir el próximo domingo, ¿vale? —le comenté—. Dile a mamá que te lleve al faro alguna tarde o a Ruth, que seguro que te gusta mucho la puesta de sol desde allí.

Me acerqué a él, le rodeé con mis brazos y le di un beso en la mejilla. Al salir de la habitación noté algo. Fue un leve sonido. Me giré y vi que su mano señalaba a la ventana; me acerqué pensando que se refería al mar. Pero no era el mar a lo que señalaba: una mariposa volaba cerca de las ramas del árbol que se veía desde la ventana de Ruth. Era una mariposa de alas azules, muy parecida a la que vi en el cementerio esa mañana. Mi abuelo quería decirme algo, intentaba abrir la boca y pronunciaba algunas letras que yo no conseguía interpretar.

—Vu. Vu.

Me acerqué más a él. No sabía qué quería decirme.

—Abuelo, más despacio. Venga.

—Vu. Vue.

—¿Vuvué? —Lo miré extrañada.

—Ve. Vue. La.

—¿Abuela? —pregunté.

Y entonces lo dijo de una forma que lo entendí perfectamente.

—Vuela.

Entramos en el portal de mi apartamento, Pol llevaba las maletas y yo la bolsa de comida que nos habían dado mis padres. Mientras él llamaba al ascensor me fijé en el buzón, estaba a rebosar de cartas. Lo abrí y al cerrarlo me acordé, una vez más, de que aún no había quitado el letrero con el nombre de Carlos. Algunas cartas seguían llegando a su nombre, una suscripción a una revista de derecho penal, cartas del banco y alguna más. Una vez al mes su hermana Adela pasaba a recogerlas, pero el mes ya había pasado y después de la comida que tuvimos no volví a tener noticias suyas. Entré en el ascensor con Pol y se quedó mirándome para saber qué botón debía de marcar.

—El sexto, es el sexto.

—Vaya. Como para tener vértigo.

Me reí.

—Espera a ver las vistas.

Las puertas del ascensor se abrieron. Me ilusionó mucho llegar a mi puerta, rocé la madera blanca, significaba que ya estaba en casa. Mi apartamento. Abrí y allí estaba. La luz del atardecer se colaba por el salón. Era una casa amplia y tenía un balcón al que me encantaba salir a leer cuando no hacía mucho frío. Pol se sorprendió.

—Vaya. Qué buen gusto tienes —comentó mientras veía el salón.

—Fue cosa de dos.

Se fijó en las fotografías que había en la estancia. La mayoría eran de Carlos y yo, o con nuestros amigos, en algún cumpleaños o cena de antiguos compañeros de la universidad.

—Hacíais muy buena pareja.

—Ya. Todos nos lo decían.

No quería que siguiese hablando de Carlos. Para mí era demasiado extraño que la persona a la que le estaba entregando mi corazón viese fotografías con mi anterior novio.

—¿Puedes dejarme tu ordenador? Debo confirmar la facturación del equipaje de mañana.

Noté como un pinchazo en la barriga. La cuenta atrás seguía corriendo. Tictac. Tictac. Y cada segundo que pasaba sabía que era un segundo más sin él.

—Sí, claro. Voy a por él, que lo tengo en mi dormitorio. ¿Quieres picar algo?

—¿Picar algo? —repuso.

—Sí. Una cerveza o algo de patatas.

Pol se rio.

—Mejor después, ¿no? Para despedirnos.

Pum. Otro pinchazo, este lo noté un poco más. La palabra «despedirnos» fue algo dura en aquel instante. Fui hasta mi dormitorio y cogí el portátil que usaba para trabajar. Él se sentó en los taburetes de la mesa alta del salón. Allí desayunaba yo todas las mañanas, ya que las vistas de la cristalera daban al mar y se podía ver a la gente caminando por el paseo de San Lorenzo o gente corriendo o surfeando a primera hora de la mañana. Yo no tenía calefacción en el suelo como Pol, con la normal me apañaba, y con alguna manta, eso sí.

Pol tecleaba en la página web de la aerolínea.

—Vale, pues ya está. Salida a las diez y cinco. Debo estar sobre las nueve más o menos.

—No hay problema, te llevaré para allá cerca de las ocho, a las nueve entro en el periódico.

—Muchas gracias por llevarme.

—¿Gracias? —pregunté—. Tú también me llevaste a mí. Y dos veces.

—Pero la última me subí contigo.

Pum. Este fue el pinchazo más doloroso. Me quedé mirándole y le sonreí levemente. Tras esa puñalada bajé la cabeza.

—¿Damos un paseo y me enseñas Gijón? —me propuso al ver mi reacción.

—Vale. Pero abrígate.

Bajamos al paseo de San Lorenzo. El atardecer estaba en su plenitud, muchos de los surfistas iban a por las olas mientras las líneas naranjas de la puesta de sol se deslizaban en sus tablas. Pol me agarró de la mano, y caminamos por todo el paseo.

La tarde fue una sucesión de diferentes momentos, comenzó haciéndome cosquillas mientras yo le pedía que se detuviera, paramos a pedir un helado en uno de los puestos que había a mitad del paseo. Me ofreció un poco del barquillo de su helado de vainilla y cuando fui a darle un lengüetazo lo movió y me dio en toda la nariz dejándome un poco de helado en ella. Se empezó a reír y salí tras él. Bajó una de las escaleras que daban a la playa, se quitó sus zapatillas y comenzó a andar por la arena.

—¿¡Estás loco?! —le reproché desde el primer escalón.

—¡Vamos! No seas aburrida.

El viento era increíble, pero él estaba caminando por la arena y la verdad es que me sentía tan bien que ni lo pensé. Bajé corriendo las escaleras mientras él andaba de espaldas y me quité corriendo las Converse.

—¡Eh!

Y me encaramé a su espalda.

—Vaya, si al final la aguafiestas se ha animado a pasárselo bien. ¿Y qué pasa si hago...?

Pol echó la espalda para atrás y estuve a punto de caerme en toda la arena mojada.

—¡NO! Pol. Pol, por favor.

—¿Perdona? No te oigo.

Cada vez estaba más cerca de caerme en el agua que las olas acercaban a la arena.

—¡POL! ¡Dios! —no paraba de gritar.

—¿Cómo se piden las cosas?

—¡Por favor, por favor, por favor!

—No te oigo... debe de ser por las olas.

Mi pelo rozó el agua, a pesar de que él me agarraba por la cintura.

—¡Pooooooool! —Una ola estaba a punto de engullirme y grité nada más notar el frío del agua.

Rápidamente me subió de una hacia él. Le abracé por si acaso y entonces, muy despacio, me bajó a la arena mientras se reía. No me había hecho gracia pero al verlo troncharse de risa me salió una carcajada. Así era él. Mayor con alma de niño. Iba a seguir andando pero su mano me agarró del brazo y con fuerza tiró de mí, me choqué con su pecho. Me quedé quieta, mirándole a los ojos, dejándome llevar, y se inclinó hacia mí. Nos besamos. Nos besamos junto al último rayo del atardecer mientras los surfistas apuraban el último minuto de luz. Me besaba y notaba su lengua recorriendo la mía, sus labios mordiendo los míos. Una combinación casi perfecta en el lugar perfecto. La de veces que había recorrido esa arena para inspirarme en mis artículos y reportajes... La fotografía era perfecta porque la luz iluminaba nuestra silueta justo en la arena. El naranja se colaba entre nuestras caras, y seguramente entre nuestros labios. Salimos de la playa y ya estábamos en la zona más bonita de Gijón, donde había muchos restaurantes a pie de playa con grandes sofás y con fuego en las estufas para no pasar frío. El ambiente era increíble, las terrazas cubiertas de los restaurantes estaban llenas de gente.

—¿Te apetece cenar aquí? —me preguntó.

—¿Aquí? —repuse.

—Sí, ¿por qué no? Parecen bastante buenos.

—Anda, calla... aquí no, además, no habrá sitio.

Pol me miró y se rio. Se acercó a uno de ellos pintado en color blanco, se llamaba El Mancar. Estaba decorado con cientos de bombillas alrededor de toda la terraza cubierta con paredes transparentes. Habló con el hombre que estaba en la puerta y Pol me pidió que me acercase.

—Acompañadme, por favor.

El camarero cogió dos cartas y nos pasó a la sala acristalada. Se estaba tan bien que podías estar en manga corta. Se notaba que la gente que ocupaba las mesas de alrededor eran altos mandos de Gijón. «La gran élite» como nos gustaba llamarlos en el periódico: banqueros, arquitectos, empresarias, diseñadoras y un largo etcétera. Echamos un ojo a la carta y, solamente por el nombre, había cosas que tenían una pinta riquísima. Me la leí de arriba abajo pero no tenía ni idea de qué pedir. Miré a Pol y notó que estaba un poco agobiada.

—¿Has visto algo que te guste? —se interesó.

—Todo.

Nos reímos los dos.

—Mira los *nigiri* de espárragos a la plancha con salmón ahumado. —Solo con leerlo me daban ganas de pedir diez.

—Sí. Tienen que estar increíbles.

—Pedimos también media docena de percebes, que en Alemania no encuentro por ningún lado. ¿Te importa? —preguntó.

Madre mía. Mis favoritos. No quería decirlo porque eran demasiado caros, pero, visto lo visto, íbamos a tirar la casa por la ventana.

—Y para mí he visto este solomillo troceado con salsa y patatas.

—Yo creo que voy a pedir secreto ibérico con verduras y patatas también.

Pol levantó la mano y una camarera se acercó.

—Hola, ¿lo sabéis ya? —preguntó.

—Sí. Mira, un par de *nigiri* de espárragos a la plancha con salmón ahumado, media docena de percebes y para mí querría el solomillo troceado.

—¿Al punto? ¿Muy hecho?

—Muy hecho. Me encanta así.

La camarera seguía anotando.

—¿Y para ti? —dijo preguntándome.

—Yo querría el secreto ibérico.

—¿Al punto? ¿Muy hecho?

—Para mí al punto, por favor.

Terminó de anotar todo lo que pedimos.

—Pues ya está todo. ¿De beber qué querríais?

—Vino blanco —se apresuró a pedir Pol.

Lo miré sonriente, qué buena cena habíamos encargado en un momento.

—Perfecto. Para cualquier cosa mi nombre es Mirella.

—¡Gracias! —dijimos a la vez mientras la mujer se llevaba las cartas. Fijándome en ella me pareció reconocerla. Ella y su marido eran los dueños del restaurante, recuerdo que les hicimos una entrevista cuando lo abrieron. Su marido, Joaquín, es un chef muy conocido en Asturias y además de El Mancar también tenían un restaurante de éxito en Navia que se llamaba El Chaflán. Allí había ido una vez con mis compañeros de trabajo para celebrar la comida de Navidad y nos dejó alucinados con sus platos.

Trajeron el vino y al servirlo dejaron la botella en la cubitera con hielos para que no se calentase. Pol tomó la copa y la levantó.

—¿Por tu abuelo? —propuso.

—Él nos unió. Por mi abuelo.

Las copas chocaron y al hacerlo sentí otro pinchacito, este más cerca del pecho. Cercano al corazón. Llegaron los *nigiri* y estaban de muerte, qué sabor tenían.

—¿Y cuál es tu plan ahora? —le pregunté a Pol.

—Pues mañana vuelvo para casa y me voy a guardar un par de días para mí antes de volver al hospital; me apetece correr por ahí con Nolan, visitar a amigos que tengo un poco abandonados y estar en casa tranquilamente. Igual organizo alguna cena con compañeros y amigos, ya veremos qué tal vuelvo de ánimos —dijo riendo—. Y tú, ¿qué plan tienes tú? —Su pregunta vino acompañada de una mirada cómplice e intensa. De esas que te dejan atontada un par de segundos.

—Pues mañana tengo que volver al trabajo. En parte tengo muchas ganas de comenzar a escribir, sobre todo lo que ha pasado. Al final es lo que siempre me ha gustado y necesitaba volver a tener esa ilusión. Y bueno —añadí levantando la copa para darle un sorbo—, parece que esa ilusión ha llegado.

—Me alegro mucho. Cuando te conocí parecías frágil, estabas como protegiéndote de cualquier cosa, pero a medida que comenzaste a abrirte conmigo vi esos pequeños huecos de luz que proyectabas y supe que ahí había algo más. Que necesitaba saber más. Y fíjate —dijo levantando la copa para beber—, todo eso me ha traído hasta aquí.

Llegaron los percebes y los devoramos en un minuto. Sorbíamos su interior como si buscásemos el cofre del tesoro. Y poco después llegó su solomillo y mi secreto ibérico. ¡Dios mío, estaba delicioso! La carne era tan sabrosa que se deshacía en la boca. A él también le encantó su solomillo y dijo que hacía mucho tiempo que no se comía uno así. De postre nos trajeron una tarta de manzana que nos dejó sin palabras. Todo era de diez en aquel sitio. Pol pidió la cuenta y eché mano a mi bolso para buscar la tarjeta de crédito.

—¿Qué haces? —preguntó. Puse la mano encima de la suya.

—Te recuerdo que la última vez invitaste tú.

—¿Perdón?

—Sí. En el sitio de tu amigo. El que estaba en lo alto de la fábrica. ¿Qué pensabas, que no me iba a acordar? Invito yo.

Y puse mi tarjeta de crédito sobre la cuenta. Pol suspiró mientras me sonreía sabiendo que me había adelantado.

—¿Qué voy a hacer contigo? —planteó.

—Cuando lo descubras, dímelo a mí también, para saber qué hacer yo contigo.

Me devolvieron la tarjeta y Mirella nos deseó que pasásemos una gran noche. ¡Qué mujer tan amable!, pensé. Agarré a Pol de la mano y comenzamos a andar por el paseo de vuelta a casa. El mar estaba bastante movido y las olas resonaban muy cerca de nosotros. Ya era un poco tarde y prácticamente no había nadie por allí. Nos acercamos a las barandillas blancas, típicas del paseo de San Lorenzo, para ver el mar y escuchar cómo rompían las olas con fuerza. Nos llegaba la brisa de agua hasta nosotros a pesar de estar alejados.

—¿Y ahora qué, Pol?

No pude contener más tiempo la pregunta. Necesitaba respuestas.

—¿Ahora qué, Julia?

Me quedé en silencio sabiendo que ninguno de los dos sabíamos cómo gestionar esto.

—Ya sé que hablamos de esto, pero no sé. Quiero saber si tienes claro que si hubiese sido en otro momento o quizá en otras circunstancias...

—Lo sé, Julia. ¿Sabes?, a mí es al que más rabia le da que no te vengas conmigo mañana, porque sinceramente, aposté porque quizá había una ligera esperanza de que esto saliese bien. Y era una locura y ambos sabíamos que esta era la opción más probable, que al final cada uno siguiese su camino —miró hacia el mar—, pero no te voy a negar que el viaje ha sido precioso. Tu familia es maravillosa, te veo a ti cada vez que hablaba con tu hermana. Tienes unos padres increíbles y un abuelo que se agarra a cada ligero recuerdo para no desvanecerse. Conocerte ha valido mucho la pena, por lo que compensará todo lo que me dolerá irme mañana. De corazón. Y sabes que siempre podrás contar conmigo, cuando lo necesites y donde me necesites. Y que siempre tendrás casa en Alemania, si Nolan te deja entrar, claro —dijo riéndose.

Estaba a punto de emocionarme por sus palabras. Eran tan sinceras que por eso dolían tanto pero, a la vez, también aliviaban. Era justo lo que necesitaba oír, saber que aunque nuestros caminos se separasen, podría contar con él. Y él conmigo.

—¿Nos vamos? —me propuso abrazándome—. Lo que te voy a echar de menos...

—Y yo a ti más, Pol. Y yo a ti más.

Volvimos a casa y yo andaba algo cabizbaja, por lo que para animarme un poco Pol dijo de ver una película. Mientras él hacía las palomitas yo ponía la alarma para el día siguiente. Tictac. Tictac. Otra vez la cuenta atrás. Esta era la última noche. Llegó con el cubo de palomitas descalzo y se tumbó a mi lado, nos echamos la manta por encima y me acurruqué en su pecho, como tanto me gustaba. Los ojos comenzaron a entornarse cuando íbamos por la mitad de la película. Me levanté y le dije que fuésemos a la cama. Le agarré de la mano y dejamos las pocas palomitas que sobraron sobre la mesa del salón. Caminamos hasta mi habitación y abrí las sábanas. Nos metimos dentro y del frío que hacía nos quedamos tan cerca que caí redonda a los pocos minutos.

La alarma sonó puntual a las siete de la mañana. Pol me abrazaba, sus brazos se entrelazaban entre mi cuerpo y la almohada sin dejar espacio para ninguna maniobra.

Me moví un poco y abrió los ojos.

—Buenos días... tranquilo, que no me iba a escapar —dije riéndome. Pol se removió ligeramente y me abrazó aún más fuerte.

—Cinco minutos —dijo cerrando los ojos y estrujándome un poquito más.

¿Podía ser más mono?, pensé. Y me agarré a sus brazos para estirar esos cinco minutos. Que podrían ser quince. O cien. O mil. Podrían ser los que me pidiese porque se los daría todos. La alarma volvió a sonar a los diez minutos.

—Ahora sí. Vamos, que aún vas a perder el vuelo.

Pol empezó a quejarse haciendo ruidos extraños, gimiendo como si fuese un niño pequeño que no quiere salir de la cama porque tiene que ir al colegio. Tiré de las sábanas, puse mis pies en el suelo y fui camino de la ducha. Abrí el grifo del agua caliente y dejé que saliese un poco mientras me desnudaba. Me miré en el espejo pensando que en cuestión de minutos nos iríamos para el aeropuerto. Tenía mucho miedo a que de nuevo me invadiese la pena, el extrañarlo en todos estos amaneceres, en sus tonterías que se habían convertido también en las mías, en sus manías de mirar dos veces para asegurarse de que había cerrado bien el coche y que ahora lo hacía yo también. O no mirar el móvil. Con él pasaban las horas y me olvidaba de todo, de quien me pudiese escribir o llamar, solo me importaba una cosa: estar juntos.

Entré poco a poco en la ducha y el agua caliente cayó por todo mi cuerpo, me recogí el pelo mientras me mojaba por completo. El agua estaba tan caliente que no quería salir de ahí nunca.

Comencé a enjabonarme todo el cuerpo, me encantaba la sensación del olor a gel de ducha de frambuesas y macedonia. Me embadurné en la espuma. Subí la cabeza mientras el agua caía en mi cara y entonces me llevé un susto de muerte: una mano me agarró por detrás y se deslizó por la barriga, me giré corriendo pero no pude porque Pol me había agarrado de las manos, comenzó a besarme en la nuca mientras el agua seguía su camino. Sacó su lengua y recorrió parte de mi cuello hasta casi la oreja; la piel se me puso de gallina al instante. Él se rio, para variar. Me giré y ahí estaba, desnudo ante mí y yo desnuda ante él. Le agarré de la cabeza y él me siguió besando. Fue un momento tan excitante que cerré los ojos del gusto que me estaba dando aquella escena, rozaba sus abdominales marcados como rocas en un acantilado. Me subió con sus brazos a su pecho y me apoyó la espalda contra la pared de la ducha, el agua la tenía justo encima de mí, cayendo rápida y caliente. Le besé tanto como todos los besos que aún me quedaban por darle. Me besó tanto como si supiese que cualquiera podía ser el último.

—Mi pequeña revolución —dijo mirándome fijamente.

Y el pinchazo más grande que había sentido hasta entonces me atravesó el corazón.

Me abracé a él bajo la ducha y quise quedarme allí para siempre.

Pero eso no pasó. Nos secamos y nos vestimos, ya que teníamos el tiempo justo para llegar al aeropuerto de Asturias. Él echó el último vistazo a la casa para comprobar que no se dejaba nada.

—¿Lo llevas todo? —dije para asegurarme.

—Sí. Creo que sí.

Abrimos la puerta de casa y llamamos al ascensor mientras yo echaba la llave. Bajamos hasta el portal y esta vez fue él quien se fijó en el buzón arañado. Me miró justo después y no quiso preguntar. Y yo ya no puse más recordatorios en mi móvil para quitar aquel cartel porque, de todos modos, se me iba a olvidar igual. Guardamos su maleta en el coche y se acomodó en su asiento. Arranqué y enfilé hacia la carretera que nos llevaría al aeropuerto en tan solo veinte minutos, puesto que no había tráfico. Pol miraba por la ventana hacia el mar, como despidiéndose de él.

—¿En qué piensas? —le pregunté.

—En lo que pueden cambiar las vidas en segundos. Yo podría no haber ido nunca a esa cafetería, o haberme ido diez minutos antes de que tú llegases o tú nunca podrías haber buscado a tu abuelo y nunca nos hubiésemos conocido.

—Pero lo hemos hecho.

—Lo sé. Y estoy infinitamente agradecido a lo que sea que haya ahí arriba decidiendo quién debe cruzarse en el camino de quién.

—Yo también le doy las gracias. A lo que sea.

40

Los carteles del aeropuerto comenzaban a aparecer. Tictac.
Tictac. Mi cabeza seguía teniendo el reloj de la cuenta atrás.
En unos minutos llegaría a cero. Pol se iría hacia su puerta de
embarque y sería el final de la cuenta atrás. No seguiría contando. En cuanto Pol vio los carteles de desvío hacia el aeropuerto de Asturias se mordió los labios. Suspiró un poco y
volvió a mirar por la ventana por si seguía viendo el mar. Pero
ya no lo encontró.

Tomé el desvío y vimos la terminal del aeropuerto de frente. Me metí hasta el aparcamiento para dejar el coche y acompañarle. Estacioné y apagué el motor. Nos quedamos unos
veinte segundos en silencio con el coche apagado, simplemente mirando al frente, que coincidía con la puerta de salidas.
Suspiramos los dos tanto que seguí notando pinchazos. Y en
mi cabeza seguían avanzando las manecillas de los segundos.
Abrimos el maletero y Pol cogió su maleta. Cerré el coche
y fuimos hasta aquella puerta, hacia la terminal de salidas.
Hubiera dado todo lo que tengo por que en ese momento
se hubiese acordado de que se había dejado la cartera en casa
y no pudiera volar, pero eso no ocurrió. Llevaba todo con
él, y cuando digo «todo» me refiero a todo, con él se llevaba
una parte de mí en esa maleta.

Llegamos hasta el panel de vuelos y buscamos el suyo.
Repasamos la gran lista de vuelos y los dos nos detuvimos en

uno sin que hiciese falta decir nada. Hamburgo: puerta J5. Ahí estaba. La referencia de la puerta a la que debería dirigirse para volver a casa. Le acompañé hasta el mostrador de facturación y pasaron su maleta por la cinta; la chica nos sonrió como si fuésemos a viajar los dos, pero rápidamente vio que en esta ocasión solo viajaba uno. Caminamos en silencio hasta el control de seguridad, una vez llegásemos ahí yo no podría avanzar más. Debería quedarme ahí. Sola. A lo lejos vi las cintas de seguridad que tienes que recorrer hasta llegar a los arcos y escáneres. Me mordía los labios de los nervios, y no podía articular ni una palabra. Cada paso que daba el corazón me latía más y más fuerte, casi podía sentirlo chocar contra mi pecho. La zona del control cada vez estaba más cerca y quise en ese momento agarrarle de la mano y pedirle que no se fuese, que se quedase conmigo, que podríamos vivir allí en Gijón. Que podríamos ser felices allí, que podría traerse todas sus cosas y comenzar de cero conmigo. Pero no pude, no por miedo, sino por saber que su lugar no estaba allí. Su lugar estaba a muchos kilómetros de mí. Aunque doliese.

Llegamos hasta la zona de seguridad y unas barreras impedían el paso a quienes no tuviesen billetes para volar. Pol se giró sabiendo que yo ya no podía cruzar esa barrera. Que este era el momento de despedirnos. De decir adiós. Tras mirar al suelo y suspirar, solo pudimos hacer una cosa, la más sincera y honesta: abrazarnos muy fuerte. Como si estuviésemos solos en mi casa o en la suya. Como si estuviésemos en la cantera de aquel faro de Cuxhaven o en aquel parque. O quizá en aquel restaurante increíble. O como si nos estuviésemos abrazando en su coche o en su casa y Nolan nos mirase celoso. Le abracé como si no existiese nadie más alrededor y tuve que coger fuerzas de donde no tenía para no deshacerme en lágrimas. No podía derrumbarme.

—Ya está. Tranquila.

—Abrázame una vez más —alcancé a decir. Y me abrazó. Claro que me abrazó.

—Cuídate mucho, ¿vale? —le dije aún en sus brazos.

—Y tú por aquí. Eres una luz que brillas como nunca antes había visto brillar a alguien. No dejes que nadie te apague. Nunca. ¿Me lo prometes?

Le sonreí y una lágrima cayó rapidísima hasta el suelo.

—Si tú me prometes otra cosa.

—Lo que quieras —me respondió. Le miré y rocé su nariz con mi nariz.

—Prométeme que me escribirás. —Me sonrió de lleno.

—No se me ocurriría algo mejor. Te escribiré, Julia. Tendrás mensajes míos cada día.

—Quiero seguir sabiendo de ti. Lo que haces y de quién te enamoras. Quiero saber a quién vuelves a mirar y a quién vuelves a amar. Quiero saber cómo crece Nolan de rápido y cómo tú sigues sin saber peinarte del todo bien.

—Te lo prometo.

Y después de aquella promesa nos abrazamos por última vez. Y ahí, noté el último pinchazo. El pinchazo de la realidad. El de saber que todo, en algún momento, tiende a acabarse y que por mucho que quieras tirar del hilo llegará un momento en el que debas soltarlo, para poder seguir, para que cada hilo recorra su propio camino, aunque sea separados. El camino de romperse y reconstruirse. Caminos diferentes para corazones iguales. Pol me sonrió y se marchó hacia aquellas barreras. Yo me quedé ahí quieta y lo vi mezclándose entre la gente, se giró una vez más y yo seguía en el mismo lugar. Hasta que lo perdí entre la multitud de viajeros. Y entonces supe que, como muchas veces había escrito antes, toda historia tiene un punto y final.

Volví a Gijón en coche y me miré en el espejo para ver el desastre de ojos que llevaba. Menos mal que en el bolso tenía un poco de maquillaje, porque vaya cara tenía para volver al trabajo. Llegué a Gijón en menos que canta un gallo y cuando aparqué me quedé cinco minutos volviéndome a maquillar, me quité el rímel corrido que llevaba alrededor de los ojos y me lo volví a aplicar. Cogí el bolso y entré en la cafetería puntual. Álex, el dueño de la cafetería, se alegró al verme después de tanto tiempo.

—¡Hombre, Julia! —exclamó—. ¿Qué tal tus vacaciones? Ya te echábamos de menos por aquí...

—¡Alejandro! ¿Cómo vas guapo? Mis vacaciones, bueno, moviditas se podría decir.

—Eso es bueno, mujer. Un poco de movimiento.

—Y que lo digas Álex, y que lo digas.

—¿Qué te pongo? —preguntó desde dentro de la barra.

—Un solo con hielo porfa.

Busqué a Mónica por la cafetería pero aún no había llegado. Fui hasta la mesa de la ventana y dejé el bolso a mi lado. Saqué mi teléfono, miré y no tenía ningún mensaje. Lo volví a guardar y me puse a mirar por la ventana, pensativa aunque sin saber muy bien en qué pensar. Tenía una mezcla de todo. Supongo que en apenas dos semanas había vivido todas las sensaciones posibles. Amor. Miedo. Pasado. Valentía. Coraje. Sinceridad. Desenfreno. Todos y cada uno de los sustantivos que pensaba me llevaban a un momento concreto. Quise empezar a unirlos cuando, a través del cristal, vi como Mónica cruzaba la calle. Pasó a la cafetería y me buscó con la mirada. Hasta que me encontró.

—¡Mi niña! Ven aquí.

Mónica me abrazó bien fuerte sabiendo que Pol ya se había marchado.

—Hola, cielo.

El abrazo duró unos segundos. Nos sentamos y Mónica

dejó su bolso al lado del mío. Llevaba algunas cosas encuadernadas.

—Vamos, cuéntame —comenzó diciendo mientras se quitaba también el abrigo. Yo me quedé callada, puesto que no sabía por dónde empezar. Suspiré un poco y comencé por el final.

—No sé, Mónica. Cuando venía para aquí he estado dándole vueltas a muchas cosas; hacía tiempo que no sentía sensaciones como las que he sentido por él. He notado hasta pinchazos cada vez que se acercaba el momento de irse y, sinceramente, no sé si he hecho bien.

—¿Cómo que no sabes si has hecho bien? —replicó mirándome.

—En dejar que se fuese.

—Pero es que no podías retenerlo más tiempo aquí. Él tiene su trabajo allí, su casa, sus amigos... y hasta su perro. Debes estarle agradecida por que haya decidido acompañarte hasta aquí con tu abuelo.

—Y le estoy agradecida. Ha sido crucial para todo, me ha dado energía cuando no conseguía encontrarla y sé que si mi abuelo ahora mismo está durmiendo en casa con mis padres en gran parte ha sido gracias a él. Pero, aun así, pienso en lo que podía haber sido. En todo lo que podríamos haber hecho juntos.

—Esto es más complicado de lo que pensaba. Te noto realmente...

Mónica no se atrevía a decir la siguiente palabra. Una palabra que yo había sentido muy pocas veces. En concreto en tres ocasiones, pero que ahora, volvía a mí.

—Enamorada. Lo sé. Estoy completamente enamorada de él.

Mónica suspiró y yo le seguí.

—¿Y por qué no se lo dijiste? —me preguntó mientras miraba a Álex y le señaló mi café indicando que le preparase uno igual.

—Porque no quería decirle lo que sentía por él, no quería que eso lo atase de alguna forma a mí. Ni tampoco aquí, a Gijón. No podía ser tan egoísta. Como decía mi abuelo: volar. Las personas debemos volar.

—¿Y no crees que podríais volar juntos?

Y ahí, recibí el que fue el pinchazo más doloroso de todos los que me llevé. Fue como un dardo. Duro y directo, como la realidad. No pude obtener una respuesta a la pregunta de Mónica. Tenía razones para contestar que sí y también las tenía para contestar que no. La miré y Mónica supo que no tenía respuesta para su pregunta.

—¿Qué tenías que enseñarme? —dije para quitarle hierro al asunto.

Mónica cogió su bolso y sacó dos libretos encuadernados, me entregó uno y miré la portada. En el título se podía leer: *Las nueve cartas de los recuerdos* y abajo aparecía escrito: «por Julia Bernalte y Mónica Carretero».

—Julia, quiero presentarlo al Urbizu.

Abrí las primeras páginas y en los cincuenta folios había toda una explicación de cómo descubrimos a través de las cartas de mi abuelo que había sobrevivido después de estar desaparecido y que padecía alzhéimer. Cada una de las cartas estaba analizada, subrayada y fragmentada para posteriormente ver cada explicación al detalle. Era un completo encaje de bolillos. Pero ahí estaba, sobre papel.

—Espero que te guste, Julia.

Me quedé alucinando. No podía creer que todo eso unido pudiese ser un gran reportaje como el que había preparado Mónica.

—Pero esto lo has hecho tú sola. Yo no he participado...

—Tú has participado desde bien lejos y mereces estar ahí, estamos juntas. Como cuando fue mi primer día de trabajo, la única mano que salió a rescatarme fue la tuya y aún te estoy agradecida.

No me esperaba nada de lo que estaba ocurriendo delante de mis narices. Bárbara estaba desesperada porque ninguno de los reportajes que le habían presentado valía la pena como para llevarse el Urbizu pero este es un reportaje redondo. Tenía carga emocional, veracidad y, sobre todo, rigor, mucho rigor. Ocurrió en la realidad y todo lo que se contaba era tal y como sucedió.

—¿Te parece si subimos a enseñárselo a Bárbara? —me preguntó mientras su mirada se dirigía hacia el gran edificio que teníamos justo al lado.

Pagamos y llegamos hasta la gran fachada de *La Nueva España*. Era un edificio acristalado, de cinco plantas completas en las que se alojaban las diferentes secciones, despachos, redacción, producción y demás. Era como una fábrica de actualidad.

Recuerdo cuando la banda terrorista ETA comunicó el cese definitivo de su actividad armada: era un jueves de octubre de 2011. Hacía muchísimo frío aquel día, estábamos preparando el cierre de portada del día siguiente y cuando eran pasadas las siete de la tarde nos llegó un comunicado al correo del periódico. Eran ellos, anunciando el cese definitivo de la lucha armada. No quedaba mucha gente en la redacción, solamente Bárbara; Darío, que era el responsable de fotografía; Mamen, la adjunta a la directora, y yo. Todos los demás ya se habían marchado a casa después de que comenzase la reunión de cierre de portada.

Nada más llegar la noticia tuvimos que llamar a todos para que viniesen cuanto antes: era una de las noticias más esperadas en toda la historia de España y debíamos estar todo el equipo allí. Bárbara sacó una botella de sidra de su minibar y la descorchó para brindar. ETA cometió varios atentados en Gijón, yo misma tuve que redactar un reportaje que me dejó mucho dolor por dentro. Fue el reportaje más leído en todo el año en *La Nueva España*. Lo titulé «Las vidas asturianas rotas por ETA» y era una serie de entrevistas a familiares que habían perdido a alguien en los atentados que había perpetrado la banda. Todos los testimonios fueron durísimos, pero sin embargo, el que más me dolió fue el de la mujer de José Manuel García Fernández. Estuve con ella cerca de una hora en la que me contó todos los detalles de lo que ocurrió aquella noche. Fue a cenar con su marido a un restaurante y todo iba bien, ninguno de ellos se percató de quién era aquel hombre que estaba en la barra. Comenzaron a cenar tranquilamente, fue entonces, con el bar a rebosar cuando, el hombre de la barra se acercó por la espalda a José Manuel y le pegó un tiro en la nuca. Y palabras textuales de su mujer fueron: «En ese momento me miró y ahí se acabó mi vida y la de él». Aún se me ponía la carne de gallina cuando volvía a leer ese reportaje. No podía imaginar que yo me vería en una situación similar. Desde que mataron a Carlos, a menudo he recordado el testimonio de aquella pobre mujer con un escalofrío, como quien rememora una profecía cumplida.

Fue durísimo hacer ese reportaje, pero tenía que poner voz a las personas que se quedaron aquí, a las que eran sus mujeres y perdieron a sus maridos, a los padres que perdieron a sus hijos y a los abuelos que perdieron a sus nietos. Todos ellos se unieron para dar voz a lo que nadie quería oír. Y ahí estaba yo, otra vez, muchos años después, en las puertas de aquel mismo edificio con un nuevo reportaje en la mano que había preparado mi compañera inseparable.

Mónica tiró de mi brazo y entonces reaccioné.

—¡Vuelve a este planeta! —dijo llevándome hasta la puerta.

Cuando se abrieron las puertas automáticas vi a alguien que me hizo especial ilusión encontrarme. Vicente estaba en su sitio de siempre y nada más verme sonrió de oreja a oreja.

—¡Pero bueno, Julia! —exclamó—. ¿Ya estás aquí tan temprano?

—Vaya, Vicente, de mí no te alegras tanto al verme —dijo Mónica celosa sacando su tarjeta para pasarla por el lector.

—Mónica, debes comprender que con la señorita Julia ya son muchos años los que llevamos aquí. Tú aún eres demasiado nueva.

Abrí mi bolso para sacar mi credencial para pasar las barreras del control.

—¿Nueva? —preguntó Mónica dolida—. Pues a mí se me ha hecho larguísimo —exclamó.

Yo seguía rebuscando en mi bolso mientras ellos discutían.

—Julia, ¿la encuentras o qué? —preguntó Mónica desesperada desde el otro lado de las barreras.

—Sí, ya voy. Juraría que la había puesto por aquí.

El bolso estaba lleno de cables, envoltorios de chicles, unos cuantos tampones, una botella de agua vacía, las llaves del coche y demás cosas.

—Mira, déjalo. Ya te abro yo. Si total, por un día más ya...

Vicente accionó la apertura de las barreras y yo le miré con cara de no haber roto un plato.

—Te voy a regalar un cascabel, para que se lo ates y la encuentres antes.

—Gracias, Vicente, rey. Si es que cómo no te voy a querer.

Me guiñó el ojo desde su recepción y Mónica y yo subimos en el ascensor. Marcamos la quinta planta que era donde se encontraba la redacción de *La Nueva España* y los despachos de Bárbara y compañía. Mientras el ascensor subía miré a Mónica, estaba sonriente y con gesto impaciente, no podía imaginar la de horas que había podido echarle para unir todos los datos que le facilité y que fuimos descubriendo poco a poco.

Cuando el ascensor estaba a punto de abrirse me sacó su mano.

—¿Preparada? —preguntó.

—Más que nunca.

Y chocamos los cinco mientras el ascensor se abría. Fuimos juntas al despacho de Bárbara, la vimos a través del cristal que lo rodeaba, allí estaba con sus gafas sentada leyendo algunas entrevistas que saldrían en unos días. Un montón de folios encima de la mesa y su bolígrafo rojo para corregir lo que quisiera a su antojo. Toqué a la puerta y no esperé ni a que contestase, simplemente abrí y se sobresaltó.

—¡Joder! ¡Qué susto! —soltó.

Mónica y yo aparecimos de lleno en el despacho.

—Pero ¡Julia! —exclamó levantándose—, si ya has llegado. Ven aquí.

Nos dimos un abrazo cariñoso, cercano, pero quería que durase poco porque teníamos que contarle todo lo del reportaje. La fecha límite para presentarlo era esa misma noche y debíamos ver bien las cosas que debíamos corregir o bien darle alguna vuelta.

—¿Qué tal estás, Mónica? —le preguntó—. Pasad, sentaos.

Nos sentamos en sendas sillas que tenía delante de la gran mesa de su despacho.

—Bueno, contadme. ¿Qué pasa, a qué vienen esas caras? —preguntó curiosa.

Yo miré a Mónica y quise comenzar. Puse encima de la mesa uno de los ejemplares encuadernados del reportaje y se lo acerqué. Era un gran volumen.

—Queremos presentarlo al Urbizu.

La mirada de Bárbara fue de absoluta perplejidad. Tomó el ejemplar encuadernado y miró la portada. Pasó las primeras páginas y se detuvo un par de veces a leer párrafos enteros. Tras unos cuantos minutos que se nos antojaron eternos, cerró el volumen y nos miró a las dos.

—¿Sabéis lo que significa esto? Hacía tiempo que no tenía un reportaje de estas características entre las manos. Es perfecto.

—¿De verdad? —dijo Mónica.

Bárbara me miró y supe lo que eso significaba.

—Cerrad la puerta. Debemos de entregarlo antes de las nueve de la noche si queremos tener opción al Urbizu.

Bárbara se quitó la chaqueta, se hizo un moño y sacó Coca-Colas del minibar, teníamos pocas horas por delante para estructurarlo de nuevo, reescribir y corregirlo para entregarlo a las nueve en punto.

—¿Cómo habéis conseguido este reportaje? —preguntó Bárbara mientras organizaba las páginas.

—Es la historia de mi abuelo. Más bien, de sus cartas, las que escribía a mi abuela. Me puse a estudiarlas junto con Mónica y vimos que había algunas cosas que no cuadraban, datos que faltaban, fechas que bailaban y ciudades que no correspondían con la realidad. Fue entonces cuando conocí a un médico de Barcelona, él nos dio la clave: los colores. Las últimas cartas están escritas con colores ligeramente distintos, es porque nunca recordaba con cuál escribió el último párrafo antes de seguir con el siguiente.

—Cada día me sorprendes más... —dijo Bárbara—. Venga, poneos cómodas porque esto va para largo. Debemos empezar con el orden, la forma de redacción y con qué es lo que quiere leer el jurado, no debemos aburrirle con datos médicos innecesarios, hay que ir a la gran historia que hay debajo de todo esto, una historia de lucha interna con nuestros propios recuerdos para no dejar que se borren.

Bárbara tomó su libreta de notas y comenzó a apuntar; yo hice lo mismo, desestructuré todo el reportaje y vi cuáles eran los puntos realmente fuertes desde la perspectiva de haberlos vivido de primera mano. Mónica se encargaba de hacer un eje cronológico con las cartas y de la ruta que trataban hasta llegar a Cudillero. Cuáles eran los canales de envío hasta llegar a España en esos años. Tres horas después tuvimos que pedir que nos subiesen la comida al despacho, ya que estábamos hechas un desastre como para bajar al restaurante.

Nos empezaba a doler la espalda pero teníamos que seguir. Bárbara sacó su pizarra y comenzó a unir los diferentes puntos en común que teníamos. Cartas, Martín, su mujer y poco a poco fuimos cerrando diferentes partes. Llevábamos más de la mitad cuando el reloj marcó la una de la tarde, pero aún quedaba mucho trabajo por hacer. Vicente mandó a uno de sus compañeros a que fuese a por nuestra comida y que nos la subiese cuanto antes: debíamos coger fuerzas para estas últimas horas que nos quedaban.

Leíamos y leíamos y buscábamos diferentes opciones para narrar, pues para ganar el premio debía estar perfecto. Pasamos la tarde redactando y, cuando apenas faltaba una hora, ya teníamos nuestro ejemplar cada una, el cual releíamos a la velocidad de la luz para comprobar que todo estuviese conforme.

—¡Ya está! —exclamé.

Mónica llegó poco después. Bárbara apuraba la última página y una vez que la devoró se subió las gafas y suspiró dejándose caer sobre la alfombra del despacho.

—Está perfecto. Vamos a enviarlo.

Se fue hasta su ordenador y redactó un email bastante contundente a los responsables del concurso diciendo que había entrado un reportaje de última hora de dos periodistas de la redacción. A su vez llamó al mensajero que había en el periódico que se encargaba de los envíos; subió enseguida a su despacho. Ella le entregó en un sobre el reportaje y antes de irse le dio un consejo al repartidor:

—Protégelo con tu vida si hace falta, Alonso.

El chico le guiñó un ojo y después le sonrió sabiendo que llevaba en su mano algo muy importante. Cerró la puerta y las tres nos tumbamos en la alfombra. Parecía que llevábamos días encerradas en aquellas cuatro paredes. Nuestro aspecto era deplorable, los platos de comida amontonados en una mesa, folios y folios de apuntes y palabras en otra. Las Coca-

Colas alrededor de las estanterías. Nos quedamos en silencio más de cinco minutos, descansando y mirando a la nada. Fue Bárbara quien rompió ese silencio:

—¿Sabéis lo que os digo? Que como no ganemos ese premio, voy a ser yo quien incendie el edificio donde se celebra la gala. Pero con todos dentro.

Mónica y yo nos echamos a reír.

—No sé cómo serán los demás reportajes —dijo levantándose—, pero el nuestro nos ha quedado de puta madre, chicas.

Se acercó a nosotras y nos levantamos para darnos un gran abrazo. Fue un gran trabajo en equipo que hizo que mi primer día en el periódico fuese surrealista, dado que sin quererlo, de nuevo, acababa de convertirme, junto con Mónica, en una aspirante al Urbizu, el premio más importante del periodismo del país. Nada más terminar de abrazarnos Bárbara miró el reloj.

—Creo que es hora de irnos a casa. Yo necesito darme una ducha —comentó cogiendo su bolso y metiendo el móvil y su agenda—, y vosotras creo que también.

Bárbara apagó las luces de su despacho mientras salía por la puerta con nosotras. Yo miré a Mónica para saber qué planes teníamos.

—¿Te vienes a casa a cenar? —le pregunté—. Así puedo contarte. Podríamos pedir sushi.

—¿Te he dicho alguna vez que te adoro? —me planteó.

No solíamos salir tan tarde del trabajo. Una vez en mi casa, dejamos las cosas sobre la encimera de la cocina y Mónica se metió en la ducha. Cuando terminó, yo hice lo propio. El agua ejerció como si fuese un masajista profesional, primero por la espalda, después agachaba la cabeza para que cayese de golpe y porrazo en la nuca, y así. Fue inevitable acordarme de la ducha que me había dado con Pol esa misma mañana... En la que apareció de repente y sus manos se posaron por mi piel, en la que me daba besos por el cuello y su lengua recorría hasta el último centímetro de mí. «Para. Stop.» Tenía que quitarme ese pensamiento de la cabeza cuanto antes. Me lavé el pelo y salí de la ducha.

Aprovechamos nuestro momento para pintarnos las uñas en el salón. Las dos estábamos para una foto, envueltas en toallas y pintándonos las uñas sobre el sofá.

—¡Oye! —exclamé al acordarme—, ¿y tú con Darío?

Mónica sonrió y se ruborizó.

—Ay, Darío. Me tiene enamorada perdida, Julia. La otra noche, me preparó la cena en casa, al final le convencí para que se quedase y hacía tiempo que no estaba tan cómoda con una persona. Me cuida, tiene detalles conmigo, hasta sabe lo mucho que me gustan los libros. El otro día me regaló el nuevo de Rosa Montero, apareció cuando yo salía del periódico y él justo entraba a trabajar poco después, porque le tocaba turno de noche, y me regaló el libro. Dice que se había fijado en cuando pasamos por el escaparate de una librería y hablé de las ganas que tenía de devorarlo. Y ahí estaba. Plantado en la puerta de mi trabajo con el libro en la mano. ¿Te lo puedes creer? Yo tampoco.

Veía a Mónica tan ilusionada que, sinceramente, me daba envidia. Pero envidia de la buena, de la que no entiende de rencores. Envidiaba su ilusión por los detalles que tenía Darío con ella y que me recordaban a los que tuvo Pol conmigo. Me daba tanta envidia que ellos comenzaran a caminar juntos en el mismo momento en el que yo había emprendido el camino sola. Echaba de menos a Pol. Mi móvil vibró encima de la mesa del salón. Miré a la pantalla y ahí estaba, como si lo hubiésemos invocado o como si supiese que estábamos hablando de él.

Pol. 22.35

Acabo de llegar a casa, me habían perdido la maleta y he pasado unas cuantas horas en el aeropuerto. Entre que he deshecho la maleta y he hecho la cena me han dado las mil y quería escribirte. Nolan se ha puesto supercontento al verme, no paraba de ladrar y meterse entre el hueco de mis piernas. Pero hasta él sabe que falta alguien. ¿Qué tal tu primer día de trabajo?

Ya te echo de menos. Besos, Pol.

Esta vez no sentí ningún pinchazo, sonreía como una idiota a la pantalla del teléfono y Mónica se asomó a ver el mensaje. Me dio un codazo en cuanto acabó de leerlo.

—¿Qué piensas contestarle?

—Pues la verdad.

Cogí el teléfono y tecleé mi respuesta:

Julia. 22.36

Si pudieras imaginar lo mucho que me acuerdo de ti. Por cada detalle. Hoy Mónica ha llegado con un reportaje que quería que presentásemos juntas a un concurso muy importante de periodismo y hemos pasado el día encerradas con mi jefa haciéndole unos últimos arreglos. La gala es la semana que viene.

Por cierto, dile a Nolan que ahora ya no puede estar celoso de mí. Que te tiene para él solito. Qué envidia.

La casa aún huele a ti. Besos, J.

Le di a enviar y bloqueé el teléfono. Qué putada estar tan lejos y que las cosas fuesen tan difíciles. Mónica y yo acabamos de pintarnos las uñas y mientras llegaba el sushi sacamos unas cervezas a la terraza. La noche era increíble: la luna estaba en su cenit y reflejaba su luz en el mar. Saqué el altavoz y puse música para que la estampa fuese completamente redonda. Nos estiramos en las tumbonas y nos tapamos con una manta, estábamos embobadas viendo las estrellas con The National de fondo.

—¿En qué piensas? —me preguntó Mónica.

—¿Sinceramente? —dije mirando al mar—, en que estoy hecha un lío.

—¿Con Pol?

—Con todo, Mónica. Creo que realmente debo volver a empezar pero en otro lugar, aquí no consigo encontrar la ilusión que tenía antes de todo lo de Carlos. Toda su ropa, sus fotos, todo sigue aquí. Esta casa era nuestra ilusión y ahora me está ahogando.

—Pues múdate, Julia. Será por pisos en Gijón...

—Ya, pero creo que no es solamente eso lo que me ocurre, sino que también noto que Pol se ha llevado algo que no sentía desde hace tiempo. Cuando estuve con él en Alemania era muy diferente a como estoy en estos momentos. Sin él.

—Lo sé, Julia.

—¿Qué?

—Lo hablamos tu hermana y yo la misma noche en la que nos lo presentaste a través del ordenador. Tenías una mirada distinta, llena de luz, de alegría y de ilusión. Era muy diferente a como estábamos acostumbradas a verte en estos últimos meses. Antes eras, y perdona la expresión, un alma en pena. Vagabas por la redacción del periódico como si fueses un fantasma, todos estábamos preocupados, hasta que Bárbara te pidió que te tomases un tiempo, porque todos lo comentábamos, que no estabas bien. Y nos dolió mucho ver cómo te ibas porque no sabíamos si te íbamos a ver de vuelta. Era algo tan duro que ni la propia Bárbara podía asegurarnos que regresarías pronto. «El tiempo necesario», nos dijo. Pero cuando me anunciaste que te ibas a buscar a tu abuelo noté que algo cambiaba. No sé por qué. Tu voz era diferente, cuando estábamos en la mesa de tu salón con las cartas te veía subiendo poco a poco una montaña y solo deseaba que llegases a la cima. Y llegaste. Y resulta que, además, alguien te estaba esperando al final del camino.

41

Estaba acabando de maquillarme cuando Mónica me llamó por teléfono. No pude cogerlo con las prisas, pero volvió a llamarme histérica perdida.

—¡Bajas o bajas! —me ordenó al otro lado del teléfono—. ¡Que no podemos llegar tarde! —escuché a Bárbara también gritando.

La gala de los vigésimo quintos Premios Urbizu se celebraba esa noche en el Palacio de la Música de Gijón. Nuestro reportaje había sido seleccionado entre los cinco finalistas a optar al galardón de ámbito nacional. Estaba atacada de los nervios. Había decidido qué vestido ponerme hacía apenas veinte minutos, porque estaba muy indecisa. Al final, el blanco con la espalda al aire. Me había rizado una parte del pelo y estaba echándome espuma para que el efecto mojado me durase toda la gala. Mientras metía en el bolso mi móvil y las llaves de casa e iba apagando la luz del baño, salí por patas de casa. El sonido de los tacones sonaba por todo el edificio, pasé por el portal corriendo y vi el coche con las luces encendidas pitando.

—¡Ya ya ya! —grité nada más abrir la puerta del portal.

—Te matamos, te matamos. Tarde, contigo es que siempre se llega tarde —se lamentó Mónica.

El móvil comenzó a sonarme. Mientras me subía al coche abrí el bolso corriendo y se me cayó al suelo. Mierda. Fui a recogerlo y se me cayeron también las llaves por dejarlo abierto. Me reía por no llorar. El móvil seguía sonando, Mónica me seguía gritando y Bárbara estaba a punto de salir en marcha mientras recogía el móvil y las llaves de al lado de la rueda. Cerré la puerta con todo en las manos y suspiré.

—De verdad, llevas más complementos que la Barbie Supervacaciones —comentó Bárbara apretando el acelerador del coche.

Por fin pude contestar, era mi madre.

—¡Hija!

—Hola, mamá, ya estamos llegando —mentí.

—Sí. Llegando —dijo Mónica por lo bajini a Bárbara.

—No sabes el montón de gente que hay aquí, ¿eh? Está la mujer del futbolista este del Gijón. El guapo del pelo rizado... ¿sabes quién te digo, hija? —preguntaba como una cotilla.

—Mamá, hablamos al llegar. Coged vuestras entradas y sentaos donde os digan, ¿vale?

—¡Sí, tranquila! Oye un beso, que llega más gente.

—Adiós, mamá, adiós.

Mi madre había salido del pueblo pocas veces, pero cuando los llamé para decirles que estábamos nominadas a los Urbizu se pusieron como locos. Conseguí cuatro entradas, dos para mis padres, una para mi hermana y otra para mi abuelo. Quería que estuviese allí, aunque posiblemente no se diese cuenta de nada, pero a mí me hacía especial ilusión: si había una mínima posibilidad de que nos lo llevásemos, mi abuelo tenía que estar ahí para verlo. Ya estábamos cerca, por la avenida de España. En unos minutos llegaríamos al Palacio de la Música; los premios, los estaban retransmitiendo en directo en plataformas y allí se había congregado mucha prensa. Todos los compañeros de nuestro periódico estaban invitados a la gala, y saber que tanto Mónica como yo éramos las protagonistas de uno de los reportajes nominados me hacía tener un nudo en el estómago.

—¿Te has preparado algo? —me preguntó Mónica.

—Sí. Por si acaso, ya sabes.

—Yo igual. Por si acaso.

—Sabéis lo orgullosa que estoy de vosotras, ¿no? —dijo Bárbara reduciendo la marcha mientras tomábamos una rotonda de la avenida—; de verdad, estar ya aquí es más que un logro para el periódico.

—Sabes que sin ti no seríamos nada —me atreví a decir.

—Exacto, Bárbara —me apoyó Mónica.

—No digáis tonterías, yo ya estoy pasada de vueltas —era una expresión que le encantaba decir—, pero vuestro trabajo ha sido y es exquisito. Tenéis vista y donde ponéis el ojo hay una gran historia detrás. Y punto.

En ese momento mi móvil volvió a vibrar, no era una llamada esta vez, sino un mensaje.

Pol, 21.15.

Muchísima suerte para esta noche, intentaré seguirlo en directo desde el hospital si no tengo mucho jaleo de pacientes... Están siendo unas noches un poco locas. Confío en ti y en tu trabajo, que sé que es el mejor.

Nolan también te manda muchos besos. Pero yo, más todavía. Te sigo echando de menos.

Besos, Pol.

Llevábamos mandándonos mensajes desde el día que se fue. Me contaba cómo había ido su día en el hospital y yo le contaba cómo había ido el mío en el periódico. Un día le llamé. Nos habían nominado a los Premios Urbizu y no podía creerlo, entre gritos le dije que era algo muy importante para mí, ya que podría suponer un antes y un después en mi carrera y me dijo que me merecía todo lo bueno que me pasase. Estaba tan nerviosa de camino a los premios que solo pude contestarle lo siguiente:

Julia, 21.18.

Yo creo que puedo volar de los nervios. Gracias por acordarte.

Te beso desde lejos. J.

Bloqueé el móvil y antes de guardarlo recibí otro mensaje.

Pol, 21.19

Si puedes volar, vuela hasta aquí. Pol.

Ya teníamos el gran edificio del Palacio de la Música ante nosotras. Habían proyectado una luz de color rosado sobre toda la fachada del edificio con el dibujo de los premios a su alrededor. Estaba abarrotado de gente. Los nervios comenzaban a bailar por mi interior. Los notaba danzando a sus anchas por mi estómago y cómo subían hasta la garganta. Entramos con el coche en el aparcamiento exterior. Un hombre de la organización nos indicó cuál era nuestro sitio reservado. Bárbara aparcó. Toda una nube de gente con vestidos y trajes increíbles subían las escaleras, Mónica, Bárbara y yo nos quedamos allí quietas. Sin decir nada. Simplemente, observando aquella imagen.

—¿Estáis listas, chicas? —preguntó Bárbara.

—Más que nunca —dije yo.

—Vamos a por ese premio —terminó Mónica.

Nos cogimos las tres de las manos y atravesamos aquellas puertas de hierro. La escalera estaba tapizada con una alfombra de color rosa. Llegamos hasta el vestíbulo del edificio y una nube de fotógrafos hacían fotos en el *photocall* de prensa. Nosotras pasamos de largo, pero un responsable de la organización nos detuvo.

—Sois de *La Nueva España*, ¿verdad? —nos preguntó.

—Sí. Nosotras tres.

—¿Y quiénes son Julia Bernalte y Mónica Carretero?
—Bárbara nos señaló a las dos.

—Vale, pues debéis acompañarme a que os hagan un par de fotografías aquí, al *photocall*. La emisión de la entrada por la alfombra está justamente en directo dentro de la sala; si quiere ir pasando, señora... —le sugirió el responsable a Bárbara.

—Bueno, chicas, os veo dentro, ¿de acuerdo? —se despidió de nosotras mandándonos un beso. La agarré del brazo y le pedí que se quedase, que tenía que estar con nosotras en ese momento. Ella se acercó y nos cogió a las dos de la mano.

—Un segundo, por favor —le pidió al responsable de la organización. Él la miró desafiante, pero a Bárbara le dio exactamente igual.

—Escuchadme. Lo vais a hacer genial, recordad que el verdadero honor es que hayáis llegado hasta aquí, no penséis en el premio, eso es lo de menos. Mirad dónde estáis, disfrutad del momento y, sobre todo, dejaos llevar y pasáoslo bien. Ah. Y a la hora de la foto, cogeos una a la otra y sonreíd.

Bárbara nos guiñó un ojo y desapareció entre el gentío que estaba accediendo al patio de butacas. El responsable que llevaba un pinganillo conectado a un walkie talkie avisó a sus compañeros.

—Tengo a las dos chicas de *La Nueva España,* ¿me copiáis? —preguntó a sus compañeros, pero en realidad parecía mandar el mensaje a un limbo.

Yo tomé a Mónica de la mano.

—Si esto lo están poniendo en directo dentro, imagínate cuando me vea Darío o cuando te vea toda tu familia. Es que parecemos famosas —dijo Mónica emocionada.

Yo me reía, hasta que el chico del *photocall* nos indicó que era nuestro turno. Comprobé que tenía el labial correctamente puesto y a continuación el chico nos nombró en alto para informar a los fotógrafos antes de lanzarnos a la nube de flashes.

—Las dos chicas finalistas de *La Nueva España*: Julia Bernalte y Mónica Carretero.

Di los primeros pasos en aquel *photocall* y me detuve a la mitad mientras llegaba Mónica. El destello de los flashes me impidió ver dónde estaba. Un sinfín de estallidos de luz comenzaron a impactar frente a mí. Yo intentaba sonreír tal y como me había dicho Bárbara. Los gritos de los fotógrafos comenzaron a llegar «¡Julia, Julia! Aquí, por favor. ¡Mónica, a tu derecha, gracias! ¡Julia, aquí arriba!». Era como en las películas. O como había visto en tantas ocasiones en la televisión que hacían los famosos y famosas de los programas de tertulia de la sobremesa.

Cuando ya nos habían hecho todas las fotos del mundo pensé en mi madre al verme allí a través de una gran pantalla dentro de un anfiteatro. Habría alucinado la mujer. Y mi padre bueno, ya le veía secándose las lágrimas. Mi hermana espero que estuviese disfrutando y de mi abuelo solo pedía que estuviese a gusto y no se asustase ante tanta gente.

Todo el mundo había accedido por completo al patio de butacas y una chica muy simpática llegó a por nosotras.

—¡Hola! Soy Sonia, de la organización. Disculpad la tardanza, pero había muchísima gente aún buscando sus asientos. Está todo lleno. Acompañadme y os llevo a vuestros asientos reservados. ¿Estáis nerviosas? —nos preguntó mientras abría las puertas de acceso al patio de butacas.

—Ahora, sí.

Mi respuesta fue sincera ante tal cantidad de gente. Todo estaba a rebosar, en la platea no cogía ni un alfiler. A medida que pasábamos por el patio de butacas la gente nos miraba curiosa por saber quiénes éramos. Tenía ganas de saber qué nos iba a deparar aquello. Busqué a mi familia con la mirada pero no los encontré. La chica nos acompañó hasta nuestros asientos, coronados por un gran cartel en nuestro respaldo con el título «Nominadas *La Nueva España*». Casi me emociono de la ilusión. Mónica le hizo una foto corriendo con su móvil antes de que apagasen todas las luces y comenzase la gala. Una vez que todo se quedó a oscuras nos cogimos de la mano y los nervios se multiplicaron por diez mil. Cerré los ojos y pensé una última cosa: has llegado hasta aquí.

Los presentadores de la gala salieron al escenario y un gran aplauso del público inundó todo el Palacio de la Música de Gijón. Allí no cogía nadie más.

—Buenas noches a todos —comenzó ella, una presentadora bastante famosa en el país. Conducía los informativos de una importante cadena y había accedido a presentar la gala junto con su compañero, otro periodista reputado a nivel nacional—, espero que estéis preparados para una noche cargadita de sorpresas. Cinco reportajes finalistas entre más de doscientos diecinueve originales presentados a nivel nacional, los jueces no lo han tenido nada fácil esta edición ya que los cinco finalistas tratan temas interesantísimos para todos. Los vamos a conocer en unos instantes, pero antes queremos recordarles que el galardón de este año obsequia con cien mil euros al reportaje ganador, un reconocimiento al trabajo realizado como el mérito profesional que supone.

Los aplausos volvieron y poco a poco notaba cómo el corazón me latía más y más deprisa. No podía soltar a Mónica de la mano.

—Por ello vamos a presentar ya los reportajes finalistas de la vigésimo quinta edición de los Premios Urbizu.

Una música de acción llenó el teatro y sobre la pantalla de cine que había detrás comenzaron a aparecer nombres y una sinopsis de los reportajes finalistas.

—Pedro Luque y Tristán Quevedo; un reportaje sobre las huellas del VIH en España entre los años 1990 y 2000.

Los aplausos comenzaron a sentirse.

—David Bonal y Javier Ortega; un reportaje sobre cómo vivieron la huida de más de un mes con un refugiado.

Un montón más de aplausos se escucharon, hasta «¡ganadores!» gritaba el público al reportaje.

—Alonso Egea; un reportaje sobre los cientos de jóvenes que se ven obligados a abandonar el país para encontrar trabajo.

Los aplausos seguían sonando. Yo miraba a Mónica nerviosa pensando en cuando anunciasen el nuestro.

—Roberto Vila y Gonzalo Arce; un reportaje sobre el aumento de la natalidad entre las personas de dieciséis y veintiún años.

Ya está solo quedaba uno. Éramos nosotras. Agarré más fuerte de la mano a Mónica y ella a mí también.

—Julia Bernalte y Mónica Carretero; un reportaje sobre cómo una mujer busca y encuentra a su abuelo con vida, años después de que le dieran por muerto.

Un montón de aplausos sonaron a la vez también para nosotras. Después de enumerar cada uno de los reportajes y sus autores, fuimos conscientes de que las cosas estaban bastante complicadas. Todos eran grandes periodistas. Y ahí estábamos nosotras, disputándonos un premio con los gigantes de la profesión.

—Antes de saber el reportaje ganador de los vigésimo quintos Premios Urbizu vamos a dar paso a los jueces de esta edición. Un fuerte aplauso para: Íñigo Fernández de la Serna, María Isabel Roncero Queja y Óscar Urquijo.

Yo conocía a los tres, el primero fue durante mucho tiempo director de informativos de TVE. María, fue directora del Museo del Prado durante más de seis años y el último acababa de ser reconocido con la medalla al mérito cultural del país por sus más de quince novelas publicadas.

Los tres sonrieron al público y a los que optábamos por aquel premio.

—Ha sido complicado, ¿verdad? —les preguntaba el presentador.

—Buenas noches a todos. De verdad os transmitimos toda la suerte del mundo a los finalistas del premio. Como presidente y portavoz del jurado, consideramos que este año, creemos sin ningún tipo de duda que ha sido el año en el que más difícil nos habéis puesto tomar una decisión. Los cinco reportajes son verdaderamente interesantes, todo el trabajo de investigación que habéis hecho nos ha dejado impresionados—decía Íñigo—, por ello queremos recalcar que ya con ser finalistas y por haber llegado hasta aquí, deberíais estar orgullosos y satisfechos. Pero hay uno en concreto que nos ha dejado sin palabras. Por su valentía, su rigor y sobre todo, por su emoción. Lo que hace que sea doblemente ganador. Por ello, sin más dilación, ¿os parece que anunciemos el reportaje ganador de esta edición? —preguntó al público el portavoz del jurado.

Un sonoro sí retumbó en aquel Palacio. Entonces una azafata subió al escenario y le entregó el acta del jurado al presentador. Él miró al público y comenzó a abrir poco a poco el sobre para saber quiénes eran los ganadores. Mónica y yo nos miramos de nuevo. Quise cerrar los ojos pero me di cuenta de que en la cúpula del teatro, estaban iluminadas las constelaciones y estrellas. Aquello era increíble, brillaban todas y cada una de ellas.

—Y los ganadores del vigésimo quinto año de los Premios Urbizu son...

Unos timbales comenzaron a sonar.

—¡Julia Bernalte y Mónica Carretero!

Acababa de ocurrir. Nuestros nombres sonaron entre gritos y aplausos. La gente se puso en pie y yo no podía creer lo que estaba sucediendo allí. Mónica tuvo que agarrarme del brazo y al ponerme en pie nos dimos un grandísimo abrazo, posiblemente el mayor que nos hayamos dado nunca.

—Lo hemos conseguido, Julia. Lo hemos conseguido —me dijo al oído mientras nos abrazábamos entre la ovación del público.

Rápidamente tuvimos que subir al escenario a recoger el premio. Yo iba delante, me temblaba el cuerpo. Busqué a mi familia, pero todo era una locura y yo estaba completamente en shock. Nadie podía imaginar lo que significaba para mí aquel premio. Mónica estaba quitándose una lágrima del ojo para que no se fuese todo el maquillaje al garete. Me agarré el vestido y comencé a subir los escalones. Los jueces tenían en sus manos el Premio Urbizu. Nos entregó la estatuilla Íñigo Fernández de la Serna, miré hacia el público y todo fueron aplausos y más aplausos, todo el mundo en pie, las lágrimas estaban a punto de aparecer. Mónica se acercó a mí y me cogió de la cintura. Estábamos juntas. El jurado nos saludó y se echaron a un lado del atril. El corazón me iba a mil. Pero ahí estaba, este era nuestro momento. Mónica me ofreció hablar en primer lugar y saqué mi papel de agradecimientos temblando. Cerré los ojos y cogí aire. Era el momento Julia. Miré hacia el público y comencé.

—De verdad que no me esperaba esto. Bueno, en primer lugar muchísimas gracias al jurado por ver en el reportaje que hemos escrito algo más que una simple historia. Significa mucho para mí, en especial el motivo de este reportaje. La historia comenzó cuando mi abuela, que en paz descanse, me entregó unas cartas que le escribía mi abuelo. Me parecía que ahí había una gran historia, el amor que mostraban sus palabras era inmenso y por eso decidí embarcarme en este gran viaje. Quería saber más acerca de aquellos protagonistas que eran mis abuelos.

Mientras contaba la historia, en la pantalla inmensa que teníamos detrás iban pasando fotografías del reportaje, las fotocopias de las cartas de mi abuelo subrayadas y con cientos de apuntes a los márgenes en los que nos planteábamos diferentes interrogantes.

Seguí explicando la increíble historia de mi abuelo, un superviviente que vive sin saber su propia historia.

—Y gracias a muchas personas que me han ayudado, a las que están hoy aquí y a las que extraño. Hoy, mi abuelo, el protagonista de esta historia que tanto me ha enseñado a mí y a mi familia, está aquí, viéndome ganar este premio. Así que abuelo, aunque no entiendas nada, no sepas qué está pasando y ni reconozcas quién soy, estoy feliz de que hayas vuelto con nosotros y estés viviendo este momento, aunque se vaya a tu limbo de recuerdos y posiblemente cuando salgamos de aquí ya no recuerdes nada de lo que ha ocurrido. Pero al menos, lo hemos vivido y eso es lo que importa. Que mientras yo esté contigo, te lo contaré siempre para que, mientras dure el recuerdo, nunca lo olvides.

Una inmensidad de aplausos brotaron en todo el patio de butacas. La gente se puso en pie y entonces encontré la silla de mi abuelo, entre el público en la parte derecha se encontraban todos: mi abuelo, mi madre, mi padre, Ruth y, espera un momento...

De pronto el cuerpo se me heló, un escalofrío recorrió mi columna vertebral y no podía creer lo que estaba viendo.

Pol estaba sentado al lado de mi hermana, sonriéndome como siempre y disfrutando de ese momento.

Me giré para ver a Mónica y vi que me sonreía. Supe entonces que todos lo sabían, todos menos yo. Mónica se acercó al atril y agradeció a su novio Darío, a sus padres y a mí por darle la oportunidad de conocer esta historia. Fue muy poco tiempo, pero lo suficiente para que todos se pusieran en pie. Yo estaba deseando bajar de allí y abrazarlos a todos y a Pol. No podía creer que estuviese aquí. Estábamos a punto de irnos cuando me acordé.

—¡Un momento, un momento! Perdonad. No podíamos irnos de aquí sin darle las gracias a una persona que ha hecho posible que nos uniésemos en este equipo que formamos, que nos dio la oportunidad de escribir cuando ni siquiera nosotras dábamos un duro por lo que hacíamos. Bárbara, eres oro. Gracias por todo, te queremos mucho. En ese momento Bárbara se puso en pie en el patio de butacas y nos mandó un beso acompañado de un «os quiero» con los labios. Nos entregaron el premio y pudimos bajar al patio de butacas. La gente se comenzó a poner de pie y a salir del recinto.

—¡Venga, a qué esperas, ve con él! —me gritó Mónica.

—¿Tú lo sabías? —le pregunté antes de irme.

—Sí. Pero fue idea suya, en cuanto recibió tu noticia de que estábamos nominadas quiso estar aquí contigo.

Salí tras la gente buscando a mi familia y, sobre todo, a Pol. El gentío era inmenso, todo el mundo salía disparado hacia las puertas de salida y yo miraba hacia sus asientos, pero allí no había nadie. Llevaba el premio en la mano y eso que pesaba un quintal.

—¡Ay! ¡Enhorabuena! —exclamaban algunos al verme con el premio.

Yo les sonreía y les daba las gracias. Comenzaron a darme besos y a pararme mientras intentaba salir.

—Debe de haber sido una búsqueda muy dura, ¿verdad? —me preguntaba un señor agarrándome del brazo para que me parase a hablar con él.

Yo me limitaba a sonreír para no ser desagradable ni borde, pero quería esquivarles para intentar dar con Pol.

—Oiga, y su familia, estará orgullosa de usted imagino.

No podía dar ni un paso más, estaba todo lleno de gente y yo en medio del tumulto. Me volvía para todos los lados, pero no conseguía ver a nadie de mi familia. Pensaba que me quedaría allí, ahogada entre preguntas, con mi Urbizu en la mano y nada más.

—Perdone, ¿y cómo fue conocer a los caballitos de mar?

Me quedé quieta. Esa voz. Esa pregunta. Me giré y ahí estaba. Grité y me lancé a sus brazos. Mientras no paraba de repetir. Pol. Pol. Pol. Estás aquí. Y él se reía mientras me abrazaba. Todo el mundo nos observaba y sabía que éramos nosotros, los personajes de la historia. Lo miré, lo abrazaba, lo besaba, tenía miedo de despertarme. Miedo de que todo eso no estuviese ocurriendo. Mis lágrimas caían y al final del pasillo vi a mi familia al completo. Mis padres, mi hermana y mi abuelo. Y cuando digo «al completo», me refería al completo. Mi abuela estaba agarrando la silla de ruedas, la veía ahí, a su lado, mirándome feliz. Le devolví la sonrisa, sabiendo que este era el final de la historia. Aquí era donde debía poner el punto final y como decía mi abuelo: debía volar.

Un mes después.
Falta un instante para irme contigo.

El aeropuerto de Asturias volvía a recibirnos, íbamos todos en dos coches. Nada más llegar vi la terminal de salidas, esa misma terminal que me había visto irme cargada de ilusiones y que también me vio derramar unas cuantas lágrimas cuando Pol cruzó la puerta. Y ahí estábamos de nuevo. Toda la familia al completo. Aparcamos los coches. Mi padre ayudó a Pol a bajar todas las maletas y mi madre con Mónica y Darío iban al lado de mi abuelo en la silla de ruedas. Mi hermana se acercó a mí y le agarré de la mano: era el momento. Cruzamos el gran cartel de salidas y llegamos a las pantallas de información de los vuelos. Pol lo buscó y yo también vi el vuelo: Hamburgo, puerta J5. La misma puerta que cuando Pol se fue la otra vez. Él ya sabía el camino y yo también. Facturamos las maletas y a lo lejos nos dirigimos al control de seguridad. Me giré y vi cómo todos me sonreían. Mónica iba de la mano con Darío viendo los destinos a los que se iba la gente. Mi abuelo miraba todos los colores que había en la terminal. Y mis padres simplemente, caminaban. Llegamos hasta el control y Pol se detuvo. Era la hora de despedirse. Me giré hacia mi familia y esta vez no me despedía de Pol, sino de ellos. Me iba con él, a empezar de cero a su lado, donde realmente era plenamente feliz. Lo supe desde el principio, pero fue verlo en la gala y en ese instante lo tuve claro. Tenía que irme con él. Abracé a mi familia, uno por uno. La primera fue a mi madre.

—Ven aquí —le dije abrazándola.

Noté cómo se emocionaba. Ella era quien peor lo pasaba cuando me iba de Cudillero a Gijón, hasta estando tan cerca me echaba de menos cada día. Por eso ahora sabía que lo pasaría bastante mal, por lo menos al principio.

—Cuidaos mucho, mi niña.

—Vendremos pronto, ¿vale? Y te llamaré cada día —le aseguré riéndome. Mi padre nos miraba emocionado y se secaba las lágrimas.

—No te olvides que donde tú seas feliz yo lo seré también. Aquello me abrió en canal y tuve que abrazarla otra vez.

—Te quiero mucho, mamá.

Llegué a mi padre y vi cómo sus ojos estaban anegados de lágrimas. Y eso que él, no era de emocionarse.

—Papá...

—Ay, hija.

Y me abrazó. No podía ni hablar, sabía que ahora no podría mandarme mucho pescado, ni prepararlo para mí, ni tampoco venir de sorpresa a Gijón para verme. Ni acudir yo al puerto sin que se lo esperase. Era mucho lo que dejaba atrás.

—Cuídate, ¿vale? Y avisa cuando llegues.

—Venid pronto a visitarme, que os estaremos esperando.

Me dio un beso en la frente y me acerqué a Mónica.

—Te odio...

Fue sincera y me abrazó tanto que noté que la dejaba

huérfana, era como una hermana para mí y ahora me marchaba de nuevo. Pero menos mal que había conocido a Darío. Su policía.

—Gracias por todo, Mónica. Nunca había conocido a alguien tan increíble como tú, que lo sepas.

—Cállate, por favor, que me haces llorar.

Y lloró. Y lloramos. Y eso que no queríamos ninguna de las dos.

Le di un abrazo a Darío y le pedí que me la cuidase, aunque casi no hacía falta decírselo porque sabía que lo haría de sobra.

Y me agaché porque llegué a mi abuelo. Él observaba a todos los demás y tal vez se preguntaría el por qué lloraban.

—Bueno, abuelo... Te he hecho caso al final.

Le di un gran beso en la mejilla mientras le agarraba la mano. Lo miré a los ojos.

—Gracias por esperarme abuelo... Todo esto ha sido gracias a ti. No me regalaste aquella muñeca a tiempo, pero me has hecho el mayor de los regalos.

Miramos los dos a Pol y le guiñé el ojo.

—Te quiero. Te quiero mucho. Ahora me toca volar.

Y entonces su mirada cambió, sonrió muy despacio pero lo hizo. Y para mí, fue la mayor de las alegrías.

Solamente me faltaba una persona de la que despedirme, seguramente la que más me dolía. Llegué hasta mi hermana que no tenía consuelo alguno.

—Eh, eh, pequeña. No llores.

Me abrazó desconsolada. Se iba su hermana, la mayor. La que la protegía y la que llamaba todas las semanas preguntándole cómo le había ido en el instituto. Pero para mí se quedaba allí mi pequeña, mi luz, ella era alegría y el motivo por el cual me pegaba un montón de kilómetros hasta Cudillero tan a menudo. Para estar con ella, para que supiese que podía contar conmigo.

—Te voy a echar de menos, Julia...

—Y yo más a ti, mi vida. Pero nos llamaremos todas las semanas, ¿vale?

Ella asentía con la cabeza.

—¿Me lo prometes? —le pregunté.

Y me sacó su pulgar para hacernos nuestras promesas irrompibles.

Unimos los pulgares y los cerramos juntos. Le besé en la cabeza y le dije que así podría venir a visitarme cuando quisiera para que conociese Alemania.

—Te quiero mucho, cielo. Y al llegar a casa, mira en tu armario. He dejado algo para ti.

Le pedí a mi padre que guardase el premio en su armario con una carta que le escribí en la que le agradecía lo mucho que se había volcado con aquella historia. Y que en parte, el premio, era también suyo. Su primer premio con diecisiete años.

Era la hora de irnos, me acerqué a Pol y él me cogió de la mano sabiendo que acababa de hacer algo muy duro, dejarlos a todos ellos por él, pero que en realidad, estaba feliz, estaba navegando, apostando por él, estaba por una vez, volando sin estar atada. Volando por todo el cielo. Les mandé un beso enorme y miré a mi abuelo, estaba levantando la mano y diciéndome adiós. Y supe que los dos sabíamos que había hecho bien, que mi decisión era buena. Sí, abuelo, estaba volando. Estaba volando feliz y todo, como siempre, gracias a ti.

TERCERA PARTE

EL DESPUÉS

42

Siete años después.

—¡Mamá, mamá! ¿Puedo llevarme estas zapatillas también?

—Lucas, ya he metido las rojas en la maleta, hay que dejarle espacio también a tu hermana.

—¡Si Lucas se lleva otras zapatillas, yo me puedo llevar también mis dos muñecas para dormir!

Los dos pequeños estaban revolviendo la casa de arriba abajo porque nos íbamos de viaje esa misma tarde: su padre les había regalado para Navidad un viaje a Disneyland y estaban como locos.

—¿Dónde se habrá metido vuestro padre? Tenemos el avión en unas horas.

Lucas y Margot estaban a su bola, cada uno hacía sus apuestas sobre a quién verían primero, si a Mickey o a Minnie. También hacían apuestas sobre princesas como Blancanieves o sobre quién llegaría primero a abrazar a Buzz Lightyear. Yo me reía viéndolos con esa ilusión que todos tuvimos alguna vez. Escuché la puerta de casa y ellos como locos bajaron corriendo las escaleras para recibirle.

—¡Tened cuidado, por favor! —les grité sin éxito.

—¡Papááá! —vociferaban ellos desde abajo.

Bajé las escaleras y me los encontré abrazados a él.

—¡Hoy nos vamos, hoy nos vamos!

—Lo sé, pero tenéis que prometer que os portaréis bien. Tenéis que ayudar a mamá con las maletas.

Los pequeños se tranquilizaron un poco.

—¿Quién va a querer una foto con Buzz Lightyear?

Y de repente, se volvieron locos otra vez. A su padre le encantaba revolucionarlos cuando yo había conseguido calmarlos. Desde que eran bebés supe que serían una revolución. Ese era el personaje favorito de ambos: Buzz Lightyear. El superhéroe espacial que grita hasta el infinito y más allá. Conseguir una foto con él era uno de los retos de este viaje. Ese y que me dejasen corregir el libro que tenía que entregar en un par de semanas.

—¿Qué tal cariño? ¿Has podido avanzar? —me preguntó dejando a los niños en el suelo.

—Ha sido imposible. Llevan así desde las nueve de la mañana.

Ambos nos reímos y los observamos a los dos, estaban tan felices con ese viaje que se nos caía la baba al verlos. Tan pequeños y con la ilusión más grande de este mundo.

Ese día nos íbamos a Disneyland. Ese día haríamos uno de sus sueños realidad.

Pol y yo llevábamos cinco años casados, nos mudamos a una casa preciosa en las afueras de Hamburgo, era una comunidad residencial recién inaugurada, teníamos grandes jardines para que Nolan pudiese caminar más, ya que era un poco mayor.

También había una inmensa buhardilla para los niños con salita de cine para ver todas las películas que quisiéramos. Las habitaciones de los niños habían quedado preciosas y la nuestra tenía una claraboya en el techo justo encima de la bañera. Podías quedarte en el agua y observar cómo se veían las estrellas. Aquella imagen te dejaba sin palabras.

Yo dejé el periódico nada más ganar el Urbizu, las cuentas

volvieron a cuadrar y después de publicar el reportaje sobre cómo encontré a mi abuelo decidí dejarlo. Y eso que me ofrecieron dirigir el periódico, pues Bárbara se marchó con la condición de que si dejaban a alguien al mando fuese a mí. Acepté pero duré en el cargo un día, un día en el que solamente hice una cosa: nombrar a Mónica redactora jefe. Después presenté mi renuncia y llamé a Bárbara dado que ese era nuestro plan si ganábamos el Urbizu: dejar a Mónica al mando de la redacción y yo como directora. Pero Pol apareció y cambió todos los planes. Mónica era la mejor. El puesto era genial para ella, además de que supuso una subida de sueldo bastante notable que permitió que le diesen su primera hipoteca junto a Darío.

Mi apartamento en el centro de Gijón se lo quedó alguien que me hacía especial ilusión, no solo porque estuviera en la que fue mi casa sino porque ahora sabía que iba a estar en las mejores manos del mundo. Mi hermana entró a vivir en esa casa cinco días después de que yo me fuese y este año comenzaba a trabajar en *La Nueva España* después de terminar la carrera de Periodismo. Y a día de hoy me sigue agradeciendo cada consejo que le di y que le sigo dando. Porque una hermana es para siempre, y sé que ella siempre ha sido la mejor.

Mi abuelo falleció el mes pasado, a sus noventa y nueve años. Una noche se quedó dormido y nunca más despertó. Los médicos dijeron que no sufrió. Mi abuelo jamás recordó quiénes éramos nosotros ni su historia, tampoco recordó todas las cartas que había escrito durante su tiempo en Alemania y tampoco se acordó de las que quedaron por enviar. Aún conservo la caja que hizo mi abuela con todas aquellas cartas.

En sus últimos días, todos éramos conscientes de que mi abuelo tenía las horas contadas porque ya estaba muy malito, pero era de esas personas de las que nunca te acababas de despedir del todo, porque siempre necesitabas decirle algo más. Me quise despedir la última, y cuando entré en su habitación y lo vi en su cama, fue cuando me pasó toda la vida por delante. Cuando nací, y ya me empezaron a hablar de él. Cuando crecí pensando que lo conocía y en realidad nunca lo había visto. Cuando soñaba con que venía y me contaba un cuento o simplemente me traía un pequeño paquete envuelto como un regalo y yo sabía que era una de esas muñecas.

Le agarré la mano y me miró como cuando alguien mira a su pasado, pero no consigue encontrar la pieza que falta en aquel puzle. Sabía que era cuestión de minutos que dejase de estar aquí pero, cuando le volví a mirar por última vez, saqué una mariposa que llevaba en una caja en mi bolso. Aún volaba pero le quedaba muy poco, ya que la vida de las mariposas es efímera. La puse sobre su mano y la miró. La mariposa echó a volar por la habitación, aleteaba de un lado a otro, y sus colores, de un azul intenso, se veían con facilidad porque había desplegado totalmente sus alas. Minutos después mi abuelo murió. La mariposa siguió volando, y salió por la ventana de aquella habitación.

Llegamos a Disneyland, los niños llevaban nerviosos desde que bajamos del avión. El hotel era completamente temático, un gran lago rodeaba todas las habitaciones. En las paredes estaban los primeros bocetos en los que aparecía un joven Mickey. El suelo estaba todo enmoquetado en color azul. Nos dieron una de las suites del hotel, me hizo gracia su nombre impreso en la chapa de la llave: SUITE REY LEÓN. Los niños salieron corriendo buscando el número de la habitación, estábamos en la última planta y yo iba al lado de Pol, que disfrutaba casi tanto como ellos de verlos con tanta ilusión.

Habíamos hecho un esfuerzo para poder coger esa habitación porque lo que prometía no era la habitación, sino las vistas. Los niños introdujeron la tarjeta y abrimos la puerta. Un gran recibidor decorado con chucherías por todas partes y palomitas recién hechas nos daba la bienvenida. A mitad de la habitación estaban las enormes camas. Lucas y Margot comenzaron a saltar encima de ellas. Los cabeceros de la cama representaban la cabeza de Mickey Mouse tallada a mano en madera. Había dos puertas que daban a la gran terraza.

Apartamos las cortinas y abrimos. Al salir nos quedamos mudos, el castillo de Disney estaba justo frente a nuestra terraza, los niños se quedaron en silencio y alucinaron por lo cerca que estábamos. Boquiabiertos comenzaron a gritar:

—¡El castillo de Disney, el castillo de Disney!

Yo cogí a Lucas en brazos y Pol subió a sus hombros a Margot. Aquella imagen fue increíble, la guardé como uno de los momentos más especiales que he vivido nunca.

Todas las mañanas madrugábamos y nos íbamos a pasear por el parque de Disney, nos cruzábamos con un montón de personajes de las películas, Aladdin, el pato Donald, Guffy, de repente Margot salió como loca al ver a su princesa favorita, Elsa. *Frozen* era su película preferida desde siempre. Por la tarde había desfiles y no nos perdíamos uno. La mayoría de los personajes salían de las filas para acercarse a los niños que disfrutaban viendo a sus personajes favoritos. Y por las noches, a los pies del castillo hacían un espectáculo de fuegos artificiales impresionantes. Era increíble ver la ilusión de los pequeños. Un día tras otro fuimos recorriendo cada rincón del parque, incluso las diferentes atracciones en las que se subían Pol y Margot mientras Lucas se quedaba conmigo porque no le dejaban subir por la altura. Los días pasaron volando. La última mañana los pequeños estaban un poco tristes porque aún no tenían su foto con Buzz Lightyear, pero les prometimos que lo buscaríamos por todo el parque para que no se fuesen sin su recuerdo.

Recorrimos el parque en busca del superhéroe del espacio y no hubo forma de dar con él, le preguntamos a una chica que trabajaba allí y nos dijo que de vez en cuando salía a hacerse algunas fotos, pero que debíamos estar atentos. El parque cerraba en dos horas y no había ni rastro de Buzz Lightyear por ningún lado. Lucas casi se puso a llorar y Margot iba tan enfadada que no quería hablar con nosotros. Yo rezaba para que apareciese el dichoso personaje de juguete por algún lugar. La megafonía del parque estaba anunciando que en quince minutos cerrarían sus puertas y tuvimos que empezar a salir, cogí a Lucas en brazos porque no quería andar más del enfado que llevaba. Se puso a llorar y tuve que parar hasta que se le pasase un poco, pero no había forma de que entrase en razón. Él quería ver a Buzz Lightyear porque todas las noches dormía abrazado a él, pero en aquel lugar no apareció y yo le intentaba decir que igual se había puesto enfermo o que estaba ayudando a otros juguetes porque era un superhéroe.

Yo ya estaba desesperada y Pol estaba casi como yo. Fue entonces cuando una mariposa se posó en el hombro de Margot. Y comenzó a gritar «¡Una mariposa, una mariposa!» y esta echó a volar, volaba superrápido. Fue en dirección contraria al parque y Margot salió corriendo detrás y cómo no, Lucas también.

Giraron a la derecha en una especie de camino que llevaba a una fuente grande, justo allí había un Buzz Lightyear gigante. No había nadie a su alrededor, solo mis hijos. Lucas y Margot comenzaron a gritarnos desde allí: «¡Buzz Lightyear! ¡Mamá, Buzz Lightyear! ¡Te lo dije! ¡Sabía que iba a venir!». Y así fue como no nos fuimos sin conseguir la foto con el superhéroe que tanto adoraban mis hijos.

Cuando salimos del parque era aún temprano. Al llegar al hotel le pregunté a Pol que si le importaría que me ausentase un par de horas mientras él hacía la maleta con los niños. Me contestó que por supuesto que no, que si quería él me acompañaba. Le dije que quería estar sola. Y lo entendió perfectamente. Él siempre lo entendía todo. Además, esta vez sabía a dónde iba.

Cogí un taxi en la recepción del hotel y le pedí que me llevase al centro de París. Hacía un poco de frío, pero era una tarde agradable, el cielo del atardecer se vislumbraba entre las nubes por las calles parisinas. Tenía un destino claro, pero me detuve antes en una floristería. Compré doce lilas y la dependienta me regaló el recipiente para ponerlas en agua. El taxi avanzaba y las calles ya me sonaban. Me había preparado para ese momento durante muchos años, pero sabía que tenía que ser fuerte, como lo fue él. La cafetería Le Carrillon estaba a rebosar, la terraza llena de gente que tomaba café, conversaba y simplemente pasaba la tarde. Reconocí cada milímetro de ese lugar, estaba parada en la calle de al lado y miré para cruzar. Fue la misma calle por la que aparecieron aquel día en una motocicleta. Me paré en la puerta y observé cada detalle, parecía como si no hubiese pasado nada. La paz volvía a reinar en las calles de esta ciudad. Miré hacia el gran letrero con el nombre de la cafetería, cogí aire y entré. El interior estaba un poco diferente, pero no demasiado. Habían cambiado las mesas de sitio, el local estaba recién pintado y las ventanas eran todas nuevas. Observé aquel lugar donde me tiré para protegerme de los disparos y el lugar en el que se quedó él. Era debajo de la ventana, en donde había una mesa como la que ahora ocupaba un señor que leía el periódico. Entré con las flores en la mano y me acerqué a la barra. Puse el recipiente con las flores en una esquina y me fui. Pero de repente una voz me habló.

—*Excuse moi.*

Me giré y vi al camarero detrás de la barra. Era un hombre joven, moreno y tendría unos treinta y tantos. Me acerqué a él y le sonreí. El chico me miró extrañado al ver que había dejado allí las flores.

—Discúlpeme. Solo quería dejar las flores como regalo para este lugar.

El camarero se acercó a mí.

—Perdone, ¿habla español? —le pregunté.

—Un poco solo.

—Mire, no quería molestarle, simplemente había traído las flores aquí porque quería hacerles un regalo. Quédenselas.

El chico estaba un poco perdido y no hizo más preguntas.

—De acuerdo. Las dejaré ahí.

—Muchas gracias.

Antes de salir me volví para ver una última vez aquel lugar donde ocurrió todo. En la pared, detrás del camarero, había una especie de vitrina, con fotografías, bolsos, una cartera y algunos objetos más. Me acerqué de nuevo a la barra muy despacio sin quitar ojo a aquella vitrina de cristal. El chico vio que volvía y que estaba mirando ahí arriba.

—Disculpe, ¿le puedo ayudar en algo más? —me preguntó.

Yo seguía con la mirada fija en aquella urna de cristal. Me sentía del todo abatida.

—¿Qué es eso de ahí?

El chico miró hacia arriba.

—¿Eso? Ahí hay objetos de la gente que murió en los atentados que tuvieron lugar aquí afuera. Los tenemos por si alguna vez alguien viene a recuperarlos.

El camarero entonces relacionó todo: las flores y mi presencia allí.

—Perdone, ¿usted perdió a alguien en los atentados? ¿Cuál es su nombre?

—Julia. Me llamo Julia. El día de los atentados yo estaba aquí con mi novio, Carlos.

El camarero ni parpadeó. Entró detrás de la barra y abrió la vitrina. Cogió algo y se acercó a mí, mirándome a los ojos. Me cogió la mano y me entregó algo.

—Lo siento, señora.

En mi mano depositó una caja, era muy pequeña, de color azul cielo. La miré y me tembló el pulso. Cuando la abrí encontré unas alianzas con el nombre de Julia y Carlos grabadas en el interior. Me quedé completamente helada. Mi corazón se paralizó. Y con él, el tiempo.

Las lágrimas cayeron dentro de la caja y por un momento sentí que me sostenía para no desplomarme. Entonces, como si de una película a cámara rápida se tratase, pasó por mi cabeza el viaje a París. Recordé la conversación en la torre Eiffel en la que me dijo que quería pasar el resto de su vida a mi lado. La tarde en la que desperté y lo vi desde la ventana, con una bolsa que parecía un regalo, entendí entonces los mensajes de su madre y lo poco que le importaron. Y comprendí por qué Carlos reservó en un sitio tan increíble para cenar y me pidió que fuese elegante.

Sonreí mirando la caja. «Lo tenías todo preparado. Teníamos toda la vida por delante, mi amor. Toda la vida.» Salí de allí en busca de aire y el camarero se sentó a mi lado al descubrir que yo era una de las supervivientes. Me estuvo contando que Philippe, el camarero que me salvó la vida, ahora estaba ya un poco mayor y que se pasaba las tardes en su ventana leyendo muchos libros, solamente pasando las páginas de historias que no eran la suya. Fue entonces cuando le conté que yo entregaría a la editorial el mío la semana que viene, mi primer libro publicado y que posiblemente la historia le sonaría bastante. Me preguntó si podía, al menos, contarle el principio. Y allí, en la terraza en que se cruzaron nuestros destinos, muchos años después le conté el principio de mi historia. Aquella historia que era de mucha gente, de las familias que perdieron a sus seres queridos aquí, de los padres de Lionel, era la historia de Philippe. La de Carlos.

Esta era nuestra historia. Saqué el papel encuadernado que llevaba en el bolso y comencé a leer:

Los primeros rayos del sol comienzan a entrar por la ventana. Debe de ser la única luz que entra por aquí desde hace mucho tiempo. La seda de las cortinas roza cada trazo de luz que se cuela por la habitación. Yo sigo en la cama, agarrándome a las sábanas. Y recuerdo entonces esos amaneceres junto a ti que parecían no tener final. Aquello era el principio de todo. Nuestro principio.

Agradecimientos

No quería despedirme sin dar las gracias a todas las personas que me han acompañado durante este gran viaje que ha sido escribir este libro:

Gracias a mis abuelos, Miguel y Encarna: sin vosotros esta historia no existiría. Gracias por enseñarme vuestras cartas, vuestras fotografías y vuestro amor. Ese que a pesar de la distancia seguía siendo el más fuerte.

Gracias a mis padres, David y Encarni: me habéis visto durante muchas noches escribir esta historia y espero que ahora entendáis por qué merecía tanto la pena contarla.

Ahora soy yo quien se emociona en cada estación por no poder estar todo el tiempo que me gustaría con vosotros.

Gracias a mi hermana María Pilar, que vive mis sueños y yo veo cómo los suyos también se cumplen. Me gustaría tenerte más cerca, pero te veo feliz y, como dice un personaje de esta historia: donde tú seas feliz, yo también lo seré. Podría decírtelo más alto pero no más claro. Te quiero mucho.

Gracias a mi amiga María, que leyó las primeras páginas de esta historia para saber si realmente valían la pena. Te engancharon me dijiste, y posiblemente, por ello la continué.

Gracias por vivir conmigo cada viaje, y por los que nos quedan.

Gracias a mi amigo Jorge, que desde lejos seguía el vuelo de este libro. Por todos los mensajes en los que te preocupabas por la historia y también por mí. Ahora más que nunca he conseguido volar, amigo. Habré aprendido de ti.

Gracias a mi amigo Alejandro, que resulta también ser mi compañero de piso. Gracias por esperarme cada noche a que terminase de escribir para simplemente hablar de cine o de tus cosas, que al final han sido también las mías. Lo he terminado, Alejandro, qué locura. Quizá cuando leas esto ya no vivamos juntos, pero quería decirte que poca gente he conocido con un corazón tan grande como el tuyo. Ya te echo de menos.

Gracias a mi amiga Paula, que desde lejos disfrutaba de cada fiesta brindando también por mí. Y por todos los personajes de este libro, creo. Gracias por recordarme que la vida hay que vivirla y disfrutar de cada minuto porque todo puede cambiar en cuestión de segundos.

Gracias a mi amigo Luis, que nunca consigo que lea ningún libro pero resulta que por los míos hace el esfuerzo. Si llegas hasta aquí, que espero que lo hagas, quiero que sepas que me gusta verte disfrutar de tu ciudad y seguir luchando por tu futuro. Vales oro, querido.

Gracias a mi amiga Anaís: te conocí por casualidad y a día de hoy me alegras los días. El destino, como habrás podido leer, hay veces que te pone en el camino a personas para que el viaje sea aún más bonito: tú eres una de esas personas. Gracias por estar en cada momento.

Gracias a mi amigo Edu, por estar a mi lado en esos días en los que solo tuve que enviarte un mensaje para que me demostraras que siempre podré contar contigo. Sea el día que sea, a la hora que sea. Qué bonito encontrarnos en el camino.

Gracias a Sergi, mi corazón naranja. Posiblemente cuando se haya publicado esta novela ya me haya mudado a Barcelona, y tú tienes parte de culpa. Si te fijas en la portada, hay un faro, y en esta historia también. Tú ya me entiendes. *T'estimo, pelele.*

Gracias a mis amigos y amigas inseparables, Blanca, Paula, Carmen María, Paloma, mis dos Martas, Ramiro, Mateo, Sara y Pol, por quererme como lo hacéis. A Máximo, por los consejos de hermano mayor. A Mikel, por leer mis sueños. A mi editor, Alberto Marcos, y al equipo de Penguin Random House por tratarme tan bien.

A mi agente editorial y amiga, Laura Santa Florentina: recuerdo nuestra primera llamada un día temprano. Te conté la historia que andaba escribiendo y confiaste en ella. Gracias por responder a mis mensajes a deshoras y por, sobre todo, darme ánimos para poner ese punto y final. Por querer saber más cada vez que te enviaba unas pocas páginas y por darle alas a Julia. Ahora vuela más alto que nunca. Gracias de corazón.

Y para terminar, hay una mujer que trabaja en un bar en la plaza de Cudillero que se llama Olga. La conocí cuando me documentaba para escribir esta novela. Comí en su bar todos los días que estuve allí; desde aquí, gracias por contarme la magia que tiene ese pequeño pueblo que me inspiró desde el primer día.

Y por supuesto, gracias a ti, querido lector, por elegirme entre muchos de los libros que hay en la librería en la que has entrado. Quizá ha sido casualidad o puede que me hayas buscado hasta encontrarme. Quiero que sepas que sin ti no habría historia. Así que si te ha gustado, díselo a tu madre o a tu hermana. A tu compañero del trabajo o a tu hijo. Para mí, y para estos personajes, será un placer estar en sus mesillas de noche.